大都會文化
METROPOLITAN CULTURE

大都會文化
METROPOLITAN CULTURE

ANOTHER FAUST
與魔鬼交易

DANIEL & DINA NAYERI
丹尼爾・納耶里&迪娜・納耶里・菲爾古茲

目錄

開場白

五年前

英國，倫敦

維多利亞沒有時間玩樂，沒有時間交朋友、大笑、蹦蹦跳跳，或是做一些普通孩子會做的事。維多利亞十歲，但卻不像一般十歲的孩子。在所有倫敦的晚宴上，她的職責就是閉上嘴巴，在大人面前表現得乖巧懂事。她會坐在巨大豪華的扶手椅上，晃動懸在半空的雙腳，剝著一片片鄰近花瓶裡的藍色繡球花花瓣。她一邊看著大人們在屋子裡跳舞，或喝茶，或喝雞尾酒，或對著門廊的雕刻品大肆評論，一邊安靜沉思。

她的弟弟查理喜歡派對。雖然他只有五歲，但咿咿呀呀的兒語用的都是西班牙文或希臘文。維多利亞不喜歡他，甚至希望他消失，她看著媽媽將弟弟抱在懷中，而弟弟則笑得忘我。和她比起來，查理是兩個孩子中好看的那個。維多利亞對著鏡子推了推厚重的眼鏡，厭惡地轉身離開。她討厭這些沉悶的派對，討厭她的計算機和教科書、她的家教老師和測量器具、她雜亂的頭髮、緊湊的行程、爸爸的眼鏡以及弟弟的天才ＩＱ。

就是這些憎恨，宛如飛蛾撲火般，轉變成她渴望勝利的驅動力。對維多利亞來說，人生唯一重要的事就是勝利，不論要付出多少代價，更重要的是，她非常了解該怎麼做。她成天將時間花在索然無味的活動上，為的只是專注贏得勝利，她帶著無數獎杯、獎狀和好成績回家，彷彿一隻飢餓的貓叼著鳥兒的屍體獻給主人。

「這個世界上只有贏家和輸家！」維多利亞有次對著代數老師大吼。「贏的越多，地位就越高！到牛津當教授還有得諾貝爾獎，對妳來說才叫勝利！就我所知，當家教老師什麼都不是！」

當然，過不了多久，維多利亞還是回到房裡，雙手放在背後，微笑著對驚慌失措的老師道歉。她必須如此，因為不管這個老巫婆是不是輸家，都負責替她的考試打分數。

維多利亞討厭教科書和課外活動，因為這些就是她僅有的朋友。她學會像媽媽一樣和不喜歡的人做朋友，馬術、西洋棋、鋼琴、網球、繪畫，每項她都有私人家教，每個私人家教都跟她一樣不開心。妳在馬背上不夠挺拔；妳的動作太遲鈍；妳的手指太肥、妳的手指太肥、妳的手指太肥……

維多利亞的手指確實太肥，這是另一項可以被列入爸爸冗長缺點名單的項目。幸好，若是講到辯論，這份名單就不會太長。辯論是維多利亞最喜愛的活動，她可以藉此大發怨氣。「我想我們的女兒也不全然那麼差勁。」有次她帶回一座全國冠軍獎杯時，爸爸這麼說。是的，維多利亞一點也不差勁。她在辯論比賽時從不客氣的羞辱對手，可以假裝已經長大成人，逃離父母，變得強大。

維多利亞的父母從不放過任何批評她的機會。一般人所謂的全家團聚時光，她會收到電子郵件，再加上他們偶爾相聚的早餐時光就已相當足夠。爸爸一邊翻閱日曆，一邊食之無味地吃著果醬吐司，彷彿吃奶油塗紙板也沒差似的。媽媽泡一杯茶，讀著倫敦時報。

「維多利亞，日曆上寫著妳之前有些比賽……」爸爸說。

「嗯，我有個辯論比賽。」

「不要說嗯，維多利亞，多庸俗。」媽媽說。

「妳贏了嗎？」爸爸說。

「差一點，我輸給了麗狄。」

「說到庸俗……」媽媽說。

「為什麼妳會輸給麗狄？」爸爸說。

「她的答辯很精采，我沒有料到——」

「沒有料到？我想我們找到妳輸的原因了。」爸爸說。

「爸，我已經贏了四次的——」

「妳再怎麼好也只能和最近這次的表現相提並論。」媽媽說。

他們說什麼其實並不重要，因為維多利亞知道什麼才是最重要的，新任的辯論家教也這麼說，維多利亞對此堅信不已，畢竟辯論家教高挑又貴氣，一頭金髮，比媽媽還漂亮。

幾百公里外，島上某個落後地方，一名叫做克里斯汀的男孩從小巷跑了出來，背後拽著一袋麵包和熱狗。他在一面老舊的牆壁旁停下來大口喘氣，幸好雜貨店的老闆還沒追上來，他可是氣得直跳腳。明天警察就會開始搜遍格拉斯哥尋找克里斯汀，他已經連闖兩家商店了。他低頭看著戰利品，發現拿錯麵包，還是咬了一口，味道就像身後的牆壁一樣又老又硬，但無所謂，過去三天他幾乎沒有吃任何東西。記得那天早上，實在餓得發昏，偷錢包的時候還給人逮住。他又咬了一口，這天結束的比預期順利，「祝我生日快樂。」他說，然後默默回家。

所謂的家是用三片鐵皮製成的簡陋小屋，就坐落在橋墩旁的洞穴裡。屋內的泥地上，汽車零件和輪胎散落四處。有時，義工會在天橋上扔些食物或舊衣到屋頂上；有時，開車的人會扔些燃盡的菸蒂或沒電的電池。曾經有人扔過一台暖氣機，那可真是美好的一天。小鎮附近沒人和克里斯汀說話，但大家都知道他母親的遭遇，以及他父親是如何被這場遭遇打擊而無法工作。大家提供食物，但不跟他說話。克里斯汀知道他們這麼做比較舒坦，彷彿真的有盡心盡力照顧這個小鎮。

他上次的生日和這次大不相同，那時他有一個家，一位母親，一切都很美好。克里斯汀的父親是個健壯的男人，有著紅色的鬍子和厚實的笑聲。但這些都是在父親心愛的「小美人」過世，以及在他失明和自我封閉以前的事了。

克里斯汀將鐵皮扳開，彎腰鑽進小屋。父親還在熟睡，身子裹著舊大衣，灰白的鬍子已糾結不堪，成了寄生蟲的家。克里斯汀上次生日，剛好是蘇格蘭高地運動會開賽的那天，當時叔叔也和大家在一

起。一年前，幾乎每個晚上，小鎮都可以聽見爸爸和叔叔在當地酒館裡，唱著歌，說著水怪的故事，或是在地上互相比腕力，引起大家一陣喧鬧。上次生日，克里斯汀剛贏得蘇格蘭青年馬拉松和蘇格蘭青年擲布袋的競賽。他和叔叔一樣，是個四肢發達的運動員，但最近卻放棄這些蘇格蘭運動，寧願從屋外撿到的手提收音機收聽足球賽事。他飢渴地聽著，幻想能過得像那些選手一樣舒適，懷疑是否有實現的一天。他和鄰居男孩一起玩耍時，會幻想自己已經簽得一紙足球合約，脫離現在的生活。

克里斯汀輕輕搖著父親，「爸，爸，我拿了些吃的回來。」

父親一邊呻吟一邊努力想張開眼睛，這對他而言還是很困難，夜晚尤其難受。克里斯汀還清楚記得上次生日過後的那些夜晚。燈光熄滅後，他清醒地躺在床上，聽著身旁的父親無力呻吟、啜泣，直到入睡。從那天開始，克里斯汀得照料生活大小事。他好幾次偷東西被抓，在一個大雨滂沱的下午，房東也把他們趕了出去。克里斯汀帶走幾樣東西，母親的照片、咖啡壺裡的幾枚硬幣、和唯一有價值的物品——他的日記，那是母親兩年前送他的生日禮物，當時他要求一套冒險小說，母親說：「自己寫，孩子，何必依賴他人的想像力呢？」事實上，他們根本買不起一套小說。父子倆僅僅花了十分鐘打包行李，父親沒有任何想要紀念或保留的東西。臨走前，克里斯汀順手偷走了房東的筆。

爐子的燃料用完了，克里斯汀無法煮熟熱狗，他把熱狗切塊，放在麵包上。他痛恨熱狗，不只是恨，簡直是看到就生氣，看到就想大叫。有好幾個禮拜，他只吃熱狗過活，早餐吃熱狗、中餐吃熱狗、晚餐吃熱狗，宵夜還是熱狗，偷到什麼麵包，就配著吃。當然，他沒有告訴父親自己有多麼痛恨這一切，他沒有告訴任何人任何事，除了公園裡那位美麗的金髮女士。她身穿黑色長大衣，頭戴時髦的帽子，坐在他身旁，總是問些討人歡心的問題。他告訴她很多事，包括令他厭惡的事，例如，只要聞到熱狗的味道，就會氣得想揍人；或是就算他得到一個願望，他也不想用這個願望讓媽媽起死回生。

克里斯汀鑽進被窩——其實就是一堆舊大衣——拿出日記。他坐在泥地上，使勁要寫出一些美妙事物，但他的世界已經沒有任何美妙的事了。他還是寫，日記是他的避風港，是媽媽留下的唯一紀念。但現在，克里斯汀已經好一陣子沒去想成為作家的事了，這幾個月來，他滿腦子都是如何變得富有、自由。這個強烈渴望不停地擴大，已經到了無法抑制的地步。「如果你身無分文，就無法呆坐著編織故事，你得追著錢跑。」他得先成為運動明星，才能寫作；他得先發財，才有時間做其他事。

克里斯汀突然感到一股灼熱痛楚劃過胸口，心每跳一下，就揪得難受。他把手放進衣服裡，想要忽略這股疼痛。明早就會好轉了，他閉上眼睛前，這樣祈禱著。為了不再挨餓，他願意付出所有，但他並沒有任何東西可以付出，祈禱也是徒勞無功。

羅馬幾公里外的小城

貝兒跑進臥房，一股腦兒跳到床上，碧絲想不注意到她都難。「碧絲，要妳選的話，妳要一輩子又胖又醜，然後上天堂，還是又瘦又美，然後下地獄？」

「什麼？」碧絲噗嗤笑了出來。

「說嘛，說嘛，妳會選哪一個？認真點！」

「貝兒，我看不出來這個問題有任何需要認真的地方。」

貝兒翻了翻白眼，對姊姊正經八百的態度不以為然。

「妳會選地獄，對不對？」碧絲的目光始終停在書上。「這樣妳就可以穿紅色洋裝耶！」貝兒執意要吵她的姊姊。

「貝兒，我在忙。何況天堂裡沒有人會在乎妳的長相。」

「但我可以擁有永恆的美麗。」貝兒擺出雜誌封面上明星的模樣。

「我覺得妳很美。」碧絲微笑說。

「妳是覺得妳很美。」

「還不是一樣。」

貝兒和碧絲是一對雙胞胎，兩個年輕小女孩，留著一頭烏黑亮麗的秀髮，全羅馬的人都為她們神魂顛倒。她們住在離羅馬外不遠的一個小城，城裡山坡連綿，有許多林蔭小徑和老式的冰淇淋店——這裡就像古早的小城，不論是婦女或鄉村大嬸都穿著老式尼龍長襪，帥氣的士兵莊嚴地經過廣場時，她們還會交頭接耳討論。

「妳知道妳已經足足看了六個鐘頭的書嗎？」貝兒說。

「不然妳要我做什麼？」碧絲頭也不抬的說。「Ihr naht euch wieder, schwankende Gestalten。」她大聲練習著，顯然已經神遊到德文的世界裡。兩姊妹的父母是語言學家，也是旅遊家，會說七國語言，但貝兒只能勉強說上兩國語言。

「妳不必那麼愛現。」貝兒邊說邊走到鏡子前，拿起小鑷子，看著鏡中的自己。「妳早就是他們的最愛。」

貝兒想起星期天在教堂和媽媽足足聊了一個半小時的那位女士，她一頭金髮，身材高挑，美麗外貌令貝兒相形失色。「真是個聰明的女孩！」她稱讚碧絲，「我從來沒見過可以說五國語言的孩子。」

「她樂在其中呢，我們喜歡讓女兒做她們熱衷的事。」媽媽說，「貝兒很快也會找到自己的興趣所在。」

貝兒咕噥地說，「我討厭當雙胞胎。」繼續檢查自己眉毛的彎度。

「如果可以讓妳好過一點，我願意把頭髮染成藍色。」碧絲說。貝兒笑了，儘管胸口突然一陣疼痛。

其實和別人有張相同臉蛋也非什麼壞事，至少是一張漂亮的臉蛋。但碧絲真的很聰明，無庸置疑。只是和聰明的姊姊比起來，那貝兒有什麼呢？

想得入神了，貝兒先看看自己，再看看鏡中的碧絲，只見碧絲嘴唇上方的那顆痣出現在鏡中。

「妳知道這不是我的錯。」貝兒說。

「我知道這不是……等等……我們現在在討論什麼？」

「妳會說的語言比我多，這不是我的錯。」

「如果妳少花點時間在妳的臉上……」

「我的臉怎麼了？」貝兒趕緊摸摸自己的臉。

「不要噘嘴，」碧絲說，「噘嘴讓妳的臉看起來很腫。」

「妳的意思是這會讓妳的臉看起來很腫吧！」貝兒噘著嘴說。

「也許妳別老想著使壞，大家就不會這麼認為。」

貝兒看了碧絲一眼，轉身面向鏡子。「他們才不會，」她說，「他們永遠不會允許我變得和妳不一樣。」貝兒察覺自己說的話，似乎傷到了碧絲，便趕緊轉移話題。她坐到床上，頭枕著碧絲的腿。「幫我梳頭髮吧，姊姊。」她俏皮地噘著嘴說。貝兒看得出碧絲想說些什麼，但即便她會說五國語言，溝通卻不是她在行的事。碧絲拿起梳子開始幫貝兒梳頭髮，烏黑亮麗，就和自己的一樣。貝兒習慣讓碧絲扮演媽媽的角色，她裝做沒發現碧絲掙扎地想說些什麼。但若連碧絲都無法給貝兒想要的東西，便沒人可以了。

蒙馬特，巴黎

有人說過，法文這個語言，讓塵土都變得浪漫起來。瓦倫丁深知其故，因為他就住在巴黎。瓦倫丁的父母是一對詩人，住在蒙馬特。他們可以一整天坐在咖啡廳裡，一邊啜著紅酒，一邊與其他作家討論愛情或「人類的苦難」。即便如此，他們仍然有辦法讓自己過舒適的生活，他們會把自己的作品賣給報章雜誌，或找有錢的贊助商進入自己的圈子。

瓦倫丁大部分的時間都是一個人，他可以自由自在地在城裡閒晃，「向生活學習」，他爸爸總這麼說。他走遍巴黎大街小巷，替當地的店鋪跑跑腿，幫女服務生寫一些小詩以換得一杯熱巧克力，偷聽心情愉悅的觀光客之間的對話。也因為這樣，他比一般孩子更早領悟到一件事，那就是他在這個偌大的世界裡，只是一個渺小又不起眼的人物。

但就如同爸爸說的，「苦難是既甜美又椎心刺骨的靈感來源」。

「我出去一會兒。」有天下午瓦倫丁說。他爸爸才剛喝完第二瓶紅酒，對他點了點頭，接著便沉沉入睡。瓦倫丁心想，何必多此一舉向爸爸報備。他走到街上，心想今天天氣真好，適合到熱內先生的酒吧騙幾個可頌吃吃，也許可以去書店看點書，直到被店家趕出來為止，或者也可以去拜訪那位美麗的女士，那位女士絕不會趕他走，她總說些撫慰人心的話，說他多麼聰明，天生注定要成大事。瓦倫丁想要成為知名詩人，不是因為他熱愛詩歌，而是因為他熱愛名氣。

他在聖心堂的階梯上睡了個午覺，醒來時，有件事吸引了他的注意。這座擠滿了觀光客和朝聖者的雄偉教堂前，他看見媽媽坐在那兒。*媽媽在這裡做什麼？瓦倫丁心想，她這時應該在和出版商開會才對。*這沒道理，但他確信那是媽媽，和媽媽在一起的絕對不是那位自以為是的包提爾先生。這個年輕人穿著牛仔褲，褲子上沾滿油漆，捲曲的頭髮上也沾了一點。瓦倫丁下意識接近他們，突然想到獨自在家、喝得不省人事的爸爸，爸爸雖然對世間一切都失去希望，但始終相信才華洋溢的妻子，會用她細膩的筆觸來改變這個殘忍的世界。即便他是個糟糕的詩人，卻一直對自己的妻子感到自豪。

瓦倫丁靠近偷聽，他們起身離開，他跟上去，隱身在人群裡，緊貼在後，一直跟到巴黎一處富有區，他注意到媽媽的笑容，那是他從來沒有看過的笑。

「下午過得好嗎？」男子問道。

「無聊透頂，沒什麼新鮮事，我什麼也沒做成。」

「人總有沒靈感的時候。」男子說，看著沾滿油漆的鞋子。「妳要上來嗎？」他們正站在一扇大門前，瓦倫丁躲在角落，離他們僅有幾尺遠。

「好吧。」瓦倫丁的媽媽笑著說。「那我可以搶先挑選你的新畫作嗎？」

「當然，如果妳把下一首詩獻給我的話。」男子玩味地說。他真幼稚，瓦倫丁心想，一點都不像個成熟男人。

「別傻了！大家會發現的。」媽媽說。

他們一同走進屋裡。瓦倫丁恍惚地跑到街上，等著公寓外的窗戶亮起。他從漆黑的街上，可以清楚看到屋裡的牆壁，牆上掛著一幅幅法國鄉間的美麗風景畫，就和媽媽聖誕節送給他和爸爸的那些畫作如出一轍。夜晚籠罩整座城市，街燈漸漸亮起，他在原地站了好久好久，盯著他們的黑色剪影，最後終於從水溝裡撿起一顆石頭，朝玻璃窗飛擲而去。他聽見碎片散落滿地，和隨之而來媽媽的尖叫聲。等到男子赤裸出現在破窗前，想看看是誰在搗蛋時，瓦倫丁早已跑遠了。

到家後，他看見爸爸睡倒在桌上，我一定要給她一點教訓！瓦倫丁憤怒地想。我絕對不會抱著一瓶酒，畏縮的趴在餐桌上。

當晚，瓦倫丁泡在浴缸裡，胸口出現一個陌生印記。他想要把它抹掉，但一碰觸這個小黑點，黑點就長得更大。他彎腰傾身，想將它浸到水裡洗淨，但印記碰到水之後，卻變得更黑更明顯。這是什麼？

瓦倫丁心想。我這是怎麼了？無論他多麼用力想抹掉，那印記就是不會消失。

維多利亞、克里斯汀、貝兒、瓦倫丁彼此住得很遠，從來沒有見過面。事實上，他們只是四個毫無關聯的孩子，除了一點。

那就是恐慌。無論他們身在何處，這股恐慌一直守在床邊。夜裡，睡衣緊緊地貼住他們的背，他們一動，便冷汗直流，毛骨悚然。那是什麼？不過是樹枝罷了。但看起來不像樹枝，倒像人的頭髮，狂野、陰森地在風中飄動。那可能是頭髮，是幻覺，是雲的影子。可能是五隻指頭，想奪去他們不幸福的家。那可能只是暴風雨……或者，那可能是一個人佇立在外。

是的，這些孩子似乎沒有任何相似之處，但第二天早晨，他們卻都消失無蹤了。

1 我們的小遊戲

歐洲某處的一間鄉間小屋

外觀看起來，這間屋子如畫一般恬靜安詳，就像一些年輕小家庭會用來當作遠離都市喧囂的度假別墅。屋子藏身於森林中央，離最近的城鎮有一大段距離。圍繞在森林外的，是一片又一片的翠綠草原，以及連綿起伏的丘陵。森林裡有塊空地，空地上開滿芬芳的花朵、樹木砍伐後所遺留的零星殘幹，以及那間孤伶伶的鄉間小屋。

然而，在高大的木門後面，卻不見天倫之樂的景象。外觀的無憂無慮只是假像，屋內陰森晦暗，彷彿蒙上一層黑紗。有時迴音裊裊，屋內似乎有許多走道通往四面八方，但過了一會兒，便再度陷入死寂。角落黑暗處，坐著一位女士，一頭金髮，從頭到腳包覆一件輕薄的黑色大衣，像是害怕陽光會射進屋內，將她燒著似的。她坐在搖椅上，一邊看書，一邊監視著一切。

「碧絲、碧絲，醒來！快醒來！」貝兒低呼，「妳是怎麼了？」但碧絲動也不動，只是躺在黑暗中，勻稱的呼吸著。

貝兒跑出房外，靠直覺到處行走，想找到那位女士。「妳對我姊姊做了什麼？」她一找到那位女士，便開口問道。貝兒說話時幾乎啞不成聲，也不敢靠她太近。女士勾魂攝魄的雙眼凝視著貝兒，令她全身打冷顫。

一開始大家都被女士美麗的臉蛋給蒙蔽，很容易就忽略掉那隻奇特的左眼。誰會花時間注視一隻眼睛呢？那隻眼在她的臉上，就像雀斑和牙縫一樣不起眼，但它蛇蠍般的美豔同時十分誘惑迷人，能夠穿透陰影，是一隻與黑暗結盟的眼睛。它像某種毒液，不知不覺地滲透那些膽敢仔細看的人們，陰森無情。若你恰巧抓住它的目光，可能會注意到它和另一隻普通眼睛大不相同。它分成四個獨特區塊，各為深淺不一的天空藍，彷彿將小型十字架燒紅，再烙印到上面。印記留了下來，眼睛也永遠損壞。那隻眼閃爍著，挑戰貝兒注視的勇氣。

女士對碧絲奄奄一息的身形瞧也不瞧，她說：「她很好，親愛的，她會比以前更快樂。」

「妳開什麼玩笑？她跟死了沒什麼兩樣，妳傷害我的姊姊，妳答應過我……」

「親愛的，她沒死，她只是需要休息，等她醒來後會更快樂，並重新愛上妳，她什麼都不會記得。」

貝兒顫抖地撥了撥豐厚的黑髮。「妳保證？妳保證她會完全正常，什麼都不記得？」

「這個嘛……親愛的，我沒說會『完全正常』，我遇見妳們的時候，沒有人是『完全正常』的。」

「碧絲是。」

接著一片沉默，貝兒想辦法要看清楚這位女士，從她們碰面那天開始，在義大利的教堂前，貝兒就覺得她真是美得令人屏息，是她見過最美麗的女人，比媽媽還漂亮。

「妳有張美麗的臉蛋。」貝兒說，瞇著眼想看得更清楚。

「妳真是花了不少時間研究美麗的臉蛋啊。」

貝兒微笑，「我要回姊姊那兒了。」她轉身要走，猶豫了一會兒，又轉回女士面前。「我不是很喜歡其他孩子。」

「妳會慢慢喜歡上他們，今晚妳還會認識一個新人。」

「妳要去他那裡嗎？」貝兒問道，「我以為只有我們四個。」

「不，親愛的，我還要再去接一個。」

貝兒興奮之情油然升起，然而一對上女士的眼睛，內心又是一陣恐懼。她低下頭，趕緊跑走，摸索了一陣子，終於找到姊姊睡著的房間。她走到床邊，注意到碧絲在微微移動，眼睛也已經睜開。

「早安。」碧絲甜甜地說，離開羅馬後，她第一次顯得冷靜沉著，第一次，對貝兒如此溫柔。貝兒回她一個笑容，就算在這間陰暗的房子裡，她依然可以看見姊姊的臉，自己的完美倒影，她好奇碧絲在想些什麼。

貝兒等啊等，但碧絲沒有說話。過了一會兒，貝兒嘆了口氣，「我好想媽媽。」她說。

出乎貝兒意料，碧絲笑了，「妳在說什麼啊？」

貝兒沒回應，只是等著。

「妳常常說一些奇怪的話，貝兒。」

「想念媽媽有什麼好奇怪的？」

「因為從出生到現在我們從來沒看過親生媽媽啊！」

貝兒的心臟差點從喉頭跳出來，「沒……錯。」貝兒不敢相信，就像那位女士所言，碧絲喪失記憶了。她遺忘所有的事，以為她們是被領養的，以為從出生以來，就一直和那位女士住在這裡。更重要的是，她又重新愛上貝兒。

「別害怕，碧絲，至少我們在一起。」貝兒把手放在碧絲的肩膀上，但碧絲只是笑，「傻瓜。」她輕撫貝兒的秀髮，就像以前一樣。

那晚，貝兒和碧絲躲在黑暗的房裡，等待美麗女士歸來，貝兒看著姊姊，她似乎已經變回以前那個快樂又有活力的碧絲，雖然腦袋全是錯誤回憶。貝兒決定什麼都不說，現在不說，等長大也不說。她要隱藏所有的祕密，直到一切有了完美的回報。

等了幾個鐘頭，兩姊妹睡著了。周圍一片漆黑，女士不允許她們外出，無法得知時間過了多久。好幾次，貝兒被碧絲夢中的喃喃自語吵醒，她有時呻吟，有時叫道「我不屬於這裡。」或是「貝兒，救救我。」女士提過這種情況會持續一段時間。貝兒迷迷糊糊間，聽見拖得又長又慢的軋軋聲，兩對越來越近的腳步聲，以及某人急促的呼吸聲，她決定自己到外面看個究竟。

「見見你新的家人，克里斯汀。」女士對著一個紅髮男孩說道。他緊張地環顧四周，瞇起雙眼想看個明白，就在此時，另一雙腳擦身越過在走廊徘徊的貝兒，是那個糟糕的女孩，維多利亞。貝兒剛認識她不久，碧絲卻說她和維多利亞從小就認識了。

「這是什麼地方？孤兒院嗎？」男孩問道。

「不，親愛的，你們不是孤兒，我現在是你們的母親了。」

「我叫維多利亞，我是第一個到的。」

貝兒朝克里斯汀向前邁進幾步，他穿著一條破舊牛仔褲和一件上頭寫著『凱爾特31』的破襯衫，

「你為什麼這麼髒？」她問道。

克里斯汀含糊說了幾個藉口，像是在外頭玩足球或是浴缸壞掉什麼的。

「克里斯汀，在這裡，你要什麼有什麼。」女士用冷靜、鎮定的語調說。這時克里斯汀聽見有人在另一個房間發出呻吟的求救聲。

「我想……我不屬於這裡。」他環顧四周說。

「你當然屬於這裡啦，親愛的，你們全是。」

這時，碧絲又再次尖叫，克里斯汀嚇得跳了起來，「那是誰？」

「喔，沒什麼，親愛的。」

「我……我不知道妳是誰，或者這是什麼地方，我不想待在這兒。」

「但你想的啊，克里斯汀。」

「不，我不想。很抱歉之前一直打擾妳。」克里斯汀大口喘氣，緩緩退後。

「真是太可惜了。」女士說。

「不，不會，讓我走，我想離開……」

貝兒的視線撇開一會兒，下一秒，突然一陣冷風吹進屋子，把女士的黑色斗篷一把吹起，將她團團包住。她從陰暗角落走出來，踏進窗戶射進來的光線之下。

在長年漆黑的房間裡，貝兒看見恐怖的神情從女士臉上一閃而過，像怪獸或蛇女之類的。她是什麼怪物嗎？貝兒自問。

女士迅速地追上克里斯汀，斗篷貪婪地在兩人上方漂浮，蓋住驚恐的大叫聲，貝兒自認她真的聽見了。接著克里斯汀一動也不動的躺在地上，痛苦的神情凍結在臉上。女士踏出光線，退回角落，像個心滿意足的掠食者。

有好幾秒，貝兒嚇得動彈不得，接著她徐徐爬近女士，爬近連光線都不敢接近的角落。就連這種時候，貝兒滿腦子還是女士難以言喻的美貌。她看見桌上有封信，就放在女士旁邊。此時女士坐在椅子上，背對貝兒，纖纖玉手正在玩弄一張泛黃的紙，她用剛修整過的漂亮手指，漫不經心地捻起紙張邊緣。貝兒不想靠得太近，幸好，信上的字跡是孩童大大的筆跡，不必靠近就可以看得清楚。

親愛的先生：

昨天的比賽你真是太神了！那一計迴旋踢，你把球像那樣踢過去，是怎麼做到的？你總是穿著那些酷斃的制服嗎？有些已經太小的制服，你都怎麼處理？

寫信給你是因為我有些問題想請教你，我該如何才能成為職業選手呢？要去哪裡簽約？你可以告訴我沒關係，我不只是個孩子，我需要照顧另一個人，還有其他有的沒的，那個人有點精神問題，他很需要我，所以我得為了他，也為了我自己盡點力。

還有，你做過最糟糕的事情是什麼？你願意做出多糟糕的事？如果有人要求你做壞事，而且還可能替你把關呢？我想我什麼都願意做吧。

你的朋友　克里斯汀

P.S.

如果你的舊制服不要了，可以給我一件嗎？

貝兒的臉頰一陣紅暈，跑回穿著凱爾特襯衫的紅髮男孩身邊。

「妳對他做了什麼？」她問道，跪在男孩旁邊，撫摸他冰冷的臉。她把自己的臉頰貼著男孩的，握著他的手，維多利亞則用腳踢踢他。貝兒把維多利亞推開，抬頭望著女士，希望得到答案。

女士並沒有回頭，只是坐在原地，摸著那張偷來的信件。

「女孩們，看樣子，克里斯汀和碧絲一樣，不會加入我們的小遊戲了。」

2 聖誕晚餐

倚著燃燒蜂蠟的油燈，和幾隻著火的蜜蜂瘋狂在房裡飛舞所發出的閃光，她正讀著《人類的歷史》，納悶人類是否全然是驕傲和恐懼的混合體，她會在接下來的一千年繼續研究。一片片的影子逃離她，像受驚嚇的囚犯顫抖著。她一頁一頁的翻，紙張如老死的皮膚應聲碎裂。君主、軍閥、皇后、將軍，還有政治家、教皇、名流——她微笑。幾隻蜜蜂放棄了，劈啪幾聲掉落地面。人類的歷史充斥著偉大的男男女女，以及渴望得勢的人們——他們全都需要像她這樣的家庭教師。打掃女傭、助產師、奶媽、保母、繼母，各種面孔，穿越各種年代，掩飾著黑暗深層的醜陋。她翻到最後一頁，書本闔上時發出一聲悶哼。燒得焦黑的蜂巢在她頭上發出刺耳的聲音，像一座荒廢的城市般隕落。她想到自己的孩子就不由得大笑起來。她將超越那些最為著名的天使，畢竟從來沒有人能一次擁有五個。

經過這麼多年，你會到哪兒尋找這五個孩子？空地上的鄉村小屋？哥本哈根的街道？馬德里的孤兒院？世界某個偏遠地方？或許他們都已經在社會上找到自己的一席之地，維多利亞還憤世忌俗嗎？碧絲還認真學習嗎？克里斯汀是否已經變成一個小偷？沒人知道，也沒人尋找他們，沒人掉過一滴眼淚。很快的，他們的老師、朋友，甚至父母，都忘了這些孩子的存在，他們甚至沒有失去的空虛感。世界一如往常運轉，沒人提及靈異的失蹤事件或是夜半的綁架案件，母親們沒有因此在街上把孩子抱得更緊，家教們也沒有因此嚴加看管孩子，除了一個人。

妮可拉・維洛依稱自己是家庭教師，雖然她看起來一點也不像。她既高挑又美麗，金色秀髮盤成一個髻，臉蛋如早晨的星星一樣明亮，身材柳腰細枝，宛如一只香檳杯。她是法國人，帶著濃濃口音，模樣和儀態像個五十歲左右的貴太太。你要真相信她是個家教的話，可能會以為她教的是位王子。

聖誕夜當晚，維洛依夫人站在紐約市一間奢華的大型宴會廳裡，看起來心滿意足。今天將是她和孩子踏進紐約上東區，成為眾人焦點的時刻。孩子都準備好了，她已經給他們足夠教導，終於可以將她的承諾和孩子們的期望一一兌現。

一年一度的沃斯家族耶誕夜晚宴，三百位盛裝打扮的貴賓出席了這場盛會，大家在鮮花和蠟燭所點綴的房裡穿梭交談，四周有許多聖誕樹，樹上掛滿了裝飾品，樹底下則放滿沉甸甸的禮物。

這間宴會廳可說是紐約最豪華貴氣的場地，以金綠色調裝飾，閃亮的桌上蓋滿冬季花朵，並照亮整個房間。房間的一頭有一整面落地窗，窗上覆蓋一層薄薄的輕紗，貴賓透過薄紗觀賞紐約的星空，視線隱隱約約，彷彿蒙上一抹柔軟而厚重的雪。妮可拉・維洛依雖然是城裡的新面孔，但早已躍上每個重要宴會的賓客名單上，她穿梭房間大大小小處，無所不在。

她和五個孩子一同抵達宴會會場，個個醒目而神秘。當他們站在大廳入口時，所有交談聲毅然而止，取而代之的，是交頭接耳的私語和驚嘆，女主人沃斯太太和她的好友史賓賽太太，越過好幾個桌子直盯著。史賓賽太太個子較高，必須彎下腰來才能與她的朋友竊竊私語，雖然她比沃斯太太年輕好幾歲，卻把沃斯太太當孩子使喚，沃斯太太瞇著她眼線過重的雙眼，瞳孔幾乎消失在綠色眼影的眼簾裡。那五個年輕人環繞在女士身邊，環視會場。

「那是誰啊？」史賓賽太太問道，眼睛直盯著那位美麗女家教。

「喔，那是維洛依夫人。」沃斯太太回答，「我上星期認識她的，她是法國人。」沃斯太太對法國相關的一切事物都十分感興趣。

「孩子們呢？」她尤其感興趣的，是那位又高又美的金髮女孩，就站在維洛依旁邊，身穿耀眼的紅色洋裝，在不同光線下散發出不同光芒。她是整個房間最美的女孩，即使把大人和一些銀行家的年輕妻子也算在內的話。

「都是她的孩子。」沃斯太太回答，「全都十五歲，我猜他們是領養的。」

「妳說妳上星期才剛認識？」

「那個高高的金髮女孩，是她的女兒。」沃斯太太啜了一口香檳。

站在金髮美女身後的是另一個年輕女孩，一頭烏黑的秀髮，嘴唇上方有顆痣，個子嬌小許多，看起來倒也合適，似乎無時無刻都想找地方藏起來。她的頭上戴著一只舊式髮夾，看起來比其他四個年輕。她與其他孩子唯一相似之處，就是和金髮女孩有著同樣藍綠色的眼睛，她們倆雖然外貌大相逕庭，眼睛卻是同個模子刻出來的。

「可是妳的賓客邀請函幾個月前就已經定案了啊。」史賓賽太太抗議道。

「喔，沒錯，我從來沒這樣過。」

史賓賽太太狐疑地看著她的朋友，「妳從來不在最後一刻邀請客人，去年，妳甚至不願意發函邀請那位捐贈馬洛高中一棟校舍的女人。」

「是這樣的，我那天和幾個朋友外出吃午餐。我們算是和她發生了一點小衝突。我感覺……有義務要邀請她。」

「可是妳拒絕邀請我妹妹，她那時可是在接受化療呢。」

「我知道，」沃斯太太若有所思地說，「我就是喜歡她。」

「甚至妳也沒邀請妳的親戚們。」

「我想我說得夠明白了，我碰巧很喜歡這個人。」

史賓賽太太大笑起來，然後又突然停止。

「她一定是保姆還是什麼的，不可能是領養，誰會想領養五個青少年呢？」

「說真的，這很重要嗎？」

「妳一定很好奇吧，他們現在是妳的朋友。」史賓賽太太語帶嘲諷地說。沃斯太太決定不理會這位醋勁大發的朋友。

「我可以確定一件事，他們五個都要進馬洛高中唸書。」

「什麼？」

「這很重要嗎？」沃斯太太天真無邪地問，這個表情每次都讓史賓賽太太受不了。

「當然！五個孩子和保姆才剛搬到這裡，馬上就能擠進城裡最頂尖的學校，他們一定很特別，不是非常有錢，就是家世顯赫，我跟妳打賭，妳真的是太天真了。」

「妳真是偏執。」

「不行，我要去知道更多。」史賓賽太太說。

「妮可拉，歡迎！」沃斯太太把手伸向維洛依夫人，她點點頭，把手套脫掉。史賓賽太太好奇望著夫人身後那群孩子，女家教尚未開口說話以前，他們一聲都不敢吭。

「妳們想認識我的孩子嗎？」維洛依夫人提議。兩位太太點頭如搗蒜。史賓賽太太走到金髮女孩面前，但某種味道又害她退避三舍，那是種異常的甜味，像穢物和金針花的混合。她抬起頭，維洛依夫人正在介紹一個健壯男孩，他有厚實的下巴和深紅色的頭髮，表情靦腆，頭低低的站著，臉上有種木訥、憂鬱的神情。他陪在緊張兮兮的妹妹身邊，就是那個有顆痣的黑髮女孩。他挨的很近，就像在保護小寵物一樣。

「他是克里斯汀。」維洛依夫人說，示意那位紅髮男孩向前。

「很榮幸認識妳。」男孩說，面無表情的伸出手來。

「克里斯汀‧維洛依。」史賓賽太太從沃斯太太的手上接過他的手。

「我姓浮士德。」克里斯汀說，始終沒有眼神交流。「克里斯汀‧浮士德。」

他重複了一遍自己的新名字，這名字是維洛依夫人給的。

沃斯太太和史賓賽太太相互對望。那她一定就是保姆了。

接著，維洛依夫人看向一個表情嚴肅的女孩，她有一頭整齊的棕色捲髮，和一張極具心機的臉蛋，女孩興致勃勃走向前，身穿紫色長袖洋裝，戴副眼鏡，胸口上還戴了一條V字的金項鍊，

「維多利亞‧浮士德。」女孩說，眼神飛快掠過在場所有人事物。史賓賽太太本來想發表些意見，但另一個孩子很快站了出來，他相當纖瘦，有高聳的顴骨和纖長的睫毛，像墨水一樣黑、鵝毛筆一樣濃密，兩頰有深深的酒窩，笑容親切中帶點銳利，如果他年紀大點，或沒那麼帥氣的話，這種笑容很可能會讓人不舒服。

「我是瓦倫丁，謝謝妳邀請我們。」他露出那迷人、帶著酒窩的笑。

沃斯太太突然一陣內疚，方才居然對他們說長道短。這時，瓦倫丁的笑容變了，變得緊繃、沒那麼孩子氣，她有點被看穿的感覺。他的目光停在她的禮服上，帶著成熟男人般的自信，她瞬間覺得自己全身赤裸。

「不客氣，親愛的……這位是你的……嗯……妹妹？」她想這應該是合理的猜測，瓦倫丁抓住黑髮女孩的手說，「這是碧絲。」，她本來一直躲在克里斯汀身後。

瓦倫丁看碧絲的眼神似乎有些呆滯，用手肘輕輕推了她的腰。她發出怪異、緊張的笑聲，然後伸

出手。

「當然，還有可愛的貝兒。」沃斯太太說，看著她在餐廳遇見的這位高挑金髮美女。

貝兒向前一步，對沃斯太太點點頭，並和史賓賽太太握手，史賓賽太太突然感到胃裡的東西像是要溢出喉嚨，用力嚥下一口口水。

「妳——妳好。」碧絲說，勉強擠出一絲微笑，然後扭捏的向後退一大步。她有點頭暈目眩，回頭看看貝兒，貝兒只是盯著地板，也跟著向後退。那味道是從她身上傳來的嗎？史賓賽太太好奇，但並沒有好奇到想靠得更近。從沒聞過這種味道，像穢物和柑橘芳香劑混在一塊，沃斯太太似乎毫無察覺，正和維洛依夫人閒聊，想更了解這家人。她們漸漸往裡走，將外套交給門房，史賓賽太太這時已鎮定下來，打開有關學校的話題。

「我聽說假期過後孩子們就要到馬洛高中就讀了。」

「是的。」女士回答。

「我從來沒聽說有學生可以在學期中入學……」

「這些孩子很特別。」

「真的？我想妳應該知道，在馬洛高中讀書的孩子絕大部分都很特別。」

「我想是的。」女士說。

「妳的孩子有什麼不同呢？」

「首先，碧絲會說二十五種語言。」

「妳說什麼？」

「妳想要我示範一下嗎？」

碧絲突然冒出來開口說話，這時沃斯太太插嘴說道。

「現在別談學校嘛，女士們。我們還是好好享受這場宴會吧。」

她從擦身而過的服務生那裡拿了一杯香檳，遞給維洛依夫人。

「謝謝。」維洛依夫人說，一臉滿足。

隨後，沃斯太太和史賓賽太太離開去招呼其他來賓，維洛依夫人將孩子拉近。他們圍繞在夫人身邊，她則驕傲地看著他們。「親愛的孩子。」她說，「我希望你們今晚能玩個痛快，等我們回家，我有個驚喜要給你們。」

她和顏悅色地對每個人微笑，從房間另一頭看過來，就像標準的慈母。事實上，維洛依夫人並不是一般的母親。的確，她像每個母親一樣，對孩子有崇高期望，希望能給予他們所冀望的一切，希望他們成功，把她的諄諄教誨牢記在心。但，她想從他們身上得到更多。她選上他們，看中的是他們的潛力和決心，以及最重要的，他們的弱點。是的，維洛依夫人和其他母親很不一樣，大部分的母親包容孩子的缺點和軟弱，疼愛他們，而維洛依夫人最愛的，恰恰是他們的弱點。她愛貝兒對真實自我的憎恨，愛維多利亞對權力盲目的渴望，愛瓦倫丁對地位的追求，她甚至愛克里斯汀的雙重人格，兩相衝突的慾望，讓他總是自我交戰。至於碧絲……也許過一段時間，她能發現令她愛不釋手的弱點，畢竟維洛依夫人是經過嚴格訓練的家庭教師，最擅長的就是操弄弱點。

孩子轉身分散到宴會中，克里斯汀和瓦倫丁往山珍海味的餐桌跑去，彼此說說笑笑。貝兒一派輕鬆走到酒吧旁，四周圍繞一堆目光炙熱的愛慕者。維多利亞看著一群交談的年輕人，盤算哪一個有利用價值。碧絲望著他們各自散開，雙腳一動也不動。她獨自站在大廳前，像隻無殼烏龜，迴避每個年輕人的目光。羅馬那個自信滿滿的碧絲已經消失了，鄉村小屋裡那個快樂的碧絲也不復存在，這個碧絲滿是害怕，卻又是生氣，她氣貝兒竟然留她一人在這兒，只能盯著雙腳，不安地咬手指。這個碧絲極度怕生，比什麼都怕，與五年前的她簡直天差地別。越來越多人注意到她了，碧絲將雙手交疊胸前，雙肩下垂，前前後後搖晃起來，似乎想晃出足夠的動力逃離這裡。一群打扮時髦的年輕人靠了過來，約莫十六歲左右，一邊竊竊私語，一邊回頭看著碧絲。偶爾有人說了什麼，逗得大家哄堂大笑。碧絲越縮越小，大門口彷彿成了遼闊無際的體育場，放眼望去毫無任何遮蔽物。她轉身離開，結果一頭撞上捧著一堆大衣的門房，大衣和衣架瞬間掉落滿地。碧絲急忙道歉，想要幫忙，卻被門房給草草打發，那群年輕人都笑壞了。她站在原地，幾乎要哭了出來。這時一個自信的棕髮女孩制止了她的朋友，推開人群朝碧絲迎面走來。

「來，拿著。」女孩遞給她一杯蘋果汁，碧絲轉身恰好接下。

「我叫露西•史賓賽。」女孩說，轉頭瞪了那群朋友一眼。

「妳好。」碧絲說，困惑卻又感激。她偷偷看了那群年輕人，害怕這是一場惡作劇。此時露西已走到房間中央，等著碧絲跟上。

「碧絲是吧？想嚐點壽司嗎？伸江來的喔。」

碧絲點點頭。「伸江是什麼？」她問。露西心想這可憐的女孩真是天真，如此不經世事，而碧絲則在細數到訪過的日本城市，想找出伸江的位置。應該靠近箱根附近吧，她想。

「待會兒介紹我最好的朋友夏綠蒂給妳認識。」露西有點漫不經心地說，接著便切入重點，套消息。「妳唸馬洛高中？」

碧絲又點點頭，她不大確定。

「妳會出席學校的戲劇表演嗎？」

碧絲聳聳肩，「會……吧。」

「那妳一定會見到她。」露西說，「劇本是她寫的，妳知道嗎？」

就在這時，維多利亞突然橫衝直撞走了過來，兩眼死盯著露西。

碧絲臉色一片慘淡，維多利亞總會說出一些令人尷尬的話。

「妳就是那個連續三年全校第一的女孩？」維多利亞插腰說道。她看露西表情困惑，便補充道，「網路上有排行榜可以看。」

碧絲嘆了口氣。

「就是我，怎麼了？」露西語帶防備。碧絲站在一旁，吃著壽司，始終不發一語。碧絲和維多利亞不同，她討厭衝突，倒也不是真的迫切想交個新朋友，她只想安然度過這場宴會。

「所以要怎麼做？才能在馬洛高中成為最優秀的學生。」維多利亞問道。

「看平均分數吧，我想。和其他高中一樣啊。」露西說。

「妳的平均分數是多少？」

「什麼？」露西差點沒被飲料嗆到。

「維多利亞！別這樣好嗎？」碧絲懇求地說。她已經記不得上次有外人對她這麼親切是甚麼時候了，現在維多利亞卻來攪局。

「沒關係，妳不必告訴我，我只是想知道計分標準是什麼。」維多利亞說。

「這個嘛……就是一般的五分制。上高等課程，最多可以拿五分；上一般課程，最多則可以拿四分。」

「沒錯……很好……那……我們都知道標準是什麼了。」碧絲說，希望維多利亞趕快離開。

「我想一定有很多人拿滿分囉。」維多利亞說。

露西又喝了一口飲料。「喔，不。平均要拿五分是不可能的，就連拿過馬洛學院獎的學生都不曾拿到那麼高的分數，因為每個學生規定要上護理課和體育課，而這兩科滿分只有四分而已。」

「喔？」維多利亞說，假裝對這些事一無所知，「那上大學怎麼辦？」

「怎麼辦？」露西明顯對這些問題開始感到厭煩。

「我前一個學校。」維多利亞說，「除了少數出國留學的學生之外，大部分的學生都進了哈佛。」

「馬洛是全國最好的高中。」露西說，「我們想進哪裡就進哪裡。」

「聽到了嗎？維多利亞，大家可以想進哪裡就……」碧絲插嘴說道，「露西，真的很感謝妳的幫忙，現在，讓我們……」

「閉嘴，碧絲。」碧絲說話時，維多利亞根本懶得看她。維多利亞對露西露出挑釁的表情，「跟妳賭我可以拿滿分。」

「那我祝妳染上狼瘡，否則妳是逃不過體育課的。」露西說，「就連麥可喬登也不可能超過四分。」

「我前一個學校，」維多利亞說，「有位人人都得認識的指導老師，他有各種門道可以讓我們進入最頂尖的學校。」

「這裡沒這種事。」露西漸漸產生敵意。「大家分配到的指導老師都很棒，聽著，如果妳問完的話，我得離開了。」

「問完？妳要去哪裡隨便妳，我只是找話聊聊罷了。」維多利亞說，雙手依舊插在腰間。

維多利亞很難與別人談天說地，不只是因為她老愛探人隱私這麼簡單。她不在乎別人覺得她無禮，或根本不回應她的問題，她只要開口問就夠了。和露西僅僅五分多鐘的閒聊，她得到的訊息就遠比露西想像的多。她知道露西是個不快樂的孩子，和自己一樣總是嚴厲督促自己。但並非出於自願，而是因為她的母親，史賓賽太太。史賓賽太太認為自己的女兒若沒有顯赫履歷，就一無是處。露西和維多利亞十分相似。維多利亞還知道她準備競選學生會長，正著手寫一篇重要論文，以便討好樂米厄太太，一位馬洛高中的指導老師，沒錯，在馬洛，就是有這種事。

樂米厄太太是耶魯校友，曾經在耶魯入學中心服務。大家都知道擁有她的推薦信，就等於擁有長春藤學校的入場卷。樂米厄太太心知肚明，並將此作為優勢。她是一位浮誇又無情的太太，喜歡大放厥詞，利用學生提高自己的社會地位。馬洛高中大部分的學生都很討厭她，卻又裝作和她親近。也因為如此，對馬洛學生而言，得到這位太太的青睞是勢在必行的事。

維多利亞知道這些，並非露西有透露出一絲半語，事實上，露西極力隱瞞，但沒關係，維多利亞知道如何作弊。作弊，維洛依夫人是這麼叫的，無論何時，只要露西移開眼神，或者盯著飲料，想著該如何回答時，維多利亞就會窺得更深，直入露西腦袋偷聽她的內心話，維多利亞用心聽著這些聲音，就像口頭對話一樣清楚。

克里斯汀和法蘭克正在房間一頭的餐桌旁，嘴裡塞滿手指餅乾，一個身穿淺綠色洋裝，留著一頭紅色長捲髮的女孩走了過來，她站在離他們僅幾尺遠的地方，悠閒地望著遠方。她佇立良久，兩人只好禮貌性的介紹自己。夏綠蒂・希爾身邊從來不乏男人，但她總是選擇忽略他們，好讓自己認識更多新男人。她總是如此戲劇化，也許這就是為什麼她可以年紀輕輕，文筆便如此精湛的原因。幾分鐘之後，她和克里斯汀相談甚歡，雖然他和瓦倫丁比起來不是那麼帥氣，但夏綠蒂對瓦倫丁的妙語如珠提不起興趣，還不如克里斯汀笨拙卻用心的想討她歡心，她花了十分鐘發現這種笨拙並不是演出來的。她不停掩嘴輕笑，撫摸他的手臂。克里斯汀的臉越來越紅，而瓦倫丁只是在一旁不停翻白眼。她聊得很開心，身後大門突然間打開，一群服務生端著新鮮出爐的魚子醬麵包蜂擁而出。大門撞到夏綠蒂的後腦勺，害她向前撲了一下，就在快撞到桌子之際，克里斯汀趕緊將她一把抱住，幾滴飲料濺了出來。

「謝謝。」夏綠蒂笑著說，在克里斯汀的臉頰上親了一下。克里斯汀是個帥氣的十五歲少年，但從

來沒有和女孩子靠的那麼近。一瞬間，他不知該如何是好，接著，難以挽回的事發生了。夏綠蒂在克里斯汀的懷中，突然身子一軟，像隻布娃娃倒在地上。音樂赫然而止，大家全都轉身看過來，克里斯汀旁邊躺著失去意識的夏綠蒂，瓦倫丁則在一旁吃吃竊笑。

「真是摔得漂亮。」瓦倫丁說，這時一群女人連忙跑來幫助夏綠蒂。

克里斯汀被自己嚇了一跳，「我不是故意的……她就……我很緊張而且……」

「你把她弄昏了。」瓦倫丁說，對身後蜂擁而至的人群視若無睹。克里斯汀抱著夏綠蒂時太過緊張，不小心失控。他從沒做過這種事，失控使用了自己的能力。能力，維洛依夫人是這麼叫的，克里斯汀擁有偷竊的至高能力，只要輕輕一碰，就可以從任何人身上偷走任何東西，什麼都帶得走，神不知鬼不覺。克里斯汀突然感受到一股活力，那是夏綠蒂的活力。

沃斯太太從人群中走了過來，「我想她撞到頭了。」她叫道。「一定是那扇門撞到她了。」

「快幫我。」克里斯汀咬牙切齒看著瓦倫丁，「快閉嘴，幫幫我。」

「我看你做得挺好的。」瓦倫丁說。

在此同時，一群女士跪在夏綠蒂旁邊，替她搧風。一個男人緊張地打電話叫救護車。

「別廢話，快幫我就是了。」克里斯汀說。

「可是這樣剛剛的美妙回憶就沒了喔。」

「快。」

「好吧。」瓦倫丁說，「你欠我一次。算了，你也不會記得。」他閉上雙眼，把手伸進口袋。克里斯汀看見瓦倫丁的臉突然僵直，接著很快失去知覺，一眨眼的工夫，他又重新和夏綠蒂站在一起，聊著她未完的小故事。克里斯汀眼睛眨了幾下，什麼都不記得，也沒人記得，群眾不曾圍過來，夏綠蒂不曾倒在克里斯汀懷裡，服務生不曾衝出大門。瓦倫丁張開眼睛微笑，只有他記得所有的事。

對夏綠蒂和克里斯汀而言，一切就像打個嗝那麼短暫。無論瓦倫丁說了些什麼，下一秒話題就跳開，然後他又接著講下去。他從文學作品裡引用了某句話，夏綠蒂正感興趣，他又結巴補充道，「這是很……有……有名的一句話。」就像這樣，他會中途打斷自己的話，沒什麼特別，就像一個有點語言障礙的男孩。瓦倫丁的話題經常跳來跳去，他的臉部扭曲，像抽蓄一樣，通常發生在他講了某些幽默機智或調情的話，或一些絕佳言論之前。應該是緊張造成的，夏綠蒂心想，她的注意力也因此從克里斯汀轉到瓦倫丁身上。

瓦倫丁聽著夏綠蒂聊著她的劇本，聽了好一會兒，就是聖誕節過後即將在馬洛高中演出的那一部，「基本上，是一個關於克里斯多福・馬洛的古老故事，我們的學校就是以他為名，他假裝死亡，然後用筆名威廉・莎士比亞從事寫作。」她說，眼睛睜得大大的，「還有一些歌舞劇的成員……」

夏綠蒂話還沒說完，瓦倫丁便傾身抓住她，將她從克里斯汀的身邊拉走，這時大門正好打開，一群服務生蜂擁而出。

「謝謝。」夏綠蒂說，側身靠近瓦倫丁，好讓另一個服務生過去。

「不客氣。」他對她眨眨眼。夏綠蒂這次的吻落在瓦倫丁臉上。

「救的漂亮。」克里斯汀說，回頭吃著手指餅乾，壓根不曉得瓦倫丁之前做了什麼，也不曉得夏綠蒂曾經有那麼一刻，可能成為他喜歡的人。

「玩得開心嗎？」維洛依夫人突然出現在維多利亞的背後，看著碧絲用流利日文向壽司師傅點了一些菜單上沒有的食物，此舉讓露西驚訝不已。

「那個女孩是個騙子。」維多利亞冷笑，想起所有露西企圖隱瞞的話。

「我們應該把她介紹給瓦倫丁。」維洛依夫人說。

「學校有個特別偏心的指導老師。」

「喔？露西是她的寵兒嗎？」

「是也不久了。」

「為什麼呢？親愛的，妳難道不知道靠作弊永遠不會成功嗎？」

維多利亞表情玩味，把端著蟹肉酥的服務生拉到一旁，在他的耳邊說了幾句。

「你，」維多利亞對服務生說，「知道史賓賽太太是哪位嗎？」

「不知道，小姐。」服務生說。

「她就是打扮得花枝招展，在那裡大聲嚷嚷的那位。」

服務生渾身不舒服，不知道該說什麼。

「我會給你……」維多利亞看著他的雙眼，偷聽他腦中期望的數目，估算著金額，「……一百塊，只要你走到那裡，向大家介紹你是德文郡俱樂部的伊森。」她不等他答應，就把鈔票塞進他胸前口袋裡。

等服務生點頭離開，維多利亞對維洛依夫人說，「伊森是露西去年交往的人，史賓賽太太從沒見過他，露西跟她說他是繼承大筆遺產的金童。現在她會以為伊森只是個服務生，這應該可以給我們——」維多利亞看了看錶，「五分鐘的好戲。」

維洛依夫人輕笑了一下。

維多利亞轉身回到露西和碧絲那裡，等著好戲上場，露西對接下來發生的事一無所知。維洛依夫人跟上，站在維多利亞身後。維多利亞漸漸靠近，不等兩個女孩轉頭便開口說話。

「聽說妳有男朋友？」她突然向露西發問。

「什麼？」露西轉過身，驚訝維多利亞的出現，而且依舊魯莽。

「喔，維多利亞，拜託……」碧絲低語，對維多利亞的舉止很震驚。「妳沒有必要這樣……」

「碧絲，閉嘴。我只是想多多了解我們的新朋友。」維多利亞微笑道，竊聽露西對湯馬士・古德曼・布朗的心底話，他是我見過最聰明、最友善、最帥氣的男人。維多利亞等著露西回答，這時露西心想，她是對他有意思嗎？他現在人在哪？露西環顧四周想找尋湯馬士，維多利亞跟隨她的目光，看見一個滿眼笑意的年輕男子，正和朋友說話。維多利亞注意到貝兒在附近徘徊，緊盯著他。露西似乎也發現了，她回頭看著維多利亞。

「什麼？」她又問了一次。

「沒事。」維多利亞說。

露西搖搖頭，轉向碧絲。「妳還沒跟我說日文的arigato後面要接什麼？」

碧絲興奮地聊著她擅長的東西，正當她準備回答的時候，維多利亞脫口說出，「gozaimatsu。」她給碧絲一計冷酷的笑，似乎在等待稱讚。碧絲知道維多利亞根本不懂日文，她只是不停地作弊。露西忽視維多利亞，翻翻白眼，繼續問碧絲其他問題。

但就在她準備發問時，維多利亞又打斷她們。「和碧絲學東西？我以為妳是學校裡最聰明的女孩。」

露西轉身看著維多利亞。碧絲嘆口氣，決定放棄，向經過的服務生拿了另一杯蘋果汁。算了，就這樣吧，她對自己說。

「妳以為妳是誰？普林斯評論報的記者嗎？」露西說，眼神警告著維多利亞。

維多利亞最喜歡惹人生氣，但她太膽小，不敢惹起公然挑戰。「我只是，有點，失望。」她喃喃地說，雙手交叉，移開目光。

「聽著，我不知道妳對我有什麼意見，但是——」

就在這時，露西看見母親氣沖沖走向她，手上拿著蟹肉酥，彷彿那是某個謀殺案的物證。

「露西！」她說，穿著高跟鞋的腳差點扭傷。

露西查覺到維多利亞臉上不懷好意的笑容，維多利亞聽見露西心裡想著，喔，不，別在這。

史賓賽太太拿著蟹肉酥，在她面前晃啊晃，不停重複地說，「服務生？服務生？」一遍又一遍，彷彿她犯下了滔天大罪。她抓住女兒的手離開，露西臨走前，回頭看了維多利亞一眼，她知道維多利亞一定和這件事有關，說不定碧絲也是同夥。

碧絲看見露西懷疑的神情，想解釋些什麼，什麼都好，想把自己撇清，想告訴露西她有多麼感激那一點友善之情。但她什麼都沒說，露西也這樣走了。

「成功了。」維多利亞心滿意足地說，「接下來，換那位指導老師。」

維多利亞離開，留碧絲獨自和維洛依夫人在一起。

「乖，碧絲，我可以做妳的朋友。」維洛依夫人說。

貝兒站在遠處看著一群和她同年齡的孩子，特別注意一個男孩。她看著他俊俏的臉蛋、走路的姿態、拿飲料的方式，心跳的飛快。她把維洛依夫人告訴她有關湯馬士的事情背誦一遍，他是查理．古德曼．布朗的獨子，查理是一位極富聲望的銀行家，他的妻子，也就是湯馬士的母親，幾年前去世了。貝兒整了整紅色裙子，記得這是湯馬士最喜歡的顏色。湯馬士是貝兒的獵物，身為最美麗的女孩，一定要有最受歡迎的男孩陪在身邊。在貝兒的世界裡，被渴望比什麼都重要，但在此刻，當她看著湯馬士和朋友在一起，她忘了「被渴望」是這五年來唯一在意的事，何況他只是計畫的一部分。此刻，貝兒只有恐懼，還不適應自己變得那麼美麗，她得提醒自己不要感到羞愧、不配。

貝兒放下杯子，第十五次整理裙子，然後朝吧台走去。她看著那群年輕人，眼神恰巧對上那個高大的棕髮男孩，湯馬士．古德曼．布朗。她看著他一會兒，對他微笑。他回以微笑，貝兒的心差點從喉嚨跳了出來。她轉身面向調酒師，調酒師正好離開，她變得更加緊張。她的旁邊是一只巨大的水晶花瓶，插著冬季花朵，她用指尖輕觸一朵，瓶裡的水瞬間乾枯。她嘆口氣，無論她去任何地方，人們都離她遠去，那些和她相處超過五分鐘以上的人，又會像上癮一般，拜倒在她的石榴裙下。現在，站在離她幾步之遙的，是第一個她希望能緊緊留住的人，第一個她不願意放手的上癮者。不遠處，一對夫妻相互竊竊私語，經過貝兒旁邊時，女人塞了一包薄荷糖到她手裡。貝兒看著手中的薄荷糖，想要放聲大哭。這種事總是一再發生，每一次都讓她感到無比孤獨。這是貝兒的詛咒，她為了美貌和被愛放棄所有，她越來越美麗，也越來越令人反感。維洛依夫人說這樣能塑造性格。在人們為她神魂顛倒之前，她必須有辦法留住他們撐過反感期——也就是她的孤獨期。

晚餐準備就緒，每個人起身朝自己的指定桌次走去，克里斯汀走到碧絲身旁。

「妳還好嗎？」兩人就座後，他問碧絲。克里斯汀是唯一讓碧絲心安的人。她嘆口氣，「該怎麼說呢？貝兒愛著湯馬士，但她讓每個人作噁，還有稍早前，維多利亞差點讓露西流鼻血，她作弊作的可大了。」

「不會吧，她當著大家的面前使用能力？」

「是啊，她可能又要開始扯一堆廢話，像是需要特別治療什麼的。」

克里斯汀等她繼續說下去，但她只是保持沉默。

「妳和那個女孩聊天聊了好一陣子。」克里斯汀說。

「露西嗎？她對我很好。」

「交新朋友了？」

「又被維多利亞毀了。」

碧絲反覆折著餐巾，不想抬起頭。

克里斯汀喃喃地說，「抱歉。」

「嘿，你有遇到康納・沃斯嗎？」碧絲問。

「有啊，我們聊了些運動話題，他很酷。」

「你可能很快就會想從他身上偷走什麼。」

「才不會。」

「抱歉潑你冷水，但他是最優秀的運動選手之一，你也知道你不喜歡輸。」

克里斯汀呻吟一聲，把頭枕在碧絲肩上，她像個慈母般拍拍他。

他們靜靜坐在一起好一陣子，一個服務生走過來把空杯子收走。

「這樣真好。」克里斯汀說。

「什麼？」

「聖誕節。我們從來沒有慶祝過。」維洛依夫人不喜歡聖誕節，這是她的規則之一。

「我們看過。」

「那不一樣。」

「我們要心存感恩，」碧絲說，「還有誰願意收留五個棄嬰呢？」

「是沒錯，但她把我們都變成怪胎。」克里斯汀說。

「她只是保護我們，別說你不喜歡這些能力，小奧林匹克先生。」

「這是有它的好處。」他聳聳肩，「她讓妳和貝兒可以在一起。」

「而且幫助貝兒，讓她和我變得完全不一樣。」

克里斯汀知道這是個心酸話題，所以不再多說。這五年來，碧絲靜靜地看著貝兒轉變，克里斯汀知道碧絲心裡一定很難受。他還記得，一開始貝兒和碧絲幾乎形影不離。他們兩個一直都是五人中最親密的，但突然從五年前開始，貝兒決定要成為最美麗的人，於是有了轉變。克里斯汀不懂為什麼維洛依夫人讓她隨心所欲，如此簡單，不需任何妥協和代價。但她其實是要付出代價的，就像其他能力一樣，克里斯汀一直不擅長推敲維洛依夫人的行為。

「說人人到。」碧絲說，克里斯汀抬起頭。

維洛依夫人在桌子對面就座，拿起一只叉子。貝兒也來了，找了維洛依夫人旁邊的位子坐下。過不久，桌子終於滿座，五個孩子、維洛依夫人、一對看起來至少有七十歲的夫妻，以及其他零星的人。碧絲沒人可以說話，只好轉頭和旁邊的老夫妻交談。他們與她相處融洽，沒有注意到她的扭捏之處。老先生喜歡這個小女孩對自己的笑話很捧場，於是繼續滔滔不絕的談論戰爭、乾旱、以及時下搞怪的年輕人。用餐時，維洛依夫人對老先生說了些善意的客套話，像是「我還記得。」之類的，老先生瞬間毛髮直豎，臉色發白，彷彿認識維洛依夫人，身上的某樣東西就要被她奪取般。而維洛依夫人只是露出蜜糖般微笑，轉頭繼續低聲對貝兒說話。

克里斯汀專心吃著，瓦倫丁一直想要和他說話。「你有遇到喜歡的人嗎？你有看見維多利亞怎麼對付露西的嗎？你想吃我的蛋捲嗎？」

克里斯汀咬一口麵包，這是瓦倫丁得到的唯一回應。他對克里斯汀的冷漠不以為意，他一直頗能自得其樂。

這時一個漂亮女孩經過桌旁。

「想要看看很酷的事嗎？」瓦倫丁問克里斯汀。

「好啊。」他說，接著等了一分鐘。瓦倫丁裂嘴而笑，一個服務生絆倒在地，那女孩經過時，不解地看了服務生一眼。

「怎麼？不是要給我看很酷的東西？」

「我已經做了，相信我，你會喜歡。」

3 深紅色的家

「妳來到里米尼是為了找那位製盒的科內洛先生吧？我看到了。很多人來找他，從山上、從非洲、從世界各地，懇懇哀求科內洛，但他都說不。他能做什麼？他花了四十年，四十年做出一個盒子，一個像這樣的小盒子，放在手上剛剛好的大小，那麼完美無缺。沒有任何東西比科內洛的盒子更加美麗，連國王都前來觀賞。他的雕工多麼精緻，但現在他已經老了，做不出第二個了。當然，妳想要，是吧？像妳這樣漂亮的女士在找尋漂亮的寶物……但他是不會給的，他說妳得殺了他，妳知道嗎……大家都說他是用魔法製成的。四十年，一個比整個世界都還要美麗的魔法盒。他總說他會把這只盒子握在手中，和它一塊兒死。所以妳去見他了，是吧？」

「事實上他做了兩個。還有，我早已見過他了。」

派對過後，維洛依夫人第一次帶孩子們回到曼哈頓的新家，一間昂貴、寬敞、位於上東區的公寓。然而這間公寓骯髒昏暗，附近可能找不到比這間公寓還要窄小的窗戶了，連街景都看不清楚。一踏進屋內，孩子漸漸感到呼吸急促，臉色蒼白，身體疲累，迫切渴望乾淨新鮮的空氣。就連習慣汙穢空氣的貝兒，在這間屋子都深感不適。夫人打開燈，孩子們你看我，我看你，一臉疑惑。屋內空無一物，整間公寓沒有半點家具。一側有兩個臥房，另一側則有一個大廚房。整間屋子過分空曠，如果你不把灰塵和飛蛾算進去的話。

「我們的東西呢？為什麼這裡是空的？」瓦倫丁問道，走進其中一間空房間。

「這就是我要給你們的驚喜。」維洛依夫人說，「我把家具都收起來了，這樣才可以給你們看些新東西。」

碧絲注意到天花板有三隻飛蛾。她習慣在每個房間尋找活生物，會動的生物，生命的存在才能讓她感受到時間的流逝。時間——這是維洛依夫人給她的能力，她看著飛蛾飛過房間，在角落停了下來。

「我說過今晚要給你們看些東西。」維洛依夫人語帶戲謔地說，她穿過碧絲和克里斯汀中間，走向瓦倫丁，將手放在他肩上。

「你們現在已經交了些朋友，將會用到我要給你們的東西。」

「碧絲沒交到任何朋友。」維多利亞說。

「還不是因為妳。」貝兒說，本能的保護碧絲，「別理她，碧絲。」

「貝兒妳要小心，別這麼愛忌妒。」維多利亞說，「這樣就不漂亮了。」

碧絲輕哼一聲，「妳又知道什麼叫漂亮了。」她小聲說，「妳大可把分數刻在額頭上啊！」

瓦倫丁環住碧絲，「說的好，妹子。」碧絲的身體縮了一下，看著瓦倫丁，表情五味雜陳，她不明白為什麼他從來不叫維多利亞或貝兒『妹子』。

維洛依夫人把手伸進口袋，拿出兩個木盒子，大小放在手裡剛剛好。瓦倫丁大吃一驚，她有兩個，他看著克里斯汀，也是一臉驚訝。一個盒子是深紅色，另一個是鮮豔的天空藍。「親愛的，這裡就是你們用來招呼新朋友的地方。」維洛依夫人說完，把藍色盒子丟到公寓中央，碰到地面發出微弱的回音，盒子一落地，便發亮起來，那是個奇異的光芒，不美，但令人迷眩，還有些刺眼。起初盒子外圍僅有一圈微弱光芒，彷彿裡頭有隻蠟燭，接著，那圈光芒越來越大，越來越明亮，慢慢充斥整個房間，直到什麼都看不見。孩子們始終盯著光芒，幾秒內，整間公寓已經消失不見，視線所及只有光芒，即使閉上眼睛或甩頭不看都沒用，就像直視太陽好幾個小時，突然想把頭撇開一樣，光芒直射入眼，穿透每個人。

又過了一會兒，光芒消失了。刺眼光芒、空曠公寓、陳腐空氣，全都消失了。瓦倫丁揉揉雙眼，碧絲雙眼還緊閉著。等他們重新適應，看見自己站在一個全新的公寓，一個富麗堂華的家，簡直像雜誌封面上的一樣。

「哇，」貝兒說，「太美了，簡直比——」

「這就是紐約人崇拜的東西，富貴，漂亮事物。」維洛依夫人溫柔地說。

「那我們何不天天住在這裡？」貝兒渴望地問。

「錢很容易。」夫人聳聳肩，「但深紅盒子裡的屋子很稀有，而且更珍貴。」

藍色盒子的客廳大部分裝潢成奶油白色調，牆上點綴幾抹藍。角落有張小桌子和一盞閱讀燈，以及許多書架，上頭放滿昂貴的精裝書。三張豪華的白色沙發圍繞一張玻璃茶几，牆上掛著許多法國印象派的畫作。瓦倫丁看到牆上的畫就渾身不舒服，他討厭風景山水畫。貝兒四處閒晃起來，觸摸沙發柔軟的布料，手指劃過書背，把檯燈開開關關。

孩子們仔細探索客廳和餐廳，一處都不放過。這裡的格局和先前的公寓完全不同，牆上本是監獄般的小窗戶，光線也十分缺乏，這間公寓則有許多落地窗，窗外還有陽台。

「這是真的嗎？」其他人四處探索時，維多利亞問維洛依夫人。「還是這只是眼睛的幻覺？」

「那要視情況而定。」

「什麼樣的情況？」

「看妳是否願意去相信。妳相信我是真的嗎？妳所做的一切是真的嗎？」

「我覺得是真的。」維多利亞說。

「這裡就如同妳相信的一樣真實。」夫人回答。

「這個看起來像幻覺什麼的，但我可以觸碰到它。」維多利亞用手敲了敲書櫃。

「如果這看起來是真的，摸起來是真的，那是真是假還重要嗎？」

「這個嘛……」維多利亞覺得這挺重要的。

「當然不重要，因為表面成就對妳而言就夠了。」

「不是的！」

「當然是，只要讚揚不要努力，這不就是你要求的。」

夫人說的沒錯。

維洛依夫人帶著孩子一個個參觀房間，這些房間顯然花了很大的工夫，卻看來格外諷刺。訪客來時，貝兒和碧絲有一間假裝共享的臥房，粉紅色調，極度女性化，房間裡有許多貝兒選美優勝時拍的照片，以及碧絲站在世界各地知名景點前的照片。書架上放滿書籍，各種語言都有，門旁放著一張古董化妝台和鏡子。

「哇，這根本就是芭比的夢幻小屋。」碧絲說，「別人真的會相信嗎？」

維多利亞的房間一樣，像是在向她的聰穎致敬。拉丁獎杯、學術獎牌、辯論證書，裝飾在牆壁和書架上。雖然都是假的，但維多利亞似乎很開心，不停翻閱假想的勝利。接著，他們參觀瓦倫丁和克里斯汀的房間，運動器材散落滿地，瓦倫丁的書桌在一旁，放了許多散文和詩詞，電腦旁邊還有工程計算機和一疊懷舊的第一人稱射擊遊戲，像是毀滅戰士或德軍總部3D。瓦倫丁搖搖頭，繼續前進。

克里斯汀心想，為什麼衣櫃裡的曲棍球棒，手柄部分沒有用帶子纏起來，若他有球棒，這一定是他第一件要做的事，瓦倫丁的書頁也都沒有折角，這裡完全不像有孩子住過的痕跡，道具都放在適當的位置，但毫無生氣。

「你們和這個地方很搭調。」夫人對維多利亞說，她還是感到疑惑，「這些房間就像你們五個，也許不是真實的，也許是個詭計，但絕對令人印象深刻，給人一種顯赫假象，這就夠了。這個地方是靠努力和犧牲建造出來的？或只是用美麗的糖衣去掩飾某些平凡的東西？一點都不重要，維多利亞。」

參觀一陣子之後，維洛依夫人把孩子叫回客廳，「記住，如果有任何訪客光臨，你們要快速轉換成這間屋子，必須要熟悉這一切，這很重要。」

他們全點點頭。

「很好，讓我們回家吧。」

碧絲開始喃喃自語，每當她緊張時，就會不自覺喃喃自語，每次都說不同的語言，這一次，是貝兒熟悉的母語——義大利文。

夫人再一次揮動手腕，把深紅色的盒子丟到地上，光芒越來越強、越來越亮，整間公寓都成了血紅色，也越來越刺眼，直穿雙眼，像日蝕一般。貝兒撇開頭，克里斯汀往下看，全都沒用，有好幾分鐘，整個空間只剩強烈刺眼的光芒。接著光芒消失，但每個人的雙眼還殘留紅色餘光，過了好一會兒才有辦法再把眼睛睜開。

這個屋子的景象，和幾分鐘前安詳溫暖的家截然不同，中心是個圓形的客廳，占據了大部分的空間，將近十二條狹長的走道與此連接，就像公寓長了許多手臂伸長至各個角落。每個走道的盡頭，有許多小房間，刻意彼此分開。還有一條更狹小的走道，從客廳往東直達維洛依夫人的私人住處。

暗色的牆壁，加上飄忽的燭光，把公寓營造出地獄般的氣氛，又帶點陰暗的斑駁。成堆的蠟燭或高或低、或左或右從牆壁伸出來，彷彿被刺進房裡一樣。火焰和蠟油不斷從燭柄往下流，像著火的刺，往下延伸，警告孩子遠離那些通往夫人住處的狹窄走道。圓形客廳的中央有六把椅子，環繞一張巨大的圓形木桌。客廳四周每走幾步便可以看見走道入口，走道之間的牆上，裝飾著舊式書櫃和鏡子。

儘管轉變如此巨大，屋子裡最明顯的不同是空氣。空曠公寓裡那陳腐、惡臭的空氣回來了，甚至更強烈。這間屋子彷彿是那間屋子的空氣源頭，彷彿那間屋子還留著腐敗的殘渣，並從深紅色盒子散發出來。

碧絲喃喃自語，「Lasciate ogni speranza voi ch，entrate。」

貝兒沒好氣地說，「碧絲，別這樣。」

他們來到紐約以前，就已經住在這個屋子裡，從他們第一天抵達鄉村小屋開始，也住了好幾年了。然而每次進來，都還是和第一次一樣難受。

維洛依夫人滿意地環顧四周。「回到家真好，是吧？孩子們。」她說，「我還有一些驚喜，如果你們表現好，我明早就給你們看。」

「那聖誕節……」碧絲說。

「別對聖誕節小題大作。」維洛依夫人說。她討厭聖誕節，沒說晚安，就傲慢地離開客廳，向通往東邊的狹長通道走去，豪華的黑色大衣在她身後飄動。

維多利亞環顧四周，夫人說過的話始終困擾著她。能假以亂真就夠了，維多利亞安慰自己，其他的東西就算是虛偽的，也沒人會發現。她抬頭望向天花板，屋子又熱又暗，空氣厚重得彷彿移動起來了。維多利亞頭有點痛，但雙眼直盯著頭頂上那盞吊燈。那是玻璃製的，上面放滿許多昏暗蠟燭。她看過好幾千遍了，但這次，那盞吊燈似乎在與她對望。維多利亞漸漸感到暈眩，四周空氣越來越沉重，在她身旁飄動起伏。那盞燈是真的嗎？有一瞬間，維多利亞以為吊燈消失了，只剩微弱的火光還在半空中飄浮。維多利亞只看見許多火舌浮在空中，她揉揉雙眼，「維多利亞！」瓦倫丁叫道，維多利亞急忙轉身。

「幹嘛？」她生氣不耐地說，「你嚇到我了。」

「你在看什麼？」

「沒什麼。」她說，又抬起頭，這回吊燈出現了，玻璃、蠟燭、全都和房間裡的其他東西一樣真實。

午夜，瓦倫丁、維多利亞和貝兒圍坐在客廳的大圓桌。瓦倫丁靠著椅背，雙腳放在桌上，正把玩一枚銅板。貝兒在修指甲，維多利亞則在反覆檢查一疊名單。

「真是一群偽君子。」

「他們有些人看起來挺好的。」貝兒說，一邊修指甲，一邊想著湯馬士。

「妳在想湯馬士。」瓦倫丁說。

「我才沒有。」貝兒說。

「妳有。」維多利亞一邊說，一邊把名單上某些資料刪除。

「不要再讀我的心了。」貝兒說。

「好噁心喔。」維多利亞說，「妳的小腦袋好骯髒喔，貝兒。」

貝兒臉頰漲紅，撲向維多利亞說，「閉嘴！」

「好了，好了，說到讀心術我突然想到，」維多利亞說，「昨晚的宴會上，我聽到一段很有趣的對話。」

「不了，維多利亞。偷聽到某個女孩的入學分數，我們不感興趣。」瓦倫丁說，「不過我不介意聽聽貝兒藏在心裡的那些骯髒秘密……」貝兒翻了個白眼。

「其實，」維多利亞說，「我是無意間聽到的。碧絲和克里斯汀在聊我們五人是怎麼到這兒來的，他們說些有關嬰兒、領養的事，還有貝兒妳決定改變的時刻……」

貝兒放下指甲挫刀，興致勃勃地問，「他們說了什麼？」

「碧絲對妳做過的事很沮喪。」維多利亞對貝兒說。

「什麼？她什麼都不知道啊……我什麼都沒做。」

「她的確不知道所有的事，但她知道妳覺得她是醜八怪。」

「我沒這麼說過，我完全不這麼想！」貝兒說。

「妳為了換一張和她不同的臉蛋，把靈魂賣給撒旦耶，」瓦倫丁說，「這樣她應該夠明白妳的想法了，」他看著手中的硬幣，若有所思的說，「賣掉靈魂……，聽起來真像中古世紀的故事。」

「她不曉得，瓦倫丁，他們兩人都不曉得我們做了什麼，我知道這很困難，但是我們最好閉緊嘴巴。」

「這不難啊。」瓦倫丁一派輕鬆地說。

「除了這件事，我和碧絲無話不談。如果他們知道了，對任何人都沒有好處，記住夫人說的，這件事和他們兩個沒有關係。」

維多利亞輕蔑地對貝兒說，「妳不覺得自己是小人嗎？這樣對待自己的雙胞胎姊姊？」

「我愛碧絲！」貝兒反駁，「我只是想保護她，妳知道她的為人，這件事會傷透她的心。」

「對，沒錯，妳這麼做完全是為了她。」

「維多利亞，少來了，妳除了愛自己，有愛過任何人嗎？」

「隨便啦，反正他們遲早有一天會發現。」維多利亞說，「克里斯汀已經開始對偷竊感到內疚了。」

「我知道，而且那些有關棄嬰或年幼出遊的記憶，實在是漏洞百出。」貝兒說，「但是我們得保持沉默。如果碧絲發現了，她會心痛欲絕，也會恨我一輩子。」

「我不懂為什麼維洛依夫人留下他們兩人。」維多利亞說，「我了解不跟他們說實話的原因，他們會把事情搞砸。但是為什麼留下他們？為什麼給他們能力？」

「她可能喜歡挑戰吧，想讓他們妥協。」瓦倫丁說。

「克里斯汀已經妥協過了。」維多利亞自信地說。

「我不敢這麼說。」瓦倫丁說，身體往後靠了一點。

「他原本有，可是後來改變主意了，記得嗎？」維多利亞說，想起五年前在鄉村小屋的那天。

「那為什麼還把他留下？」

「因為夫人要的更多，我不清楚只是想要靈魂還是……」貝兒說，「但她想從我們身上得到更多。」

貝兒悲傷低下頭，瓦倫丁趕緊轉移話題，想緩和氣氛。「我跟妳們說，克里斯汀和碧絲對於我們得到能力的方法，有很多瘋狂想法。」他大笑說，「他們以為維洛依夫人是具魔法的女巫之類的，」他又盯著手看，「是啊……一個火辣的女巫。」

「瓦倫丁，你好噁心。」維多利亞讀著他的心說。

聖誕節早晨，維多利亞和維洛依夫人出門熟悉這個新城市。大部分的街道才剛鏟過雪，人行道上覆蓋一層淡黃的雪。雖然是聖誕假期，街上還是有許多人，或在聊天，或在遛狗，或在少數仍有營業的商店裡逛街。夫人喜歡觀察人群，她經常這麼做，窺視人群，對他們的行為品頭論足，如果她忽然看見有人在爭吵，便會停下來聆聽。

維洛依夫人穿著滑順的黑色長大衣，戴著時髦的黑色帽子。她總是打扮優雅，高貴氣派。維多利亞懷疑，她的衣服是否和那間紅色房子一樣，是個假象。但漸漸地，她也不太在乎了。

「我們坐地鐵過去。」維洛依夫人說，朝萊克星頓大道走去。坐地鐵總是能滿足她竊聽的欲望。

然而，維多利亞瞧不起坐地鐵，她討厭任何平凡事物。她買了張單程票，走向地鐵入口，但並沒有將票卡插入，而是走到殘障入口把門拉開，警衛看了她一眼。

「我把票放在那兒。」她指著入口處，「但是沒有感應。」她溫柔地微笑。警衛回以這個活潑小女孩一個微笑，對她點點頭。這時維洛依夫人早已在月台上等候。

「錢不夠用嗎？」夫人揚起眉毛問道。

「地鐵系統真是有夠笨，我只是好玩耍耍他們。」

她把沒用到的票卡丟到鐵軌上，一隻老鼠驚慌地溜走。

「我很高興妳知道妳有多聰明，維多利亞。」夫人把手放在維多利亞肩上，冰冷的手指滲透維多利亞的衣服，令她骨頭發涼。

「妳不覺得我太高傲了嗎？」維多利亞嘲諷地問。

「有自知之明沒什麼不對，親愛的。」

「大家都說驕傲是七大原罪之一。」維多利亞試探地問。

「這個世界有太多笨蛋了，維多利亞，這就是為什麼社會需要規則的原因，但如果一個人夠聰明，就可以凌駕這些規則，甚至可以創造規則。」

維多利亞笑了，有時夫人說的話真有道理。

一個半小時之後，她們抵達蘇活區。維洛依夫人走的很快，靴子喀喀作響，似乎沒注意到漂亮的鵝卵石街道，聖誕節氣氛濃厚的商店，或是咖啡廳的窗戶透出的黃色光暈，窗戶一部分結了霜，隱隱約約透露出裡頭的歡樂景象。她只是不停向前走，注意力集中地大步邁進，維多利亞在後頭跟隨。維洛依夫人的話令維多利亞放心，但不知怎麼，她總是又會開始擔憂，夫人是維多利亞唯一無法讀心的人，因此總無法長久安心下來。她不停想著那間屋子，如果有人發現了怎麼辦？這個想法一直困擾她，成功也許全是幻覺，但是如果成功真的是幻覺，那要如何才能不讓這一切瞬間消失？

「維多利亞？」

「怎麼了？」

「我想跟妳打個商量。」

維多利亞精神一振，她真希望可以偷窺維洛依夫人的心，哪怕一下子也好。然而，她還是想聽聽看，和其他四人不同，她喜歡和夫人交易，這讓她有勝利感。

「我在聽。」

「我知道妳一定常常在想妳的未來會如何……」

「我想是吧……」

「妳知道這些年下來，還有很多很多其他像妳這樣的人。」

維多利亞明白了夫人的意思，震驚地啞口無言，接下來夫人還要揭露更多她所不知道的事嗎？

「我可以告訴妳更多有關他們的事，讓妳知道我創造過的成功，然後妳可以自己衡量一下……」

「妳要告訴我那些人是誰？」

「沒錯。」

「妳想從我身上得到什麼？」維多利亞企圖抱持懷疑態度掩飾自己，但她興奮的聲音出賣了她。她早已準備好付出一切。

「只是一樣小東西。」夫人用細長手指托住維多利亞的下巴，左右晃動她的臉蛋。「親愛的，我特別喜歡妳，妳是未來最能成大器的那一個，所以對妳，我要的代價不高。」

維多利亞用力咽了一口口水，眼神閃爍著貪婪。

「我要妳只聽命於我。」維洛依夫人說。

「但是這筆交易我們早就已經……」

「不，親愛的，我的意思是，完完全全服從我，保證絕對不會幫助其他人，如果他們請求妳的話。」

維多利亞臉色一沉，「他們絕對不會求助於我，他們根本不喜歡我。」

「這話沒錯，他們不喜歡妳，但他們可能會假裝，妳也有可能會被愚弄。」

維多利亞很生氣，「我比他們都聰明！」

「是啊，所以妳能保證嗎？」

「可以，一言為定。」

「很好，所以一旦妳從他們那裡發現了什麼……」

「妳要我監視他們？」

「維多利亞，妳現在不了解，但有一天會的。總有一天妳了解的事會比現在還多。」

「可是我已經懂得讀心術，我可以知道所有的事。」

「讀心術有它的極限，人們可以感覺得到。總之答應我，維多利亞，如果我賦予妳更多強大能力，妳將完全聽命於我。」

「嗯，我答應妳。」

維洛依夫人笑了，她們走進一家精品店，店面位於蘇活區某條時髦的街上，牆壁和地板又黑又亮，還有一個偌大空間，僅擺設兩個人體模型和四張桌子，桌上則放了幾張摺疊工整的紙。

「所以呢？」

「什麼？」

「妳不是要告訴我這一切的真實性嗎？還有誰和我一樣？」

夫人從鄰近桌上拿起一件黑色上衣仔細檢查。她看看上頭的縫線，一條一條數著，就像在數念珠一樣。

「我曾和最頂尖的那些人一起，有名的人，歷史上有記載的人。」

維多利亞靠近。

「但妳是最棒的，親愛的，是最有潛力的人。」

維多利亞眼神閃爍，「像誰？妳幫過誰？」

「我剛開始幫助一個埃及的女孩，從她出生起就陪在她身邊了。在那個年代，她擁有無人能及的雄心壯志，她想要成為國王，願意付出任何代價。」

「她叫什麼名字？」

維洛依夫人不理會維多利亞的問題。「還有好多人。有些年我身邊一次有好幾人，有些年身邊空無一人，還有些年，他們都因異端審判和政治迫害而被殺害了，我只好躲了起來，接著，我遇見了一個不受父親寵愛的小女孩。」

維多利亞的心跳了一下，夫人繼續說，用餘光掃了維多利亞一眼，「她的父親把她送走。」

「她住在哪裡？」

「倫敦，」夫人微笑道。維多利亞很困惑，她是在說我嗎？可是我父親沒有把我送走啊，他甚至沒發現我不見了。

「這個小女孩天賦異稟，所有家教都對她印象深刻，每個人都認為她是天才，但是，她的父親只在乎她的弟弟。」

維多利亞感到滿腔的憤怒和悲傷。

「他把全家的希望寄託在弟弟身上，關愛他，給他禮物。小女孩卻被拒之在外，眼不見為淨。」

「她除了寄望成功，還有其他願望嗎？」

「不只是成功，她想成為女王。」

「女王？」

「是的，維多利亞，她想成為她的年代裡最有權勢的女人，她願意付出一切代價，在她天鵝絨衣裙底下，藏著一顆邪惡的心，而我一直都在那兒。」

維多利亞口乾舌燥，「我想我知道妳在說誰……」

「當時，我是她最親近的人，當然名字不同，但是一直是同個人。」

「我不敢相信……」

「她將成為英國最偉大的女王，全世界爭相渴望她的關注，值得，妳說是吧？」

維多利亞點點頭。

「以前有其他的人，現在也有，妳將會見到他們。」

「真的嗎？誰？在哪裡？」維多利亞幾乎跳了起來。

「有很多，我不打算一一告訴妳，只要記住，維多利亞，記住這些都是真實的，如果妳遇見某人，他過著過分輕鬆舒適的日子，那就是同夥。」

「為什麼有好多個像我一樣的人，而妳卻只有一個？」

「不只有我一個，外頭有一大批家庭教師。」維洛依夫人眨眨眼說。

「為什麼需要那麼多人？」

維洛依夫人把上衣放下，靠近維多利亞，在她耳邊低語，「因為有許多靈魂在呼喊我們，而我們都會一一回應。」

一位年輕貌美的女店員靠近她們，維多利亞轉頭過來，「需要我幫您把這件上衣拿到更衣室嗎？」她看著維多利亞手裡不自覺抓著的那件上衣。

「喔，不了，我要買這件。」她說。

「好的，我替您包起來。」女店員高興的說。以這間店的格調來說，女店員有點過於開心。維多利亞看的出來她是新手，很明顯是因為美貌而被僱用。女孩結帳時，維多利亞突然怒火中燒，不知道自己為什麼會如此生氣，也許是因為父親的回憶，也許是因為想到外頭還有比她更優秀的人，或者是想到以往還有許多更成功的人。她一把搶下女孩手中的購物袋，憤怒地衝出店門外，維洛依夫人在她身後沉著地閒逛。她到了外頭，把袋子裡的上衣拿出來。

「這件衣服好醜。」她說。

「嗯。」夫人似乎很認同。

維多利亞用力一拉，把其中一只袖管扯破一半，接著回到店裡，維洛依夫人緊跟在後。

「這個壞了。」她對著女店員大吼。

「喔……我很抱歉……您確定嗎？」

「我確定嗎？我確定嗎？妳看，袖子幾乎要掉了。」

「可是之前不是這個樣子的啊，我……」

女店員不知如何是好，這是她第一天上班，維多利亞把她嚇壞了。

「妳的意思是我說謊囉？」

「我不是這個意思。」

「我沒碰過這麼差勁的服務態度！妳先是賣給我一件破衣服，又說我是騙子，妳簡直在浪費我的時間！」

「我很抱歉，請給我一點時間，我幫您退款。」

「退款？真是理所當然啊，這根本不能彌補妳這糟糕的服務。」

「哦……是的，我去請示經理。」

女店員跑進辦公室，維多利亞深吸一口氣，真是痛快，精神百倍。幾分鐘後，女店員回來了。

「不好意思，我幫您退款，公司將贈送您兩百元的禮卷作為聖誕禮物，希望您再度光臨。」

「聖誕禮物？」維多利亞斥鼻道，「妳給我搞清楚，妳給我東西，這不叫做禮物，這是浪費我的時間和精力所作的賠償。」

說完，她把禮卷一撕為二，大步走出店門口。

她們安靜地走在大街上一陣子後，維多利亞看了夫人一眼。「妳覺得我太過分嗎？」她問道，想測試夫人的極限。

「妳必須為自身權益挺身而出，親愛的，記得我說過的，這個世界有太多笨蛋，他們得學學如何把自己的工作做好。」

「沒錯，這些人惹的我好生氣。」

「憤怒有時是種慰藉。」

「大家說憤怒也是七大原罪之一。」維多利亞開玩笑說，夫人則溺愛地笑了。

「妳真是個聰明的孩子，維多利亞。」難怪妳的父親會將妳交給我……

❦

有時候，碧絲會在地鐵坐上好幾個小時，從軌道的一頭到另一頭，從科尼島到洋基球場，蜷縮在座位上，聽著圍繞在身邊的各國語言。如果你看見她，並不會發現有何異常之處，只是車廂上的一個小女孩，有時獨自一人，有時擠在乘客之間。她來來回回地坐著地鐵，在開往北橋的R車廂練習俄語，在開往阿斯托利亞的W車廂練習希臘語。如果她想練習阿富汗語，地鐵五號線有一群小姐經常從南布隆克斯上車，並在亞特蘭大大街下車，那裡是所有中東市場的聚集處。沿路，裹著黑色頭巾的她們，七嘴八舌地聊著，從最喜歡的食譜一直聊到困難的壁球。碧絲會待在一旁，假裝看書，趁機吸收所有教科書上學不到的俚語。她也會想辦法回饋社會，當然，用她自己的方法。就像有一次，一位老態龍鍾的先生上了車，似乎迷了路，無法與任何人溝通，她便抓住他的手臂，開始複習她的各國語言。

「您說法語嗎？」

「西班牙語？」

「德語？」

老先生只是微笑地點頭。

「義大利語？」

「丹麥語？」

老先生還是微笑地點頭。

「荷蘭語？」

「馬拉雅拉姆語？」

「廣東話？」

等她一直問到西非方言，才有人指出他是個聾子。

聖誕節當天，碧絲在F車廂上，正在練習意第緒語時，突然聽見有對夫妻正在用烏得默特語交談，她極力抑制興奮的情緒，怕自己不小心叫出來。瀕臨失傳的語言，一個瀕臨失傳的語言，就出現在這兒，紐約的地鐵裡。

「哇喔！」她說，無法控制自己。

那對夫妻看看她，繼續回頭低聲交談，說些什麼，碧絲聽不太出來。她上下打量他們，兩人衣服老舊，到處都是補釘，頗有農村風格。女的一頭長髮，男的滿臉鬍鬚，和紐約格格不入，看起來像在演戲，主題是文化研究或紀錄片什麼的。她以前讀過一點烏得默特語，對每個瀕臨失傳的語言都小有研究，她知道這個語言的起源，也知道這個語言因為孩子們不再說了，而瀕臨失傳，但她只會說這個語言中的一些單字，似乎和斯洛伐克語有相似的文法結構……碧絲傾身靠近，女人用餘光看她一眼，他們說的是東歐口音，碧絲心想，這時地鐵突然晃了一下，碧絲一股腦兒倒在男人的腿上。

「抱歉！」她說，趕緊起身。

不等這對夫妻重新回到他們的私人話題，碧絲向前傾，用她所知的烏得默特語結巴地說，「打擾你們萬分抱歉，不過請問你們剛剛在講電影節的事嗎？」

這對夫妻目瞪口呆，一來是驚訝於碧絲的發言，二來是這個陌生小女孩竟然會說這個語言。

碧絲換回英文，「抱歉，我的意思是，請問你們在談論電影節嗎？你們是在聊這個嗎？我是說，這個主題……我沒有在偷聽……我只是說，如果你們是在聊電影節的話，那麼……因為我在練習烏得默特語，所以……你們在聊什麼呢？」

女人睜大眼睛，結巴地說，「是……是的，我們在聊電影節的事。」

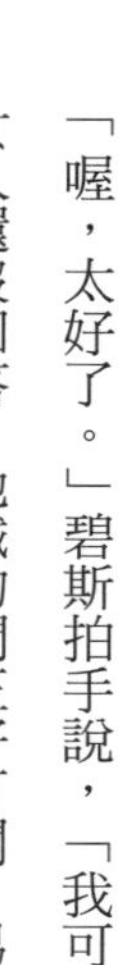
「喔，太好了。」碧斯拍手說，「我可以加入你們嗎？」

女人還沒回答，地鐵的門正好打開，男人說，「我們要下車了。」

兩人離去時，碧斯對著他們大喊，「那麼，我們也許可以之後再聊聊嗎？你們有電子信箱嗎？我們可以組個讀書會。」

她緩緩回到座位，發現地鐵下一站將直達牙買加大道，從那兒回家得花上一個小時，回家她就可以躲到書中世界，但在那之前，她只能在人聲鼎沸的地鐵上坐著，感受前所未有的孤單。

碧絲低下頭，感到有些害羞。她再度把頭抬起來，感覺自己彷彿看見維洛依夫人坐在遙遠的角落，穿著那件黑色長大衣，金色髮髻整齊地盤在頭上，對碧絲露出不以為然的笑容。碧絲急忙想再看個仔細，夫人卻消失了。剛剛那個真的是家教老師嗎？那是碧絲的幻覺嗎？她總是這樣監視大家嗎？這些想法讓碧絲打了個冷顫，一瞬間周圍寂靜無聲，她後悔和那對夫妻攀談。

碧絲坐地鐵離開時，並沒有注意到那位烏得默特族女人的表情，她在車廂外徘徊，看著碧絲離去。雖然一切都發生的如此突如其來，雖然老公迅速地把她拉走，她依然對眼前所見的奇遇感到驚喜——他們珍貴的母語，注定在這一代就要滅亡的語言，竟然有個紐約小女孩會說。對她而言，與碧絲相遇並不厭惡，反而帶給她希望，一下子讓她改變了對這個城市的觀感，也許她會對這趟旅行讚不絕口也不一定。

碧斯並不知道女人的想法，她有一連串錯誤印象，認為人們只要離開她，總會比較開心。

4 馬洛高中戲劇

狂亂的頭髮，雲朵的影子，枯槁的雙手。罪孽的靈魂總能幻想任何事情，尤其在這無情、漆黑的暴風雨夜晚。她曾佇立在許多不幸福的家庭門外，透過窗口望著他們好幾個世紀，雖然她現在的頭髮直順金亮，雙手白嫩柔軟。

她注視著，就只是注視著，等待一個時刻，總是有那麼一個時刻。

當他們看見印記的那個瞬間。

在那之前，她就一直都在那裡，無聲無息，注視著。

現在，她觀察他們每個人。一個男人，高瘦精壯，富有，但不知足。他擠在浴缸的角落，像是害怕會看見什麼。他待在角落，把水往身上潑，把自己洗乾淨，面對牆壁，洗得有點太過用力。洗完之後，環顧四周，然後迅速穿上浴袍，轉身的那個瞬間，窗外那個不明人士看見了他。

他模糊的樣子一閃而過。那個印記，死神般漆黑，覆蓋男人半個胸膛。骯髒、邪惡的黑。她微微一笑，很快地他就會呼喊她，然後他就再也見不到陽光。

又一個無聲無息的聖誕節過去了，隔天孩子們和維洛依夫人一同出席馬洛高中的聖誕戲劇表演，順便參觀學校，見見更多家庭。往學校的路上，瓦倫丁全程都在沉思，他清楚知道夏綠蒂是這齣戲的編劇，期望能得到空前迴響。偶爾夫人會在耳邊低語，告訴他，如果他想，站在舞台中心的就會是他。

「我從沒聽過有人把戲劇表演辦在十二月二十六號。」瓦倫丁氣呼呼地說，雙手交疊。

「我想在這無聊的季節裡，這齣戲應該是個不錯的娛樂。」夫人說。

「日期是你弄的？」瓦倫丁說。

「這個嘛，」夫人說，「祕密。」

馬洛高中是個結構緊密的哥德式建築傑作，建築物一棟比一棟富麗堂皇，主建築物的後面有一座禮堂，和林肯中心一樣豪華寬敞。每年聖誕季節來臨時，各式戲劇、歌舞劇、演唱會便開始上演，禮堂的拱型天花板上會裝上耀眼的節慶燈光，紐約有錢的父母、政客、權貴夫妻會盛裝出席，他們進入大廳時，身旁的狗仔隊就和奧斯卡典禮上的一樣多。禮堂內，中場休息廳就宛如一場大型的化妝晚會，市長夫人出席了，打扮得像花車女郎一樣。市長整場休息時間都被維洛依夫人迷的暈頭轉向，而市長的情婦一看到夫人那烙印般的眼睛，便趕緊跑了過來。

浮士德家族只要有機會，就開始偷偷觀察學校的各個角落，到禮堂外頭和操場上探視。這並非第一次，他們曾花了好幾個禮拜觀察未來的學校，研究潛在的朋友和敵人。然而，今晚他們還是感到前所未有的新奇和興奮。克里斯汀跑到體育館，從窗戶外偷看室內泳池。碧絲偷偷溜進圖書館，回來後一臉睡眼惺忪。

大部分的中場休息時間，瓦倫丁都在看那些豪華的絲絨地毯、耀眼的水晶吊燈，和掛在牆上的頹廢派畫作，這裡簡直不像學校。他仔細看著在休息廳交談的觀眾，發現許多沃斯宴會上的熟面孔——得意的神情、一身燕尾服和晚禮服、披著圍巾、戴滿珠寶首飾，彷彿他們的孩子今晚將登上百老匯的首演一樣。

「一群傀儡。」他心想，冷笑地看了維洛依夫人一眼，「想來點樂子嗎？」她點點頭，兩人朝鄰近的一群人走去。瓦倫丁的心跳了一下。有時夫人母性大發的時候，他可以想怎麼玩就怎麼玩，可以花好幾個小時重複一個場景，卻不會流逝任何一點時間，她可以教他該說什麼，該做什麼，如何蠱惑眾人，如何放他們走。

她是唯一可以陪伴瓦倫丁遊走時光旅行的人。有時候他們會重現一個場景十五次，有時候僅一次，但無論如何她都在，心甘情願。不然他要怎麼學習呢？若非利用這些無害的小遊戲、這些次要場合的小技巧，他要怎麼成為偉大的領導人呢？每個人總有起頭處，每個偉大之人都需要有位了不起的老師，願意從這些小事開始教起。多虧了這些時光旅行，瓦倫丁才有機會成為享譽國際的作家、有權有勢的政治人物、現代的凱薩大帝。但現階段，瓦倫丁得先學會擺脫社交時，那討厭的緊張感。

瓦倫丁站在後頭聆聽，等待好時機插入大家的話題，沒人發現夫人站在他身旁，對他耳語。

「趁現在。」每當有長春藤名校畢業的人說出機智言論，她就會跟瓦倫丁這麼說。接著瓦倫丁就會倒轉時空，當著那人的面前搶先說出來。

「繼續，加油。」她會鼓勵他一再重複那些台詞，直到完美無瑕為止。

瓦倫丁很緊張，這和平常的他不一樣，你總以為他自信滿滿，上刀山下油鍋都不怕，維洛依夫人對他那些不甚自信的言論從未有任何反應。

「妳知道嗎，」瓦倫丁嘆口氣說，「許多知名作家，在公共場合也不全然都是那麼機智聰慧。」她質疑地挑眉，他只好傻笑地補上一句，「妳啊，妳可以告訴我該說什麼。」

「我可以，」迷人的女家教說，對瓦倫丁眨了眨眼，「但這樣多好玩，不是嗎？」

就這樣，僅僅十五分鐘的時間，陪同在瓦倫丁身邊的夏綠蒂・希爾就對他從稍感興趣，轉變成無可自拔的愛。無論多少人想和這齣戲的編劇說話，但打從瓦倫丁直視她的雙眼，用恰到好處的驚豔和憂鬱表情，告訴她這齣戲真是『氣勢磅礴』後，她便再也放不開瓦倫丁的手。維洛依夫人站在他們身後注視著。

大廳另一頭，貝兒正試著鼓起勇氣靠近湯馬士・古德曼・布朗，她已經在遠處和他調情有二十分鐘了。

貝兒轉身把頭偏向他，他又笑了。她轉移目光，一陣口乾舌燥。不，她心想，我做不到。湯馬士和朋友說了幾句話，過了幾分鐘，兩人便走向貝兒。

「妳好，我是湯馬士。」他說，對貝兒伸出手，「這位是康納・沃斯，妳剛搬到這裡嗎？」

「那是誰？」康納拉長脖子看著貝兒身後的碧絲，她正在一棵植物旁閒晃，自言自語。貝兒做了個鬼臉，碧絲看起來心不在焉，一副做壞事的模樣，然後慢慢走到妹妹旁邊。

「我是碧絲。」她輕柔地說。

湯馬士彬彬有禮地牽起了她的手，微笑地說，「妳們一起來的嗎？」

「我們是姐妹。」碧絲說。

「妳們兩個一點也不像。」康納說。

「那你應該不相信我們是雙胞胎囉？」碧絲說，回想當初兩人曾經一模一樣的時光。

「不會吧。」康納說，覺得她在開玩笑。

「那妳叫什麼名字？」湯馬士轉向他看了整晚的美女。

「貝兒。」她說，胃不停翻攪，她知道接下來會發生什麼。

有好一陣子，湯馬士感到一股噁心感，四周空氣似乎變得沉重又腐敗。

「那是什麼味道？」康納不由自主地說。

「有味道嗎？」湯馬士禮貌地問，雖然他早已臉色發白，並朝貝兒退了一步。味道就像紫丁花和硫礦的混合，他心想。

「好像某種髒東西灑上廉價香水一樣。」康納說，沒想到這股味道就是他面前這位美女散發出來的。

「喔，你媽媽在這附近嗎？」湯馬士開玩笑地說。

貝兒緊咬嘴唇。

「湯馬士，閉嘴。」康納說，推了他一下。

「我在康納的宴會上看過妳們，妳們剛搬來嗎？」湯馬士興致有些削減地問，這個轉變讓貝兒的胃打上千百萬個結。

「我們上禮拜搬來的。」貝兒說，抱著希望補充道，「我們要進馬洛高中唸書。」她簡短回答，並往後退幾步，深怕把他嚇跑，宛如兩人之間有一條無法跨越的界線——至少目前為止是如此。

「喔，沒錯。」康納說，「妳母親有和我媽媽提過你們。」

「你是說維洛依夫人？」貝兒茫然地問。

「她不是你們的母親嗎？」康納說。

「她是我們的家庭教師。」貝兒回答，努力表現出性感和自信的一面。

「喔。」湯馬士說，假裝揉揉眼睛，其實是在遮掩鼻息。真是一個怪女孩。他不知道該說什麼，一部分的他很厭惡貝兒——不單單是氣味，還有她說的話。她的社交技巧令人反感，周遭氣氛都被搞砸了，而她的姊姊卻沒有要挽救的意思。他看著碧絲，她怯怯地退後，緩慢地移動到植物和牆壁之間的角落，像個被放逐的棄兒。她為甚麼那麼害怕？她看起來很正常，長相可愛，穿著得體，眼睛很美。然而另一部分的他，看著貝兒的美麗，又令他著迷，想要留下。突然湯馬士看見他的朋友露西・史賓賽，她幾乎是用跑的向他走來。

「嗨，露西，妳好嗎？」

露西之前被母親禁足了整整一個禮拜，因為她挑選男孩子的品味實在有待商榷（服務生是傭人啊，親愛的，這簡直和調理機談戀愛沒什麼兩樣！她母親叫道。）因此，今晚她很樂意答應母親，除了和那位可愛、年輕的古德曼・布朗交談之外，她將不理會任何男孩。「湯馬士，我到處在找你。」她用最嫵媚的聲音說。湯馬士向大家介紹露西，她一看見貝兒，就挽住湯馬士的手，愛理不理地對碧絲笑了一下，碧絲低下頭，感到羞愧和失望。

「那是什麼味道？」露西說。

「康納，和她們說說運動校隊的事吧。」湯馬士轉移話題。空氣越來越厚重，就像去年夏天的那場派對，他和露西喝了太多，還嗑了些藥，那時的空氣也變得混濁又溫暖，但還是很噁心。貝兒看著湯馬士，想試著靠近他，但他立刻後退。還太早，她心想。康納喜歡聊運動話題，況且他大半時間都待在選手休息室，早已習慣難聞的空氣，便立刻插嘴進來。

「好，讓我想想，馬洛高中幾乎什麼運動都有，妳們兩位喜歡運動嗎？今年的女子曲棍球人數有些短缺。等等，那妳們的兄弟呢？」

「克里斯汀會很多運動。」碧絲說，「網球、游泳、高爾夫球……」

康納沒等她說完，「我和湯馬士是高爾夫球校隊的！馬洛高中是最厲害的，他有障礙（handicap）嗎？」

「他有時候太好勝，有點情緒化。」碧絲幾乎是自言自語地說，「但是我不認為……」

「他指的是高爾夫球的差點（Handicap）。」露西說，「妳是打哪裡來的啊？土庫曼嗎？」

「別小看土庫曼，那裡也有高爾夫球。」碧絲一派輕鬆地說。

「妳怎麼知道？」

「我……去過一次。」碧絲說。

碧絲很肯定她到過那裡，她記得和維洛依夫人去過很多地方旅行，好像是八、九歲的時候去的，她不是很確定，但應該差不多是那個時候，因為那時貝兒還長的和她一模一樣。碧絲將她的一生分成兩個時期：貝兒轉變之前和轉變之後，在她擁有最好的朋友之前和好朋友消失了之後。她心中只需要這兩段時間，不必知道現在何年何月，那不重要。碧絲清了清喉嚨，繼續低頭看著地板。

「隨便妳。」露西說。

「妳聽哪一種類型的音樂？」康納問道，試圖緩和氣氛。

「聖歌。」碧絲懶理地說。

「是喔。」康納抓抓頭，「我想我上禮拜有聽到他們在酒吧的表演。」

幾分鐘之後，湯馬士離開了，臨走前僅僅斜眼看了貝兒，她努力不讓失望表現出來。露西抓著他的手，用最親密的語調說，「我跟你一起走。」她得意洋洋地看著貝兒，「我們去人少一點的地方吧，這裡有臭味。」貝兒恨極了露西，巴不得從她身邊把湯馬士拉走。

兩人走掉之後，碧絲立刻放鬆下來。「好啦，妹妹，我敢說午餐時刻她不會邀請我們與她同桌了。」她說，從經過的托盤拿了一塊小餅乾丟進嘴裡。貝兒站在群眾之外，大家都從她身邊逃之夭夭，但只要是和她有些距離的人，卻又羨慕地盯著她。她將身子挺直，瞧瞧鏡中的自己。我很美，她再三確認。但顯然湯馬士不這麼想，他逮到機會就想逃跑。*有時候，成功就是要不斷嚐試，她心想，下次吧。*

在後台，年輕演員們正匆忙地準備第三幕。出了側門，穿過戶外小徑，有一條連接禮堂和馬洛高中主建築的路。維多利亞獨自走在路上，手指掃過排列在漆黑走廊牆上的儲物櫃。她早已對所有人感到厭煩，對那些自以為和她是同輩的孩子感到厭煩。維多利亞等不及開學了。她可以一個小時又一個小時回答問題，率先完成所有測驗，就像讀老師的心一樣簡單，她等不及要看同學們臉上的表情。她走過這所名望學校的莊嚴大廳，知道這裡將會是她發光發亮的舞台。

維多利亞在深紅色屋子裡住了五年，早已不怕黑暗。她的鞋跟喀喀作響，聲音迴盪整座大廳，並在視線外遙遠的另一頭，發出詭異的一聲「砰」作結。在她身後不遠處，一群飛蛾用相同的速度跟隨。那群飛蛾緊緊地聚在一起，大小約略一個拳頭，總是維持一定的距離跟在後頭——她左肩膀的上方，彷彿有條線在拉扯。牠們無聲無息，幾乎看不見，微小的黑色身軀在這間安靜的學校，不過是背景後的斑點。為什麼這些飛蛾在這兒？牠們在維多利亞背後徘徊打算要做什麼？維多利亞並沒有發問，因為當她緩慢穿越新學校的黑暗大廳時，正忙著籌備自己的計畫。

她已經知道自己的第一步，她要打敗露西，成為全校第一名，她會想辦法躲過那些愚蠢規定，拿到漂亮的滿分。沒錯，露西說不可能，但她算哪根蔥？豈能告訴她該做什麼，不該做什麼。她比露西優秀多了，她更聰明，天生就是贏家，不需要和其他人一樣修習愚蠢的課程，她應該要得到一些別人得不到的東西，這樣才公平。她要橫掃學校裡的每項獎座、每個表揚，任何學校能給的東西。她要成為學生會會長，一路作弊，直到成為學校的頂尖人物，然後她就會是維洛依夫人的最愛，再來，就只是時間的問題了。她會進哈佛大學，競選參議員，也許成為某個小國的總統。夫人一定得幫她，畢竟，這不就是女家教一直想要他們做的嗎？這不就是那位倫敦少女所乞求的嗎？野心要大，維多利亞。當她轉身走回禮堂，身後的那群飛蛾便靜悄悄地散開了。

在漆黑的禮堂裡，貝兒安靜地坐在維洛依夫人旁邊，偶爾會看看走道對面的湯馬士以及他的父親，兩人都全神貫注地欣賞這齣戲的最後一幕。坐在貝兒旁邊的女人將身體往後退，盡可能的離貝兒越遠越好。儘管夫人看著戲劇，卻什麼都注意到了。她沒有轉向貝兒，只是把身子往旁傾，鬼鬼祟祟地在她耳邊低聲說，「如果妳能控制的話，不知有多好呢！」

貝兒的頭猛然轉過來，夫人只有在想要做交易的時候會說這種話，「妳是什麼意思？」貝兒低語道，但顯然有點大聲。

「噓，」她們身後一位長脖子女人發出聲音。

維洛依夫人冷靜地轉頭看著那位女人，慢慢眨了一下那隻正常的眼睛，剩下另一隻烙印般的眼睛微微閃著光芒，女人輕呼一聲，縮回座位。維洛依夫人微笑，轉回貝兒面前，「我的意思是，妳是這間屋子裡最美麗的女孩，妳可以得到任何想要的人——只要那人待得夠久。」

「可是我無法強迫他們留下來。」

「我有某樣東西，可以幫妳控制周遭的空氣。」

「我可以改變空氣？」

「不，但妳可以改變大家對空氣的反應。他們會照妳所想的去反應——妳要他們留多久都行。」

貝兒沉默了，她不想讓夫人看出這件事對她的吸引力，但已經太遲了，她的臉色發白，額頭和肩膀上冒出斗大汗珠，滴進她的低胸背心裡。貝兒可以感覺到胸口被汗水浸得越來越濕，她出於直覺，雙手飛快放到胸口上，想要遮掩心臟附近越發明顯的黑色印記。夫人傾身靠近，貝兒的手緊握著，貼在心臟上方，夫人將手巾塞進貝兒那顫抖的拳頭裡。貝兒把汗擦乾，滿心期待的聆聽。

「妳試過幾次想把這印記洗掉？」

「今天，三次。」

貝兒低下頭，想起她不知有多少次，在浴室裡花了大把時間，看著水穿透皮膚時，那越發漆黑的胸口，一個提醒著真實自我的印記。

「親愛的，我很樂意幫忙，但妳要為我做某件事。」

「什麼事？」貝兒問道，聲音聽起來很害怕。

女家教向她保證，「別擔心，親愛的。和妳已經犧牲掉的東西相比，這件事不算什麼。」

「我該怎麼做？」

「一些小事，都是妳這年紀的女孩會做的事。看見那邊那個男子嗎？」她指著一位看起來德高望重的男人，下巴垂著三條灰白色的鬍子，「首先，我要妳想辦法讓他到家裡聊天，妳覺得妳做的到嗎？」

貝兒點頭，感到有點疑惑，這聽起來真是個奇怪的任務，夫人為什麼不自己來？但同樣的，貝兒早知道答案。夫人喜歡孩子們參與她所做的事，像是每件事都要有合作夥伴似的，像是想要把犯下的罪過與他們牽連在一起，因為她自己絕對不會受到懲罰。這是夫人多年來專業的訓練下，唯一的遺憾。

「然後我要妳幫克里斯汀帶些下午茶點心。」

「點心？」貝兒遲疑地重複這個奇怪要求，「什麼時候？」

「沒錯，點心。」夫人悠哉地說，「時候到了我會告訴妳。」

「我要帶什麼點心呢？」

維洛依夫人揚起頭，細長的手指頂著臉頰，彷彿在思考什麼，接著她說，「嗯……我不知道，熱狗？這非常簡單，給他一些熱狗放在麵包上……」

「真奇怪。」

「有些人就是有些怪異的習慣，親愛的，照我說的做就對了。」

貝兒得承認，這項交易的確輕而易舉，比一開始想像的要容易許多。但話說回來，這就是維洛依夫人的風格，她會拿一件看似不可能擁有的東西來引誘，然後開口要求她想要的東西，而她想要的卻怎麼看，都如此容易。

「好，」貝兒說，又重覆確認一遍，「邀請那個男人過來，給克里斯汀點心，了解。」這實在太容易了，貝兒不懂為什麼維洛依夫人不一開始就給她這項能力。這差事看來毫無壞處，她懷疑是不是該重新考慮，畢竟她太了解自己的家教了。她抬頭，發現那位留鬍子的男人正伸長脖子看著她，走道的對面，她看了湯馬士一眼，露西坐在他旁邊，撫摸著他的手。有那麼一刻，貝兒和湯馬士四目相交，但他又很快地把眼光撇開。她低下頭咳了幾聲，坐在旁邊的女子離開座位，去尋找別的位子。一個帶位人員被地毯的破洞絆倒，整疊的節目表散落滿地。

「一言為定。」貝兒說。

5 隱匿

十位士兵站在陰暗的地牢裡，持著步槍瞄準這家人。驚慌失措的表情凍結在孩子們的臉上，父親抱著妻子，就像兩個人體模型。行刑部隊前，一縷濃煙飄浮在空中消散不去。步槍射出的子彈懸在半空，像一群完美靜止的蜜蜂，其中一顆早已打在家教的腿上，另一顆即將打中科西金，就懸在離他肩膀不到幾吋的距離。

她從黑暗角落的時鐘後方出現，走進這幅無聲景象，時針和分針在時空中凍結，她踏在石地上的腳步聲，是唯一的聲響，那只俄國手工的黑色瑪瑙手環，是這場醜陋革命之前沙皇送她的禮物，他現在正在那兒抱著妻子呢。她穿越在空中四散的子彈；有些早已掉落地面。她無法拯救所有從小撫養到大的孩子們。她知道她必須到其他地方重新開始，效忠其他皇室，當他們的家庭教師。她心情沮喪，把一位士兵的槍對準旁邊另一位士兵，當時間重新啟動，他們便會不明不白的相互射殺。她一直都曉得科西金永遠不會強盛，阿納斯塔西婭倒是相當聰明。她改變這個家族，像傀儡一樣操弄他們。阿納斯塔西婭將有家人的肉身保護，說不定還有機會生還。這位金髮女士嘆口氣，往樓梯走去，她見到陽光，手指一彈，雨再度落下，時鐘再度轉動，隆隆槍聲也開始敲打著這無盡的夜晚。

屋子如停屍間一樣安靜。任何擁有五位青少年的家庭，即便在紐約市，下午時分也該像嘉年華會般熱鬧。但浮士德一家卻不是如此。屋裡沒有吸塵器和微波爐的聲音，沒有交談聲，沒有電視或外頭汽車的嗡嗡聲，沒有寵物，牆壁裡沒有老鼠藏匿，屋簷下沒有鳥兒棲息，地板沒有走路時發出的喀喀聲，整間屋子裡沒有任何生物的噪音，只有冰冷、沉默的寂靜。

碧絲房裡的霉味很重，地板上到處是亂扔的向日葵種子，以及她藏起來的食物包裝紙。整個房間漆黑昏暗。她蜷曲在角落看書，把手電筒像電話那樣放在肩上，喃喃自語，不時對周圍黑暗的寧靜感到害怕。即便如此，她也已經習慣這長久的寂靜。這間屋子的孩子個個野心勃勃，有許多重大計畫要實行，碧絲只能獨自漫無目的遊走。但在書的世界裡，她可以和那些沒有面孔、沒有年齡的朋友交談，它們也愛著她，不把她當怪人看待。

隱匿，維洛依是這麼叫的。一項最特別的能力，能夠藏在時間夾縫中，就像母親裙襬上舒服柔軟的皺褶。

門框上有隻蜘蛛動也不動的停著，已經有四分鐘之久了。她知道那四分鐘並沒有流逝，知道萬物都已靜止，因為是她讓一切靜止的。現在整間屋子，甚至整個世界，都成了安靜的洞穴，時間也不例外。碧絲很怕撞見某人，因為她從不知道世界靜止時，他們身在何處。他們會呆住不動，像暴風雪過後找到的屍體，表情的瞬間刻畫在臉上，有時他們的背部會以一種不舒服的姿勢彎曲著。一開始還挺有趣的，就像擁有許多布娃娃，她會在屋裡四處溜達，把食物放進維多利亞老是張開的嘴裡，把瓦倫丁的手指放進他的耳朵。他們讓她聯想到一些城市遺跡，像是龐貝城，在那裡人們試圖逃離火山爆發，卻被火山灰永遠地掩埋起來。貝兒抱著娃娃，就像保護孩子的母親，瓦倫丁跑進房間，就像逃命一樣。時間就這樣靜止不動，碧絲身處在荒廢的世界裡。

上次她像這樣獨自一人時，花了好幾個小時看著靜止的貝兒。她細細觀察貝兒的新面孔、新身體，好奇地想，這是我認識的貝兒嗎？她在這個身體裡的某個地方嗎？她輕觸貝兒的臉，幻想如果將這層面具抹掉，是否可以找到自己的妹妹。她摸摸貝兒的金髮、闔上她的雙眼，努力回想小時候，她替貝兒梳髮的時光。金髮感覺起來不太一樣，她摸摸自己的黑髮做比較，貝兒的雙眼始終閉著。有那麼一瞬間，以前的貝兒在碧絲的幻覺裡回來了，卻又很快地消失，讓碧絲感覺一部分的自己也形同死去。

碧絲捧著空無一物的胃，她已經好幾天沒吃東西了，如果她昏倒了，不知道會發生什麼事。如果她有意識，可以讓世界重新運轉，但如果她撞到腦袋，也許萬物會繼續毫無生氣，除了她那無法自行痊癒的身體，在時間的流逝下，注定地緩慢衰老，也許空氣芳香劑噴灑出的水滴都會活得比她久，水滴會像露珠一樣停在她上方，就在她無意識的躺在地上時——全身細胞會以極快的速度灰飛煙滅。

她翻開另一本教科書，是有關波斯詩歌的書。她的頭髮雜亂，指甲骯髒又參差不齊，但周圍沒有人看得見，也沒有人聽得見——除了書中那位年老的波斯詩人。他可以聽見碧絲的聲音，當然前提是當她說波斯語的時候。碧絲一邊對著整片虛無說話，一邊從書上學習波斯語。她也聽得見他，一個溫柔的聲音填補寂寞時光。「你好，我的朋友。」碧絲用波斯語說，翻開下一頁。

詩人向碧斯回應了些什麼，她瞇眼仔細地看。詩人傾身接近光線邊緣，碧絲只看見他的鬍鬚。他低語，「有隻鳥偷走了我的筆。」

碧絲又拿起另一本書，一本字典。她翻到B開頭的字時，開始好奇貝兒這些日子來都在想些什麼，有哪些想法一直牽掛在心。「那你要如何寫信給國王呢？」她在黑暗的房間裡用初級波斯語問道。

詩人用悲傷、低沉的聲音說，「她不讓我寫信。」

「但她只是一隻鳥。」碧絲練習著她的波斯語，發音近乎完美。

「不。」黑暗中，年老的聲音喃喃地說了更多。

接著，詩人的聲音改變了，她所知的慈祥詩人突然消失。

另一個聲音輕聲呼喚她的名字，「有人在嗎？」她問道。

「有⋯。」黑暗中的聲音回答。碧絲縮了一下。

黑暗中一陣閃光，碧絲看著老人的剪影，慈祥的笑容變得邪惡，眼睛也突然改變，是那隻如烙印般燃燒的眼睛。

「停下來。」

但是那片虛無還是繼續嘲弄著她，聲音拔得更高。「小女孩不得在此，此處不得逗留。」

「停止，維洛依，停下來。」

屋子又開始傳出說話聲，電器也重新運作。門外，某個像克里斯汀一樣重的人緩慢地經過。碧絲深吸一口氣，肚子餓得要命，害怕自己永遠無法完全逃離女家教的掌控。人們又活了過來，她還是不敢把燈打開，還是害怕那些噪音，但她寬心許多，就算門閂嘎嘎的開關響和裙襬沙沙的摩擦聲令她煩擾，但至少她不再孤獨一獨自待在黑暗中。出房門前她得先梳洗一番，得再度面對時間的轉動，但那並沒那麼可怕，因為至少活在世上的魔鬼是她認識的人。

她打開房門，維洛依夫人在門口等著，碧絲不發一語。維洛依夫人拿出一只玻璃瓶，碧絲從她手中奪了過來，輕輕敲打瓶身，讓瓶內的深綠色泥巴緩緩流出，然後一口吞下。她看著女家教，對於她站在面前監督她把泥巴喝完感到厭惡。

「滿意了嗎？」她說。

維洛依夫人說，「很好。」然後離去。

早餐時間，除了碧絲，另外四人都一臉疲倦，彷彿夜晚過得太快，沒睡飽似的。克里斯汀覺得眼睛才剛閉上，下一秒馬上就被鬧鐘吵醒；貝兒看著手中的小鏡子，檢查眼睛下方的眼袋，維多利亞吃了幾顆藥讓自己精神貫注，她為了念書和填寫獎學金表格，已經熬夜一陣子了。

「妳很晚才睡。」碧絲走進來時，維多利亞說。

「非常晚。」她拿了些培根、蛋、鬆餅，一邊吃著燻香腸，一邊用波斯語和自己對話。

「太好了。」維多利亞說，「我們現在有位自言自語的計程車司機可以載大家去學校了。」

貝兒打了維多利亞的手臂，用嘴型示意，「閉嘴。」不要煩她，否則要妳好看。貝兒心想，以免維多利亞讀她的心。

「嘿，碧絲，我們一起去韓式指甲沙龍店吧，妳可以告訴我們，她們背著我們說了什麼！」貝兒說。

「我以為碧絲說的是阿拉伯語。」瓦倫丁說，把手伸進口袋裡。

「好啦，都行，我們來去阿拉伯式沙龍店。」

突然間，瓦倫丁爆出一陣歇斯底里的大笑，貝兒、維多利亞和克里斯汀看著他，都以為他瘋了。「真是太好笑了！」

「什麼？」貝兒說。

「喔，天啊，我有時候對你們這些人太好了。」

「你這個卑鄙小人。」維多利亞抓住他的衣領低聲說，「我知道你幹了什麼好事。」

「妳才不知道。」他低聲回應她。

「我知道，我剛剛聽見你在腦中想了一遍。」

「什麼？是什麼事？」貝兒說，想聽見維多利亞和瓦倫丁在說些什麼。

「不准有第二次了，瓦倫丁，我是認真的。」維多利亞插手低聲道。

「別這樣嘛，這只是個玩笑。」瓦倫丁靠近維多利亞，摸摸她的下巴，想藉此討好她。瓦倫丁得承認，維多利亞是他見過最沒有吸引力的女孩，但若情勢需要，他還是有法子讓她改變主意。然而這次，她推開他的手。

「如果你再這樣，會被碧絲發現的，如果她真的發現，會把一切給毀了，這是你想要的嗎？」維多利亞咬牙切齒地說。

克里斯汀從食物堆中抬起頭來，整件事從頭到尾他都在忙著吃，慶幸自己置身於另一場爭吵之外，但維多利亞和瓦倫丁這回卻顯得很可疑。

瓦倫丁譏笑『未發生』的記憶，因為只有他能看見未來事件發生的各種可能——而維多利亞則有讀心術。

「我只是想知道如果碧絲發現我們的秘密會有什麼反應。我已經倒轉時間修正過了。」

「也許是這樣，但還是太危險了。」維多利亞說，「別忘了，她也能夠控制時間。」

「隱匿術不一樣，」瓦倫丁一付被羞辱的模樣，「她只能讓萬物靜止，這不一樣。而且，難道妳不想知道她會有什麼反應嗎？」

「我見過了……在你的腦袋裡。」

貝兒摸摸臉頰。不知什麼原因，她的臉又紅又腫，一付剛被姊姊摑完耳光的感覺，但這從沒發生。

她看看碧絲，她慵懶地對她微笑。

「你們兩個，別再竊竊私語了。」貝兒說。

「白痴瓦倫丁又再扮演上帝了！」維多利亞叫道。

「維多利亞，」克里斯汀試圖讓她冷靜下來，「無論他做了什麼，都不是什麼嚴重的事，可以安靜點嗎？」

「這是嚴重的事！」維多利亞大吼，「你什麼都不知道，他可以倒轉時間，做任何想做的事。」

瓦倫丁忍不住微笑。

貝兒說，「他什麼都不敢做。」

「他做了，」維多利亞說，「你這個笨蛋傢伙，記住，你做了什麼我倆都心知肚明，你只是太傲慢，不敢告訴自己幹了什麼蠢事。」

瓦倫丁依然微笑著，維多利亞的言論對他不痛不癢，她雙手插腰怒視著他，壓低聲音再次說道。

「你愛做什麼隨便你，你根本不在乎會傷害誰，我猜這是家族遺傳吧。」

瓦倫丁臉色發白。維多利亞提及他的家人時，從眼神中看出他的打擊。不知為何，他的反應讓維多利亞平靜下來，心裡也舒坦多了。瓦倫丁開口，聲音有點不同，有點緊繃，「哇，維多利亞，妳果然不同凡響啊。」

貝兒突然啜泣起來，「我恨這間屋子。」她幽幽地說，突然為了從未發生的耳光和從未被揭發的背叛感到難過。「為什麼我們不能永遠住在那間藍色的屋子裡？」

「真是典型的貝兒，以為漂亮的屋子就能帶給妳快樂。」維多利亞說，「我絕對不要住在那間屋子裡，那不是真的。」

「這裡也不是真的！」

「這是真的！」

「不，不是！」

突然間，整張餐桌被翻轉在空中高高舉起，接著猛地砸在地上。餐具粉碎一地，食物和果汁全灑了出來。貝兒驚呼一聲，四人圍坐在位子上，目瞪口呆。克里斯汀站在中央，氣喘吁吁，眼睛直視地面，失控後不發一語，只是站在原地。靜默了半晌，他才帶點悔意輕聲說，「不要再吵了。」

他彎下腰，從地板上撿起一塊貝果，走出廚房。

「真是一個和樂融融的大家庭啊。」瓦倫丁說。

「閉嘴。」其他三人幾乎異口同聲地說。

瓦倫丁聳聳肩，抓了一片吐司，起身離去。他在走道上漫步，發現維洛依就在旁邊，彷彿從頭到尾都在場。他傾身靠近，在她耳邊低語，「我還需要點幫助。」他緩緩走近，說話時讓自己的臉頰貼近夫人的，雜亂的頭髮混著她的。

維洛依夫人看著瓦倫丁的手，他把手伸進口袋，拿出一條折疊手巾，似乎在手裡跳動著。瓦倫丁總是隨身攜帶這條手巾。

「你有持續練習嗎？」她問道，對他的輕浮態度並不反感。

「我一天到晚都在練習。」他直覺打開手巾，裡頭裝著一只老式手錶，看起來使用過度，破爛不堪，用一種不規則的律動滴答響著，就像有瑕疵的電子心臟。

「那麼，讓我們來看看。」維洛依夫人在他耳邊輕聲說，氣息令他微微一震。

他開始對她朗誦一首詩，一首尚未背熟、歌頌愛情的十四行詩。他搞砸一次，就重新再來，想辦法讓這首詩聽起來完美無瑕，為了她，他想要做到最好。他總是願意為了美麗的女家教演出最完美的戲碼，是她給了他這一切。

「為什麼我總是做不好？」他問道，夫人指出他的臉還是會抽蓄。

她嘆口氣道，「你的耐心不足，瓦倫丁。」她把細長的手指放在雙唇上，「你沒有完全的回到過去，沒有膽量擷取最佳時機，你猶豫掙扎，所以總是選到次佳時機，結果呢？你永遠都看起來結結巴巴的。」她靠近他說，「選一個物品來集中注意力，你需要一個會動的小東西讓你時常追蹤。」

「可是要事先知道回去的時間，簡直不可能，每當我發現自己搞砸了，最佳時機早就錯過了。」

「沒錯，」維洛依夫人滿意地露齒微笑，「所以你必須時時刻刻追蹤某樣東西，你不能把事情搞砸之後，才想起來你需要那個時機，到時就太遲了。」

「這真的很困難。」

「這的確是件棘手的事，瓦倫丁，所以才叫做欺騙，你得記得許多細節才有辦法成功。」

「但這樣真的算欺騙嗎？我的意思是，我改變的那些事情，嚴格來說並沒有發生，對吧？我回到過去改變了它們。」

「就某種程度上來說，瓦倫丁，其實沒有所謂的時間。只有一條路，一條人們旅行的小徑。大部分的人無法在這條小徑上來回走動，他們在一列火車上，無時無刻向前進，帶著註定的人生和他人的掌控下，直奔死亡。而你，親愛的，是唯一可以用雙腳行走的人，可以來來去去，一次又一次的體會人生，有時還可以改變火車的路線，但人們始終知道原本的路線該是什麼模樣，他們會感受到這個騙局，所以你必須小心，否則他們會發現，並因此憎恨你。」

「我一直在使用這只舊錶，」瓦倫丁一邊說，一邊用手摸著損壞的手錶，「它總是慢半拍，節奏也頻頻改變，我努力想要記下這些跳針的節拍。」

「這是個好的開始。」維洛依夫人說。

瓦倫丁緩緩靠近夫人，「要一起練習嗎？」

「不了。」維洛依夫人說，接著離開。

瓦倫丁低頭看著躺在手中的錶。即使擁有全世界的力量，一個小小拒絕都能喚醒他，提醒自己只是個孩子，他最痛恨這種感覺，用過即丟，無人疼愛，毫不特別，尤其是對她而言。他慢慢握緊手中失準又老舊的手錶，直到發出啪地一聲，便停止滴答作響。他長嘆一聲，走回空餐桌，坐在沾滿果汁的椅子上，看著散落滿地的食物，手裡握著那只壓碎的手錶。他閉上雙眼，把時間全倒了回來，回到本來該有的模樣，回到他玩的正開心的時刻。

「這是真的！」

「不，不是！」

突然間，整張餐桌再度被高高舉起，翻轉在空中，猛地砸在地上，克里斯汀說，「不要再吵了。」

瓦倫丁注意到，甚至連瓶子裡的牛奶都和上次一樣，用相同的弧度灑出。

而這一次，靜默了半晌之後，瓦倫丁靠向椅背說，「還有誰覺得維洛依很性感？」

「閉嘴。」其他三人幾乎異口同聲地說。

克里斯汀走回房間，在途中，他經過靠在牆上的維洛依夫人，但並沒有停下來。「你是個好孩子，克里斯汀。」他擦身而過時，她這麼說。

克里斯汀現在不想應付她，一溜煙跑進房裡。他打開房門，發現夫人把房間做了些改變，「我要送你一個禮物，這是你應得的。」他的脖子感覺不到她的氣息，但以她在身後的距離，他應該要有感覺的。房間的中央放了一台隔離箱，他曾經在那個棺材裡躺了好幾年。他曾經盯著箱子上方的蓋子，讓血液般濃稠的水在四周流動。黑暗湧進箱子裡的每個角落，充滿小水晶的閃爍液體，如利刃一般穿過他的毛孔，進入他的血液，小石子就這樣擠壓著每條血管。他的呼吸加劇，每條肌肉不停重複地收縮、放鬆，再收縮、再放鬆。但結束之後，他出來時便會煥然一新，比牛還要強壯，像發電機一樣蓄滿電力。如果他待得更久，也許還能舉起高樓或擋下火車。

有一天他會的，那一直都是女家教的計畫，他會成為英雄，下一步，奧林匹克金牌、世足賽冠軍、超級盃冠軍戒指，以及全世界球迷的風靡崇拜、代言進帳的大筆金錢。哪一位慈愛的母親不這麼冀望呢？他會讓世界注意到他的運動才能，一輩子知名且富有，不再挨餓。不再挨餓或貧窮——克里斯汀的這項野心就是維洛依所覬覦的，說是野心，倒不如說是恐懼，維洛依將利用這個恐懼讓他成為一個英雄，或者有天他會強大到舉起高樓或擋下火車，他會一手遮天，用鐵腕手段形塑民意，專制的，無情的，並貪婪地渴望更多。

房間角落站著一位男人，至少克里斯汀這麼認為，因為他的模樣實在難以分辨，臉上毫無皺紋，面無表情，沒有笑過、哭過甚至活過的痕跡，身材非常強壯，穿著一條白色褲子，就像克里斯汀練武術穿的，並赤裸著上半身。他呆若木雞，直挺挺的站著動也不動，像是一尊假人，或是等待命令的玩具士兵。這些就是克里斯汀對他的印象，他從來沒有看過這個陌生人。

「這是誰？」克里斯汀問維洛依夫人。

「你難道不想要更多的練習嗎？」克里斯汀臉上慌張的表情，讓維洛依夫人感到很有趣，「連瓦倫丁都日益進步，你的妹妹們則是天生好手，而你，一直不是很穩定。」

「他們不需要傷害別人。」

「你不想要成為弱者，是吧，克里斯汀？維多利亞作弊，因為她非不得已，碧絲隱匿，瓦倫丁欺騙，貝兒誘惑，他們做自己該做的事，因為那樣對他們最好。偷竊也不例外。」

她用麻木的語調說，一種清楚、肯定、令人害怕的語調。克里斯汀看起來簡直快要哭了，他永遠無法得知，為了達到目的，究竟要付出多大的代價。但是坦白說，克里斯汀漸漸心動了，不須為金錢煩惱的貪婪欲望依舊存在。維洛依夫人知道他花越來越多的時間寫作，而非練習。現在她得確保他有足夠的練習，無論在運動方面或是偷竊方面，還有最重要的，在殘酷方面。

突然間，角落的假人開始移動，一開始肩膀稍稍抽動，接著抬頭看著克里斯汀，擺出戰鬥姿勢。

「它不是真的，」維洛依說，「相信我。」

假人從一個姿勢換到另一個姿勢，逐漸拉近與克里斯汀的距離。克里斯汀知道它在模仿泰拳，很快就要發動攻擊。

「我寧願待在房裡一整天。」克里斯汀說。

「它恢復的速度比你想像的還快，它的復原能力很強。」

假人抬起膝蓋衝向克里斯汀，他躲開了，但差點沒躲過。假人轉身，再用手肘攻擊克里斯汀。它像某個堅硬的東西製成的，施力很輕，但殺傷力很強。然而，它觸碰起來還是像個真正的人。

「走開，我不想練習這個。」

「你得練，」維洛依說，「這就是你想要的。」

它從克里斯汀的背後抓住他，克里斯汀知道如果他什麼都不做的話，這場比賽很快就會結束。

「這不是我想要的。」克里斯汀說。

他說話時，試圖直視著維洛依，但連話都還沒說完，假人便扭住他的頭，膝蓋猛地撞上他的胃。他立刻無法呼吸，假人只得停下來等他。克里斯汀又想重新吸氣說些話，但假人持續用膝蓋猛攻他的胸口和脖子，最後，它退後一步，把克里斯汀的頭壓低，膝蓋就這樣往克里斯汀的鼻子一擊，他感覺到一股溫熱液體從眼睛後方湧出。另一擊又要來了，然後他聽見，「如果你不想要，我是不會這麼做的，克里斯汀。」

克里斯汀伸手抓住假人，不到幾秒鐘，它就倒在地上一蹶不振，克里斯汀站在原地，一股力量流竄全身，興奮和罪惡兩相交戰，沒有比這更糟的感覺了。他已經恢復最佳狀態，鼻血不再流，身體充滿能

量，維洛依夫人甚至不需要費功夫恭喜他。

「你應該幫它取個名字，叫康納怎麼樣？就像你那位新朋友。」

「不要。」

她看了假人一眼，「它是非常實用的玩具，克里斯汀，你都還沒跟我說謝謝呢。」

維洛依夫人看著地上毫無生氣的軀殼，在它的額頭上燃出一個清晰可見的字Buddy。Buddy。假人揉一揉額頭，彷彿被燙傷似的。

「好了，現在它有個名字了。它可以成為你的夥伴（buddy）。」那行字消失了，她對自己的玩笑大笑幾聲，「它會和你一起交朋友，過一陣子之後，它會陪著你偷東西，幫著你反擊，再過一陣子，它會跪倒在……」

克里斯汀低聲說，「不。」但沒說出聲。

維洛依夫人笑道，「你太軟弱了，克里斯汀。這就是為什麼你得用偷竊的原因，你身邊那些孩子不是你的朋友，更不是你的夥伴，快點認清這個事實。」

她離去後，克里斯汀站在房間中央，全身的能量足以跑一趟馬拉松。他緊握的拳頭顫抖著，低頭看了那個名叫夥伴的假人，感到無能為力，並對自己所做的一切感到抱歉。

❧

「你們覺得克里斯汀是精神崩潰還是怎麼樣？」貝兒問道。他們圍坐在亂七八糟的餐廳裡，連餐桌都還是倒著的。沒人在乎，也懶的整理，他們只要把早餐吃完，離開，第二天回來，這裡就會一塵不染了。一定有女傭、機器人、小精靈或奴隸什麼的，但老實講，他們從來就沒有認真想過這件事。

「他只是突然失控了。」維多利亞說。

「會失控的總是那沉默的一群。」瓦倫丁說，「尤其是有武術黑帶的那一群。」

「我們應該去看看他怎麼樣了。」碧絲說。

他們坐在一起，看著煎餅溢出的草莓果醬，以及被鹽罐打破的蛋黃。維多利亞最後終於起身說，「我沒時間和沒有自制力的窩囊廢鬼混，我得準備辯論比賽，還要想辦法翹掉體育課。」

「我也有新詩要寫，」瓦倫丁說，「或許我可以把今天發生的事當作題材。」

「我要進房間找帖藥水把這個小東西弄掉。」貝兒說，手指著肩膀上的一顆小紅點。

「妳不需要藥水，」維多利亞說，「妳需要的是青春痘藥膏。」

「我不想讓湯馬士看見……」貝兒若有所思地說，接著腦袋又冒出了一些想法，「我得多探探露西的底細，他怎麼會喜歡她多過我？」

「貝兒，沒人會注意到一個紅點。」碧絲用充滿母愛的聲音說，「還有，妳別打露西的主意。」

「沒打什麼主意，姊姊，只是做研究。況且，她可能早就已經到處散播謠言了。」

「一些幼稚的謠言，像是『妳好臭』之類的。」瓦倫丁說。

「不好笑，瓦倫丁。」

「那個叫夏綠蒂的女孩很喜歡我，我應該多花點時間和她在一起，她或許派的上用場。」

「神經質露西小姐可能覺得自己太高貴，但我要去監視她。」維多利亞說，「我要去瞧瞧她為了學生自治會的競選在做些什麼。」

他們全都點點頭。他們還有更多重要的計畫，每個人都有自己的目標。維洛依夫人會從旁協助，會讓他們知道，如果做這做那會得到什麼。只要他們真心想要某樣東西，她都會在身邊幫助他們。但另一方面，這間屋子就像一間俱樂部，或是一座孤島，他們在這兒得自我管理，讓雄心壯志獲得成功，膽量有多大，成就就有多大。維多利亞、貝兒和瓦倫丁轉身看著碧絲，等著聽她說些什麼。碧絲只是看看他們，一臉不解。

「妳呢？妳要做些什麼？」

碧絲覺得這並不難猜測，「我？我要去看看克里斯汀。」

瓦倫丁臉頰抽蓄了一下，把手伸出口袋。他先前結結巴巴吐出半句話，又收了回去，他的臉漲紅，不敢直視碧絲。碧絲不曉得自己是否有從他的結巴中聽見什麼，亦或只是一種感覺，但她確定瓦倫丁不敢吐出的那句話是『為什麼？』

6 水印痕

「親愛的博丁先生，幫助我更加了解你的這些道理吧。」

「不，夫人，拜託，放我走。」

「你對女巫印記這個話題倒有不少見解啊。不久前被你判處死刑的那位可憐年輕人，你結語的部分說得相當精采。」

「那只是個理論，我從來沒有——」

「你有。這是一份法院紀錄檔案，一五八五年八月三號，地點在法國拉昂的預審法庭，你不記得了嗎？就在幾個禮拜以前，那個被審判的男孩是位優秀的舞者，舉世無雙，你知道的。」

「我不知道。」

「你當時說，小心男孩身上的女巫印記，因為那是魔鬼僕人的象徵。但他並沒有印記，對吧？」

「本來有的，不過不見了。我在浴池裡看見了，但後來就——」

「所以你很聰明的說，請法官要多加小心這些沒有印記的人，因為魔鬼已無須替他們做記，他們早已取得魔鬼的信任。」

「是的，但——」

「所以不管他有沒有印記，他那些天賦，我的心血，全都付諸死刑了。」

「請不要再說了，拜託放我走。」

「我再問兩個問題就好，博丁先生。你憑什麼認為魔鬼是個男的？還有為什麼你的身上沒有那些印記？」

那個早晨如同往常，貝兒起床時雙唇乾裂，乾掉的眼淚讓雙眼無法睜開。自從聖誕宴會以後，貝兒感到身上的惡臭越發強烈，明顯到她恨不得味道能夠消失，加上她現在已經心有所屬，一個尚未留在她身邊的人。校園戲劇表演過後的那個早晨，她在浴室摔了一跤。她用熱水不斷地清洗臉頰，直到能夠張開眼睛。一睜開就看見自己那雙完美的眼睛——清澈的海水藍，宛如被暴風雨給吹上岸，如今看來風平浪靜，帶著無限悲傷。

早餐時間，她挖了幾勺葡萄柚，沒有心思去注意她的呼吸讓苦澀的葡萄柚汁變成酸酒，或讓麥片裡的牛奶變質。她聽著大夥兒閒聊，迴避碧絲的目光。瓦倫丁對他做的某件事大笑起來，她全身緊繃、害怕，接著克里斯汀翻桌，不知為何，她又覺得安全了。

她往房間走去，胃部不住翻攪——就和平常每餐飯後一樣。她站在屋子中央，從各個方向望去都可以看見一條走廊，連接著獨立的房間。從高處俯瞰下來就像一顆太陽，光芒照射四面八方，貝兒轉向她的走廊，看見維洛依夫人正從隔壁克里斯汀的房間走出來。貝兒說，「我和妳的交易怎麼辦？」

「妳有照我的吩咐去做嗎？」

「差不多了，那個男人正在路上準備過來拜訪，點心也準備好了。」

「我知道了。」維洛依夫人說。

維洛依夫人帶貝兒走向另一條她從來沒去過的走道，維洛依打開門，是一間浴室，但看起來更像一箇赤紅色湖泊，牆壁是白色的，但火舌散發出的詭異紅光，讓貝兒幾乎無法辨識。房間唯一的光源來自牆壁四面八方突出的蠟燭——如著火的手指，鵝卵石地板的銳利石緣刺痛貝兒的腳。角落處放置一個老式浴缸，支撐它的腳十分罕見。這裡到處都濕答答的，彷彿房間在流汗一樣。

房間左邊有個木製梳妝台和一面鏡子，鏡子後方的木頭和牆壁融為一體，向上生長，一直延伸到天花板，彷彿牆壁裡長了一棵桃花心木。上千個方形小櫃子鑲在木頭上，裡頭擺了各式各樣的玻璃瓶罐，裝滿各種顏色的粉末、煉金藥、小石頭。

她認得這些東西，這些就是她每天在使用的補藥和髮油，只不過維洛依夫人加了更多成分進去。瓶罐裡有些東西似乎在擺動。

「所以妳把我的東西放在這裡？就這樣？」貝兒說。

她向前走一步，房間的空氣像雨林一樣又溫暖又潮濕。

「如果妳站在水氣裡，」維洛依摸著自己的臉說，「妳的皮膚就會像我一樣柔嫩。」

「可以也加一些在我的化妝品裡頭嗎？」貝兒問道。

「妳想要嗎？」

「這還用問嗎？」貝兒眼巴巴地看著溫水。

維洛依夫人往梳妝台走去，從牆壁高處的小櫃子裡拿了個玻璃瓶，貝兒看了看上面的標籤。

石灰粉

檸檬皮

黑色毒蛇的七彩鱗片

坍塌寺廟的彩色玻璃碎片

「這不是妳答應過我的。」貝兒說，「妳說我可以控制空氣。」

維洛依若有所思地說，「表裡不一真是令人遺憾，如此美麗的外表……」

「是是是，好了，快給我。」

「看看妳背後。」

貝兒轉身，看見被四隻僵化獸足支撐的浴缸，豹掌、羊蹄、猴臂，還有一隻她辨識不出的爪子。

「泡澡？這不好笑。」

「要不然呢？」

維洛依走向浴缸，貝兒似乎看見那些獸足縮了一下。維洛依拿著瓶子，從水面上方把成份倒進去，玻璃碎片噗通一聲掉進水裡，鱗片、石灰和檸檬皮則浮了上來。貝兒走近，看見維洛依夫人手中的瓶側寫著『難以抗拒』。

「泡進去吧。」

「這樣味道就會消失？」

「消失？那個味道就是妳，親愛的。不，它不會消失，只會改變人們的味覺，或者可以說，改變他們的心情。」

「所以這瓶東西可以讓我在湯馬士面前變得難以抗拒？」

「在任何人面前都行。在這裡，各種功能的瓶子都有——迷人、嫉妒、生氣。」

「我為什麼要別人對我生氣？」

「不是對妳生氣，是靠近妳的時候會生氣，妳仍然要將他們的情緒轉換成妳想要的效果。」

「我想要變得有魅力。」貝兒說，用腳趾輕碰布滿青苔的石頭。

「那就快進去。」維洛依夫人說。

貝兒把一隻腳伸進去，就在她要把後腳抬起，而將全身重量放在前腳時，她感覺到一片玻璃劃破皮膚。她趕緊跳出來，腳掌開始流血。她退縮了，傷口變得越來越刺痛。泡著發酸石灰、檸檬汁和蛇油脂的浴水，把傷口給沾濕了，不停刺激著她的腳。貝兒差點昏倒，還好抓住維洛依夫人的肩膀，「太可怕了。」她說。

「妳必須進去，親愛的，進入妳醜陋的那一面。」

貝兒清楚記得，不過幾年以前，她還和碧絲長得一模一樣。她知道自己完美的外貌並不是她的，而是維洛依夫人的，是照著幾世紀前夫人的年輕模樣塑造而成的。然後有了這些改變，維洛依夫人給了貝兒不顧一切想要得到的東西——美麗的外表。

貝兒打起精神，她知道這是約定好的交易，無論如何都得接受。維洛依夫人開始往外走，讓她獨自泡在可怕的大鍋子裡。夫人走到門邊轉身說道，「如果妳不喜歡這瓶，那小心希望那瓶了，它可是會把妳活活煮熟的。」

幾條走道外，瓦倫丁很快讀完一遍他最新創作的詩，自信滿滿地相信這首詩將會擊敗群雄。「哇，」他看著羊皮紙對自己說，「太完美了。」他提起筆，在紙張底下簽上名字的縮寫『VF』，就像其他的詩作一樣。他起身離去前，把一些筆記和廢紙塞進抽屜，又把完成的詩作折半放進口袋，然後動身去找克里斯汀。他知道克里斯汀聽到這首詩會有多痛苦，而克里斯汀臉上敬畏的表情，也可大大提升瓦倫丁的自尊。

「妳怎麼進來的？」克里斯汀說。他從棺材裡坐了起來，用強壯的手臂扶住蓋子。

「門是開的。」碧絲聳聳肩說，「我只是過來看看你好不好。角落那個小人是怎麼回事？」

「它不是真人。」

「你剛剛在做什麼？」

「打高爾夫球。」

「不好笑。」

克里斯汀方才躺在棺材裡，不知躺了多久。他閉上眼睛，再睜開——黑暗中沒什麼不同。果凍狀液體緩緩升起淹沒了他，每一口呼吸都讓液體直入鼻腔。一開始他總是驚慌失措，擔心會溺斃。他奮力想要推開蓋子，但蓋子動也不動。終於，他一遍又一遍重複吞吐著同一口水，在喉嚨裡進進出出。他想要吸取空氣，只吸到了水，吐出水後想再吸口氣，卻又是更多的水。最後他投降了，每當他這麼做，他就覺得自己準備要死亡，然而突然這時，液體就開始像空氣一樣在他的嘴裡流動，他的肺部起起伏伏，胸口沉重的像顆水球，他以為自己的眼睛在腦裡漂浮，水中那些細小的能量石在後頭相互敲擊著。克里斯汀平躺著，越來越強壯，想的卻是瓦倫丁有多麼幸運。

克里斯汀把寫作看的比什麼都重要，但他知道自己不夠優秀，無法靠寫作賺錢。但瓦倫丁可以，他那令人為之驚豔的散文早已獲得出版商注意。克里斯汀在日記裡形容，他在聽瓦倫丁的文章時，就像瘸子在看奧林匹克的比賽一樣。他好生羨慕，他感覺到心臟用力地緊握肋骨，想要逃脫出來變成其他人，幾乎要將胸膛給剖開。因此，克里斯汀私底下偷偷的寫，盡可能贏得所有運動比賽，因為事實上還有一件比寫作更重要的事——克里斯汀絕對不能變窮，絕對不能睡在簡陋小屋裡，穿二手衣服，或吃著偷來的食物。他不曉得為什麼這些事看起來如此可怕，他從來沒有這種可怕的記憶，但不知為何，恐懼就在他的內心深處，生來便如此，必要的話，他寧願在世界大賽中不停擊出全壘打，無聊到死。但說什麼也不願意為金錢煩惱。他不想買普通麥片，也不想要因為負擔不起而拒絕別人。克里斯汀極度排斥貧窮，他非變得富有不可。他多麼渴望能把詩詞寫的像瓦倫丁一樣好，直到碧絲走進來，才打斷了他的思緒。

「怎麼了，克里斯汀？」

「沒事。」

「我可不認為你覺得沒事喔。」

「我只是受夠了維多利亞的態度，還有那個白痴瓦倫丁。」

「就這樣？」碧絲說，她走過來坐在盒蓋上。克里斯汀的頭髮上還沾滿了黏稠液體，其中一塊像髮膠沾在他的鬢角上。

「妳有沒有想過，為什麼像維洛依這種女人會收養我們五個？」克里斯汀一邊問，一邊玩著短褲上的細繩。

「真是個胡鬧的問題。」

「我一直在想，我的意思是，為什麼是我們五個？」

「我知道這個問題很困難，克里斯汀，我們的親生父母也許有些苦衷——」

「他們拋棄我們。」

「也許他們沒有能力把孩子留下來。」

「去他們的無能。」

「克里斯汀。」

「但是為什麼維洛依會想要我們?」

碧絲嘆口氣,她替克里斯汀擔心,卻沒有辦法給他答案。

「妳有沒有想過這一切有多離譜嗎?」克里斯汀說,「她做的那些事?」

「老實說,」碧斯說,「我在乎的就只有是否能獨處而已。」

「妳的意思是和書本獨處吧。」

「我只是想說,我並不常想到她這個人。」

「如果我中樂透,我要買很多土地,然後再也不用煩惱任何事。」

「你會厭倦的,你需要目標,就像馬洛高中的運動獎杯,然後是全國大學體育協會名列的一級大學。」

「妳沒有任何目標。」克里斯汀說。

「我已經厭倦得要死了。」

克里斯汀笑著她的黑色幽默。他從盒子裡站起來,走到水槽邊,濃稠的液體滴在地上,就像海邊的水母。克里斯汀拿了條毛巾在水龍頭下沖洗,「碧絲,謝謝妳。還有,早餐的事很抱歉。」

碧絲正打算說些什麼,但她看見克里斯汀用濕毛巾擦著胸口時,突然打住。一個淺黑色印記弄髒了他心臟上方的皮膚,黑的清晰可見,她不確定自己有沒有看錯,此時克里斯汀正好對上她的目光。

「怎麼了?」他說。

「有個黑點，」她說，「在你的胸口上。」

「這是胎記。」他說。

「我知道，貝兒也有一個一樣的，只不過比這個更黑。」

克里斯汀停止擦拭，他看看碧絲，不太了解她的意思，「她有一樣的印記？」

「只有在她碰到水的時候才會出現。」

「但我們並不是——我是說，她並非真的是我的妹妹……妳知道的，血緣上。」

「那不重要，胎記和基因無關。」

就在這時，克里斯汀的房門打開，瓦倫丁拿了一張紙走進來。「嘿，克里斯汀，我剛完成了一首詩，想聽嗎？」

「不想。」克里斯汀說，對於自己和碧絲的對話被打斷感到生氣。

瓦倫丁的臉突然一陣抽蓄，他把手伸進口袋裡，笑容看起來就像被魚鉤拉住了一樣。「謝謝。」他說，「我真的對這首詩很興奮。」他打開紙張準備朗讀。

「等一下，我沒說我想聽啊。」克里斯汀說。

「有啊，你有說。」瓦倫丁說。他總是把真實記憶和未發生的事混淆在一起，那些只有他擁有的記憶。有時候，他連剛發生的事都會搞混，甚至嚴重點，他腦裡盤算的想法在還沒發生前就搞混了。

「不，我沒說。」克里斯汀說。

「喔。」瓦倫丁說，開始思索能讓克里斯汀感興趣的主題。

「可是主題是關於ㄑ——」瓦倫丁的臉又抽蓄一次，「ㄍ——」再抽蓄一次，「軌道上的列車，很有詩意。」

克里斯汀對這個主題眼睛一亮，「你以前從來沒提過。」他說。

「我突然靈光一閃。」瓦倫丁自豪地說。

瓦倫丁朗讀著新詩，克里斯汀感到全身被洗滌了一番。等瓦倫丁讀完後，他抬頭等待克里斯汀的反應。

「這首詩真的很棒，你真的很厲害。」他帶著無力的微笑說，擦了擦胸口疼痛的印記，就是碧斯剛剛注意的那個胎記。

「謝啦。」瓦倫丁說，「我為了這首詩忙了一整天呢。」

幾個小時過去，克里斯汀從午覺中醒來，碧絲和瓦倫丁早已離開回房更衣。幾分鐘之後，他們會將屋子換成藍色盒子的屋子，貝兒的客人也將來訪，毫無預警之下，她把戲劇表演認識的老男人邀請到家裡來。克里斯汀轉身，注意到床邊的櫃子上放了一樣東西，托盤上有一大盤漢堡和一杯柳橙汁，底下還壓著一張紙條。

嘿，克里斯汀，

我想你可能會想吃點點心。

愛你的，貝兒。

真是個貼心的舉動，他也剛好餓了。他把漢堡上的麵包掀開，這是什麼？裡頭放的並不是漢堡肉，而是貝兒切成塊的熱狗。她把熱狗灑在麵包上，看起來還是生的，彷彿她把冰箱裡的廚餘倒在一起，再丟給他吃，把他當成流浪狗還是什麼貧窮的雜種孤兒。他盯著熱狗堡許久，毫無感覺，接著突然，內心某個東西抽動了一下，他感覺到憤怒從體內竄起，鎖住他的喉嚨。

一開始，克里斯汀將感覺壓抑住，對自己的反應感到可笑，畢竟貝兒只是好意，又沒人要求她帶點心給他吃，何必計較呢？把熱狗堡丟掉就沒事了。但每一次他看著盤子，內心的憤怒和悲傷就越發強烈。盤子也開始變的不一樣，看起來就像最後的晚餐，像某個絕望、無家可歸的星期天下午，像個極度悲痛的飢餓少年，靠撿食維生，不久前才替媽媽下葬。就像掉落一個截然不同的人生。如果他咬一口，就會成為另一個人，一個沒有選擇餘地的人。

他滿腔怒火的坐在那裡，眼睛突然一陣灼熱，他抬頭看見刺眼的藍龍罩整個房間，穿透他的雙眼，就算閉起來也沒有幫助。一分鐘之後，他身處在和瓦倫丁共享的假臥房，坐在沒睡過的床上，伴隨著古典家具和未拆封的曲棍球棒。

維多利亞、貝兒和維洛依夫人一起在雜誌封面般的客廳等待，此時一陣敲門聲傳來，維多利亞從豪華的淡黃色沙發上跳了起來。

「妳是怎麼回事啊？」貝兒挑眉問道。

「沒事，只是想去應門。」

「話說回來，維多利亞，妳為什麼在這裡？這是我的客人。維洛依夫人，可以麻煩妳叫她離開嗎？」

「不，親愛的，維多利亞可以留下來。」

「那妳可以告訴我為什麼要邀請這個男的嗎？我告訴他我有些身體狀況需要向他請教。他這個人實在是——低俗。」貝兒想到他就渾身打顫。

「有點耐心，親愛的。」維洛依夫人說，「我聽說低俗是種美德。」

「好吧，那接下來我該做什麼？妳至少可以告訴我這個吧。」

「去開門。」

貝兒打開門，那位在戲劇表演上認識的醫生在門口等著，雙手放在背後。她招呼他進來並請他坐下，腦中一直想著下一步該怎麼做，不知道沐浴後是否有效。閒聊幾分鐘之後，醫生對貝兒的誘惑越來越習慣，越來越迷戀，對話之間開始變得有些詭譎，這時又傳出另一個敲門聲。

「她來了。」維多利亞說。

「誰？」貝兒說。

維多利亞沒空回答，早已起身去應門。貝兒轉身，看見維多利亞正笑盈盈的把樂米厄太太引進屋內。這位輔導員進來不到三十秒，維多利亞早已和她的內心話『聊了起來』。貝兒聽見樂米厄太太嘲諷地說，「妳真是個充滿自信的女孩啊。」

維多利亞客氣地否認，「謝謝，我盡力而為，只是真的很困難，儘管我想要贏得馬洛學院盃，但我的分數會被體育課給搞砸，我有很多……肢體障礙。」

「喔。」樂米厄太太把手放在嘴上。

「我真的不該上那門課，但你知道的，這是一個運動至上的世界。」

樂米厄太太明白，她相當感同身受。維多利亞只需在一旁，聆聽著樂米厄太太回想起自己童年時所遭受的種種不公，她想到這個女孩與她有許多相似之處，臉色漸漸柔和起來。真有志氣，真有上進心，令人激賞。她讓維多利亞進入她的內心世界。

「我哥哥克里斯汀是個運動員。」維多利亞說，接著低語，「我不是說他容易情緒失控，只是光攝取碳水化合物並不會讓一個人翻桌，妳懂吧？」

樂米厄太太把手放在維多利亞的肩上。

維洛依夫人起身歡迎輔導員，招呼程度和醫生比起來要熱忱多了。樂米厄太太握著維洛依冰冷的手。「很抱歉我必須來一趟家訪，維洛依夫人。只是今天早上維多利亞在電話裡跟我說的那些事情實在很緊急，而且有點令人難以置信。在我沒有親眼看見之前，我無法批准任何事。」

「當然，我們了解。」維洛伊夫人心平氣和地說。

就在此時，克里斯汀突然闖了進來，面紅耳赤，兩頰掛著淚痕，語無倫次地大聲嚷嚷，打翻所有的易碎品。維洛依夫人知道，就連他都無法解釋自己的暴怒。看見熱狗堡對他而言就像個指控，很容易就失控了。他不停罵著髒話，像孩子一樣哭泣，兇猛地摔東西。終於，等胸中怒火平息後，他發現客人們瞪大雙眼坐在沙發上。他不多說什麼，轉身就往廚房跑，吃驚的客人從客廳可以聽見克里斯汀氣沖沖甩門而出的聲音。

「女孩們，請跟我來。」維洛依夫人站起來，像是要去處理局面。她慈愛地環住貝兒，貝兒一臉困惑，完全不曉得發生了什麼事。這些時刻就是維洛依夫人所引頸期盼的——第一個巨大裂痕的產生，現在貝兒和克里斯汀之間已經埋下猜忌的種子。「失陪了。」

兩位客人安靜坐了幾分鐘後，醫生率先開口。

「精神分裂症的憤怒。這個年紀很罕見，但非常有意思……」他喃喃自語。

「您和這家人熟識嗎？」

「不，我是兒童心理醫師。」他輕藐地說。「看見一個破碎的家庭真的令人難過。我必須馬上要求和每個孩子做一對一的諮詢，尤其是女孩們，她們看起來極度需要幫忙。」

「真的嗎？破碎的家庭？」樂米厄太太問道，回想起她受創的童年、她所做的努力，以及每個人對她的壓迫。

「沒錯，非常典型。」醫生摸摸鬍子說，「孤兒容易受到各種情感創傷的影響。」

「可是維多利亞看起來比一般孩子還要聰明，她很看重學業，盡力爭取著馬洛學院盃……我只是覺得——」

「這只是修飾過的表面，以我的專業看法，她的內心其實在哭泣。」他的舌頭嘖嘖作響，無奈搖著頭，「他們全都是。」他補充道。

「可憐的孩子們。」欒米厄太太說，靠回椅子裡，替維多利亞和她的身心障礙感到突如其來的憐憫，這些障礙不斷打壓她，而她卻如此努力的想掙脫所有不幸遭遇。

隔天，維多利亞從馬洛高中收到一封信，信上寫著：鑒於她電話中提到的恐懼症和『欠佳的健康』，即日起將可免除所有體育課程，並祝她爭取學期末的馬洛學院盃一切順利。

7 飛蛾亂舞

「妳的成就非凡，妮可拉。在妳的領域裡無人能及。」

「我熱愛我的工作。」

「王子、哲學家、權貴人士。妳有極大的影響力。」

「我對印記有敏銳的觀察力。我知道何時他們願意做出交易。」

「妳追蹤的速度令人讚嘆，妳彷彿能嗅出墮落靈魂的藏身地。」

「我那些有翅膀的小朋友們替我觀察著，牠們會告知我何時有靈魂在呼喊著我們。」

「妳和那些小蟲子們……我好奇，妳這位家庭教師的成功，是否全歸功於那些小小偵查隊。」

「又或者我才是牠們的貴人，牠們到處都是，根本說不上是種挑戰。」

「妳感到無趣了嗎？我的朋友。」

「我已經無計可施了，我在尋找一個難以捉摸的靈魂，不做交易的靈魂，一個沒有印記的人。」

「妳知道這是不被允許的，妮可拉。」

「我想我已經找到一個方法。」

自從維洛依夫人保證維多利亞將前程似錦，並在歷史上流傳千古，她成天都心情愉悅。這才是所謂的聖誕禮物嘛！

維多利亞圍著毛巾，看著鏡中的自己和濕潤胸口上清楚可見的黑色印記，突然間，她被房裡的噪音嚇了一跳，環顧四周，維洛依夫人像隻盤繞的蛇坐在角落，安靜得讓人以為她對周遭沒有留心——她的臉上掛著一抹微笑，像是魔鬼試圖擺出莊嚴的模樣。畫面看起來就像一位完美的母親。

接著她開口，「穿上衣服，我要給妳看樣東西。」

她們走在走道上，維多利亞既興奮又害怕。燭光忽明忽暗，她感覺似乎有東西爬上她的手臂和臉頰，不知道那是什麼，但她確信自己並非一個人。維多利亞在冰冷黑暗的走道上聽見嗡嗡聲，越往下走，聲音就越大，聽起來不像蜜蜂或黃蜂的聲音，那個聲音又輕又急，像是上百萬隻小翅膀被關在狹小空間裡，到處拍打的聲音。維多利亞閉上眼睛，為夫人替她保留的驚悚感到害怕，她們走進一個房間，嗡嗡聲震耳欲聾，她感覺到夫人冰冷的手放在她的肩上，催促著她一探究竟。

維多利亞睜開眼睛，眼前的景象令她屏住呼吸。飛蛾，成千上萬的飛蛾聚集在狹小的房間裡，宛如一大片塵霧。牠們成群結隊環繞飛舞著，和諧地拍動翅膀，聽起來似乎呈現著某種旋律。一屋子如濃霧瀰漫的飛蛾，讓維多利亞不敢張嘴說話，深怕一不小心就滿嘴蟲子。

「別擔心。」維洛依夫人看出她的心思，「妳可以說話，牠們不會傷害妳，幾乎不會。」

「牠們是什麼？」維多利亞結巴地說。

「見見妳的新家人，維多利亞，妳最真摯的親信，這些小生物將成為妳的眼睛和耳朵，幫妳監視這座城市。」

「要怎麼做？」

「妳可曾希望自己能在別人生活中隱形，然後偷偷觀察他們？」

「嗯，當然，就像是當我……妳知道的……」

「沒錯，但妳只有一個，而牠們有成千上萬個……」

維多利亞漸漸明白，這些飛蛾將成為她的眼線，她再也不必自己施展讀心術，事實上，她甚至不需要和目標人物身處同個房間。

「往前走幾步。」

「什麼？」維多利亞又震驚又害怕，「妳要我進去？牠們到處都是。」

維洛依夫人沒有回答，維多利亞往前走了一小步，接著又一步，很快地她就站在濃霧之中。她看不見夫人，也看不見門口或牆壁，只有一群在身邊環繞，越飛越快的飛蛾。牠們察覺到她的出現，紛紛聚集在她的頭頂，急速飛舞著，像是飛蛾撲火一般。維多利亞這輩子從沒這麼害怕過，除了一堆昆蟲外，她什麼也看不到，什麼也聽不見，只能站在原地，祈禱牠們不會傷害她。她漸漸感受到翅膀輕撫臉頰的不安感，她伸出手，讓幾隻飛蛾在她的手臂上下徘徊，牠們的翅膀很輕盈，像一條很長的羽毛圍巾，維多利亞的恐懼慢慢消除，然而也還不到輕鬆的地步。飛蛾到處都是，突然她覺得自己彷彿穿上了一件飛蛾裝。

接著她注意到一件事，站在這群急速飛旋的飛蛾中，她並非全然只聽見嗡嗡聲，還有別的。她把眼睛專注在一隻朝她飛來的飛蛾，當它從臉頰旁擦身而過，她聽見拍打聲中夾雜了一字低語。

啪啪啪啪啪。「史賓賽。」啪啪啪啪啪。

另一隻飛蛾又嗡嗡的擦身而過，也在低語著什麼。

啪啪啪啪啪。「離婚。」啪啪啪啪啪。

她轉了一圈，發現所有的小蟲子都在說話，字詞朝她飛來，在混亂中夾雜著嗡嗡聲和拍打聲。啪啪啪。「湯馬士。」啪啪啪。

啪啪啪。「宴會。」啪啪啪。

啪啪啪。「學校。」啪啪啪。

啪啪啪。「選舉。」啪啪啪。

啪啪啪。「懷疑。」啪啪啪。

維多利亞抱住頭，要將這些小生物說的話拼湊起來是不可能的，牠們全都同時說話，字詞到處飛

舞，她大聲呼叫維洛依夫人。

維洛依夫人的聲音平靜地出現，卻相當大聲，彷彿是藉由飛蛾傳送過來的。「不要試圖去聆聽，維多利亞，閉上眼睛抽離自己，讓牠們去做該做的工作，等牠們結束後，妳就會明白。」

維多利亞不甘願的照做了。她停止去聆聽，閉上雙眼放空腦袋，站在原地幾乎要出神。幾分鐘之後，她又驚訝又興奮的張開眼睛。

「牠們把訊息放入我的腦袋裡！我可以知道過去三天湯馬士家裡發生的事，還有露西的家以及樓上的鄰居們。」

「妳所要做的就是站在那裡，讓牠們對妳無意識的腦袋低語，牠們的數量非常多，足以涵蓋城市的每間屋子，但妳要小心，牠們雖然可以像妳一樣解讀資訊，然而也會犯錯。」

「妳確定讓我知道這一切沒關係嗎？」

「知識就是力量——而力量是好事。那些告訴妳不該做某件事的人，只是害怕妳會變得強大。」

維多利亞高興地尖叫。

「也太沒必要了吧。」貝兒看見維洛依夫人就咒罵了起來。

「妳這麼認為嗎？親愛的，可以告訴我為什麼嗎？」

「因為！」貝兒聲音拔高，「妳知道他會失控發狂，為了什麼？妳用那池浴水和我做交易，就為了幫維多利亞達成她的計畫。我做的那些事就只是為了幫助維多利亞，曾幾何時『善行』對妳來說足以成為交易籌碼了?」

維洛依夫人聳聳肩,貝兒繼續說道。

「妳到底要什麼?為什麼要幫維多利亞?我們其他人都得拿出條件交換……」

維洛依夫人同情地看著貝兒,就像看著班上成績落後學生會產生的同情。「妳真的認為,我所做的是出於好心嗎?」

「維多利亞得逞啦……她一定是妳的最愛吧。」貝兒突然停止,對自己說的話感到生氣,因為這些話透露出她的在意。她喃喃地說,「如果說……妳要我做的一切都是為了她……醫生和點心都是為了她。」

維洛依夫人富饒興致看著貝兒,那種表情只有在她研究某人或某事,或當她發現令人著迷的孩子而屈就自己時才會出現。

「我以為就目前大家的聰明才智,瓦倫丁才是我的最愛。」

「我只是不明白妳不自己動手,我的意思是,妳為什麼需要我?」

「親愛的,妳如果靜下心仔細想想,也許會發現事情並不是那麼單純,而且一定得由妳來下手是有原因的。如果妳聰明些,機靈些,妳甚至會認為妳才是我的最愛,而不是維多利亞。」

貝兒一臉困惑。

「我不在乎誰贏得馬洛學院盃,維多利亞還是那個實至名歸的可憐傻瓜,我也不在乎讓克里斯汀生氣的荒謬東西。」維洛依夫人說,小心翼翼的不去提及貝兒可能是下一個促使克里斯汀生氣的東西,她靠著椅背坐著，將圈套灑向貝兒，那個天真的孩子，她的最愛。「整件交易最重要的，就是妳從中可以學到什麼，妳使用的方法，妳引發的漣漪。」

「漣漪？」貝兒問道。

維洛依夫人揮揮手，不想回答這個問題。

「我這麼做是為了教導妳，我必須讓妳親自去做，妳才能從中學習，為了妳的未來。這一切都是為了妳，貝兒。」

「這沒道理，克里斯汀為了一份點心發狂，我能從中學到什麼？」

「學到人類的反應有多麼難以預測，多麼困難卻又多麼有用。我要妳知道，無論妳的意圖為何，人們總是會用自己的想法，或自己過去的經驗來解讀事物。如果妳可以事先了解別人的想法或經驗，洞悉人們的心，就能擁有更多力量，遠超過那池浴水所能給妳的。好好學習，妳就不必成為我的最愛，妳將會是任何人的最愛。」

貝兒花了些時間思考，不知該相信維洛依夫人幾分，她的心跳加快，黑色印記藏在她乾燥的皮膚下沈睡著。好好學習，妳將會是任何人的最愛。

「我挺善於解讀人們……」

「親愛的，妳連我的用意都解讀錯誤，妳先是以為我對克里斯汀施捨善意，再來是維多利亞。整件事情妳早該看透，妳得再更深入探究。」

突然間，貝兒覺得自己真是個傻瓜，維洛依接著說：「人們會基於一些經驗做出反應，程度之深超乎妳的想像，妳必須探究，再深入探究……永遠要深入些。」

「克里斯汀怎麼了？為什麼他會做出那種行為？」

「他也學到教訓。」維洛依雙眼盯著貝兒的模樣，教她了解這一切原來是如此錯綜複雜。「克里斯汀嚐到過去的滋味，一個舊生活的小小提醒──貧窮的模樣。所以現在他可以專注於來到這裡的原因，不被寫作的妄想而分心，我們都知道那個妄想必須消失。」

「好極了，所以他學習的過程中，順便變得討厭我。」

維洛依想到一個小動作能產生許多永久的效果，不禁一笑。

「那麼，如果妳無法了解他，讓他重新喜歡上妳，妳大可使用那池浴水。」

就算貝兒不會傻到這麼做，最後那句話還是讓她覺得心情大好。

「所以妳明白了嗎？妳相信我了嗎？我以前從來不曾費心教導，從來不浪費任何一次交易，但妳，我親愛的貝兒，妳可以與眾不同，妳的前途無量，未來將發光發熱。」

維洛依一邊說，一邊走向貝兒，雙手捧著她的臉。用細長、冰冷的手指托著貝兒的下巴，宛如掉進一潭發臭的死水，臉則被滑動的水蛇包覆。

「妳可以成為我的最愛，就像我的親生女兒一樣……前提是，如果妳不讓我失望。」

就像我的女兒一樣。

那些話在貝兒的心上盤旋，然後重重地落在她的胃裡。接下來的一整天，她試圖讓自己振作，抱緊身體好讓自己溫暖些，以抵擋突如其來的寒冷──那些話留在她腦裡所飛濺而出的寒冷。

維多利亞獨自站在那群飛蛾的外頭，看著牠們在房間裡環繞，排列成各種形狀，速度忽快忽慢，彷彿牠們也在思考些什麼。她走回灰色的塵霧中，不理會手臂直豎的寒毛，她走到中央，把腦袋放空，讓那些字詞從身邊嗡嗡而過，組合成條理清晰的想法。過了一陣子，她得知樓上鄰居準備離婚，樓下鄰居和門房有婚外情，還有四十二街上的郵差正在偷生日卡片裡的現金。有了這種能力，維多利亞輕而易舉就可以成為馬洛高中最成功的學生。哈佛？算了吧，那根本不算什麼。蕞爾小國的總統？美國總統還差不多！她不要求受人景仰，她不在乎傷害任何人，維洛依夫人在她耳邊說的那些想法，她也不覺得有何不妥，她只想要勝利，就這麼簡單。

然而，她實在難以習慣這些小小昆蟲偵探隊，牠們總是不斷碰觸她，幾乎讓她喘不過氣，像被活埋一樣。她把心思專注於湯馬士，近來她發現他是辯論比賽的頭號勁敵，她需要得到更多有關他的資訊，那群飛蛾像聽話的天使開始回應。湯馬士已經關在房裡一整天了，他父親來找過他兩次，問他想不想打場高爾夫球，他父親一直告訴他別給自己太多壓力，湯馬士為了州際辯論錦標賽已經練習了好幾個月，他蒐集超過一千份證詞和一箱子的資料，他的房裡擺滿了辯論獎杯和辯論獎狀，他是馬洛學院盃的大黑馬——馬洛學院盃是學校裡至高無上的榮譽，只頒給最優秀的學生。湯馬士和他父親說，他對於贏得這場盛大的錦標賽有個絕佳的想法，沒聽見這個想法。

維多利亞開始覺得頭疼，飛蛾在腦裡變得越來越沉重，她想要把牠們揮走，她依舊沒聽見湯馬士的想法，這些飛蛾沒幫上忙，全都是一些無意義的小道八卦，她需要的是贏過湯馬士的方法——不被打擾、不被查覺的方法進入他的腦袋。

露西現在在做什麼？她命令飛蛾去監看，一群飛蛾毫不猶豫的飛出窗外。維多利亞對牠們的速度感到驚訝，幾乎立刻就帶回了消息，牠們彷彿可以相互感應，像一群孩子拿著電話線一路從她家連接到露西家，她現在聽見露西的聲音了。

「他們是一群怪胎！其中一人還當著我的面和湯馬士調情！她甚至不去猜測我們有沒有在一起，一點禮貌都不懂。」

「可是露西，你們並沒有在一起啊，你們甚至在戲劇演出時也沒什麼說話。」飛蛾現在帶回夏綠蒂的聲音。

「她又不知道，而且他吻了我，我們現在就像男女朋友一樣的要好。」

「真的嗎？」夏綠蒂作勢地說，「宴會之後？我就知道！」

「那裡剛好有一些槲寄生。」露西咯咯笑，然後接著說：「總之，那個叫維多利亞的女孩讓我很不舒服，有件事聽起來可能很怪，妳答應我不可以笑。」

「好吧。」夏綠蒂有點猶豫地說。

「我覺得她是巫婆之類的，我說真的，我覺得她會讀我的心。」

「喔，露西…」

「我是認真的！我想要表現友善，她問我一大堆和成績有關的問題。我媽說他們全都想要手段爬到最高點。」

「馬洛高中每個人的競爭心都很強。」

「妳站在他們那邊嗎？」

「他們不全都是壞人，瓦倫丁怎麼樣？他很可愛，不是嗎？」

「喔，沒錯，妳是說那個有抽蓄毛病的人嗎？」

「他沒有抽蓄毛病，我覺得他很帥，而且很有才氣。」

「妳只是迫不及待在尋找下一個心碎的詩人罷了。」

「我才沒有。」

「別像個傻瓜一樣，夏綠蒂。」

「所以，」幾分鐘的閒聊之後，露西開口了，「妳會幫我準備競選活動的廣告宣傳嗎？」

「當然。」夏綠蒂懶散地回答。

「認真點！這件事很重要，我必須當上學生會主席！我媽以前就是學生會主席！」

「好啦，我說了我會幫忙。」

「妳覺得這句怎麼樣？『投給露西，她會讓那些施展讀心術、唯成績是圖、亂碰別人男友的怪胎孤兒消失。』妳可以把這句印成一百張海報嗎？」

「是啊……這也許有點太詳細了，露西。」夏綠蒂笑著說，「我會幫妳寫出一些很棒的口號。」

維多利亞帶著惱人的頭疼，搖搖晃晃走出那片塵霧。她用手摸了摸上嘴唇，發現一滴鼻血，她待在裡頭太久了，利用那些飛蛾並非容易事，會受傷，會讓她覺得羞愧，但自始至終，那個房間還是讓維多利亞非常開心——就像交到了新朋友一樣。上千個隨時有空的好朋友，上萬個讓她予取予求的好姊妹。維多利亞頭一遭覺得她的心中充滿著愛。就算其他人私底下組成小團體排擠她，就算他們嘲笑她都沒有關係，維多利亞的新家人永遠都會照著她說的去做，說她想聽的話。維多利亞可以隨意進出這個房間，控制這些拍打翅膀的小生物，所以生平頭一遭，維多利亞也有了被愛的感覺。

走道上，一隻孤獨的飛蛾在維洛依夫人寒冷、難以親近的屋子裡搖擺飛舞著，飛蛾跟隨瓦倫丁走進一間小臥房，看他試圖要和克里斯汀聊上話，但他失敗了，飛蛾接著跟隨瓦倫丁進入貝兒的房間，他以為能撞上她在換衣服之類的，但房間是空的，所以他就到客廳閒晃，想尋找維多利亞——他也許可以用上千種版本的記憶，引誘維多利亞抓狂，一定會很有趣，但也沒找著，他決定回去和克里斯汀找些事做，他拿起筆記本，跑跑跳跳的回房間，但打開門時，只見維洛依夫人一個人等在那兒。

她躺在一張搖椅上，一臉興致高昂地斜眼望著他，示意他把門關上，然後說道：「這樣玩弄你的兄弟一定很有趣吧。」她朝瓦倫丁手中的筆記本點了點頭，「每天朗誦給他聽，你知道他在聽的時候，心裡默默希望自己可以變成你。」

瓦倫丁沒有回答，他緊緊抓著筆記本，貼住他的胸膛，裡頭每一頁都整齊的印著寫好的詩詞和他的縮寫『VF』。

「我得提醒克里斯汀不要浪費他的時間。」夫人若有所思地說，幾乎是自言自語。

「妳是什麼意思？」瓦倫丁問道。

「寫作……還有聽詩。他到這裡的目的是要變得強壯，贏得所有的運動比賽。那是他的夢想，寫作只是浪費時間。」

「妳應該讓他做自己想做的事。」瓦倫丁把眼光撇開，摸著筆記本的書背說。維洛依夫人嘲諷的神情和微微皺起的雙唇，令瓦倫丁不知所措，但他接著說：「他喜歡寫作，就讓他做喜歡的事情吧。」

8 女王蜂

年輕的法老檢視她的王國，肥沃的土壤，成堆的奇珍異寶，川流不息的尼羅河。除了一個爬上后座的小女孩，令人又愛又怕。她擁有至高的權力和全盤的掌控。然而，每天總有些叛變的靈魂質疑她的統治，而被處以死刑。那些時候，她會要求更多獨處時光。當僕人和女傭離開房間，慶幸著法老當天早早休息時，她會走到隱藏的金字塔，那是母親建造的秘密藏身處。在那裡，她像個平民一樣屈膝，挖掘藏在地底的珍貴物品，十多瓶彩色液體。在黑暗、潮濕的金字塔裡，在地上掘出的洞裡，她把液體混和成滾滾起泡的血紅色浴水。沒有任何儀式下，她忘卻皇室的身分，浸泡在浴水中，像個街頭頑童般在泥土和汙物裡打滾。在這黑暗世界裡，不需要大張旗鼓的儀式或喇叭聲，她可以閉上眼睛，斷然地承受浴水帶來的苦痛，溶液清洗時帶來的刺痛，是她現在每天必然的功課。這是一帖令人民盲目、迷惑的魔藥，像鴉片般被她束縛，讓他們忘了自己心底最強烈的抗議。

上學第一天，維多利亞起了個大早，列印出她的待辦清單，複查一遍計畫加入的活動，重讀了哈佛商學院簡介，還在飛蛾那裡待了一段時間。

瓦倫丁和女孩們坐上維洛依夫人的亮黑色轎車到學校，抵達後，他們不發一語便各自散開，不需要地圖，也不需要停下來問路，他們清楚知道該往那裡走，就像已經在馬洛高中上學好幾年了，他們不會困惑地東張西望，甚至不會來來去去尋找置物櫃，維洛依夫人早在開學前的幾個禮拜前，就把學校的概況大致介紹過了，比起新進菜鳥該有的模樣，他們一派輕鬆的態度可以減少許多異樣眼光和流言蜚語，無論如何，一切對他們而言差別不大，因為他們預期的要比這些糟糕多了。現在，他們只是一個剛搬進城裡的家庭，幾個禮拜以後，他們就會成為占領整間學校的奇異家庭。

克里斯汀比其他人提早了兩小時到學校，為的是看看游泳校隊的練習情況，以及和教練溝通有關中途入隊的問題。夥伴不情願地拉拉扯扯把他叫醒，推著克里斯汀的肩膀，催促他趕緊出發，克里斯汀伸伸懶腰，甩掉大清早起床的疲憊，從床上一骨碌爬起來並穿上衣服。

克里斯汀決定今年要參加高爾夫球、游泳、網球和武術校隊。由於這些大部分屬於個人運動，他可以省去團體合作的麻煩，只要獲勝就行了。但是單獨練習幾天之後，他心想，也許一個團體運動也無傷大雅，於是他也打起了籃球。一個學期加入五項運動——克里斯汀來年得加把勁多參加幾項，一開始還是循序漸進比較好。他不需要太多體力訓練，施展偷竊術確保自己不需要訓練，教練們的抗議聲浪就交給維洛依夫人去處理，她在這方面可是專家。武術隊是個非正式社團，固定周末時聚會，至於網球和高爾夫球隊，她安排讓克里斯汀只需要在比賽時出現，最後還剩兩項，游泳隊在上學前練習，籃球隊則在放學後練習。

從那時開始，克里斯汀每晚都把自己關在房間裡，漸漸地，連三餐都沒有出現，頻繁的程度讓其他人懷疑他是否成了癮，就像其他運動員對止痛藥上癮一樣。雖然他從不說什麼，但很明顯的他花上了大把時間學習在適當的時機偷竊，好擊敗夥伴。夥伴從聖誕假期來到這裡之後，變得越來越栩栩如生，剛開始會微笑，對疼痛會有反應，慢慢地，每當克里斯汀走進他的房間，他便興奮地精神抖擻。雖然克里斯汀仍然覺得拿夥伴練習是件困難的事，但他的好勝心讓他沒有選擇餘地，他只好找些聰明的辦法，不必要的時候，絕對不要傷到夥伴。

克里斯汀和其他孩子都沒和同學說聖誕節時，他們只是獨自待在家裡，維多利亞、瓦倫丁和貝兒還記得以往慶祝聖誕節的回憶，但他們太專注在自己的目標上，根本不去在乎，而不記得聖誕回憶的克里斯汀和碧絲……咳，他們就是不記得了。

開學不到幾天的一個下午，貝兒坐在維洛依夫人長年黑暗的客廳裡，正在混合一些奇怪的液體，她專注在自己的世界，測量、稀釋、擦拭、攪拌，完全遺忘周遭的人。她正要把一瓶劈啪作響的黃色物質倒入木製量杯中，這時維多利亞走了進來。

「妳不應該在這裡弄這個。」維多利亞說。

「我需要換換環境。」貝兒說。

維多利亞正想問貝兒為何笑得如此開心時，突然鼻子一陣抽動，她皺皺臉，好奇發癢的感覺是打哪來的，她在貝兒旁邊坐下，一股奇怪的感覺流竄全身。

「妳是怎麼──」這種感覺她無法形容。

「怎麼啦？」貝兒問。

「我不知道……我……嗯……」維多利亞結巴了，雙眼慌亂地來回張望，環顧一陣子之後，她用手臂抱住自己，輕輕地來回擺動。「妳……妳有聽見外頭的聲音嗎？」

「有啊。」貝兒說，「我想有的，像是窗戶刮傷的聲音。」

「沒錯，刮東西的聲音。」維多利亞說，「這裡好黑。」

「非常黑，妳害怕嗎？」貝兒說。

「什麼？我？別傻了。」維多利亞鄙視地說。「但是……」她欲言又止，突然匆匆地左右張望，「那是什麼？」

「我也聽見了！」貝兒說，「喔！天啊，快看！」貝兒突然站起來指著窗戶，維多利亞用手摀住嘴巴，像個受驚嚇的小雞大聲尖叫，從坐位上跳起來拔腿就跑，但仔細想了想又轉身回頭，一不小心沒坐好，一屁股跌坐在地，她趕緊爬了起來，雙手抱住貝兒的脖子，把頭埋進貝兒的肩上，絲毫沒發現貝兒正在輕輕地笑著。浴水真是太靈驗了，今天早上，她倒入一瓶幻覺，再加上一點點的莫名恐懼。過了一會兒，維多利亞小心地抬起頭。

「發生什麼事了？」她聲音沙啞地問道，「妳為什麼在笑？」

「抱歉，維多利亞，我不是有意要捉弄妳的，只是妳剛好是第一個走進來的人，我又正在測試浴水

的效果。真是太神奇了，是吧？」貝兒無法掩飾話中的興奮。

「什麼？」維多利亞憤怒極了，「妳對我做了什麼？快點把我治好，現在！」

「別擔心，妳沒事。」貝兒試圖安撫維多利亞，她還是不停啜泣。但太好了，維多利亞顯然沒有對她感到厭惡，只是感到害怕，完全照著貝兒所想的去感受。

「所以，窗戶那裡什麼都沒有？」維多利亞問道。

貝兒搖搖頭，「什麼都沒有。」她說，「來，拿著，聞一聞就行了。」貝兒給了維多利亞裝滿咖啡豆的杯子，維多利亞的鼻子湊近杯子，立刻平復許多，她發現自己還緊緊抱著貝兒，趕緊推開她。

就在這時，碧絲從她們旁邊擦身而過，當作沒看見一樣。一如往常，她嘴裡在喃喃自語些什麼，看起來虛弱又疲倦。她走進櫥櫃拿了些餅乾。就當維多利亞還在聞著咖啡豆時，貝兒興致勃勃地看著碧絲。她昏昏欲睡嗎？她傻了嗎？她平常不會如此過分，就這樣擦身而過。就在此時，貝兒看見碧絲往右邊跳了三寸，彷彿突然消失，又從右邊突然出現，她知道事情沒那麼單純，剛剛並不只是分秒之間的事，就她所知，碧絲把時間靜止好學習納瓦伙語，自己也被凍結了好幾個禮拜。碧絲能夠記得自己舊地方僅三寸之差的位置，也真夠令人佩服了。

❦

一個半小時過後，貝兒洗好澡，穿上名牌設計師的衣服，準備出門。過去的幾個禮拜，她已經在城市各處溜達好幾回了，她知道要去哪裡找尋各式風格的紐約客，二十來歲、精疲力盡的銀行家，骯髒饑餓的藝術家，找尋多金老爸的模特兒，當然，還有高中的風雲女王和小跟班們。

這天下午還很早，於是貝兒就到學校附近的咖啡廳，擁擠的街上，大家都被她非凡的美麗吸引了目光。她一邊走，一邊觀賞中央公園結霜的樹枝，和商店櫥窗遺留下來的聖誕裝飾，腳底下的雪堆嘎吱作響，她愉快地在城裡到處閒逛，享受路人的注目。她走過一條鋪滿褐色砂石的街道，溫暖的光線從窗戶裡照射出來，她加快腳步，試著不要想起她那冰冷的家。

咖啡廳光線昏暗，四處擺設幾張大型沙發和枕頭，以及幾張桌子。貝兒直接走到其中一張沙發坐了下來。她環顧四周，年輕人成群結隊地站著，有些人穿著馬洛高中灰藍色的制服。她馬上就認出兩個人：夏綠蒂・希爾和康納・沃斯。他們兩個和另一個馬洛高中的女孩站在一起，剛買完飲料準備到貝兒旁邊的沙發坐下，貝兒轉身背對他們，不想太快被認出來。

那位穿著網球服的嬌小金髮女孩首先發現異狀。她聞到某種甜甜的水果味，讓她聯想到春天和戶外派對，香香的，像加了許多櫻桃的龍舌蘭調酒，她本能地轉身，看見貝兒獨自坐在那兒看著雜誌，無視於自己及朋友們。

「嗨，妳好。」女孩對貝兒說。夏綠蒂和康納困惑的看看對方，康納認出了貝兒，但不說什麼、打算擺酷。女孩轉向她的朋友，一抹大大的微笑掛在臉上，她從位子上跳起來，跑到貝兒旁邊的沙發坐下。「我是梅姬。」

她的朋友跟著她到沙發旁，一部分是因為好奇，另一部分是因為他們也同樣感覺到莫名的開心——不知怎麼的被吸引到隔壁沙發。貝兒沒有反應，直到他們三人都圍坐在她的身邊，才揚起眉毛，一副被打擾的模樣。事實上，梅姬在自我介紹時，以及夏綠蒂和康納困惑地說哈囉時，她都不發一語。進行的真順利，她心想。

「嗨。」她終於開口和梅姬說話，「我是貝兒。」大家都開心地笑了，除了夏綠蒂，看起來有點不自在，不停搓揉手臂，東張西望。

「妳也是馬洛高中的學生嗎？」梅姬問道。

「嗯……是的，她是……」康納替貝兒回答。他保持微笑，但坐立不安，這個浮士德家的女孩真的很怪異，比上次碰面時還怪，令人很不自在。她真漂亮，像個明星一樣，但不是像鏡頭前的明星，比較像私底下被偷拍的模樣，她有種病態美，膚色慘白，像沒上妝的小明星。但我還是喜歡她，他心想，她是如此的漂亮。

一小時過後，貝兒已將這三人玩弄於股掌間，他們告訴她所有和馬洛高中有關的八卦消息，用餐、逛街和玩樂的最佳去處，他們甚至邀請她在剩下的學期裡一起吃中餐。夏綠蒂發現貝兒是瓦倫丁的妹妹，立刻靠近她，呼吸貝兒周遭醉人的空氣。她不在乎她的好友露西討厭這個女孩和她傲慢的家庭，她只想要更了解她——以及瓦倫丁。

康納已經完全忘記在宴會中對她的第一印象，還邀請她參加春季舞會，但她笑了，認為現在挑選舞伴還太早。

「康納？」她問，始終對自己的魅力沒有信心，「我可以問你一個問題嗎？」

「當然……當然可以。」他結結巴巴地說，雖然不知道問題是什麼，但是他迫切的想要回答。

「湯馬士・古德曼・布朗和多少個女孩子約會過？」她害羞地問。

康納想了一下，然後說：「如果我幫妳找到答案，妳會和我約會嗎？」他懶得去想為什麼貝兒對湯馬士的事感興趣，他只想和她在一起，逗她開心。

「我答應你會好好思考這個問題。」

「好，我今晚就幫妳查出來。」

「嘿，我知道有個女孩。」梅姬一邊開心地說，一邊玩著自己的馬尾。

「喔？」貝兒讚許地說，「告訴我。」

「露西・史賓賽。我聽過有些人在談論他們兩個。」

有那麼一會兒，罪惡感的折磨讓夏綠蒂什麼都沒說，那瞬間，她躊躇不安地坐著，思考自己該不該背叛好友。但她把感覺壓抑下來，自願把所知的事一併吐出：「他們在宴會上接吻了。」

貝兒想到那個畫面就妒火中燒，一顆斗大的汗珠在額頭上冒出，聞起來像地下水的味道，惡臭飄散得很快，令其他人都退縮了一下。貝兒微笑，擦拭了她的眉毛，那三人又重回對貝兒盲目的愛慕。

「她主動親他？還是他主動親她？幫我查出來，好嗎？」貝兒甜美地問。

「好。」梅姬說，拿出筆寫在她的待辦清單上。

貝兒現在擁有屬於自己的蜂群，就像維多利亞的那些小蟲子一樣聽話，隨時做好準備替她做事。

「夏綠蒂，妳應該不介意幫我找出，在接下來的幾個禮拜內，露西和湯馬士可能會碰面的地方吧？妳知道的，像是社交活動、父母聚會之類的。」

「嗯…當然不介意，貝兒。」夏綠蒂替自己找藉口，這類的消息任何人都查得出來，這不算是知心好友的消息，況且，她真的很喜歡貝兒。

當天晚上，浮士德一家安靜無聲，維多利亞和飛蛾群獨自關在一起，瓦倫丁整個下午都在默背那只破錶不規則的滴答聲，克里斯汀把自己關在棺材裡，讓身體隨時間流逝變得強壯，碧絲在睡覺，只剩貝兒單獨和維洛依夫人一起用晚餐。

儘管今天稍早呼風喚雨，貝兒還是覺得不太對勁。她注意到整個下午她的新朋友都焦躁不安，有時候過於在意她的每句話，告訴她想知道的一切，其他時候又像受虐待的小動物一樣坐立難安。他們圍繞在她身旁時，腎上腺素似乎起了某種作用，起伏不定，一下高漲一下低落，像是一會兒崩潰大哭，一會兒又低聲啜泣般反覆無常，她不喜歡這個副作用，也不確定能把他們留在身邊多久。

她和維洛依安靜地用餐，除了每幾分鐘貝兒手機傳出的簡訊聲。

康納：湯馬士只有和兩個女孩交往過，都不在馬洛，沒看過她們。

貝兒：確定？

康納：沒錯，兩人現在都有男友。

貝兒：酷，謝啦。

康納：一起晚餐？

貝兒還來不及回傳，維洛依夫人就從盤中抬起頭來說，「變成女王蜂了妳，是嗎？」

「所以呢？」

「所以，妳在浪費機會。」維洛依用細長的手指劃過亮麗的頭髮。

「什麼意思？」

「永遠要更深入的探究，貝兒，尋找那些致命弱點。例如，妳可以叫康納幫妳做更多重要的事，他會去做的，男人總是如此。仔細看，妳就會發現一切都不是表面看到的那樣，就像露西和康納其實並不那麼親密，妳到目前為止應該要有能力可以察覺出像這樣的事情了。」

貝兒想了一會兒，拿起電話。

「還有，傳簡訊看起來很蠢。」維洛依說。

「什麼意思？」

「妳要如何知道他在想什麼？用那些簡訊縮寫要怎麼施展妳的魅力？實在是太……直率了，是種浪費，以我的看法而言。」

貝兒聳聳肩，撥起康納的電話號碼。

他接起電話時，貝兒立刻切入重點，「你知道有關露西的精彩八卦嗎？」她問道。

「例如？」康納說，顯然對她的來電相當興奮，維洛依說的沒錯。

「例如什麼？」貝兒問維洛依夫人，用手掩住電話。

維洛依隨意揮動她的手，「輕率的行為、背叛、難以啟齒的身體狀況……隨便妳。」

貝兒對康納說，「像是她做過的事情，丟臉的事。」

「我可以查出來。」

「如果你找到了，告訴湯馬士。」

「如果找不到呢？」

「事情不一定要是真的，你難道以為她現在沒有和我在做一樣的事嗎？況且，她在你父母親的宴會上說你是頭腦簡單的運動員。」

她們剛用完晚餐，貝兒就聽見梅姬傳來的簡訊聲。

梅姬：接吻的事是真的，露西很迷戀湯馬士，一直邀請他參加舞會。

貝兒：把這事告訴湯馬士。跟他說露西超想和他約會。

梅姬：為什麼？

貝兒：這樣會讓她看起來很飢渴。

就在這時，維洛依夫人從她身後出現，如往常般對她低語，「如果妳讓他們反目成仇，事情會進行得更有效率。」

「為什麼？」

「因為這樣他們就會更依賴妳。」在人與人之間製造嫌隙——這是維洛依夫人最愛的消遣。克里斯汀和貝兒每次冷漠相對，維洛依夫人都把它視為近來最大的成就。

「好主意。」貝兒說，對於自己沒有想到這個主意感到愚蠢。

「如果妳勤加練習，」維洛依臨走前說，「妳就能夠想出許多絕佳的點子。」

貝兒：謝了，梅姬，妳真是個天使。順帶一提，康納真是個渾蛋。

梅姬：啥？

貝兒：他說，妳對學校新生和流浪漢很惡毒。

此時貝兒的電話響起，是梅姬，她懶得再用簡訊傳來傳去。接通後她沒打招呼就直接大喊，「那天是愚人節好嗎！而且他自己做過更糟的事！」

「我知道，那麼，妳能幫我做一件事嗎？拜託？」

「好，沒問題。」

貝兒對於能力的擴大感到竊喜，這些事不是浴水辦到的！是我！這件事令她莫名得意，她已經很久沒有靠自己的力量完成一件事。發生了克里斯汀那件事，加上維洛依夫人說她其實根本不需要浴水和藥劑的幫助，就應該要表現得很好。這些沮喪的事情發生後，能操控幾個無知的同學的確令她感到開心。每當她利用小道消息成功預測他們的反應，一小部分的她便欣喜若狂。

彷彿她正在學習。

彷彿她能夠獨立完成許多事。

就像我的女兒一樣。

那天傍晚，貝兒在使用筆記型電腦時，收到夏綠蒂傳來的即時消息。

CharChizzle：他們每天一起練習辯論，史賓賽家族和古德曼一家是好朋友，他們一起參加他的高爾夫球比賽，還有，康納在的時候他們也玩在一起，康納和湯馬士是好朋友。

Bellissima62：謝了，寶貝。

CharChizzle：沒什麼，都是眾所皆知的事。

Bellissima62：妳可以再幫我一個小忙嗎？

CharChizzle：當然，什麼事？

Bellissima62：繼續幫我監視她，康納說她是個瘋狂的巫婆，永遠不知道她下一步會做什麼。

CharChizzle：她沒有那麼壞。

Bellissima62：妳願意幫我嗎？

CharChizzle：好吧，但是其實能說的並不多。

Bellissima62：妳人真好，梅姬完全誤會妳了。

貝兒在椅子上，轉身剛好看見碧絲站在後方，雙手交叉，從她的肩膀後面讀了那段對話。

「貝兒，妳怎麼能對他們那麼壞？」

貝兒臉色蒼白，聳聳肩說，「我只是想找出更多……」

碧絲坐在身旁，看著她的雙眼，想從這個美麗女孩的內心深處找回以前的貝兒，那個長得像她的貝兒。

「妳……以前的貝兒絕對不會耍這些手段。」

「這不叫手段，妳不了解，碧絲。妳不懂我對湯馬士的感覺。」

「也許我不懂。但為了贏得一個男孩而失去靈魂，一點也不值得。」

貝兒對『靈魂』這個字大吃一驚，碧絲發現了嗎？但是碧絲臉上柔和、甜美的神情說明了那只是誇飾說法，因此貝兒親吻了姊姊，道聲晚安——她的心跳得好厲害——並答應她不再使壞。

9 完美的畫面

自私自利如他，過於逾分，
有時卻為他人利益犧牲。
不因同情，非關義務，
而是某種乖僻思想深駐。
支配著他伴自尊前進，
行他人所未行之境地。
面對誘惑，這廂念頭將，
領他的靈魂誤入罪與罰。
——英國詩人拜倫，出自《拉拉》

開學初期的興奮感消退了以後，瓦倫丁漸漸適應了一種常規，有時觀察人群、偶爾寫一些讓老師讚嘆『卓越』或『超凡』的詩作、玩弄同學們的生活。每到下午，他會想辦法翹掉每堂課、每份作業和避開每位家人，找出完美的十分鐘不停重播，好打發時間，並從各種不同角度做觀察，或者他會在馬洛高中裡閒晃，到處簽上他的大名，有時候偷偷地導演一齣情景卻不參與，有時候則把自己放進中心點，扮演主角。

有一天，瓦倫丁攤坐在一排置物櫃前，雙腳伸展在人群熙攘的走廊上，頭靠著厚重的金屬大門，看起來無聊至極，連揮動四肢的力氣都沒有，只是攤在那裡向地心引力投降。他不在乎別人認為他很奇怪，也不在乎當他用頭輕敲置物櫃或哼著不成調的歌時，女孩們竊笑的模樣。老實說，並不是每個女孩都認為他很奇怪，事實上，沒有一個人這麼想。成群結隊時，她們笑著，不耐地轉動眼球，但每個人私底下都覺得他吊兒啷噹的模樣很迷人。就因如此，瓦倫丁擁有許多朋友，和貝兒那種呼朋引伴、勾心鬥角的友誼不同，也和康納・沃斯那種形影不離、革命情感的友誼不同。他與每個人私底下、個別地、秘密地交朋友，他一個人的時候，並不是真正百分百的像碧絲那樣孤獨，他是每個女孩的秘密男友，許多男孩在人群稀少的走廊上，會對他點點頭或拍拍他的背，對他而言，這是最理想的生活方式，大家不會迴避他，像迴避維多利亞那樣，大家不會打從內心嘲笑他，像嘲笑碧絲那樣。每個人私底下都默默愛著瓦倫丁。

瓦倫丁懶散地把頭轉向另一側，看見一個又高又瘦的陌生人正笨手笨腳地摸索附近的置物櫃，他異常高挑纖瘦，像踩高蹺的男孩，穿著一雙老舊的棕色拖鞋，邊緣繞了一整圈流蘇，讓他的大腳看起來像艘船。鞋子上方是一雙起皺的運動襪，接著是乾燥、斑駁的皮膚，再上去是一條褲管窄小的破舊牛仔褲。他看起來像被拉長了一樣，就像用正常人的製作配方倒進錯誤的模子裡，導致沒有足夠材料完成他。瓦倫丁認出他是二年級的達斯汀・麥基尼，大家都叫他衰鬼麥雞，走在馬洛高中每五分鐘就可以聽得見這個名字，和隨之而來的嘲笑聲。

這時發生一件讓達斯汀臉色發白的事，所有的書不小心掉在地上，他驚慌失措的把它們一一撿起，瓦倫丁發現某件事吸引了達斯汀的注意，讓他眼裡燃起了各種可能性——這將是一齣可以玩上好幾個小時的情景。

與達斯汀和瓦倫丁隔了兩個置物櫃的是拉拉隊隊長，蜜絲・派德森。她是拉拉隊裡最漂亮的女孩，不是貝兒那種典型的美女，她身高中等，比例完美，留著一頭豐厚的棕色長髮，豐唇，藍色大眼睛，以及如陶瓷般奶油白的膚色。蜜絲・派德森走起路來彷彿在伸展台上走台步一樣，衣服總是有點過度合身，是位穿著緊身制服的夢中情人。

瓦倫丁起身走向達斯汀，「你對蜜絲有點意思，是吧？你們會是天造地設的一對，都穿著不合身的衣服。」

「我得走了。」達斯汀說完，轉身要走，但瓦倫丁抓住他的手臂，把他拉回來。

「好了，好了，達老弟，別逃跑啊，過去和她講講話！」

「你瘋了嗎？」達斯汀低頭望著瓦倫丁，「如果我靠近她十英尺以內，整個拉拉隊都會跟我沒完沒了的。」

但現在說什麼也無法阻止瓦倫丁，他腦中的引擎已經全力啟動，不打算錯過這場好戲。他拍了拍達斯汀的肩膀，把他拉向蜜絲。

「我跟你保證她絕對不會對你生氣，我發誓，現在跟我來。」

「嘿，放我走，我不想跟她說話。」達斯汀想要掙脫瓦倫丁的控制，但他實在太瘦弱了，加上他的身高也和他作對，拉力的動能讓他不停踉蹌向前，正巧撞上蜜絲的置物櫃。

「嘿！」她叫道，鉛筆全都從鉛筆盒掉了出來，「你們想幹嘛？」

「嗨，蜜絲，我是瓦倫丁，這位是達斯汀，達斯汀・麥基尼，從北愛爾蘭來的麥基尼家族。」

「隨便啦。」蜜絲不耐煩的翻了翻白眼，噘起小嘴，此舉讓達斯汀不自覺嘆氣，蜜絲也因此輕蔑地竊笑。

「這樣嘛。」瓦倫丁立刻切入重點，「我們只想知道一件小事，蜜絲，我們該怎麼做妳才願意和我的朋友達斯汀約一次會？」

「真可笑。」蜜絲說，甩上置物櫃的門，「我是絕對不會和他約會的。」

達斯汀開始流汗，轉身要離開，低聲的說，「我很抱歉。」幾乎在對自己說。瓦倫丁再次抓住他的手臂。

「妳的裙子破了。」瓦倫丁出其不意地說。

「什麼？」

「妳的裙子，裙襬的地方鬆了。」

瓦倫丁看著蜜絲拉拉隊制服的下半身，一條長度正好在膝蓋上方的小百褶裙，每走一步就飄得越高，邊緣處有半寸的裙襬鬆掉了，彷彿裙子改變了自己的姿勢，在大腿上迫切地想碰觸地板。「今天早上練習的時候掉的。」蜜絲反擊，「誰能想到學校裡有那麼多熱心助人的怪胎？」

「好了，告訴我到底該怎麼做，當作是假設性的問題……」瓦倫丁持續追問，露出他最帥氣的臉龐，「拜託嘛，蜜絲，妳一定有些心裡很想要的東西……迷戀的東西？」

蜜絲不自覺的『啊』了一聲，臉色泛紅。達斯汀轉身又想離開，瓦倫丁這次甚至頭也不回，直接抓住他的手臂。

「聽著，就算他長的不像一隻大蚯蚓。」蜜絲說，「我還是不會跟這種扭捏懦弱的人約會。」

「喔。」瓦倫丁摸摸下巴思考著，「好，所以這位女士喜歡自信型，讓我看看……」

蜜絲還來不及說「什麼？」，瓦倫丁已經抱住她的腰，往嘴巴親了下去。

她把他推開，賞了他一巴掌。

「好，不是這個——再試試別的，做好筆記了，達斯汀。」

「什麼？」這種時候，達斯汀早就全身冒汗，慌張不已。

「當我沒說。」瓦倫丁說，把手放進口袋，將時間倒轉，對著凍結在達斯汀臉上困惑、可悲的表情晃動腦袋。他把時間停在親吻的前一刻，蜜絲等待地看著他。

他伸出手撫摸她的臉頰。

她把他推開。

他把時間倒轉。

他摸她的屁股。

她用膝蓋踢他。

他又把時間倒轉。

他對她念了一首詩。

她打了個哈欠，然後走掉。

他再把時間倒轉。

終於，試了不下十幾次之後，瓦倫丁在她的置物櫃裡發現了三本高等微積分的教科書。

「妳不是才高三嗎？」他問她，眼睛盯著那些大學程度的書。

「是啊，所以呢？」她問道。他瞧了瞧那些書。

「喔，是啊。」她說，「我很漂亮，所以一定是個笨蛋，對吧？而且一定也是個巫婆。你知道我想要什麼嗎？如果能有那麼一次，有人能覺得我很友善。」

「好吧。」瓦倫丁吃吃地笑，因為她正大吼著自己多麼友善，然後他引起了她的注意，他把她毛衣上的一根線頭撿起，接著又撿起另一根。

她微笑說，「謝謝。」

瓦倫丁把達斯汀拉到別的地方。

「我們準備好了，達老弟，全都好了。」

「你在說什麼？她根本沒有發現我在旁邊，我可以走了嗎？上課的時間到了。」

「嘿！上課的時間我說了算！」瓦倫丁說，再次把手放進口袋，這一次，他把時間倒回在置物櫃旁，還沒碰見達斯汀的時候。

他坐在置物櫃旁耐心等待，似乎把時間倒的太前面了，肩膀上有幾隻飛蛾徘徊等待著，他把牠們揮走，但這些飛蛾莫名找到回來的路，又停在他的肩膀上方。不久，維洛依夫人悄悄出現在面向他的走廊上，她在這裡幹什麼？他把時間倒轉的太早了嗎？但每次都是如此，即使時光倒轉之前她都不在場，維洛依總有辦法出現在他重播的情景中，有時只出現在其中一個版本，沒有預警，無聲無息。

瓦倫丁倚著手肘起身坐好，再次往走廊上看過去，她卻不見了，飛蛾也從肩膀上消失，走廊上充斥川流不息的學生，無論他看的多仔細，就是找不到維洛依。

對於在走廊上遊蕩的孩子們而言，接下來的時間就像一塊磨損不堪的時光布，彷彿那個特定的瞬間被摧殘得面目全非，被壓碎成許多時光碎片，像老電影的膠卷遭嚴重破壞，畫面因過度使用而模糊。瓦倫丁一定重播有上千次了，想盡辦法幫達斯汀設計出最可行的方法——讓他做出一件違反本性的大事，一件對他這種人而言相當極端的事。瓦倫丁為了達斯汀，一點一滴地琢磨自己的字句、舉動和聲調。最後，那個可憐又悲慘的孩子一定會照他想的去做——因為瓦倫丁比他的父母和精神科醫師更了解他的心理，甚至超越對自己的了解。

瓦倫丁小心翼翼地靠近。

「嗨，達斯汀。」他說，不敢拍他的背（因為他曾這樣受到驚嚇），不敢把手放在背後（因為這樣令他起疑心），不從他面前突然出現（因為曾這樣撞在一塊）。瓦倫丁只是用低沉、輕柔的聲音打了招呼，等達斯汀轉身。

「嘿。」

「達斯汀，你記得《星際奇兵》有一集，主角們到了平行宇宙，不知道該怎麼辦，只好相信身邊的人？」

「他們每一集都是這副德性啊。」達斯汀大笑地說，「你是哪位？」

「我是瓦倫丁。」瓦倫丁笑著說，但不敢笑得太大（因為這樣會讓達斯汀以為這是一場惡作劇）。

「所以接下來我要你做的，你儘管相信我就對了。」

「是啊。」達斯汀輕笑一聲，準備離開，瓦倫丁放了樣東西在他手上。

「這是什麼？」

「我的皮夾，所有的證件和現金都在裡面。」

「你為什麼要把皮夾給我？」

「如果這是一場惡作劇，你就留著，要燒掉或做什麼隨便你，但如果事情圓滿結束，你等會兒就要把它還給我。」

達斯汀困惑地看著瓦倫丁。

「好了，你看見站在那邊的蜜絲嗎？」

「嗯。」

「我要你過去和她說話。」

「嗯……是啊，等我和湯馬士．古德曼．布朗還有他那群紅粉知己吃完中餐後，我就過去。」

但瓦倫丁繼續說道，「我先過去，好嗎？等我和她說完話，你就馬上過來，照我說的去做。」

瓦倫丁向達斯汀解釋該怎麼做，佈下所有的有利點，這些都是從不斷與蜜絲談話中學到的。他拍拍達斯汀的背鼓勵他，說些和分子生物學有關的笑話，甚至講了幾句艾西莫夫的機智名言，最後，瓦倫丁從背包裡拿出一些看似無關緊要的東西給達斯汀：一本微積分教科書，幾個安全別針，一台工程計算機，瓦倫丁再三替他打氣，說了幾句取自星際大戰和其他經典科幻電影裡的激昂言論，像是『繼續加油』或『保持勇氣』，之後便朝蜜絲的置物櫃走去，此時她正準備離開。

「裙子很漂亮。」他經過時說，伸手撥了撥鬆掉的裙襬，「教會的二手衣發完啦？」

蜜絲很生氣，但還來不及反駁，瓦倫丁就消失了。她把書本放下，想要整理一下裙子，臉頰漲紅，左顧右盼看看是否有人聽見。她胡亂弄了幾下裙襬，垂頭喪氣，這種時候，她當然沒料到抬頭會看見達斯汀站在面前。

「嗨。」他說，聲音有點顫抖，但臉上始終保持微笑，「讓我幫妳吧。」他說，彎腰撿起她的書。

接著他站在原地，等著。

她接過書本，中間停了一段很長的尷尬時刻，她本來預期他會離開，但並沒有。

「你想幹什麼？」她說。

「嗯……喔，對了，我過來是因為我的計算機壞了。」他拿出瓦倫丁給他的工程計算機，「我知道妳在上高等課程，所以我想妳的計算機一定有灌那些……嗯……程式什麼的……。」

她持續盯著他。

「我知道這很唐突……嗯……可是，我的朋友說妳很友善……而且……很聰明……嗯，我上完課就馬上還給妳……」

蜜絲的心思還放在裙襬上，只是翻了翻白眼然後說：「好吧。」她把計算機遞給他，「不要灌別的東西進去。」

「沒問題。」達斯汀說，聲音有點大聲和興奮，差點把蜜絲嚇得跳起來。

他轉身離開，但又停下來回頭。

「嗯……蜜絲？」

「是，怎麼了？」

「妳何不試試這個？」他從口袋拿出四根安全別針給她，「這些別針可以固定住裙襬，直到妳有時間去……妳知道的……去找裁縫師或什麼的……」

蜜絲原本彎腰忙著處理她的裙子，抬起頭來看著達斯汀緊張的笑臉。

「這是我在練習拉拉隊的時候弄的。」她不經意的說出口。

「妳們真的很棒。」他說，「那些旋轉動作等等……服裝不小心扯破……電視上常常發生……有時候甚至是故意的……」

蜜絲不小心輕笑出來，趕緊壓抑自己，皺起眉頭，從達斯汀手中拿走那些別針，把別針別在正面的裙襬上，不經意地把裙緣往上折，幾乎露出整條腿。達斯汀顯得更加緊張。

「嗯……我真希望這種事發生在我身上。」他說，用手擦了擦脖子後面的汗，「我的衣服總是太短。」

蜜絲彎著腰，視線正好看到達斯汀褲管下方的那寸皮膚，又笑了出來，準備把最後一個別針別上。

「好了，那，我該走了，謝謝妳的計算機。」達斯汀說，接著一股勇氣湧上，傾身撿起蜜絲肩膀上的線頭。「再見。」他轉身離去。

他還走不到幾步，就聽見蜜絲叫他的名字。「達斯汀，是吧？」

「是。」

「你不介意幫我把最後一個別針別上吧？」

這真是太出乎意料了。

這是真正的奇景。

幸好瓦倫丁身上有照相手機。

因為就在此刻，在整間學校面前，衰鬼麥雞單腳下跪，幫學校最性感的女孩固定裙子。他的雙手笨拙地在裙子下方反覆折疊，而蜜絲就只是站在原地往下看，等他把裙襬處理好。

這是年刊上值得紀念的一刻，從今以後大家只叫他『達斯汀』。

達斯汀拿了些課本，和蜜絲說再見，轉身看見瓦倫丁，這真是很難不被注意到的一刻，這個高大的書呆子揮揮手，指指手上的計算機，並將瓦倫丁的皮夾丟還給他，還笨手笨腳的把零錢灑了滿地。

瓦倫丁玩得很開心，看著達斯汀離去，看著半數的啦啦隊員不敢置信地竊竊私語，還有幾個游泳校隊的男孩一頭霧水地在旁觀看。他沒有注意到肩膀後方盤旋的幾隻飛蛾。他點了點手機按鍵，把照片放大，一張達斯汀跪在蜜絲裙子旁邊的畫面。「完美。」

他瀏覽其他十幾張照片，都是出自於同個情景的不同版本，有蜜絲打了達斯汀一巴掌的照片，或是嘲笑他讓他嚇得逃走的照片。其他版本的照片很快就會消失，也許被弄丟，也許變得模糊，不管什麼方法，總之全都會不見，除了達斯汀跪在蜜絲旁邊處理裙襬的那張，唯一說出事實的照片，因為其他照片從未發生，而照片從不說謊。

接著，瓦倫丁再次看見維洛依夫人朝他走來，不到一分鐘前，那群從瓦倫丁肩膀後方消失的飛蛾，現在正零零散散地飛在女家教四周，彷彿對她的出現感到喜悅。

「玩得開心嗎？」女家教問。

「一直都是。」瓦倫丁帶著滿溢的自信回答。

她靠過來，正好看到那些假照片一張張消失。「那麼，親愛的，你要破壞掉這小小的……奇景嗎？」

「破壞？我為什麼要破壞它？」

瓦倫丁的雙眼依舊盯著這張唯一真實的照片，他抬頭看見女家教左邊眉毛揚起漂亮的弧線，像是在襯托那隻美麗、烙印般的眼睛。他們相視了一會兒，沒有事情可以逃過她的法眼，她發現了，發現他熱愛這齣畸人秀的原因，它的不可能性，熱愛創造出一件既詭異又近乎荒唐的事，一隻雙頭怪獸。但其實瓦倫丁不希望維洛依夫人發現的，是他無法克制替達斯汀感到高興的微小喜悅。

「太噁心了……」瓦倫丁搖搖頭，把手機放進口袋。

他背對維洛依夫人，感覺到她離開了，獨處了一會兒之後，他再度拿出手機翻看那張照片，臉上浮現一抹微笑，但就在此時，他連手機都來不及收起，脖子突然一陣寒意，嚇得他膽戰心驚，巨大的靈異氣氛從後方潛伏而來，然後是一句耳語，輕柔地傳到他的耳邊：「別擔心，親愛的，你可以留下你那小小的戰利品。」

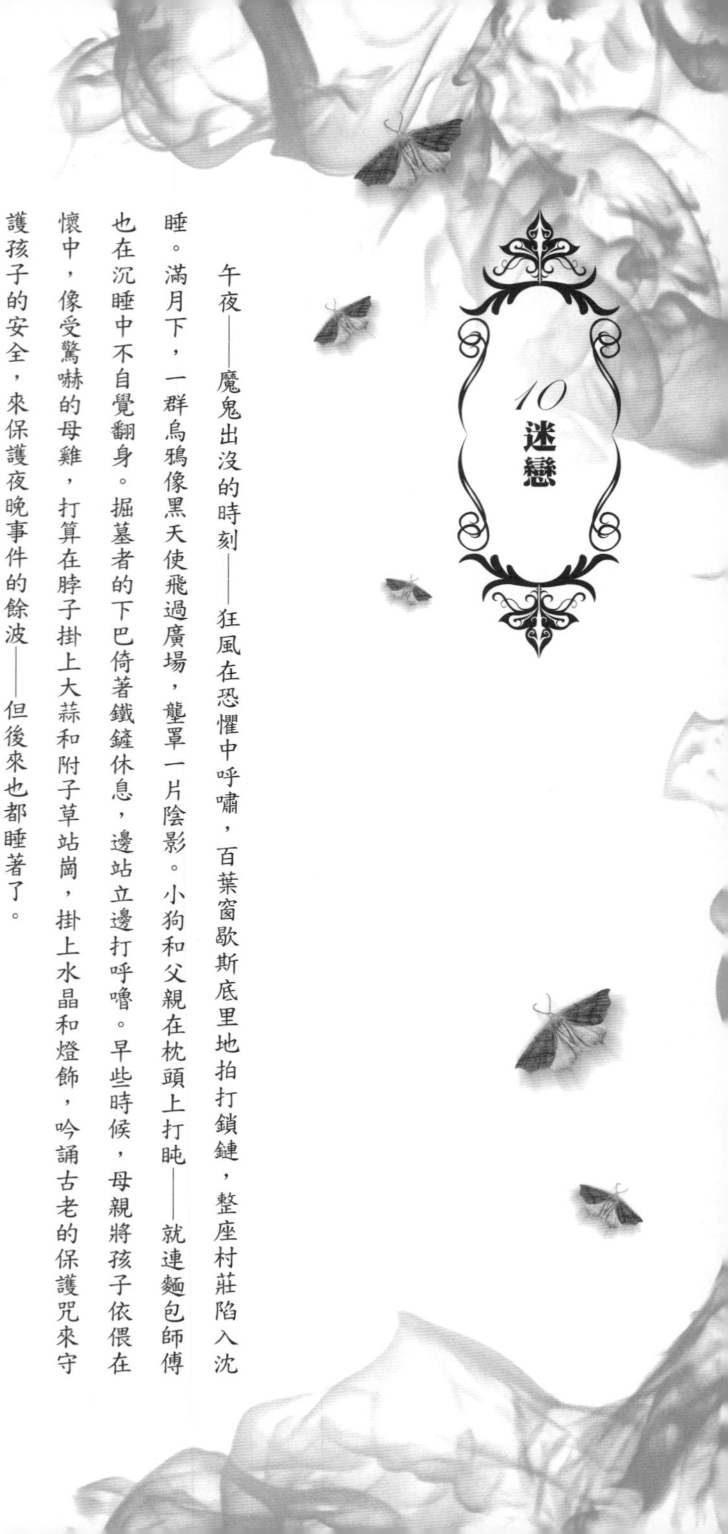

10 迷戀

午夜——魔鬼出沒的時刻——狂風在恐懼中呼嘯，百葉窗歇斯底里地拍打鎖鏈，整座村莊陷入沈睡。滿月下，一群烏鴉像黑天使飛過廣場，籠罩一片陰影。小狗和父親在枕頭上打盹——就連麵包師傅也在沉睡中不自覺翻身。掘墓者的下巴倚著鐵鏟休息，邊站立邊打呼嚕。早些時候，母親將孩子依偎在懷中，像受驚嚇的母雞，打算在脖子掛上大蒜和附子草站崗，掛上水晶和燈飾，吟誦古老的保護咒來守護孩子的安全，來保護夜晚事件的餘波——但後來也都睡著了。

現在黑騎士在外頭四處飛翔。襤褸的破布拍打他們赤裸、風濕的皮膚，不畏空氣的寒冷。只有山坡上那間屋子的小男孩是醒著的，透過窗戶看見他們在雲朵中旋轉，用妖精般的聲音叫喚烏鴉。小男孩知道他不能叫醒爸爸或媽媽——甚至是小貓咪——他們全都像死屍般沉睡著。他緊緊抓住毛毯，看見其中一個人影朝他越飛越近。

她坐在一根樹枝上，閃亮金髮整齊盤成一個髻，看起來和那天下午一模一樣，整齊的髮髻，冷靜的表情，當時她被釘在木樁上處以火刑，他以為她死了，不會回應他了，但她還是聽見了，知道他炙熱的心所迫切渴望的東西。現在她來了，他卻想逃，想拉起窗簾，他們相互對望，他的內心默默盼望母親，但母親業已沉睡，整座村莊亦然，直到過了午夜，山坡上那間屋子的小男孩就這樣消失了。

隨著學期順利進行，貝兒閒暇之餘經常花時間泡澡或造訪馬洛學生會去的地方，像是咖啡廳、俱樂部、餐廳等等，並創造出越來越多追隨者。她盡量避開湯馬士和露西，這兩人最近經常在一塊兒。貝兒希望湯馬士可以從他朋友那裡得知她的消息，聽朋友滔滔不絕談論她，愛著她；希望他因此對朋友的舉動感到好奇——難道貝兒擁有什麼特質是露西缺少的嗎？到了那一天她就可以——不小心——巧遇他。至於康納，真要感謝老天，不，感謝維洛依夫人，維洛依是對的：貝兒不斷植入猜疑和忌妒的種子，分化康納和兩位小跟班——夏綠蒂和梅姬，他們也越來越愛她。

有一天放學後，貝兒看見湯馬士和康納一起待在馬洛高中的學生餐廳，露西還在排隊買蔬菜捲和奶昔，正是巧遇湯馬士的最佳時機。

「嗨，康納。」她揮揮手，眨了個眼，從他們身邊走過。康納被巧克力奶昔嗆了一下。

「嘿，你介意在這裡等一下嗎？」他對湯馬士說，「我離開一下。」

「你要過去和她說話？你們兩人有多熟啊？」

「沒有我期望中的那麼熟……。」

「那次的戲劇表演上，她看起來很怪。」湯馬士說。

「她是超火辣的小辣椒。」

「你為什麼說話這副德性？」

「哪副德性？」康納說，看起來困惑又有點心不在焉。

「像MTV音樂節目上的蠢蛋。」

「我得閃人了，老兄，正妹需要我的關照。」

「看，又來了，你是怎麼回事？」

「什麼怎麼回事？」康納一臉無辜的問。

「我不知道你是搬去……貧民區了，還是某個居民說話都像你這副德性的地方。」

湯馬士搖搖頭，康納蹦蹦跳跳的奔向貝兒，她正獨自坐在靠窗的圓桌旁。他看康納在貝兒身邊坐下，想摟她，聞她的頸部，彷彿貝兒是薄荷奶油做的。他想怎麼樣？湯馬士看康納抓住貝兒的手，邀請到他們這桌坐下，他吞下最後一口三明治。不過，她真漂亮，他得承認。貝兒慢慢走近，湯馬士好奇自己先前為何如此主觀——關於那股氣味，那可能是某種異國氣味，或者是一些女性毛病。康納重新介紹彼此，但湯馬士什麼都聽不見，他湧上奇怪的感覺，又放鬆又焦慮，空氣中聞到某種新味道，難以形容，但令人陶醉，無比的舒暢和開心。他好像聽見貝兒說『我們之前見過。』，於是點點頭，真是愉悅的氣味，但不知為何，湯馬士內心深處對這股氣味感到熟悉，貝兒以前曾經給過他相同的感覺：醉人的、令人成癮。他聽見康納喚了幾聲，才回過神來。「喔，抱歉，貝兒。我剛剛在想別的事情，學校都還適應嗎？」

通常，貝兒會認為這是她聽過最爛的問題，但出於某種原因，開始在腦中思索完美答案。她用餘光看見露西正離開奶昔隊伍，朝他們看過來，幸好有位老師拉住她。對貝兒而言，湯馬士已經不僅是件獎品了，她真的很喜歡他，所以在學生餐廳待了很久，開始談論她對紐約的喜惡，拿紐約與羅馬、巴黎做比較，湯馬士和康納專心聆聽，每個字都聽進去了，卻沒聽懂整個故事。

「那，我該走了。」貝兒講了一個半小時的廢話後說，她看著湯馬士，想知道他會有什麼反應。

「為什麼？」兩個男孩異口同聲地說。貝兒笑了。

「妳可以再待久一點。」湯馬士說，「我是說，康納已經有約了，而我還打算繼續待在這兒。」

「我沒有約啊。」康納說。

「當然有啦，你爸爸到城裡來了。」

「我晚一點再去找他。」

「喔，康納，你放爸爸的鴿子也太惡劣了吧。」貝兒失望地說，這是唯一不需親自把康納推出門外的方法。

「好吧。」康納跌坐在椅子上，後來終於起身離去。

貝兒和湯馬士聊了好幾個小時，直到學生餐廳的員工都已回家，廚房也打烊了。每次貝兒假裝離去，湯馬士會拉住她的手（這讓她全身血液直衝腦門），偷走她的鑰匙，或編出一些不能走的理由。貝兒問起露西，他就迴避，不想破壞氣氛。湯馬士知道接近她會受傷，但就是無法滿足，就像牙齒裂了還是要吃花生糖，或是舔拭噴漆，因為顏色是那麼美麗。湯馬士已經陷入她的魔咒，貝兒不敢相信自己的好運。最後，貝兒拿起皮包往門口走去，留給湯馬士一組電話號碼和一陣偏頭痛。

貝兒回到家，看見維洛依夫人坐在黑暗的客廳裡，正在做些針線活。

「妳什麼時候開始編織了？」

維洛依夫人微笑說：「妳出門好一陣子了。」

「我碰見湯馬士，一切進行非常順利。」貝兒哼著曲說。

「不盡然。」

「妳是什麼意思？」

「我的意思是，妳用錯方法了，貝兒。如果妳花四小時與人聊天，哪裡還有神祕感？男人喜歡神祕感……欲擒故縱……還有花招。」

「不，他們不喜歡。」

「他們當然喜歡，他們以為自己不喜歡，但並不是事實。他們總是對難以捉模的丫頭感興趣，妳的表現卻像個發花癡的笨女孩。」

「也許我就是發花癡的笨女孩！況且，湯馬士已經喜歡上我了。」

「暫時是如此……。」

「妳認為他會停止嗎？」貝兒急迫地問。

「如果妳聽我的就不會。」

貝兒沉默不語，維洛依夫人身旁的毛線球滾來滾去，就像不停滾動的鵝卵石。

「妳要冷落他幾天，讓露西和他在一起，讓他感到無趣，然後再讓他聽見有關露西的謠言，也許給康納一點希望。」

「我記得妳說過，希望會把我活活煮熟。」

「是的。」她說，茫然卻又帶點愉悅地看著毛線。最後幾尺的紗線纏在一起，成了一團紫紅色的球，像個萎縮的胃部。

貝兒皮包裡的手機震了一下，「我有簡訊，晚安。」貝兒沿著走道奔向浴室，拿出可以讓她好眠的瓶子。

第二天，維多利亞拜訪了樂米厄太太的辦公室，馬洛高中的行政辦公室寬敞且明亮，等候區坐了許多學生。一位五十歲左右的豐滿女士出來招呼維多利亞，並為她帶位，此時樂米厄太太碰巧結束上一個會晤。維多利亞坐在一位身穿啦啦隊制服的金髮美女旁邊。

「嗨，我是梅姬。」金髮女孩伸出手說。

「維多利亞・浮士德。」維多利亞看也不看地說。

「喔，妳是貝兒的姊姊！貝兒真是個甜美的女孩，我真高興認識她，我覺得我們會是一輩子的好朋友……。」

她口沫橫飛談論貝兒，像嗑藥過頭的人，若你能想像一隻有狂犬病的狗兒開口說話，大概也是這個模樣。維多利亞發現梅姬的雙眼逐漸變得呆滯無神，左手邊有人掉了一台訂書機，她馬上像個狐疑的罪犯迅速轉頭。

圓潤的秘書笨重地走向維多利亞，「她現在可以見妳了。」

維多利亞一起身，就看見一位憤怒的母親氣沖沖離開樂米厄太太的辦公室。

「說真的，我看不出問題在哪裡。我兒子和妳去年推薦進耶魯的那些學生比起來，水準高多了，那只是一時的輕率之舉。」

「一路慢走，馬克斯太太。」樂米厄太太不耐地說。「啊，維多利亞，請進。」

維多利亞調整眼鏡，從座位上站起來，確認今天戴上了最大副的眼鏡，雖然她並不喜歡這副眼鏡的款式和觸感。樂米厄太太引維多利亞進來，並把門關上。

就在門要關上之前，維多利亞看見露西走進等候區。她對上露西的目光，嘲弄地用指尖揮了揮手，並趁輔導員轉身倒咖啡時，把門開出一條縫隙。露西在門外傾身聆聽。維多利亞就知道她會偷聽，她可以聽見露西在偷聽。露西趕緊把椅子拉到門口，正好聽見維多利亞用熟悉的手段巴結樂米厄太太。

「上學第一天過得怎麼樣？」樂米厄太太問，「喜歡新課程嗎？」

「我很享受挑戰，我修了七門高等課程，妳知道嗎？」維多利亞臉上堆滿微笑，期望樂米厄太太會感到高興。

露西在外頭咬著嘴唇。七門高等課程？這怎麼可能？

「是的，有關這個，我一直打算和妳談談這件事。」樂米厄太太說，「有些家長似乎認為這樣有點不公平，有位學生可以修五分制的課程，其他人卻必須至少修習兩門四分制的課程。」

「是史賓賽太太嗎？妳有告訴她我的特別狀況嗎？」

「我有，而且我們想出了一個理想的解決辦法。既然妳不需要上體育課，我們認為妳應該考慮把體育課替換成同等的四分制課程，妳覺得合唱團或家政課怎麼樣？」

好樣的，老媽！露西心想。

維多利亞鼻孔撐大，「樂米厄太太，請問妳在白宮認識幾位家政經濟學家？」

樂米厄太太臉色變白，「無論如何，我們得講求公平。」

「我得到這些疾病難道就公平嗎？妳知道我穿合唱服站在台上會如何崩潰嗎？」樂米厄太太可以想像，因為她從小就很討厭自己的合唱服。

「但妳上台辯論。」

小騙子，露西心想。

「那不一樣。請別逼我解釋錯綜複雜的病況，我不是醫生。」維多利亞說，雙手壓著太陽穴，模仿樂米厄太太沮喪時的模樣，這是飛蛾帶給她的其中一項訊息。「我只想要利用目前修習的課程量好好彌補。」

「嗯。」樂米厄太太沉默了幾分鐘，「我懂妳的意思，但是……。」

什麼？露西心想。樂米厄太太不會被說服了吧！

「而且嚴格說起來，」維多利亞繼續說，「即使學校有免修規定，卻沒有指出該規定可以操控學生的課表或限制學生的課程。」

「這倒是沒錯……。」樂米厄太太先前對史賓賽太太做出一模一樣的反駁。當然了，道理再清楚不過，連一個孩子都看得出來。「我會找些人談談的。」

「這才是真正的公平。」維多利亞說。

露西準備想衝進辦公室，維多利亞感覺的到。現在課程問題已然解決，只剩擺平露西了——給她點苦頭，讓她明白自己惹上了什麼人物……。

「樂米厄太太，」維多利亞說，「我有告訴過妳我正在寫一篇論文嗎？主題是有關聯合國維持和平策略的成效。」

露西差點被飲料嗆到，那是她的主意。

「真的嗎？」輔導員一邊說，一邊翻閱文件。「維多利亞，那真是個美妙的巧合，我耶魯的畢業論文也是撰寫這份主題！」

露西花了一個半月才找到那個消息——維多利亞在宴會上只花了一會兒就竊取了她的想法。

「我很驚訝妳已經開始在寫論文了。」樂米厄太太說，「老師們開始出作業了嗎？」

維多利亞得意地回答，「學習就是學生給自己的作業。」

樂米厄太太毫無疑問地相信她。

露西臉色鐵青。剛剛發生了什麼事？她是怎麼知道的？沒關係，冷靜，選學生會長的時候，樂米厄太太還是會寫推薦信給我。

「我要參選學生會會長。」維多利亞主動說。

露西這次真的嗆到了。維多利亞立刻後悔，她不該如此直接對露西的想法做出反應，下次得小心點了。

「恭喜妳。」樂米厄太太說，接著轉身加了些咖啡。維多利亞伸長腳把門關上，露西已經聽得夠多了。輔導員轉回來時，維多利亞推了推厚重的眼鏡。

「有關學生會長選舉，」維多利亞說，「我想和妳提一下我的眼睛狀況。」

樂米厄太太好奇地歪著頭。

「我有慢性視網膜萎縮症。」維多利亞說。

她像個小女孩用拳頭揉了揉眼睛。「我希望妳可以幫我一個忙。」她睜大雙眼，鼓起雙頰，然後又揉了揉眼睛直到流出淚水，樂米厄太太聽著維多利亞解釋她的特殊需求，油然升起羞愧和憐憫之心。這個世界是多麼的無情啊，她心想，於是翻開記事本開始書寫。

維多利亞握著樂米厄太太的紙條走出門外，看見克里斯汀正離開辦公室，他來報名新的運動校隊。維多利亞注意到他臨走前，偷走了報名筆、一大把迴紋針和剪貼板旁邊的小青蛙紙鎮。真可悲，她心想。

平靜的一天又過去了，瓦倫丁正收拾東西準備回家，此時夏綠蒂忽然出現。

「嗨，瓦倫丁。戲劇表演結束的隔天你都沒有打電話給我，你把我忘了嗎？」她嘟著小嘴說。

「我當然沒忘。」瓦倫丁露出迷人笑容，抓住她的手說：「今天過得好嗎？」

夏綠蒂堆滿笑容，開始敘述自己的一天，活動、朋友以及任何乍現的想法。瓦倫丁是個好聽眾；夏綠蒂沒發現都是自己在說話，最後才終於閉上嘴巴，詢問瓦倫丁的近況。

瓦倫丁始終不說話，瞥過牆上的時鐘，又看了看夏綠蒂，猶豫了一下，然後突然撲向她，環住她的腰，深深吻上她的唇。夏綠蒂並沒有像蜜絲一樣賞他耳光。「年輕人！」一位老師正好拐彎進來把他們打斷。瓦倫丁趕緊後退，夏綠蒂摸著嘴唇，羞紅了臉。瓦倫丁對老師點點頭，又向夏綠蒂眨眨眼，然後迅速把手伸進口袋。一切開始倒轉——喊叫聲、那位老師、和那個吻。夏綠蒂回到走廊上，未曾被親吻過，又問了一遍：「我的事說得夠多了，你最近過的如何？」

瓦倫丁看一眼牆上的鐘、夏綠蒂的唇、和從角落走近的老師。夏綠蒂對他臉上的微笑感到好奇。

「我要回家了，我想讀一讀詩集。」瓦倫丁說。

「真的嗎？你知道我的短文去年在學校獲獎嗎？」

「我相信妳比我厲害。」

夏綠蒂臉頰漲紅，開始告訴他自己正在著手的故事，是從一株草食性捕蠅草的觀點出發的故事，內容與她父母的離異以及塔利班有些許相似之處。

「你知道嗎？你可以把原創作品寄到即將舉行的州際辯論錦標賽，這是入門的最佳方法。」她建議。

瓦倫丁老早就知道這件事，還是假裝對這項消息很感激。他又聽夏綠蒂講了幾分鐘，然後說：「改天我們也許可以聚一聚，然後，妳知道的，開個私人讀書會。」

「我非常樂意。」夏綠蒂說。

「而且如果妳不介意的話，我想看看那篇得獎短文。」瓦倫丁極其諂媚地說。

因此，他們放學後約了個時間見面，瓦倫丁還說服夏綠蒂帶日記來，兩人一起走到停車場。夏綠蒂低著頭，想再次握住瓦倫丁的手，但他的手卻放在口袋裡。

瓦倫丁緩緩走向停在校門口的黑色轎車，跳了進去，妹妹們早已在車內。貝兒對碧絲抱怨露西・史賓賽，維多利亞則假裝在讀牛津手冊。

「他們兩人在交往，湯馬士真的和露西在交往。」貝兒剛從金髮女孩的情報網得知這個消息，忍不住哀嚎。「而且露西告訴每個人我們是孤兒。」

「那又如何？我們的確是被收養的。」碧絲說。「但至少我還和妳在一起。」

維多利亞和貝兒交換眼神，貝兒趕緊轉移話題。

「她跟湯馬士說我有整型。」

碧絲笑了一下，撿起椅墊上脫落的線頭。又一次，和妹妹擁有相同面貌的回憶像顆難受的鉛球壓在心上。「妳做的不只這樣，貝兒。幸好露西只是這麼想。」

「但願湯馬士不會相信她。」貝兒說。

「妳還沒和他說過話嗎？」碧絲問。

「幾天前在學生餐廳的走廊上有聊一聊。」貝兒害羞地笑。「他那時和露西在一起，我要打出康納牌，直到那兩人分手。」

「妳的意思是？」

「我花了一整天請康納帶我到處逛逛，然後忽視湯馬士，這真的很困難。」

「真是幼稚的做法。」碧絲說。

「是啊，說的好像妳有資格給別人戀愛忠告似的。」貝兒語畢，立刻感到抱歉。「對不起，碧絲。但只要他愛上我，我就不會再忽視他了。」

「如果他永遠都沒有愛上妳呢？」維多利亞頭也不抬地問。她已經看著手冊上的住宿選擇那一頁有二十分鐘了。

「他會的。」

「男孩子真是浪費時間，今天中午，我在自助餐廳排在一個男孩後面。他想如果前方女孩選擇火雞肉，他就要邀請她參加春季舞會；等她選了火雞肉，他就想，如果選冰淇淋我就約；接著她也選了冰淇淋，他又想，如果她付整數我就約。就這樣一直重複循環，直到女孩回到座位上。男孩整個人垂頭喪氣，真是太可悲了，為什麼要浪費時間在一群窩囊廢上呢，貝兒？」

「妳如果知道湯馬士的父親擁有半個紐約，就不會覺得他是窩囊廢了。等我們結婚了，絕對不邀請妳參加任何一場派對。」

「喔，不！」維多利亞用嘲弄的語氣說。「我今晚該如何入睡呢？拜託，拜託，貝兒，答應我妳會邀請我參加派對。」

車門突然碰地打開，克里斯汀跳了進來。

「今天泳訓我贏了所有的短距衝刺賽。」他興奮地說。

「真是個大驚喜啊！」維多利亞說，「你怎麼可以那麼興奮？你明明知道今年自己的預定計畫才完成了大約百分之二。」

克里斯汀不以為意，繼續說：「我今天又和康納說話了，他人很好，我們一起打高爾夫球，他也可以教我一些東西。」

「你為什麼要跟他一起練習？」維多利亞說，「你是職業選手的料，他只是個普通的——」

「是，我知道。」克里斯汀打斷她，「但交些朋友也不錯——」克里斯汀不禁停了一下。「他也打網球，贏了不少獎杯，我只是想探探敵情。」

「真是深謀遠慮啊。」瓦倫丁說。

「可是，克里斯汀，這些你早就知道了啊。」碧絲說。

「我想可能是看到康納的戰績後，現在開始有點擔心了。我們在籃球隊裡也是隊友——我只是想要留意他。」

「騙人，肯定有詐。」瓦倫丁說。

「你們知道年底的人文運動員獎嗎？每個人都覺得康納會得獎。」

「別擔心，」碧絲拍拍他的手臂說，「大家根本還沒注意到你呢。」

「沒那麼簡單，那是一年一度的大獎，一個學期的最佳表現根本不夠，敵不過他經年累月的表現。我如果想贏得所有項目，搶盡所有人的風采，基本上就是要撂倒那傢伙。」

「妙就妙在這兒。」維多利亞說，「你已經擁有成功所需的一切，問題在哪裡？」

「我在想有沒有可能不使用能力達成目標。」

「太可悲了。」維多利亞厭惡地說，繼續回去看她的手冊。

11 學生會長選舉

「妳為什麼要在乎這一切？為什麼像妳這種人會願意花時間幫助我？」

「因為有些事現在雖然看起來不重要，卻可以改變整個人類的歷史——而我剛好是人類史的學生。」

「好吧，我得警告妳，我一直都是個失敗者，簽這裡嗎？」

「許多重大成就一開始都是從失敗開始的。」

「例如？」

「有個男人開了一家服飾店，結果破產了。」

「讓我猜猜看，他從錯誤中學習，重新開始，創立了喬治・亞曼尼。」

「不，他離開服飾業，後來成為總統，還在廣島投下了一枚炸彈。」

接下來的幾個禮拜，浮士德一家的孩子都在各自的世界忙碌著。碧絲想辦法在忌妒她的孩子們面前保持低調；貝兒終於不再無視湯馬士，開始出現在有他的活動裡，湯馬士也毫不掩飾自己的熱情，和貝兒打鬧、調情，甚至露西在旁也不例外。一開始只是客套的閒聊，或是說些和那天學生餐廳有關的笑話，接下來，湯馬士花上更多時間陪伴貝兒，越來越忽視露西，有時候（在貝兒泡完『不可抗拒』浴水的那幾天）他的精神恍惚，行為舉止表現得不像自己。不久，貝兒和湯馬士開始在放學後和下課空檔碰面，兩人獨處時，湯馬士會送她一些小禮物並叫她『公主』。露西對他們之間的友誼相當不悅，她仍然以為湯馬士是自己的男朋友，卻絲毫沒發現他私底下正偷偷與貝兒見面。貝兒計畫對露西下一些致命藥劑，因為她已然成為身邊的一隻害蟲，整天黏著湯馬士，彷彿是大特價挑選到的商品，而且總是不斷想毀掉貝兒的名聲。

克里斯汀把心力放在校隊，大部分的時間都不在家，沒人問他是否還用夥伴做訓練，但大家都心知肚明，因為他很快和康納成為朋友——相較於輸給陌生人，克里斯汀更受不了輸給朋友。瓦倫丁也進步神速，過去幾個禮拜內，寫出許多詩詞代表作，也把自己的作品上繳給州際辯論錦標賽。

所有孩子裡，只有一個打從內心憎恨馬洛高中，那就是維多利亞。她和露西的學生會競選活動越演越烈，露西在校園到處張貼海報，上頭的競選口號寫著『投給露西，她一直都會在你身邊』或是『露西・史賓賽，唯一反對所有整容技術的候選人』，瓦倫丁的個人最愛是『如果你需要家教來管理你的生活，你真的能夠管理一間學校嗎？』他有一天把這張海報帶回家，和維洛依夫人一起嘲笑維多利亞。飛蛾直到這些海報要張貼的兩天前，才把訊息告訴維多利亞，她根本就沒有能力反擊。

彷彿露西還不夠她受似的，只要提到辯論，到處都能看見湯馬士的身影。但目前為止，維多利亞還在為競選忙得焦頭爛額，根本沒時間擔心湯馬士，她沒辦法強迫任何人投票給她，所以只好用老方法：盡可能和每位同學見面，然後找出他們的弱點。這個過程花了很長一段時間，幸好，她不必在所有同學面前成為舌燦蓮花的政客，有些人的腦袋很輕鬆就可以找到一些精彩秘密，有些人則比較困難，但無可避免，每個人都有熱愛、討厭、渴望或恐懼的事，全部都可以讓維多利亞拿來分享、效法、避免或利用。她默默憎恨貝兒，輕而易舉就可以擁有一切，每每看見貝兒被一群搖尾乞憐的仰慕者包圍時，她都覺得貝兒不配如此，維洛依夫人也這麼說，她也覺得維多利亞才是值得擁有一切的人。那麼，為什麼是貝兒得到所有的關注呢？

三月初，離大選還剩一個星期，維多利亞已經討好或恐嚇了至少半數以上的同學，在此同時，露西的手段也越來越惡毒、極端。大選節節逼近，海報招數早已不新鮮，露西開始跟蹤維多利亞，想在鏡頭前捕捉一些得以控訴或丟臉的時刻。一天夜裡，她埋伏在浮士德一家的公寓外頭，以為自己看到一大群蒼蠅從其中一扇窗衝了出來，但卻來不及拍照。另一天夜裡，她看見屋裡閃爍詭異的光，趕緊拍了一張不錯的照片，但隔天照片上顯現的不過是一間黑暗籠罩的普通公寓。忙了幾天毫無所獲，露西決定換成作風較大膽的策略，她到樂米厄太太面前，想要指控維多利亞考試作弊。不幸的是，自從幾個禮拜前樂米厄太太和維多利亞會面之後，就成了她最忠實的支持者。露西不知道的是，在她走進樂米厄太太辦公室的那一刻，其實就等於走進了敵人的領土。

「您好，樂米厄太太，謝謝您抽出時間見我。」她坐下說道。

「沒什麼，露西，但請長話短說，我今天很忙碌。」

「我今天是為了維多利亞來的。」她說，傻傻沒發覺當她提到維多利亞的名字時，樂米厄太太心情大好的模樣。「我要舉報她作弊。」露西繼續說。

「妳再說一次？」

「作弊，她考歐洲史的時候作弊，我會知道是因為最後一科考完時，我在她的桌底下發現了這個。」露西拿出一張卡片，一張作弊小抄，用小小的鉛字印滿日期、人名和歷史事件。

「露西——」樂米厄太太開始了。

「我知道您喜歡她，樂米厄太太。」露西打斷她，「但她這是在利用您，她是個作弊鬼。」

「露西，妳先別說了，我問妳，這場考試是什麼時候？」

「兩天前。」露西站了起來。

「普法戰爭的考試？」

「沒錯。」

「露西，維多利亞那場考試並沒有出席，她請我今天早上監督她的補考，就在這裡，一個人在我的辦公室考的。」露西的腦袋飛快地思考，怎麼可能是真的？我在她的桌子底下找到這張小抄，但是，露西不敢確定那天維多利亞到底有沒有在教室裡，她實在缺席太多課程了，總是有一個又一個藉口（外來疾病、未證實的恐懼症、各種慢性病）。

樂米厄太太還記得幫維多利亞監考時是多麼愉快，因為視力障礙的關係，維多利亞請她把考試題目大聲念出來。樂米厄太太記得自己一邊默想答案，一邊看著維多利亞寫出每一道題的正確答案。真是聰明的女孩。

露西啞口無言，維多利亞又一次的超前她，彷彿提前知道露西的計畫，那個巫婆，她怎麼總是能夠掌握所有的事？

「露西，我得警告妳。」樂米厄太太從椅子上站起來說，「這裡絕對不允許無憑無據的指控，我不曉得妳從哪裡得到這張小抄，但為了妳好，我會假裝妳沒來過這裡，現在給我離開。」

大選的前一晚，維多利亞熬夜熬到很晚，她盤腿坐著，正在應付一群昆蟲，雙眼緊閉，幾乎像是在冥想宇宙萬物的真理，事實上，她又在監視露西了，維多利亞現在已經是操控飛蛾的專家，可以輕易看見露西家的景象並暗中觀察，彷彿身歷其境。她厚著臉皮偷看露西和史賓賽太太私密的母女時光，她們相親相愛的模樣鮮少在公共場合曝光。維多利亞看到史賓賽太太為女兒端來一杯茶，看到這位成熟的社交名媛把一盒盒的杯子蛋糕堆疊起來，為明天做準備，接著又看到兩人花了整整四個鐘頭，把假鑽石貼在項鍊上，作為露西的競選贈送禮。

「親愛的，這真是一場優秀的競選活動，我為妳感到自豪。」

「謝謝！媽！我真的覺得我會贏！夏綠蒂今天中午辦了一場非正式的民意調查。」

「妳的確是盡了最大的努力。」

「是啊，而且這些鑽石真是典雅，所有的主意一定會大受歡迎。」

維多利亞大笑，那個露西真是偽善，明明用父母的錢還叫公平競爭，裝做一副沒有作弊只管做自己的模樣。

「媽？」維多利亞聽見露西說。

「是，親愛的。」史賓賽太太正在處理一只特別難搞的墜子。

「和妳一起做這些飾品真的很有趣。」

史賓賽太太摸摸女兒的臉頰，「妳知道嗎，親愛的，我當年高中時也是學生會會長，這是家族傳統，不過我當時沒有像妳這般有創意的競選活動。」

大選當天，維多利亞自信滿滿，提早兩個小時到學校，一手夾著四十張海報，一手提著一袋徽章。她走在馬洛高中校園內，滿腦子都是計畫和待辦清單，此時赫然發現維洛依夫人就在她身旁。

她嚇得猛然一跳，幾張海報掉在地上。「妳在這裡幹什麼？」

「這是我的職責，看管妳。」維洛依夫人低聲說，「看看是誰來了。」

維多利亞看見露西和她的母親，兩人手上提著好幾盤木蘭杯子蛋糕。

「別擔心，我知道她的競選策略。」

維洛依夫人翻了個白眼，這個舉動讓維多利亞手足無措，她忍不住凝視女家教那隻奇特的左眼。

「沒錯，競選很重要，但除此之外，妳難道想不出任何有趣的事情可做嗎？妳手上有那麼多資訊。」

「什麼意思？」

「妳昨晚花了四個小時監視她。」

維多利亞沒說話。

「我以前認識的那個古靈精怪的維多利亞到哪裡去了？」維洛依挑釁地說。「那個曾經最聰穎的女孩，總有辦法讓我們大笑一場。」

於是，維多利亞加快腳步靠近露西和她的母親。

「嗨，史賓賽太太，您好嗎？」維多利亞語帶擔憂的說，「關於離婚的事我很遺憾。」

史賓賽太太臉色一變，「妳說什麼？」她和昨晚那位溫柔母親截然不同。

「喔，對不起，是露西告訴我的，她說您只分到一半的房子以及每年六百萬的贍養費，我覺得這實在太不公平了，但妳能怎麼辦呢？這是個男人的世界。」維多利亞離開時，心跳得好快，她幾乎可以聽見維洛依夫人讚許的笑聲。

「露西！」史賓賽太太大發雷霆，手中的杯子蛋糕掉在地上，震驚地看著女兒，幾個準備去泳訓的男孩都停下腳步觀看。

「媽，她在說謊，我發誓，我絕對不會——」

「露西！妳怎麼能這樣背叛我？」

「媽，我發誓我沒有——」

「妳叫我怎麼相信妳？」史賓賽太太翻著皮包尋找鑰匙，雙手不停顫抖，拋下女兒獨自站在一堆爛掉的杯子蛋糕裡，維多利亞在旁看戲。

接下來的一整天，露西為了讓自己分心，到處張貼競選海報，監視維多利亞。維多利亞點了一整桌壽司和冰沙給馬洛高中的全校師生，露西和夏綠蒂則用新潮競選海報還擊，海報看起來就和De Beers鑽石廣告一模一樣，口號寫著『鑽石也許恆久遠，但露西才是女孩最好的朋友。』她把底座寫著LS的人造鑽石項鍊發送給所有女孩，至於男孩，露西則設計了獨家版本的超級盃冠軍戒指。想當然爾，兩個女孩都超出了競選預算花費的限制。

接近中午時分，夏綠蒂和露西在大廳前，發送閃亮項鍊給走進馬洛高中的每位學生，這時她們注意到外頭一陣鼓噪，維多利亞正在草坪上拿著大聲公即席演講。

「我保證當上會長後，將承擔許多影響生活的重大議題，請看看我身旁的小埃辛。」站在她旁邊的是一個矮小的黑人男孩，穿著破舊的上衣和牛仔褲，年約八歲。維多利亞周末時，於中央公園發現他在玩飛盤，便給了五百塊錢請他配合演出，男孩真名叫柯林。她把手放在他的頭頂。「他的家人離開了非洲家園，因為全村遭到鑽石走私商洗劫一空，他的父親為了讓一家人溫飽，從走私商那裡偷了一顆鑽石，結果失去一隻手。他今天可以站在這裡，是靠著躲在運送血鑽石的美國船艙來的，我決定發起抗議，反對血鑽石！」

蜂擁而至的群眾爆出喝采。*沒有比開明又罪孽深重的紐約有錢孩子更容易受到鼓譟的了，*維多利亞心想。她拿出一袋徽章，「如果你們想支持這個小男孩和他的家人，請戴上這枚徽章，支持會長候選人維多利亞，表達你們反對血鑽石的立場！」

露西呆站在原地，抱著一堆人造鑽石項鍊，胸口上的徽章寫著：『鑽石恆久遠。』

「死棋了。」夏綠蒂低語道，完全處於震驚之中。

「她怎麼會知道？」露西根本無法好好思考，她轉向夏綠蒂。「是妳告訴她的！妳這個叛徒！」

「我沒有！」夏綠蒂說，「整個競選活動我都守口如瓶，我發誓。」

「喔，拜託！大家都知道妳迷戀那個臉部會抽搐的男孩瓦倫丁！」

「他才沒有臉部抽搐！」

維多利亞剛發完徽章，準備到校園各處張貼海報。她經過露西和夏綠蒂身邊，「接好了，女孩們。」一邊說，一邊朝她們丟了幾枚徽章，「告訴這個世界妳們反對奴隸和壓迫吧。」

幾個小時後，投票開始了。夏綠蒂和露西並肩作戰，努力懇請大家支持露西，這並不困難，即使維多利亞的競選活動比較成功，沒人喜歡她。一個二年級女生前一分鐘還大聲嚷著維多利亞反對血鑽石的競選口號，下一分鐘又偏好露西的關愛和認可。一個立場中立、自稱是問題人物的三年級男生，也覺得維多利亞令人毛骨悚然，維多利亞只能作壁上觀。一個男孩進入投票站之前，維多利亞抓住他的手臂說：「西奧，做出正確決定，你不想再次成為尿褲子的西奧對吧。」男孩害怕地點點頭。

露西從投票站抬起頭，看見自小學時代就結交的一群孩子，這可是壓倒多數的選票，也足夠讓今天受的氣煙消雲散了。然後，露西看見貝兒和湯馬士正在發送維多利亞的競選徽章，湯馬士和貝兒咬耳朵，把貝兒逗得直笑，又見貝兒在撫摸湯馬士的頭髮。露西視線不離湯馬士，對夏綠蒂質問：「發生什麼事了？」

夏綠蒂低頭聳聳肩：「我怎麼會知道？」

露西從椅子上跳起來，朝兩人走去。「湯馬士，你在幫她發徽章嗎？」她指責維多利亞。

「貝兒請我幫忙的。」湯馬士說。

貝兒要求湯馬士幫忙，並不是因為她在意輸贏，而是這樣他們就可以一起出現在露西面前，一部分的貝兒為露西感到難過，但一切早已發生，她和露西的恩怨也是時候該結束了。

「那如果貝兒要你背叛你的女朋——」

露西突然語塞，她不確定湯馬士還是不是她的男朋友，或者從沒發生過，貝兒摟著他的模樣，讓露西覺得自己像個傻瓜。

湯馬士試圖解釋。「我很抱歉，露西，我從未想讓妳誤會任何事，只是我和貝兒……嗯……我們已經……。」湯馬士無法結束這句話，他不確定兩人的關係，貝兒也一樣，她曾經熬夜向碧絲抱怨湯馬士從不吻她，而現在他更無法說出適當用字，像是女朋友或在一起之類的。

露西轉身離開，「隨便，我還是會贏。」露西不要他的憐憫，也不想讓貝兒看見她的眼淚。但貝兒並沒有感到滿足，滿腦子都是湯馬士那些沒說出口的話。

露西回到位置上，夏綠蒂過來抱住她。

「別難過，至少妳正一步步贏得大選！」

露西還來不及擦乾眼淚，便看見樂米厄太太朝她走來。

「露西・史賓賽，我有話跟妳說。」她嚴肅地說。

維多利亞看著樂米厄太太開始和露西說話。樂米厄太太不停搖頭，而露西則瘋狂比手畫腳。兩隻飛蛾在維多利亞的肩上徘徊，聆聽每一句話，彷彿有條線拉著牠們上下飛舞。言談間，露西怒視維多利亞，她則一邊揮手，一邊吃著僅剩的杯子蛋糕。維多利亞看著露西的鑽石項鍊被沒收，帶出校園，她滿意裂嘴大笑，露西眼神充滿殺氣地朝她大步走來。

「妳有毛病嗎？」她對維多利亞大叫，「孤兒院沒有教妳什麼叫公平競爭嗎？」

「公平？露西啊，妳的花費超過預算了，這樣公平嗎？」維多利亞冷靜地說。

「妳也是啊，話說回來，妳從哪裡找到那個小男孩的啊？」

「這不重要，我有許可證明。」維多利亞對露西揮動一張聲明，是用樂米厄太太辦公室專用信紙寫的。露西從她手中搶過來，讀了起來。

有鑒於浮士德小姐的慢性視網膜萎縮症突發，她將免除選舉法的預算限制條例，此項條例將使她無法在選舉期間雇用私人眼科治療師。由於治療師的花費龐大，預算限制令她屈於嚴重劣勢，因此，為了公平原則以及學校的殘疾政策，她將授予預算無上限。

「這裡寫著有鑒於殘疾，妳買的東西全和殘疾無關啊，妳根本健康的很，我看過妳去練皮拉提斯！」

「沒關係，聲明上沒有規定我該花什麼，只有說預算無上限，所以妳違反了規則，我沒有。」

「而妳卻是告發我的那個人！」

「我沒說。」維多利亞嘴上這麼說，眼神卻不是這麼一回事，「鑽石是有點太過頭了，妳不覺得嗎？我是說，難道妳可以收買每個人的愛嗎？」

「妳這個卑鄙的巫婆。」露西大叫，衝向維多利亞，把她的頭髮一把抓住，用力拉扯，維多利亞叫了一聲，試圖反擊，但老實說，維多利亞的力量僅限於耍手段和搞陰謀。露西拼命拉著維多利亞的頭髮，一群學生跑過來把她們圍住，克里斯汀和康納正好一起上完課，也趕緊跑了過來。

「發生什麼事了？」康納問。

「那是維多利亞！」克里斯汀說。

他把群眾推開趕到女孩面前，康納跟在後頭，一人抓住一個把她們拉開，兩人分開後，克里斯汀趕緊跑到中間阻止她們再度攻擊對方。露西再次衝向維多利亞，克里斯汀抓住她的手臂拉了回來，露西怒氣沖天，一切實在是太過分了，這家人堂皇進入馬洛高中，驕傲自大，一付不需要任何朋友的模樣。她咬緊牙根，把所有想得到的惡毒話一吐而出。「妳知道嗎？你們全家人都是瘋子，我應該要感謝上帝，沒有一群畸形的兄弟姊妹，我——」

一瞬間，不停在發洩怨恨的露西突然倒在地上。原本克里斯汀只是微微皺了眉頭，接著就跪在群眾中央，撐著露西無力的手臂。

克里斯汀沒有浪費任何時間，立刻送露西到醫務室。他把露西一把抱起，直奔醫務室，一群人跟在後面，最後，只剩克里斯汀、康納和維多利亞獲准留下，護士小姐需要有人解釋。

「她沒有意識了。」護士說，「康納，叫救護車。」

「我們不知道她怎麼了，她就突然倒在地上，一定是糖尿病發作還是什麼的。」維多利亞說，急切地把自己撇清，有需要的話，她還能隨口說上一個脫罪的疾病。

「所以沒有任何肢體衝突？」護士看著維多利亞額頭上的小紅點。

「露西攻擊我，我至少有一百個目擊證人，她一定是過度勞累，因為她就突然倒下了。」

「所以妳和這件事一點關係都沒有？」

「我們是被分開之後她才倒下的。」

康納回到醫務室，這時維多利亞正好做完最後一個解釋。

「救護車在路上了。克里斯汀，當時是你抓住她的手。」康納一臉不信任看著他，克里斯汀整個人啞口無言。

「不。」護士說，「光是抓住手臂不可能讓一個人昏倒，如果這不是在打鬥時發生的，那麼一定是既有症狀了。好了，我聽得夠多了，大家都出去吧。」

他們陸續離開，克里斯汀鬆了一口氣，維多利亞則給了他一個警告眼神。他差點就洩漏計畫，這是維多利亞唯一害怕的事，康納也斜眼看了克里斯汀幾眼。

儘管露西用盡方法說明自己是受害者，她還是因為預算超支和缺乏運動家精神而被取消資格。大選照計畫進行，維多利亞不戰而勝，當然這不代表大家開始喜歡她，謠言早就傳得沸沸揚揚，雖然露西和維多利亞幾乎沒有肢體接觸，大家都說維多利亞害露西陷入昏迷，說她往露西臉上揍了一拳，把露西的頭髮拔光，還有人說她在半空中用忍術把露西踢飛。

露西一整天待在床上，邊哭邊打電話向朋友訴苦。她打給康納，沃斯太太接起電話，她已經聽說整件事了，如往常般盲目地將事情合理化。「喔，妳可能只是暈過去了，親愛的，妳們這些女孩就愛吃些速成減肥餐，妳真該小心點。」露西試圖告訴沃斯太太維多利亞消息靈通的事，沃斯太太說：「喔，她只是觀察比較入微。」露西又試圖告訴她有關飛蛾和臭味的事，這兩件事沃斯太太自己也見識過，但她卻只是說，「妳知道法國人有句話說：『總是自然之事』。」

維多利亞並沒有大獲全勝，露西還是在學生會得到一個職位。對維多利亞而言，沒有把對手完全殲滅就是失敗，至少這是維洛依夫人待會兒要說的，況且，克里斯汀差點就洩漏秘密。

「想想妳為他做過的那些好事，維多利亞，而他只會給妳帶來麻煩，克里斯汀不配得到妳的原諒。」

不管克里斯汀再怎麼道歉，維多利亞知道道歉並不會讓人停止做蠢事，她感覺自己已經原諒他好幾百次了。「魔鬼就藏在細節裡。」她有天對克里斯汀說，「而你總是把細節給搞砸。」就算克里斯汀救了她，她還是一個禮拜沒有和他說話。

潮濕的紐約街頭，兩隻飛蛾振翅飛回黑暗的浮士德家，牠們穿過開敞的窗口，經過布滿燭光的走道，往東翼方向飛去，進房時，維洛依夫人正在閱讀書中某個精彩篇章，她靠在躺椅上，用膝蓋支撐那本厚重精裝書，身上包覆一件黑色洋裝，頭也不抬地伸出一隻細長手指貼近耳朵，飛蛾立刻飛上去，把有關孩子、家長和小罪行的謠言告訴她。女家教點點頭，若有所思地想著這世界的法則，以及如何地環環相扣。她喜愛所有的不完美，一掬塵土便能不知不覺地奪走任何事物，就連最美的心也變得萎靡。幾隻小飛蛾默默衰落死去——不過又是另一件不吉利的小事，忙著停滯不前的世界根本不會注意到。維洛依夫人拍了拍裙襬上的皺褶，想著一切進行的有多麼順利，只要給他們一點點權力，就等著看人類把世界夷為平地。就像個鐘錶魔鬼，只要稍微轉動一個地方，接著就可以放鬆休息，看著越轉越緊的齒輪自行崩壞。

維洛依夫人優雅白皙的手順了順金髮。接下來的禮物要送給瓦倫丁——那位作家。一位作家願意相信任何事，過著充滿謊言的生活。為了他，維洛依準備了一份古老又珍貴的禮物，一個渴望靈魂肯定會接納的東西，那就是，一個完美謊言，送給期許成為偉大欺騙者的男孩。

12 三月的主意

凱薩日記

三月十四日

普布利烏斯・科尼利厄斯・蘭圖魯斯(Publius Cornelius Lentulus)和昆圖斯・凱基利烏斯・梅特路斯・尼波斯(Quintus Caecilius Metellus Nepos)共職羅馬執政官的那一年

我和那群高盧人之間的慘烈戰爭已經持續三年了——一切都是為了金錢，雖然我在作品裡告訴羅馬人民是為了榮譽。我是羅馬的掌權者，但恐怕永遠成不了羅馬的凱薩。我們在藏布魯河畔紮營時，後衛遭到突擊，敵人以如此強大力量攻入我們的防護，也許我的遠征隊只是一群有勇無謀的傢伙，而我被迫加入了這場戰役。我並不害怕我的生活，我只害怕我的名聲。

三月十五日

普布利烏斯・科尼利厄斯・蘭圖魯斯(Publius Cornelius Lentulus)和昆圖斯・凱基利烏斯・梅特路斯・尼波斯(Quintus Caecilius Metellus Nepos)共職羅馬執政官的那一年

我遇見了一個女人。

三月，蕭瑟又陰鬱的月份，除了絕望別無所有。紐約天氣潮濕，萬物寂寥，維洛依夫人經常在家中，而且大多數的情況下，浮士德一家在馬洛高中始終不受歡迎。貝兒是毫無疑問的女王蜂，但沒人喜歡女王蜂。她泡澡時非常痛苦，常常得花好幾天復原，雖然她可以控制他人情緒，但自己的情緒卻忽高忽低，瘋狂失控，她會把浴室弄得一塌糊塗，指甲深深嵌入前臂，復原前期會變得焦躁易怒，接著開始怨天尤人，這時就是她容易犯錯的時候，因為疼痛讓她受盡折磨。即便她準備好要讓妳愛上她，她卻無法好好扮演討人喜歡的角色，哪怕是一丁點也做不到。有一次貝兒把一位老師惹哭了，哭泣的大臉看起來毛骨悚然，當時他站在教室中央嚎啕大哭，對著貝兒說他愛她，還當著大家的面用手機打電話給自己的妻子說想要離婚，這個畫面實在太荒謬，一個大人跪在那裡，又絕望又貪慾，令其他學生作嘔，這件無恥的事件也讓貝兒的面子相當掛不住。

維多利亞對馬洛高中的仇恨漸漸消除，因為她當上學生會長，加入辯論隊，行事曆上也安排了各種活動。雖然她發現依舊有不少東西令人厭惡，例如，輔導員辦公室那群像青蛙般醜陋的小姐，一天到晚只想著冰淇淋；湯馬士在辯論比賽一連串的勝利；以及投資銀行社團裡那群愛唱饒舌歌的小混混——當然，還有對露西・史賓賽病態的憎恨。

即便如此，漫長的三月中，浮士德一家的孩子沒有人比克里斯汀更沮喪的了。和露西的走廊事件讓他失去了唯一的朋友，康納在那件事之後一直與他保持距離，不再邀請他打高爾夫球，或是帶他到校園走走。克里斯汀繼續過生活，但沒有朋友這件事，他顯得無法適應的像碧絲一樣好。碧絲曾在隱匿時進入克里斯汀的房間，看他凍結成一個笨拙的擊掌姿勢，夥伴生硬的微笑是他唯一的人際接觸。克里斯汀探身出去想和夥伴來個完美的擊掌，夥伴很顯然不了解擊掌的意義，這讓克里斯汀看起來像對著夥伴揮舞再見的手胡亂拍了一下。

碧絲繼續保持低調，其他學生會嘲笑她，說她腦筋有問題，會忘記才剛說過的事；碰觸她時她會放聲尖叫；老師上課說話時，她會不停自言自語；即便在公共場合，碧絲也表現得像遇到船難，被放逐在孤島的模樣。就在大家都認為她瘋了或有精神分裂時，突然間她又能夠將西賽羅的拉丁文翻譯得像蘇西博士的英文一樣正確，糾正那些用廣東話取笑她的亞洲孩子說話時的文法，或是花上一個小時解釋《芬尼根守靈夜》這本書的內部笑話。這些時候，她看起來相當爽朗大方，但只要看見一雙雙崇拜的眼神就又蜷縮了起來。她說，套一句東非斯華西裏語的諺語，這讓她覺得自己像『動物園裡的猴子』。碧絲漸漸出名，教導她就像在發掘亞歷山大市的圖書館一樣，不需要補充什麼，只祈求能在書海裡找到原本就存在的寶藏。

這些關注令碧絲不受歡迎，甚至到了聲名狼藉的地步。她坐公車時，總是那個擠在司機正後方的女孩，她的兄弟姊妹過著忙碌的生活，中餐和下課休息時間她只能獨自一人看書或吃東西。當她的兄弟姊妹向夢想前進，努力爭奪榮譽時，碧絲努力想尋找一個朋友——她到處找，甚至在書裡也找。她一直在想，如果她的語言越學越多，也許就能夠在地球某處找到一個朋友。

大部分的日子，其他孩子都不停捉弄她，因為他們知道她不會反擊。但是無論如何，他們就是沒辦法全盤理解碧絲這種女孩的底細，因此他們把她當玩具一樣玩弄，一個頻頻低頭害羞的黑髮玩偶，除了某些稀有又難得的時候，她會振振有詞地反駁，這甚至讓他們笑得更厲害。瓦倫丁會說，碧絲太不小心了，一切都像自找的，自己給自己設陷阱。例如，下課在走廊上看梵文版性經的那一次，碧絲公然把充滿情慾的封面對人來人往的走廊，並大聲地翻頁，加上皺著眉頭想要搞懂書上每個字的模樣——如此專注。瓦倫丁說這都是她自找的。

實際上，碧絲非如此專注不可，因為她不只是在學習語言，而是在理解書中內容，拆解再重組，花上好幾個小時鑽研文法和起源，用一個語言學習另一個語言。這也是大部分國際學生不喜歡她的原因，『驕傲自大』，他們這麼叫她。就像潘布西・庫爾和他那群漂亮的南亞移民那件事，那些女孩都是從印度或巴基斯坦最頂尖的學校轉到馬洛高中來的，大部分受訓準備競選環球小姐。那天潘布西問碧絲是否會說喀什米爾語，她說不會，幾個小時過後，潘布西和另外三個女朋友坐在圖書館其中一張桌子，距離碧絲僅有幾尺，低語用喀什米爾語說一些難聽話，以確保兩件事：第一，沒錯，他們就是在取笑她；第二，她一句都聽不懂。

接著，其中一人走到碧絲的桌子旁邊，揮動著一張紙。

「嘿，妳是那個語言女孩，對吧？」

碧絲不發一語。

「我們在想妳也許想學點喀什米爾語，我們寫下一些單字，在這裡，看一看吧。」

她把單字表拿給碧絲，上頭的字跡相當女性化。「過來和我們一起坐，我們教妳怎麼說。」

碧絲正專注地看報紙，女孩把她領過他們的桌子時，她頭也不抬，只是安靜地坐著，他們則哄她說一些片語，重複這句，或讀出那句。「這個字是哈囉的意思。」「這句是當妳要詢問附近餐廳時說的。」「這句用來介紹妳的家庭。」

終於，經過了大約十分鐘，碧絲抬起頭。

「這個字不是餐廳的意思。」

「當然是啊。」潘布西天真地說。

「嗯，如果是的話，那我想說烏爾都語的遊客在喀什米爾應該不常出門吃飯……。」

「什麼？」

「除此之外，這一句也不是『很高興認識你』的意思，太噁心了。」碧絲繼續說，「而且我才不要說那些形容大猩猩的話——那很明顯是在說克里斯汀。」

潘布西並不覺得丟臉，相反的，他決定看看碧絲的詭計，雙臂交叉，靠著椅背坐著。碧絲不停鑽研他幽默的喀什米爾髒話，慢慢一個個釋義，有時還做筆記，就像一位考古學家在開鑿石化糞塊，潘布西並不是很喜歡碧絲這種姿態。

「怎麼了，難道妳在過去這三個小時內學會喀什米爾語了嗎？」

像這種時候，碧絲總以為同學真心想要一個答案，總以為提供一個合理的回答會讓她受人喜歡，這是她最開心的時刻──接著，事與願違後也是最孤獨的時候。但無論這種事發生機率多麼頻繁，她總是學不會。

碧絲把紙張對折，有點過於興奮。

「不，不！聽著，一旦同個語系你學得七八種語言之後，第九個就很輕鬆了，你不需要上課或其他東西，只要一小時的會話加上一本字典……。」

他們並不感興趣，碧絲繼續說。

「你可以利用其他語言的文法、字根和一些簡單的單字……。」

沒有人回應她，碧絲開始支支吾吾，心想他們可能聽不懂。

「語言都是有語系的，知道嗎？像西班牙語、義大利語、葡萄牙語，」她數著指頭，「這些都是拉丁語系。」

還是沒有人回應。

「嗯，你們也有你們的語系，對吧？印度語系？旁遮普語、古吉拉特語、喀什米爾語？你們懂嗎？」

過了一會兒，碧絲發現他們根本不在乎，他們並不是來上課的，她又再度會錯意，於是清清喉嚨，用虛弱、單調的聲音低語道，「還有克林貢語、烏奇語、精靈語……。」

沒人聽懂這個笑話。

中餐時間，馬洛高中走廊上擠滿了穿著立領的男孩、手拿亮粉紅手機的女孩，和裝著烤鰻魚的便當。碧絲漫無目的站在圖書館門外，觀察一群正在聊天的年輕人，他們身穿馬洛高中制服，灰藍色的上衣，寬鬆的長褲和裙子，以及整齊的潔白襯衫。她想該是轉身回家，還是把萬物靜止，一個人探索學校，或者乾脆在這裡再躲個幾分鐘。碧絲最討厭人群，她本來想回到圖書館，趁午餐時間看點書，或是再拆解另一支語系的語言，印地安語也不錯。突然間，她從餘光看見貝兒匆匆走進女廁，便完全忘了那少得可憐的午餐選擇，她有種不可抗拒的渴望想要查看自己的妹妹，跟隨貝兒進到女廁，偷偷縮到角落，貝兒走進一個隔間，這時女廁的門突然又打了開來，碧絲趕緊蹲低，她聽見一個綁著馬尾、精神飽滿的金髮女孩走了進來，開始敲著每個隔間的門。

「梅姬，我在這裡。」碧絲聽到妹妹低沉的聲音從另一隔間傳出，「別擔心，這裡沒有其他人。」

碧絲好奇她們在廁所裡做什麼，貝兒現在不是應該在學生餐廳花枝招展的入場嗎？貝兒走進學生餐廳大廳時總是相當引人注目，當她走進厚重的雙大門時，全校的人都會轉身觀看，丟掉吃到一半的三明治，揚棄甜點，停止談話，她靠進餐桌時，大家會讓出空位，並急迫地想要接近她。她是馬洛高中的集體毒癮，隨著每陣風滲透到每個人的心裡。

梅姬想要擠進去，但隔間空間實在太小，她們只好讓門隨意敞開，碧斯看見兩人在貝兒的手提包旁徘徊，輪流伸手到包包裡，拿出一把藥丸吞了下去。梅姬差點笑了出來，貝兒只得用手摀住她的嘴，讓她安靜。碧絲又傷心又震驚，找到時機離開了藏身地，躲進一間空無一人的教室裡。

自從七月下旬那決定性的一天，沃斯太太稱作『醜陋的星期五』，她便不再靠近洛克斐勒中心附近的那家健身中心，一群女士喜歡在血拼的午後聚集在該健身中心，圍坐在游泳池畔討論『討價還價』這個詞有多麼俗氣，奇異果冰沙有多難喝，以及健身教練在示範滑步機時有多可口。現在的星期五午後，沃斯太太對那家健身中心避之猶恐不及，就像避開上季退流行的長筒襪一樣。這天，她和那群『愛嚼舌根的女士們』躲得遠遠的，她踏進糕餅店，指向第三層的水果塔、第四層的榛果幕斯、第一層的蛋白杏仁餅乾、以及第二、五、六層所有拿得動的甜點（除了香蕉布丁，沃斯太太聽說那是用奶油做的，這可與她的『無奶油節食計畫』相衝突）。沃斯太太又點了一杯脫脂卡布奇諾來搭配這些甜點，和一個『在路上吃』的煎餅卷。就當她準備用舌頭舔卡布奇諾上的奶油，以及差點把購物袋迎面撞上其他顧客時，沃斯太太看見妮可拉・維洛依一個人坐在亭子角落，於是她舉起手在半空中揮舞，「唷呼！妮可拉，親愛的！」

維洛依並沒有轉頭。

沃斯太太板起臉孔跑了過來。「妮可拉？妮可拉！」

維洛依夫人坐在一張空桌旁，直視前方斑駁的白牆，看起來心不在焉。她的眼睛眨也不眨，穿著一件手織的合身黑色蕾絲洋裝，胸口並沒有像一般人一樣，隨著呼吸上下起伏，整個人彷彿僵直了。沃斯太太坐在正對面，心想如果維洛依夫人注意她的出現，如果注意到任何事，她就假裝什麼都不知道。

「妮可拉，親愛的，妳不打算打聲招呼嗎？」沃斯太太在她面前揮了揮手，「妳要我一半的煎餅卷嗎？」

沒反應。沃斯太太伸出手摸摸維洛依的手，像空曠的地下室一樣冰冷，沃斯太太輕輕地戳她，然後使盡力氣再戳一次，指甲都插進維洛依的手背裡了，但還是沒反應，就像維洛依夫人毫無知覺，失去了聽覺、視覺、嗅覺、味覺，失去了所有感官——這世界上所有好與壞的感覺。

維洛依夫人甦醒，看見沃斯太太正用叉子戳著自己的手。

「喔！」沃斯太太說，把銀具收了回來，「妳還好嗎？我差點就要去叫救護車了。」

「不需要。」維洛依夫人說，勉強擠出微笑。自從沃斯太太與她相識以來，她第一次看起來面露慌張。維洛依把一隻手放在髮髻上，四處張望彷彿疑惑著自己身在何處，她拿起沃斯太太那杯滾燙的脫脂卡布奇諾，一口喝下。

「妮可拉，親愛的，妳還好嗎？妳把我嚇得半死。」沃斯太太說。

維洛依夫人的臉慢慢變成滿溢蜜糖的甜甜微笑，「想要來個小小放縱嗎？」她邀請她的新朋友。漸漸地，沃斯太太忘卻了先前的衝擊，被這位女人的神奇風采給迷惑了。

「這，我真的沒辦法，他們在正打包我的甜點呢，雖然妳的提議很誘人……。」

「偶爾來個小放縱又有什麼關係？就像我們巴黎人說的，Tout en moderation, meme moderation。」

「喔，」沃斯太太說，「是啊，那，如果是這樣的話……。」

沃斯太太想要召喚服務生過來，但沒有人注意到她，維洛依夫人摀嘴輕輕咳嗽，突然，一位帥氣的服務生端上一杯大吉嶺紅茶和沃斯太太最喜歡的甜點，巧克力魔鬼蛋糕──真奇怪，這家店並沒有賣巧克力魔鬼蛋糕啊。沃斯太太只是傻眼坐著，看著服務生替維洛依夫人端上一塊紅色蘋果塔和一杯伯爵茶。維洛依夫人拿起叉子，看了看塔餅，又瞥了服務生一眼，這個小舉動讓他趕緊把塔餅上的覆盆子醬刮掉。沃斯太太在腦中思索著剛剛發生的事，試著編造一些藉口，維洛依夫人則耐心地吃著蘋果塔，意味深長地喝了一口茶。

「妳在這裡做什麼？」沃斯太太問。

「我在幫瓦倫丁準備禮物。」

「喔！是他的生日禮物嗎？」

「不是。」

沃斯太太等著，但沒有更進一步的訊息。

「吉納維夫，親愛的。」短暫停頓之後，維洛依夫人說，「我聽說妳兒子要參加高爾夫球聯賽？」

「喔，是的！」沃斯太太眉開眼笑，「我的康納一直都是贏家，他非常優秀。」

「我知道。」維洛依夫人甜甜地說，「前幾天練習時我有過去，去看克里斯汀。」

「真好。」沃斯太太咬了一口蛋糕。

「我有點擔心，康納看起來有點……無精打采。」

沃斯太太抬起頭來，「什麼意思？」

維洛依夫人聳聳肩，「他看起來就像全身力氣都被人吸走似的。」

沃斯太太開始擔心。「我該請他的醫生來看看嗎？」

「喔，我相信沒有那麼嚴重。」維洛依夫人說，「年輕人總是很疲累，我只是希望他在比賽的時候，懶散情況不會突然發作。」

沃斯太太不安笑了笑。

「蛋糕真好吃。」沃斯太太說，有些坐立不安。

「嗯……。」維洛依夫人等待著，她不必做無謂的拷問，這會使人感到壓力，沃斯太太很快就會自己主動分享一些小道消息。

突然間，沃斯太太想到一件事可說，「湯馬士也有參加比賽，妳知道嗎？他的父親查爾斯也會出席。」

「喔？」

「是啊，他是個和藹可親的人，而且心地非常善良，他正在忙一件生意，要捐錢給土耳其的窮困家庭，和一位以前相當富有的外國慈善家合作，名字叫做雅敏，土耳其人，聽說他為了創立人道主義的金融機構，錢都賠了下去，查爾斯現在正在幫忙。」

「嗯，」維洛依夫人說，「那麼，今天真是愉快，吉納維夫，但我得走了。」

沃斯太太正啜了一口茶，她用力地喝下然後說，「喔！」一付很失望的樣子。

「我必須去處理禮物的事情。」維洛依夫人向她的新朋友眨眨眼。

「對了，瓦倫丁的禮物。」沃斯太太說，「妳要送給他什麼？」

妮可拉・維洛依歪著頭，若有所思地斜眼看著這位乏味、年長的名媛，輕描淡寫地說，「可以讓他著迷又開心的東西，某個相當精緻的東西，可以緊緊抓住他的想像力不放。」

「喔，任天堂遊戲機，真好！」沃斯太太聲音拔高地說。維洛依夫人揉揉發疼的頭，輕聲呼喚服務生點了一杯雙倍義式濃縮咖啡——帶走。

妮可拉・維洛依享受獨處的夜晚，孩子們睡著時，她會在屋子裡閒逛、觀察，別人看不見她也聽不見她，腳步輕盈無聲，呼吸沒有氣息，只是悄悄地經過孩子們的房間，像個守護幼子的母親，警覺地替未來做準備。通常，孩子們早已熟睡，女家教可以活在自己的世界，不再需要挺身直立，保持莊嚴姿態，可以稍稍彎下腰，金色的髮髻不再整齊，而是雜亂的垂在臉側，如烙印般的眼睛不再像藍天一樣閃爍蔚藍，而是像這間黑暗的屋子一般印著又黑又沉的光輝。黑暗屋子裡，除了幾隻飛蛾的振翅聲和孩子的呼吸聲，沒有一絲聲響。但是今晚，女家教如往常巡邏屋子，細長手指在貝兒美麗身軀徘徊，就在快要觸碰到的一瞬間，她聽見了新的聲音，一個從沒聽過的聲音從房間的另一頭傳來。

維洛依夫人轉身往碧絲床頭方向看去，聽見一位女孩自言自語的聲音，頭用灰色被單覆蓋著。一般而言，孩子的夢話和惡夢的低喃並不會觸動女家教，但今晚有點不一樣，維洛依朝碧絲的床邊移動，先是聽見一個字，接著又是一個，用另一個語言的低語聲。她接近了，她的進度太快了。維洛依的雙手顫抖，彎腰靠近碧絲灰色隆起的脆弱身軀，伸手要觸碰她，骨瘦如材的手指離碧絲的身後僅僅不到幾吋的距離，然後，突然不發一語，維洛依又縮回她的手，一溜煙離開房間，身子打直，姿態莊嚴，把心思放在隔天要送給瓦倫丁的新禮物上，只於碧絲，她沒有新的禮物可給了，一個專業的女家教知道，太多禮物會寵壞一個孩子，畢竟，誰會想要一個失去掌控的孩子呢？

13 白色的窗戶

「不，威廉，我們不頑皮，我們不能在運動上投機，我們沒有殘疾，也不是憤世嫉俗的獨行俠，否則你就不會有我——詩作裡的黑髮女士——對你那麼好，是嗎，威廉？我不是壞人。你知道嗎？是我們建立了文明，整個文明就擔負在幾個人的肩上，像初為人母，我們是那些最初幾個偉大文明的母親，一種姊妹情誼使我們維持著和諧，也許有些奇怪——我想奇怪可能是更適合的說法，一群奇怪姊妹組成的團體。」

「奇怪的姐妹……這只是一場夢。」

「不，威廉，這不是夢，沒有一絲的胡言亂語，你必須相信這是事實，妄想並不會如此真實，妄想不會激發你寫出最著名的戲劇——那些讓你不僅僅是屠夫的兒子，而是成為偉人的戲劇。」

「妳在那裡幹什麼？」瓦倫丁說，咬著一顆未熟的桃子，加入碧絲一同坐在客廳桌子旁。

「只是看書而已。」碧絲說，她的周圍有一疊字跡潦草的書頁，上面的字母模糊難辨，「我在想法子搞清楚這段文章。」

他從碧絲背後向前瞄了一眼，然後一屁股坐進椅子裡，「妳難道從來不從對這些書感到厭煩嗎？」

「你曾對寫作感到厭煩嗎？」

「當然啦，但至少我寫作是有目的的，妳到底是在做什麼？我是說，聽著，妹子，你應該要找件事去努力，妳比維多利亞聰明太多了。」

「謝謝。」

「我說真的，為什麼不呢？」

碧絲想要說出所有的感受，她有多麼討厭這個地方，她除了自己的腦海沒有別的地方可以去，如果最終淪落成一個人，那麼也許被領養也不是這麼棒的一件事，也許他會了解，她只是需要一個有歸屬感的地方可去，但他永遠不會懂，他玩得很開心，他不懂身為一個雙胞胎，然後突然間什麼都不是的感受。但她一句話也沒跟他說，只是微笑，又說了一聲『謝謝』。

「為什麼不和貝兒還有她的朋友們一起玩呢？她現在幾乎認識全校的人了。」瓦倫丁繼續說。

碧絲聳聳肩，「不了，她不希望我待在身邊。」

瓦倫丁看著碧絲臉上難過神情，又進一步說，「好吧，我了解貝兒太忙碌，妳又不想和維多利亞在一起，但是一天到晚孤單一人是很不健康的。」

「好啦，也許等一下我們再談。」碧絲說，回頭繼續看書。

瓦倫丁一邊咀嚼，一邊盯著碧絲，就這樣過了好幾分鐘，「妳有注意到維洛依最近有什麼不一樣嗎？」瓦倫丁說。

「嗯？」

「她實在是非常……神秘……非常難以理解。」他重重嘆口氣。

「看來我們的看法一樣。」

他看著她，她繼續看著書。「我想是吧。」他說完，臉一沉，開始撥弄桃子，「碧絲，妳想不想聽一個很棒的故事？」

碧絲抬起頭。

他彎腰靠近。

「我有一個故事，比那本書的任何情節都還要精彩。」瓦倫丁低聲說。

她保持沉默看著他，內心深處似乎已經等待這段故事一整天了，又或者她以前曾經聽過，也許她已經在上百種不同的情境下，或在某個平行世界裡聽過好幾遍，但從來不曾停留在記憶中，也許這次也一樣，只能短暫回答所有的疑問，接著又將遺忘。

「妳想聽嗎？」他眼神悲傷地問，「我該告訴妳嗎？」

她點點頭。

「從前從前，」他開始說道，用瓦倫丁一貫的誇張作風，「有一位美麗的母親和五個小孩……」

碧絲咯咯地笑了一下，瓦倫丁繼續說道。

「……五個悲哀、不受寵、不快樂的小孩。」

碧絲笑聲停止，瓦倫丁不再搞笑，她從沒看過如此悲傷的神情，有些坐立不安。

「當然有一個是母親最疼愛的，她保證全心全意去愛的那一個……五個孩子之中最缺乏愛的……」

「瓦倫丁……」碧絲摸摸他的手，不是那麼在意那個故事了，「別說這些話。」

「有沒有注意到，她待我不再和從前一樣了？」

碧絲有記憶以來，維洛依對待瓦倫丁一直是相同的方式——溫柔地鼓勵他，帶點不適當的輕浮自大。

瓦倫丁漫不經心地告訴碧絲他以往所知的維洛依，維洛依曾去過他在法國的家，一位美麗的女士私下偷偷地與他見面，答應代替自己不忠的母親。他可以把這些事告訴碧絲，然後倒轉時間就行了，但他現在累了。瓦倫丁想要和某個會記得這一切的人交談，說一些不會迷失在時空夾縫中的話，內心深處希望碧絲能夠待在他身旁，留住每一字每一句，至少就這幾天。

「她不再愛我了。」

碧絲只是拍拍瓦倫丁的手，「我相信這不是真的。」她笨拙撒著小謊，但也足夠讓瓦倫丁微笑了。

❦

幾天前，維洛依夫人送給瓦倫丁一樣禮物——一個新房間，就像送給其他孩子的一樣。一開始瓦倫丁以為她想要利用房間做新交易，就如往常一般，但並不是如此，房間只是一份禮物——單純的禮物，不需任何代價。瓦倫丁覺得奇怪，但他一向不喜歡猜測維洛依夫人的動機，因為實在太困難了。她說這個房間可以讓他的力量提升到另一個層次，但必須得小心，最糟情況可能導致器官往外翻，或困在大海中。她用一種特別又生動的說話風格，雙眼閃爍，把手放在瓦倫丁肩上，低語訴說這份禮物的重要性。使用這個房間有時候會感覺不真實——甚至虛幻，像一場夢。但儘管如此，他還是得堅持到底，因為這個房間是獻給最有天分的孩子，瓦倫丁絕對不能質疑這個房間的用途。雖然直到現在，他還是害怕去使用它。

房間的牆壁一片空白，像遭雪埋沒的田野。瓦倫丁走進那個極度空曠的房間——如此真實又虛幻。房間唯一的東西，是一扇位於後牆中央的窗戶——完美的白色木製外框，中心劃過一道十字，被切割成相同的四等分。這扇窗戶是偌大空房裡的唯一光線來源，被分成四分的模樣讓瓦倫丁聯想到維洛依夫人烙印般的眼睛，但稍稍不同，溫暖些，是鄉村小屋的完美搭配。若看得夠仔細，透過窗戶外的薄霧可以看見一塊向日葵園和後頭的籬笆，可以想像那間鄉村小屋將會是成長和探險的絕佳地方。

瓦倫丁佇立原地——連手肘休息的地方都沒有——看著窗外一片生氣勃勃的樹林，懸掛在樹幹上的車胎鞦韆在晃動，丘陵連綿起伏，幾乎可以聽見石頭的呼號聲。瓦倫丁能迅速分辨謊言與真實，眼前景像不是錯覺，至少他不這麼認為。即便站在這個房間頭痛得厲害，他也告訴自己這不是錯覺，雖然也絕非紐約家門口外的街道景色。

瓦倫丁把手放在窗戶上，薄霧微微散開，滲出窗外。霧氣後面，瓦倫丁可以看到泥磚砌成的矮牆，以及窗外正在變化的景色，等他回頭環顧，房間已成木造，腳下的地板也變成草地。現在瓦倫丁已置身窗外，往裡窺視一間簡陋小屋，一個非常特別的地方。一分鐘前他還站在紐約市的白色房間裡，下一分鐘就可以站在世界任何一處的窗前，因為這扇窗就是通往世界的窗口，它可以通往每一扇曾經存在的窗戶，無論是現存還是多年以前的。瓦倫丁閉上雙眼，緊握拳頭，眼睛再度睜開，又回到原先一模一樣的白色房間，回到紐約公寓的窗內，看著外頭如夢似幻的向日葵園和籬笆。

瓦倫丁轉身離開，全心全意相信這個房間可以實現舊能力永遠無法達成的方法，幫助他扭轉時空。瓦倫丁剛離開房間，就感覺臉頰被成堆的磚頭打中一樣，像是沉睡時被搖醒，或剛從迷霧中走出來。不知為何，房間外頭感覺起來也不太一樣了，他趕緊甩掉奇怪感覺繼續前進。實驗奏效了，瓦倫丁在實驗前本來還有點害怕——雖然維洛依夫人已經明白地說出房間的功能。她告訴瓦倫丁該怎麼做，該攜帶什麼，該期待什麼，不過謹慎點也無傷大雅。現在，認真的做一次，他知道自己需要一些以假亂真的衣服。

瓦倫丁幾乎是用跑的穿過客廳，維多利亞正在看書，他衝進自己的房間，趴到床底下，拿出一件從學校跳舞教室偷來的男性芭蕾舞衣。「不敢相信我會這麼做。」他說，接著把自己塞進舞衣，從衣櫃拿了一件白色西裝襯衫，解開襯衫扣子包住身上的舞衣，然後把從貝兒房間拿來的米色羊毛圍巾綁在腰上。瓦倫丁快速對著鏡子檢查一遍，他看起來滑稽極了，只得假裝自己是流浪漢或鄉巴佬。回去窗戶房間的路上，瓦倫丁被一直滑動的圍巾弄得心浮氣躁，沒看見埋伏在走道上的維多利亞。

「你要去哪裡？」她問道。「還有，你身上穿的是什麼東西？」

「我沒有時間和妳閒聊，維多利亞，我有事要忙。」

維多利亞轉身跟蹤瓦倫丁，他越走越快，維多利亞只好趕緊加快腳步。

瓦倫丁不停向後看，每當想逃跑就可以感覺到維多利亞在讀他的心。

「你想要回頭。」維多利亞說，接著沉默了幾分鐘。瓦倫丁試圖把想法封閉起來，但她的速度更快。「她給你的那個房間——那就是它的功能，對不對？你怎麼知道會奏效？你什麼時候會回來？她知道你在做的事嗎？」

他到達門口，維多利亞尾隨在後。

「帶我和你一起去。」她哭喊道。「我也想要去，瓦倫丁，帶我一起去。」

「什麼？」他環顧四周。

「我知道你在做什麼，瓦倫丁。那套滑稽的戲服是來自中世紀或文藝復興時代，對不對？第一，這套裝扮大概有十個錯誤；第二，你騙不了我，那個時代你想要拜訪的人，我只能想到一個。」

「事實上，有好幾百萬的。」

「你覺得可以遇到沙士比亞，而且我猜你這個笨蛋一定會選他已經成名的時間。」

「沒辦法，我想知道真相——他是否真的靠馬洛的作品成名。」

「這很重要嗎？」

「對我很重要，好嗎？走開。」

「不要，我也想去。」

「為什麼？」

「你知道嗎？我們不是唯一擁有女家教的人，很多人都有——赫赫有名的人。」

「妳怎麼知道？」

「我知道很多你不曉得的事。」

「說出五個。」

「大統一理論、稅法、二進制、阿塞拜疆(Azerbaijan)的首都、還有拖拉機的運作方法。」

「好啦，還有誰像我們一樣有女家教？」

「女王曾經有一個。」

「真的嗎？」

維多利亞興奮地點點頭。

「就算她有，妳要如何見到她？她可是女王。」

「我不想見她，笨蛋，我想見女家教。」

「她憑什麼要告訴妳任何事？」

「因為我有她的把柄，我知道她的未來。」

「難道她不知道自己的未來嗎？」

「沒人能夠回到未來，瓦倫丁。」

瓦倫丁笑了。「太可惜了，」他說。「因為我知道一件妳不曉得的事。」

「像是什麼？」

「像是妳不會跟我一起去。」

維多利亞繼續說話，但瓦倫丁不理她，再度閉上雙眼，維多利亞的聲音赫然停止，等他張開雙眼，剩下一人獨自站在門前，而維多利亞依舊在客廳看書。瓦倫丁把時間倒回跑去客廳、引起她的注意之前。有那麼一會兒，他讓自己陷入思考，回想使用原始能力的感覺，和使用那個房間時很不一樣——不只是力量大小的問題，而是全然不同的經驗。瓦倫丁壓抑那個想法，轉身走進房間，不考慮房間可能只是詭計，是維洛依透過夢境或是幻覺，用來敗壞意志的方法。他踏進房內，馬上隱約有股感覺從後方襲來，彷彿一小部分的他又陷入沉睡。

他走到窗戶旁，觸摸襯衫口袋裡的手錶，白色房間又變成樹林，而窗戶的另一邊變成簡陋小屋的內部。瓦倫丁伸出手，溫柔地打開窗戶，房裡充滿新鮮空氣和另一個時代的氣味。燒烤野豬肉、乾燥茴香、乾掉的橘子皮，以及濕漉皮革大衣曬乾的氣味。瓦倫丁把腳放在窗檻上，一股作氣站起來，進到屋內後，又回頭看看那扇窗戶，外頭是一片完美的自然森林景色——松鼠在樹枝上跳舞，一片葉子緩緩地落下。

瓦倫丁在屋內到處走走，黑色鍋子掛在火爐上，裡頭正燉煮一些食物。一張木製椅子放置在小書桌旁，瓦倫丁在桌上看見一些未完成的信件，最上面一張的日期寫著『一五九九年六月十五日』。他伸進口袋拿出生鏽的舊錶。「該是和一些天才交流的時刻到了。」瓦倫丁走出屋外，沿著種滿鬱金香的小徑往下走，朝史特拉福的小酒館前進。

一瞬間，瓦倫丁可以感受到維多利亞的存在，她在遙遠的紐約，坐在客廳裡，好奇瓦倫丁今天一整天都做了些什麼。他知道，他可以看得見，就像一個人在夢裡，眼睛突然可以掃過其他人的畫面。瓦倫丁對這股奇怪的全知感受心存質疑——他從來沒有體驗過，但他選擇忽略，猜想是那個房間能力的一部分。這份禮物太美妙了，一定是真實的，瓦倫丁知道，因為瓦倫丁了解什麼是謊言，維洛依夫人也說過，一位優秀的說謊者絕對不會輕易上當。

維多利亞從書架整齊排列的精裝書中拿起一本書——有些書可以從世界各地的圖書館尋得，有些則世間少有。她正在閱讀世界歷史：發展的歷程，瓦倫丁不時會看見維洛依在閱讀這本厚重的書，他認為書中有些地方敘述過於詳盡，不過裡面多采多姿的趣聞軼事值得一看，也許維多利亞會利用這本書來尋找辯論材料，她正在閱讀的文章如下描述：

那天對莎士比亞先生而言十分平淡無奇，早晨稍微做些閱讀，搭配一些香腸和蜜糖火腿，而後例行在溪谷附近散步，臨近中午時分，威廉到小酒館拜訪詹姆士・史丹佛，詹姆士的女兒美莉莎最近和約翰・哈丁偷牽小手，被隔離在自己的房間裡，兩小無猜因為雙方父親長久結下的仇恨而被迫分開。在一位年輕友人的建議下，威廉趕緊回家籌備下一部戲劇作品：酒館主人的美麗女兒和墜入愛河的男孩（儘管個性令人質疑）。

就在瓦倫丁傾身靠近威廉的肩膀，在耳邊低聲說：「這真是一個好故事的題材啊！」，他立刻發現自己不自覺改變了一小段歷史。瓦倫丁講完話後，一小部分的他，可以感受到維多利亞的那個他，瞄一眼她所讀的內容，得知自己該為維多利亞正在閱讀的內容負責，瓦倫丁只是想開啟話題。他坐在吧檯邊，偷聽到那位肥胖老人大聲責罵哈丁侵犯他的女兒，於是想自我介紹，但一開口，威廉便藉口離開跑走了。

就在那分秒不差的時刻，瓦倫丁感到肋骨一陣突如其來的劇痛，就像心臟瞬間停止跳動，宇宙和諧瞬間轉向似的。他趕緊閉上雙眼，小酒館的時空開始倒轉，威廉回到酒館內，一會兒把啤酒吐回馬克杯，一會兒對老人回收白眼。瓦倫丁再睜開雙眼，老人又開始大聲咆哮關於『那個不要臉的哈丁』的事情。瓦倫丁這回什麼也沒說。

在紐約，維多利亞沒有注意到眼睛一張一闔的瞬間，書中的內容就完全改變了，所有歷史一而再再而三的變動，最後莎士比亞並沒有寫出那齣冗長的戲劇。穿越時空，瓦倫丁多少可以看見一切的發生，但卻沒問自己為什麼。

瓦倫丁待在酒館──未曾上前自我介紹──直到確定威廉已經回到家中。他決定假裝是從奧克尼郡來的地主，到威廉家中簡單拜訪。瓦倫丁走回種滿鬱金香的小徑時，已經是下午三點左右，他摘起其中一朵，將它送給路上遇見的美麗女僕，又撿起一塊石頭，在池塘邊打水漂，最後來到門邊，敲了三下，接著聽見『來了，來了，』然後差點被撞上胸口的力道撞倒。

瓦倫丁立刻閉上眼，倒回小徑的路上，是花嗎？還是池塘？抑或是那三聲敲門聲？無論是什麼，總之有事情改變了，連接世界的線已經被扯掉了，任何微小的變動都可能導致一連串連鎖反應，最終改變過去的未來。瓦倫丁必須倒轉再試一次，直到他能夠避免對時空造成任何漣漪和影響。

維多利亞從書中抬起頭，書架引起她的注意，上面其中一本書看起來越來越薄，彷彿一部自傳在逐漸縮短，另一本書的破損處越來越少，也許是該書在文壇變得不那麼重要，接著維多利亞的餘光又看見一整本書完全消失。她搖搖頭，還有很多書等著要背誦呢，於是繼續回去看書。

瓦倫丁咒罵，踢掉花園裡的每一朵鬱金香花苞。

維多利亞低著頭的背後，又有四本書消失不見。

瓦倫丁已經重複走在這條小徑上十幾來次了，他試過所有想得到的方法，跳過小徑，從後方偷偷潛入，或是在幾百碼外大聲叫喊。「算了，」他說，「他也沒那麼棒。」瓦倫丁閉上眼睛，握緊拳頭，再張開，手錶在滿是汗水的手掌上裂成碎片，他嘆口氣，閉上眼，把一切倒回最初威廉仍在酒館的時刻，然後穿過威廉家的窗戶，走近那鍋燉煮的食物，把鼻涕噴了進去，稍待片刻，等著這番舉動是否會帶給這位史上最偉大的作家某種感冒或什麼的，但什麼也沒發生，瓦倫丁微笑說：「請享用吧，王八蛋。」

維多利亞的書看不到幾分鐘，抬頭便看見瓦倫丁從大廳奪門而入，穿得像個缺錢的書呆子，剛從幼稚園的文藝復興義賣會上回來。

「怎麼樣？你有發現他是不是騙子嗎？」維多利亞說。瓦倫丁停下腳步，他以為返回的時間是在告訴維多利亞他要去哪裡之前的時間，他一定是搞錯回來的時間了。

「妳看見發生了什麼好事啦！」他說。

「我有嗎？」

「那本歷史書啊……還有那些從未寫成的戲劇……。」

「你在說什麼？什麼戲劇？」

瓦倫丁低頭，發現維多利亞在讀一本普通的教科書。維多利亞困惑地看著他，瓦倫丁只好顧左右而言他，揉一揉眼睛，繼續往前走，捶胸頓足地踏進臥房，把門甩上。在瓦倫丁身後的影子裡傳來一個聲音：「完美的騙局啊……是吧，瓦倫丁？」

瓦倫丁猛然轉身。「妳想怎麼樣？」他說。

維洛依夫人走了出來，在微弱的燈光下看起來真是美麗，像雜誌的拉頁海報。瓦倫丁避開目光，把手錶放在床頭，他現在沒有心情想這些。「你難道不好奇嗎？」維洛依說。

「好奇什麼？」

「好奇哪裡出錯了。」

「是時間出錯了。」

「你想要的時間都有，瓦倫丁。」

維洛依夫人直挺挺地盯著瓦倫丁，他相信那個房間展示出來的東西，那間謊言之屋——幻想之屋。

維洛依夫人用美麗小手遮掩笑容，事實上，她知道瓦倫丁哪裡都沒去。她知道瓦倫丁和維多利亞說過話，換上臨時披上的戲服，進入房間，吸入一陣塵霧，然後睡著作了一場美麗的夢境。瓦倫丁的腦袋創造所有的一切：鬱金香、威廉、甚至是讀著維洛依那本歷史書的維多利亞。十分鐘後他醒過來，發現維多利亞坐在客廳，以為自己度過了一場漫長的冒險。瓦倫丁深信維洛依給他的夢境，這個房間會持續用各種想得到的奇妙經驗欺騙他，漸漸深入核心改變他，最後只會留下一具空殼：成了一個假人，但瓦倫丁打從靈魂深處相信這個謊言——因為他真心這麼想。

因此維洛依夫人再一次確定她早已熟知的人性，那就是就連最精明的騙子也會相信任何事——如果他們的心要他們相信的話。「哼，」她低聲說，舔了舔嘴唇。沒錯，這項觀察十分有趣，同時也令人滿意，因為這就是她挑選瓦倫丁的原因，為了他的弱點——讓她可以操控的弱點——然後她便可以看著瓦倫丁逐漸改變，捲入混亂信念的圈套之中。看著瓦倫丁墮落，左顧右盼或打碎口袋手錶的模樣，就像看著貝兒在澡盆中受折磨般令人有種滿足感，或像克里斯汀受苦於搖擺不定、天人交戰的內心，或像維多利亞每每在心中為每件事辯護，或像碧絲接受的挑戰。

瓦倫丁坐在床上，陷入深思。「那麼究竟是哪裡出錯了？」

「嗯？」

「我到底錯過了什麼？是哪個環節改變了所有的事？」

「喔……是……那顆石頭，親愛的。」

「怎麼說？」瓦倫丁感到好奇，並未發現一切都只是個謊言，畢竟到頭來，他並非最聰明的騙徒，維洛依擁有更多年的經驗。

「沒有小徑上的那顆石頭，女僕就不會被絆倒，威廉就不會擱下寫作起身幫助她。沒錯，他永遠記得將女僕扶起時，她所給予的溫柔神情——溫馴、脆弱的雙眼在日後激發了《暴風雨》中女主角米蘭達的悲傷情勢。」

瓦倫丁的眼神閃爍著明白和興奮的光芒。「當然啦！這麼明顯！我為什麼沒有看出來呢？」他就像個孩子，對他而言連牙仙女聽起來都相當有邏輯。

她聳聳肩。「你一定要常常進來這個房間……多多練習。」

「這得花上好長一段時間才有辦法進步。」瓦倫丁說，下巴放在拳頭上休息，已經開始在思考下一次進房間練習的時間。

「總有足夠時間可以練習的。」維洛依坐在他身旁重複說道，「別擔心，瓦倫丁。」

14 偷窺

蘇格蘭高地上，剛下過雨的夜晚，一位頭髮如煉獄火焰般赤紅的女人步伐踉蹌走過草地，神情恐慌、專注又痛苦。她穿著長洋裝奮力跑上斜坡，裙襬在泥坑裡拖曳。她回頭看，有樣東西正在後頭追趕，捲曲秀髮像舞動的火焰在旁隨意飄動。她跌了一跤，手腳噗通一聲摔在草地上，背後身影隱約逼近，那人上半身的緊身衣像一具黑色死屍，皮膚像蒼白的馬兒，頭髮像黃疸病患者一樣的黃，佇立在跌落的女人面前，地上的標牌寫著：紳士專用，女士止步。女人柔軟的臉頰充血漲紅，輕易就可以刺穿。那人影一臉飢渴跪在女人旁邊，她想爬開，卻被人影一把抓住腳踝，女人再一次跌倒，逐漸失去力氣，頭髮也了無生氣，人影在女人上方，牙齒利如尖爪，發出一聲如冷冽冰雨的笑，接著又聽見一聲如迷失孩童般的尖叫。

「現在我們位於漢普郡(Hampshire)最著名的鄉村俱樂部，為了第十三屆的中大西洋區域中學高爾夫球慈善錦標賽聚集在此。我是夏綠蒂・希爾，馬洛高中新聞社的副社長，在我身旁的是英俊的瓦倫丁・浮士德，新聞社為期一年的榮譽社員。」

「謝謝妳，夏綠蒂，妳也相當優秀。就我們所知，三位馬洛高中男孩將在這次的高爾夫球比洞賽中一較高下。依照往例，馬洛高中教練將利用本季非正式的首場比賽，選出今年的隊長。康納・沃斯身為去年冠軍和隊長，想必是熱門人選，但新進成員克里斯汀・浮士德也是匹黑馬，許多國際比賽優勝的加持，讓許多人傳得沸沸揚揚，想知道這位馬洛高中的新星有何能耐。湯馬士・古德曼・布朗相信也會有其他精彩表現，讓三人間的競爭畫下圓滿句點。」

夏綠蒂按下數位錄音機的暫停鍵，咯咯地笑了笑。她和瓦倫丁替比賽做實況轉播的同時，也順勢錄下談話讓新聞社做線上轉播。「真是太棒了！我們聽起來真是專業！」

「是啊，很有趣。」瓦倫丁說，「柯教練一定會很高興我們提到他的名字。」

「等等，我們沒有提到柯教練的名字啊。」

瓦倫丁調整衣領上的無線麥克風。「對，是我搞錯了。」他眨眨眼，彷彿燈光過於刺眼，坐立不安的模樣就像攝取太多咖啡因似的。

「不過，真是太帥了。」夏綠蒂說。「你從哪裡學到如此生動的講評啊？」

瓦倫丁微笑，露出酒窩。「練習吧，我想。妳也很棒啊。」他碰觸夏綠蒂的手肘內側，她個人認為相當親密的地方。「練習再練習。」

夏綠蒂整個人心醉神迷，眼神露出迷濛倦意，喉嚨發出嘀咕聲，腳也有點發軟，從俱樂部會館的陽台上看過去，令人覺得可悲。

維多利亞站在俱樂部會館的陽台上，倚在欄杆旁，看著夏綠蒂對瓦倫丁言聽計從的模樣，翻了翻白眼，接著身後傳來一個聲音：「妳好了嗎？還想要怎麼樣？」露西．史賓賽雙臂交叉站在門口。兩人被學生會派來布置會館，好作為賽後慶功宴之用。維多利亞身為會長本可拒絕——雖然她的確試過了，但反對未果。做些吃力不討好的雜事並非維多利亞的強項，她們得花一個下午懸掛布條。維多利亞轉身走進多功能室，途中抓件小工具，咆哮道：「來了，女王殿下。」

露西不耐地揚起眉毛。

「喔，門都沒有。」維多利亞經過露西身邊時說。

「什麼？」露西說。

「從妳腳下把梯子拉出來，門都沒有，妳一定覺得我是怪物。」

「妳根本不曉得我在想什麼。」

「話別說得太滿。」維多利亞說。

「真驚訝會在這裡碰到妳，沃斯太太。」貝兒說。「康納正在別的地方開球呢。」貝兒和一群觀眾在湯馬士開球的地方等待著。

「親愛的，我不會想讓自己變成那種專制蠻橫的母親，是吧？」沃斯太太說，整理皮包內的物品。

「況且，我的女僕瑪莎會透過對講機傳達最新情況。」

「嗯。」維洛依夫人呼口氣，站在兩人正後方，無人查覺。維洛依夫人總有辦法在一段談話中來無隱去無蹤，潛伏其中不打擾任何一位與話者。

「康納・沃斯今天下午全神貫注，準備在第二洞開球。」瓦倫丁最後這幾句抽蓄了不少次，但夏綠蒂知道愛可以克服一切，她知道自己戀愛了，而且母親認識一位權威的語言病理學家。

「沒錯，瓦倫丁，他第一洞的表現相當突出，輕易擊敗來自羅德島的好手。」

「說到運動好手，克里斯汀・浮士德也充分發揮實力，我們很幸運可以看見兩位馬洛高中的佼佼者在同一個四人分組賽中一較高下。」

「當然，我們也會持續坐在選手後方的高球車上，為您帶來更多精彩拉鋸的實況報導。」

「拉鋸的說法不是只適用於團體競賽的運動嗎，夏綠蒂？」

夏綠蒂按下錄音機上的暫停鍵。

「我不知道，我只是覺得講起來很好聽，我們錄音時你不應該提到這種事。」

「沒關係，倒回去再重新錄一遍就行了。」瓦倫丁說。

「好吧。」夏綠蒂說，把錄音機往前倒一些，再次按下錄音鍵。「當然，我們會繼續在馬洛高中英雄聯盟的身後為大家持續追蹤。」

「英雄聯盟？真的嗎？」

夏綠蒂嘆口氣，再次按下暫停鍵。

「怎麼了？英雄聯盟有什麼問題嗎？」

「沒什麼，只是有點少女漫畫的感覺。」瓦倫丁說。「身為一個作家，我以為妳會更擅長於，妳知道的，說話。」

夏綠蒂看起來很沮喪。「真過分。」她低著頭說。「我是馬洛高中最優秀的作家——而且我有可能贏得全國大獎，你真是太過分了。」

「這不是過份。」瓦倫丁說，沒注意到夏綠蒂的眼眶已經泛滿淚水。「我以為妳對批評習以為常了，再試一次。」

「我不想，如果你那麼厲害，你來。」

「妳在開玩笑嗎？」

「沒有。」

「這太荒謬了，再試一次就好啦，這就是為什麼這個笨東西上面有倒轉鍵的原因啊，看到了嗎？」他指著數位錄音機，就像對個三歲小孩做示範一樣。「所以妳就可以一遍又一遍嘗試，直到說對為止，這沒什麼大不了的。」

「嘿，」克里斯汀說，站在預備位置回頭看，球還在球座上。「你們兩個可以小聲點嗎？」

「是啊。」康納說。「打高爾夫球比起錄下一些鬼扯蛋需要更多專注力。」

「你給我閉嘴，康納。」

「你說什麼，瓦倫丁？」

瓦倫丁根本懶得回答，直接踩下高球車的油門，高速駛向果嶺上的康納。克里斯汀大叫一聲，趕緊跳開。夏綠蒂尖叫，但瓦倫丁直接把她推出車外。就在康納快要被高球車撞上之前，他臉上的表情突然凍結——高球車開始倒退，夏綠蒂飛了回來，所有的畫面都開始倒轉，直到聽見夏綠蒂說，「……坐在選手後方的高球車上，為您帶來更多精彩拉鋸的實況報導。」

她看著瓦倫丁，露出一個大大的假笑，彷彿聽眾也看的見她似的。瓦倫丁的表情疏遠，看起來意志消沉，他抬頭望著夏綠蒂，擠出一抹微笑，然後說：「沒錯，夏綠蒂！我們會在這裡連線最即時的比分實況。」

「做得太好了！」夏綠蒂說。

瓦倫丁聳聳肩。全國最棒，簡直無聊至極。

克里斯汀揮桿，把球擊到空中。瓦倫丁抬頭看蔚藍的天空——明亮地令人朦朧——他想尋找小白球的蹤影，但遍尋不著，也追蹤不到球的方向。

沃斯太太追蹤康納整場比賽的過程，即便她並不是那種專制蠻橫的母親。撇開馬莎透過對講機三不五時的喊叫之餘，沃斯太太追問有關碧絲的未來計畫。「妳究竟打算把那些聰明才智運用在什麼地方？」

自言自語一般。

「我不知道，也許我可以幫其他國家翻譯網路上的那些垃圾。」

「這是發揮天賦的最佳辦法嗎？」沃斯太太嚴肅地說。

碧絲聳聳肩。「我會說幫助烏茲別克連上臉書是件崇高的事……」她的聲音漸漸變小，彷彿在自言

「妳說什麼？」沃斯太太說。

「……把那些巴布亞新幾內亞人(Papua New Guineans)放上部落格……」

沃斯太太只是盯著她，開始眨眼睛。碧絲越說越快，彷彿想啟動腦中的引擎。

「……由來已久的問題……」碧絲繼續說。

沃斯太太把注意力轉向正在調侃對手的湯馬士。湯馬士的父親也在人群中，和貝兒走在一起。他的年紀大約四十幾歲左右，依舊英俊瀟灑，一頭灰白色的頭髮，家財萬貫，是城裡最有價值的黃金單身漢。儘管沃斯太太不斷散播八卦，他並不打算認識新的交往對象，自然的棕色皮膚下藏著浪漫的心，仍然深愛著死去的妻子。對著貝兒叫『甜心』的口氣，讓他看起來像個老人——像是某人的祖父或耶誕老人之類的。

❧

湯馬士對高爾夫球並不擅長，但他懂得如何拉攏人心，他的父親總說選擇玩運動相當聰明。未來的銀行總裁打高爾夫球目的不在獲勝，湯馬士出借自己最喜歡的球竿讓對手來一次揮竿練習的機會。沃斯太太和湯馬士的父親說：「他真是個親切的孩子，不是嗎，查爾斯？」但他忙著和貝兒說話，不小心忽

視了她，沃斯太太回頭看看碧絲，還在自言自語，只好搖搖頭，然後對著對講機大叫：「瑪莎，瑪莎！我兒子現在人在哪裡？」

「湯馬士看起來很緊張，不是嗎？」湯馬士的父親對貝兒說。「我和他說過這只是一場比賽……喔，他走了，離開前往第五個。」

「第五個什麼？」

「第五個洞。妳知道為什麼我覺得他很緊張嗎？」

「為什麼？」貝兒問。

「因為高爾夫球不是他擅長的運動，他的朋友康納才是最厲害的。湯馬士並不習慣，但還是喜歡打，和我以及我的朋友們打。」

貝兒知道古德曼．布朗先生的那些朋友，每幾個禮拜就會輪流登上財富雜誌的封面，查爾斯．古德曼．布朗是紐約一家大型私人銀行的執行長，每個人都知道他的朋友是哪些人物，尤其是貝兒。

從頭到尾，貝兒都可以感受到維洛依夫人在她的身後。

在一群吵雜的父母、朋友和失格選手外面，維洛依夫人找尋可以插話的地方。她走向兩位別間高中的母親，但她們正忙著討論最新飲食法。維洛依轉向沃斯太太，卻發現她正專注地替馬洛高中爭取捐款。維洛依夫人又一次發現自己隔絕在小團體和交談之外，只好坐回位置繼續觀察。

在維洛依夫人身後，梅姬像個機器人一樣跟隨著貝兒，表情死氣沉沉，受制於貝兒的眼神，對她上了癮，卻又不敢靠得太近。沃斯太太對每件事都有合理的解釋，她搖搖頭，心想：可憐的女孩，遲早一定會去找到他母親藏鎮定劑的地方。

「我不曉得妳是從亞洲哪個窮鄉僻壞的高中來的，但布置宴會是有特定作法的，所以照我說的做，我們就不會有事。」露西說。

維多利亞想著把調酒缸往她頭上砸下去。

「現在我們進入第一輪比賽的尾聲，康納・沃斯和克里斯汀・浮士德把對手們都痛宰了一頓。」

「妳應該邀請湯馬士來家裡坐坐。」維洛依夫人對貝兒低語道。她在貝兒肩後逗留，距離很近，貝兒可以聽見她的呼吸聲，幾乎可以感覺到女家教盯著湯馬士的那雙深藍色眼睛——那隻可怕眼睛注視有趣事物的模樣。湯馬士的父親挽著貝兒，在果嶺上講解著穀物的複雜結構，不知為什麼，但他聽不見貝兒和維洛依的談話。

貝兒說，「為什麼？」

「因為我喜歡。」

「妳何必那麼在乎這些人的所作所為？為什麼妳老是想要親近他們？」

「因為他們的一舉一動能夠引起最大的漣漪。」

「什麼？」貝兒說，想起來女家教之前也曾經提過漣漪這兩個字，當她在教導自己該如何看穿人心的時候。維洛依之所以願意傳授，是因為她是女家教的最愛。

就像我的女兒一樣。

「想一想，親愛的，和平凡人在一起可能達到什麼成就？如果我盡最大努力，使出最好的詭計，他所能做最糟的事是什麼？」

「我不知道，」貝兒聳肩，「殺人？」

「那接下來會發生什麼事？」

「他會被關進監獄裡，我想。」

「那造成的傷害有多大？」維洛依聽起來就像在補習班上數學一樣。

「啊？」

她惱怒地嘆口氣。「有些人會死去，有些人會受傷，然後那些笨蛋會被處理掉。但是這些人——他們有相當巨大的影響力。」

「像是什麼？」

維洛依夫人指著一位手插口袋的禿頭經理。「拿那邊那個人為例，他就像企業家一樣深謀遠慮。他會從貧窮國家運出一些錢，也許拿一部分利潤討好政治家，也許拿一部分擺平許多骯髒交易，買賣毒品，為非法賭場提供資金，瓜分上百個家庭的畢生積蓄，然後再把這些錢投資在一些貧苦孩子製作的劣等品上，他被抓到之前會先風光好幾十年。妳認為這樣受影響的人有多少？這就是漣漪，親愛的貝兒，這就是我所愛的，所尋找的，千萬別犯錯以為人命是等值的，永遠不要。」

湯馬士不偏不移地把球打進水池裡，貝兒感到尷尬。

「我們不要因為球技而對他有意見。」維洛依夫人說。

「我不想要他到家裡來。」

「別擔心，親愛的，他不會發現妳的祕密。」

「那是什麼意思？」貝兒說。湯馬士的父親開始將談話收尾。他的聲音聽起來很遙遠，宛如維洛依把音量調低。

「意思是秘密常會不經意的洩漏出去，而妳有很多祕密。」

「妳不會洩漏的。」

「不會故意洩漏，親愛的；只是秘密常會有辦法傳出去。」

湯馬士的父親好像說了些什麼，貝兒看了他一眼，然後看回維洛依夫人，目光落在維洛依手背上的雀斑，然後移到手腕上的那顆，接著又移到手肘上連成三角形的那三顆。她再看看自己的手臂，上面的小棕點排列成一模一樣的形狀——提醒著兩人之間剪不斷的關係，一旦貝兒接受維洛依美麗外貌的剎那就形成了。湯馬士的父親把說過的話重複一遍，是向貝兒提出的問題，她轉頭不理會維洛依，怒火中燒。「嗯？」

「我在問妳有沒有看見湯馬士把球打出沙坑的樣子？」

「我沒有，你知道嗎，古德曼‧布朗先生，我在想，下個星期六晚上你是否能讓湯馬士來我們家吃晚餐。我知道那天要上學，但是這樣他可以進一步認識我的家人……還有維洛依夫人。」

「叫我查爾斯吧，還有，他當然可以去妳家。」

「去死，妳這個愛忌妒的巨怪，把那些氣球拿給我。」露西大聲咆哮。

「蕩婦。」

「鄉巴佬。」

「你可能需要一台絞車才能離那些樹林了。克里斯汀‧浮士德陷入一點困境，擊出的曲球正好掉進了森林裡。」

「閉嘴！瓦倫丁。」克里斯汀在果嶺上對著高球車大喊。

「哇喔，隊長，球是你打的，不是我的錯吧。」

「你兄弟似乎真的很生氣。」夏綠蒂說。

「是啊，他真是那種『天生的贏家』，對不對啊，克里斯汀？」

克里斯汀得暫時冷靜下來，好讓自己不要拿球桿朝瓦倫丁扔過去。整場比賽只剩下一個洞了，但他感到很生氣。對克里斯汀而言，這場錦標賽是一個測試，他和夥伴認真練習了一個禮拜，每晚都在房裡補充能量。克里斯汀的確對高爾夫球更為專精，所有努力都有了成果，他現在擊球距離是之前的兩倍，

推桿技術也是以往所望塵莫及的，這麼做全是為了避免偷取康納的能力，克里斯汀想靠自己贏得比賽。

也許那副棺材也算作弊，但他至少沒有傷害到別人。這就是起初維洛依送他棺材的原因，克里斯汀告訴她偷竊的感覺有多麼糟糕——她才認知到克里斯汀並不是天生偷竊的料，她送了這副棺材，好讓他擁有其他工具滿足勝利的渴望，以及得到許多大合約和背書。一件可以吸引他的工具，作為餵飽渴望的開端。

到目前為止，康納一直是個友善的人，雖然在露西那場慘劇之後就對他疏遠許多，但還是很友善，即便貝兒和湯馬士交往這件事傷害了自己，卻從來沒有因此對他產生偏見。克里斯汀擊出漂亮的一球時，康納拍拍他的背，他卻有點退縮。肢體接觸令克里斯汀產生使用能力的渴望，感到疲倦、口乾、笨拙。他只要輕輕一碰就可以把所有的能力偷過來，就能變得所向無敵，康納甚至不會有感覺。不，對克里斯汀而言，今天整個比賽就是要去證明他不需要偷竊，所有運動比賽一個個接近——他不需要榨取其他孩子來打敗他們，這就是為什麼球掉進樹林時，他反應那麼大的原因。克里斯汀知道擁有這個可以自由支配、令人垂涎三尺的能力，就必須比別人做出更多努力來抵擋誘惑。

「你真的該去檢查一下臉部抽筋的毛病。」夏綠蒂說。

瓦倫丁本來滿臉笑容看著克里斯汀，回頭看了夏綠蒂一眼。

「別擔心。」瓦倫丁說。他有時候說話沒有任何意義，情緒飄忽不定，看起來暴躁不安、憤世嫉俗，彷彿任何事都與他無關。這種特質一開始很迷人，無憂無慮，而現在，他似乎有點粗心、魯莽，甚至有點無禮，但出於某些原因，這卻讓他更加吸引人。

「那句話沒有任何惡意。」夏綠蒂說。

「什麼？抽筋嗎？」

「是啊，我很抱歉，請不要生我的氣。」

「我沒生氣啊。」

「那就好，如果我能收回那句話，我會的。」

「這是多美妙的一件事啊。」

夏綠蒂被迷住了，他說的話幾乎沒有任何道理，但說起話來是如此的風采翩翩。

「你要參加全國創意寫作嗎？」她問道。

「也許吧。」他的語氣突然沉悶下來。

「怎麼了？」她有點害怕地問。

「我只是覺得有點左右為難，不確定該怎麼做——」

夏綠蒂完全不知道發生什麼事，但他似乎真的受傷了，神情憂鬱。他看起來像是音樂錄影帶裡的主角。

「是什麼事呢，瓦倫丁？」

「沒什麼，別擔心——」他找到適當時機轉移目光。

「你可以告訴我任何事。」她說，確信他正為了某事掙扎著。

「只是，嗯，如果我參加寫作比賽，我就必須得和妳競爭……」

「你的意思是……」

「我只是……我不想有任何事來破壞我們的感情。」瓦倫丁試了三次，才順利一臉正經地說出這句話。夏綠蒂會以為抽蓄只是緊張的關係，她突然屏息，然後眼泛淚光大笑起來。

這女孩難道什麼事都可以哭嗎？

她雙手抱住瓦倫丁（他極力忍住不抽開），他真是浪漫，念頭也好浪漫。一定就是這種感覺沒錯，夏綠蒂心想，真正陷入愛河的感覺。瓦倫丁說了所有她想聽的話。

「我不用參加，」夏綠蒂說。「我不會去報名，這樣我們就可以永遠在一起。」她已經完全為瓦倫丁傾倒。

「妳太歇斯底里了，笨蛋。」

「我才沒有！」露西大叫。「妳正好說了我在想的事情，妳有可以讀取腦波還是腦部探照燈什麼的東西嗎？」

「我沒有那種東西，冷靜點。」維多利亞說，環顧宴會廳四周，確認附近沒有任何人。「妳只是太容易猜測了，我對妳瞭若指掌，像看書一樣簡單。」

「喔？妳會看書？」

「妳就是那些給白癡或三歲小孩看的圖畫書，像月亮，晚安(Goodnight Moon)，只不過圖片變成一群飢渴的蕩婦。」

「我知道妳在搞鬼，我一直在研究電磁脈衝理論，妳對我的腦袋做了什麼，我可以感覺到。」

「我要跟妳說幾遍？我什麼都沒做，妳一定是染上梅毒相關的腦部創傷還是什麼的。」

「我為什麼會染上梅毒？」

「我不知道，因為妳有妄想症，而且是個蕩婦。」

露西翻了翻白眼，繼續回去布置餐具。好險，維多利亞對於過分使用能力感到自責，她只是想讓露西安分點，但露西可以查覺她何時會讀心，就像突如其來的頭疼一樣。維多利亞知道她不能讀心讀得太深入，尤其是人們清醒的時候。她繼續回去在盤子旁邊擺上刀叉，得想個辦法在人們沒有查覺的情況下讀心，特別是辯論比賽快到了。

「先生女士們，很高興州際辯論錦標賽即將來臨了。」

「為什麼要高興呢，瓦倫丁？」

「因為我們得到消息，年輕的古德曼·布朗剛剛從比賽中淘汰了，而我聽說他對辯論更加擅長。」瓦倫丁說。

湯馬士和擊敗他的對手一起下場，笑得很開懷。他的父親替他感到雀躍，一副無所謂的模樣。貝兒觀察父子倆的互動，似乎真的愛著對方，同時好奇地想，如果她是以前的貝兒，不知道湯馬士會怎麼看她，擁抱父親時是否還會抓住機會朝她看過來？是否會來家裡吃晚餐？

「他是個好孩子。」碧絲說。

「是啊，我慢慢注意到了。」貝兒說。

「走吧。」沃斯太太說。「康納將在最後一場比賽對上那個浮士德男孩。」

❦

「柯教練已經開始在慶祝了，現在決賽將由馬洛高中的兩位男孩競爭，沃斯和浮士德。」

「沒錯，瓦倫丁，每個人都很好奇誰是最後贏家——哪位將成為校隊的超級新星。康納．沃斯對於路線比較熟悉，而且稍早的時候，他揮出了兩百五十碼的距離，是他有史以來的最佳成績！但如果他想要維持平局，第十二洞就必須取得相當好的成績。好，他現在穩定球桿，揮出，這一球飛過……哇，瓦倫丁！快看啊！這一球想必有兩百八十哩遠，是今日的個人最佳表現以及大會最佳記錄！」

❦

沃斯太太高興地跳上跳下，每次落地都拍著碧絲的頭頂。

「哇！」古德曼．布朗先生說。「我敢說那一球大概有兩百八十哩遠。」

「是兩百八十三哩。」沃斯太太糾正他。她正拿著一支雷射筆測量小白球著陸位置的距離。

「換克里斯汀．浮士德上場了，看看他是否有辦法比的上這個成績。」瓦倫丁說。

❦

克里斯汀很緊張，他從來沒有輸過，這會是第一次嗎？他看著豪華的俱樂部會館以及穿著休閒衫和長褲的同學們，再看看挑著指甲裡的泥土、滿身大汗的球僮，為那個可憐的小伙子感到難為情。人生啊，竟然把假日花在替那些幸運的孩子們撿球，接著克里斯汀只剩一個想法：他想要贏。他見康納越來越靠近，在那漂亮一擊後準備走到線外去。克里斯汀看著那位化友為敵的對手，然後微笑。

「做得好，老兄。」他說，友善地拍拍康納的手。

康納回以微笑然後說：「謝謝。」沒人注意到克里斯汀碰觸康納的手臂時手掌的擺動，康納也沒發現，因為克里斯汀沒有偷走他的力量，只是偷了他一點手眼協調的能力。

克里斯汀走向第十二洞，舉起球桿用力一揮，小白球飛到空中。沃斯太太想要追蹤它的距離，差點把雷射筆都掉了。瓦倫丁和夏綠蒂一起從高球車跳了起來。

「我從這裡不太容易看見那顆球……但是看起來……球越過了三百碼的標記……三百二十碼……開始慢下來了……他揮出了三百七十碼的距離！」

「這已經打破錦標賽的記錄了，是不是？」

「事實上，這是所有高中級高爾夫球賽的新紀錄。」

「看來我們手上握有一位職業王牌了。」古德曼．布朗先生一邊說，一邊拍打湯馬士的背。

小白球碰觸地面的那一刻，全場觀眾都瘋狂了。康納回到果嶺上，而克里斯汀走進一群愛慕群眾的集體擁抱，垂著比平常還要低的頭。當然，康納的第二擊表現的差強人意，接著又是差不多的情況。最後第十二洞他總共揮出七桿完成，克里斯汀三桿。

「康納．沃斯真是輸的一敗塗地啊。」瓦倫丁說，「看起來他快要精神崩潰了。」

接下來的幾洞，康納不只是輸給克里斯汀，更是丟盡顏面。他的球掉進每個沙坑裡，打到每棵樹，落入每灘水池，每次推桿都要花上四、五次，在某些情況下，甚至沒有完成，因為克里斯汀老早就贏了。有一次，康納甚至揮桿落空，把一大塊草地和泥土打到空中。最後，克里斯汀留下三個洞沒完成就贏得了比賽，康納則感謝今天終於結束了。

沃斯太太啞口無言。「我的孩子剛剛到底發生了什麼事？」她說。

「沒關係，吉納維夫。」古德曼·布朗先生說。「有失必有得。」

「他練習的時候果然看起來無精打采，」維洛依夫人說，不知道從哪裡冒出來。「也許妳終究還是要帶他去給醫生看看。」

「但是他之前表現得那麼優秀！為什麼他會那樣突然卡住呢？我無法理解。」沃斯太太說，難得找不到任何解釋。

「好了，別這麼說，吉納維夫，孩子心情會不好的。」

「別難過。」克里斯汀離開果嶺時，維洛依夫人低聲對他說。

「我心情好差。」克里斯汀說。

「別這樣，」維洛依說。「這是你應得的。」

「我偷了他的能力。」

「如果你沒被抓到，偷到的任何東西都是你應得的。」

雖然克里斯汀在漢普郡俱樂部搶盡所有的風采，但是當群眾走進會館時，才是最大的驚喜。大家原本滿心期望看見布置美輪美奐的宴會廳，取而代之的卻是翻覆的餐桌，和碎成一地的盤子，彩帶垂頭喪氣地懸掛著，地上一堆頭髮，還有看起來像是被扯壞又沾著血的窗簾，就像有人把布置好的房間整個炸爛了一樣，到底為什麼宴會廳會被摧毀，沒人可以從學生會那裡問出個所以然，若有人提起，露西只會喃喃說著有關腦部手術的話，而維多莉亞只會說『蕩婦。』

15 最愛

一位女家教的夢想成真：無可救藥的靈魂

紐約，二〇六二年

「好，我們在紐約準備好了，總統先生在電話上了嗎？」

「每個人都到齊了，傑克，我們開始吧。」

「好極了，這裡有我和其他卡法基因有限公司的主管們，同樣參加這通電話的還有我的助理，妮可拉，她將會負責做記錄。」

（快點切入重點，傑克。）

「煩我直接切入主題，總統先生，我很自豪的向您報告，我們成功開發了一個強大的遺傳因子，它能夠終止數十年來的生物戰爭，自2035年之後就沒有如此重大發現——」

「這項武器的實際功能是什麼？」

「總統先生，這是一個能夠在種族間分辨出細微遺傳差異的病菌。」

「所以你是說，我們可以將這個病菌釋放到群體中，然後只會有特定的人受到傷害？」

「意思就是這樣，總統先生。那些老舊的側寫方法現在已經不流行了。」

「經費大概是多少？」

（不超過五億美金，傑克。）

「不會超過五億美金，總統先生。」

「你確定那些非目標族群絕對不會受到半點傷害？」

（只提及那些短期影響。）

「只會有一些短期影響，除此之外，任何傷害都沒有。」

維多利亞幾乎是以競走的方式穿過馬洛高中的走廊。她抱著一疊書，緊緊地把背包背在身後。

「走這麼快要去哪裡啊，食屍女？」一個男孩大叫，一些圍繞在他身邊的啦啦隊員放聲大笑。

維多利亞通常只會繼續往前走，專注於自己的計劃懶得理會，但今天並沒有這個心思。她突然回頭朝男孩衝過去，狠狠地鑽進他的思想，用此般力量和速度讀他的心，在離不到兩寸的距離，男孩猛地轉身，一把吐在女友身上。

「呃……」

「啐！」

「好噁心！」

女孩像一群受驚嚇的小雞四處飛散，剩男孩站在原地擦著嘴，逃避維多利亞的目光。

「你真幸運兩天前她們不是在你家，史考特。我相信今天這副德性也比不上那天的難堪。」

維多利亞轉身往前走，雖然全校半數的人都看著她，一付剛犯下謀殺罪似的，當然，維多利亞沒有觸碰史考特，所以沒人能說什麼，但無論如何大家心知肚明，大部分的人都體驗過維多利亞的讀心術，都知道她很怪異，維多利亞一點也不在乎。

維多利亞去班級幹部會議的路上，看見某樣黑色東西移動到其中一條邊廊。她停下腳步偷看，心裡大概有底。維洛依夫人走了出來，如往常般高挑優雅，自信滿滿的模樣讓人相信，整間學校是她用頭髮輕輕一撥建立起來的。維多利亞對她的出現並不訝異，最近，維洛依夫人經常在許多活動上現身，維多利亞也相當樂見，彷彿現在她就是最受寵的孩子，而不是貝兒搶走所有的注意力，也不是瓦倫丁搶走所有的愛，就是維多利亞，這讓她非常滿意。有一天，維多利亞會讓維洛依夫人知道她的價值，有一天，她會證明自己是最優秀的那一個，這樣也許維洛依夫人就會和她分享所有的秘密，當維多利亞在世人眼中是強大的，她就夠格跟隨維洛依夫人的腳步。

「親愛的，趕得那麼急要去哪裡啊？」

「幹部會議。」

「嗯……」維洛依不感興趣地說。

「我必須得去，我是學生會會長，記得嗎？」

「記得。我以為當上高中學生會會長的理由是為了擁有全然的實權。現在，告訴我，親愛的，反對販賣機漲價的抗議活動進行得如何啦？」

「嘿，我們總要有個開始吧。」

「是的，但除了當上會長之外，妳最想要得到的東西老早就得到了，了解嗎？」

「了解。」

「好女孩。現在，我有一件更重要的事要讓妳去做。」

維多利亞靠近，不理會來往學生的注視和偷聽。「好。」

「我聽說碧絲昨晚又開始竊竊私語了。」

維多利亞聳聳肩。

「她隱匿的時候……我必須知道她在做什麼，我要她停止。」

「妳要我怎麼做呢？」

「沒什麼，就和她說說話，套出一些事情。」維洛依夫人若有所思，彷彿想要解開一些惱人的謎語。

「何不去問問貝兒呢？」維多利亞試探性地問。「貝兒是她的妹妹。」她希望聽見維洛依夫人說自己比較優秀，而貝兒只會搞砸事情；希望聽見維洛依說，貝兒對她沒有任何意義，維多利亞才是最有天賦的，是擁有最多潛力、將來能夠成大事的人。

「因為貝兒很忙。」

維多利亞肩膀垂了下來。

「而且妳能夠擔負更多責任。」

維多利亞就像條饑餓的孔雀魚上鉤了。她本想問該套出些什麼事，維洛依夫人這時又開口。

「試著去問出她現在學會多少語言。」

「我以為妳對這種事很清楚。」

「幫我把數字問出來就對了。」

有時候維洛依夫人會獨自在城市裡閒晃，她會坐在更衣室裡，聆聽四周隔間內女孩們的談話，把自我厭惡和虛榮的種子植入她們的腦中。有時候維洛依夫人會穿過城市裡險惡的街區，把偷竊、暴力和憎恨拋諸腦後，或者她會一些住宅區徘徊，把一小群飛蛾釋放到每扇窗裡，利用牠們在配偶間植入猜疑、在姐妹間植入妒忌、在手足間植入憎恨。有一天，就在維洛依把六隻飛蛾釋放到六扇不同的窗口時，她看見史賓賽太太從這條街上最奢華的大樓走了出來。

「妮可拉，是妳嗎？」

維洛依微微一笑，史賓賽太太給了一個冷漠的擁抱。她的女兒已經說過不少有關貝兒和維多利亞的卑劣故事，而她也沒有心情和這位女人做朋友，畢竟她認為女兒的痛苦維洛依要負上相當大的責任。

「妳到這附近做什麼？」

「拜訪朋友。」維洛依夫人回答。

「有我認識的人嗎？」

「恐怕沒有。」

「妮可拉，我了解妳很努力的在適應這座大城市。」史賓賽太太擠出半個笑容。「和法國的生活相距甚遠吧，是不？」

維洛依夫人只是點點頭，無須應付這番挑釁。

「妳的女孩兒們都好嗎？我聽說貝兒在和我們家的湯馬士・古德曼・布朗交往？」

「是嗎？我幾乎沒有注意到。」

「妳不去注意自己的女兒？」

「干涉太多會傷害到年輕女孩的身心發展，我相信妳應該很了解。」

「這個嘛，那不是我管教女兒的方法。」

「也許如果妳讓她擁有那麼一點自由……」

「去做什麼？好讓她不刮腋毛然後和小流氓發生關係嗎？」

「嗯……不是，不過就我所知，一開始是湯馬士先約她的。」

「這不是真的。」

「是的，可憐的女孩，沒什麼經驗，就眼睜睜地讓湯馬士從身邊溜走。」

史賓賽太太發出一記得意的笑。「妳到底想要說什麼？」

「親愛的，我只是覺得妳應該多花點時間在自己身上，妳看起來非常疲倦，老是憂心忡忡，一直在後頭鞭策女兒對妳沒有好處，現在她需要的是空間，給她一些空間，靠自己去解決學校的問題。妳已經處理掉許多重要的大事了，她已經不再和服務生交往，她知道自己要的是什麼，並知道如何去追求，強加太多關注只會讓她感到窒息，沮喪的覺得自己只是被綁在母親身邊的老處女。」

史賓賽太太的手飛快抓住胸口，「我絕對不會這樣！」她倒抽一口氣。

「喔，少來了，親愛的。」維洛依夫人假笑地說。「我們都知道妳是的。」

史賓賽太太很訝異——部分是因為維洛依夫人竟然有膽說這種話，另一部分是腦中浮現的畫面。她本來打算反駁，但維洛依夫人的某種舉止阻止了她，和維洛依注視的神情有關，那厭煩、輕蔑的表情不知為何卻讓人更渴望她的陪伴，讓史賓賽太太打消報復念頭，相反的，她退縮了，很快說了一聲再見就逃之夭夭，緊緊握住維洛依夫人說過的話，好讓那些話像微形蟲一樣溜到皮膚底下，腐蝕著她。

❦

高爾夫球錦標賽過後的星期二，貝兒又將自己浸在難受的浴水裡。維洛依夫人沒有太多家規，她隨時可以外出，沒有門禁，沒有限制。那天晚上，她和湯馬士出門約會，湯馬士出門前得花上一個小時與父親溝通，才得以在非假日的晚上外出。湯馬士的父親能夠成為紐約最頂尖的銀行家不是沒有原因的，等到溝通結束之後，湯馬士早已協調放棄整個暑假，承諾要在父親的公司實習、聽完一場現代金融的課程、以及報名商用日語課。

貝兒出門前，碰巧遇到坐在客廳裡的維洛依夫人。「小心點……」她甜甜地說。「別和那個男孩太要好，還有別忘了星期天的事。」

「和湯馬士的交往非常順利，他愛我。」

「不，他只是覺得妳很美。」

「是，隨便啦。」

「但也不全然是，因為那不是妳的臉蛋，他覺得我很美。」

「是，我知道。」貝兒對於三不五時的提醒感到厭煩。

克里斯汀和碧絲恰巧走進來，聽見這段對話。「她本來的面孔也不差啊，貝兒和碧絲都有一張漂亮的臉蛋。」碧絲笑了笑，拍拍克里斯汀的手。

維洛依夫人不理會她，繼續說：「也許克里斯汀有什麼想法，我們何不停止這些療程，看看湯馬士是否會喜歡真正的貝兒？」

貝兒嚇得發抖。她知道其他人一定覺得她很虛榮，碧絲看到她的反應，一臉受到侮辱的模樣，但貝兒沒有辦法，她需要維洛依夫人，而且不能就這樣放棄，上次和湯馬士在一起時，他站的好近，和往常一樣撫摸她的秀髮，握著她的小手，但為什麼從來不吻她呢？他是否還聞得到臭味？難道是浴水泡的不夠多？還是他害怕接近她？但是湯馬士看起來似乎已經對她如此的迷戀……

「妳是個好女孩，貝兒，妳下星期天要把他帶來這裡，然後我們就可以一起度過美好的時光。」

「好的。」貝兒小聲地說。

「別難過，其他女孩也不是天生麗質，她們都有一些秘密武器，只不過妳的更好。」

貝兒走了出去，把門啪一聲關上，她倒不如盡情享受和湯馬士在一起的這個夜晚，因為過了星期天，她就不敢確定一切是否還能一如往常。貝兒過去兩天充滿內疚感，像個小女孩黏著湯馬士不放。她不再裝矜持，因為她發現湯馬士喜歡直來直往。他喜歡貝兒，有時候貝兒會以為這與浴水無關。她已經把藥劑從不可抗拒換成平凡無奇，希望能降低浴水的效果，用真心克服兩人的關係，但貝兒卻無法像控制其他朋友一樣，抑制湯馬士的多疑和猜忌。

對貝兒來說，她想盡辦法親近湯馬士，而且令維洛依夫人厭惡的是，貝兒越來越難以扮好狐狸精的角色。現在馬洛高中的每個人都知道湯馬士和貝兒在交往，大家都喜歡傳新來美女的八卦，說她當著露西的面趁虛而入，搶走湯馬士。露西全盤否認，寧願覺得貝兒只是湯馬士一時的迷戀。她現在把對這家子的恨意集中在維多利亞身上——暫時如此。

貝兒抵達蘇活區的一家小酒館，湯馬士已經在靠窗的位子上等著她。白天越來越長，現在天色才開始逐漸變暗。春天一直是貝兒最喜歡的季節，但紐約有個說不上來的感覺，讓她對春天的喜愛大減。紐約春天並沒有花團錦簇、生意盎然，倒比較像冬天的殘渣：融化的淡黃雪水，冷冽的空氣。但湯馬士就是有辦法挑選到那麼一條不讓貝兒沮喪的街道。幾家店面的遮雨棚旁邊，掛著老式招牌；其中一家掛著鳥兒的畫。咖啡廳和餐廳各有魅力，讓每一餐都宛如星期天的早午餐般愜意。「這家餐廳真漂亮。」貝兒一邊環顧四周一邊說道。她入座後，把身邊不停飛舞的飛蛾給趕走。

「我以為維洛依夫人不會讓妳出門，她看起來很嚴格。」

「是啊……」貝兒模糊帶過。湯馬士伸手握住她，讓貝兒臉蛋羞紅起來。

「無論如何，她的確讓妳出來了，還讓妳邀請我下星期天過去吃晚餐。」湯馬士說。貝兒哽咽欲泣，趕緊喝口水，無力地笑了一下。

湯馬士繼續說：「所以她人怎麼樣？」他問道，彎腰靠近，彷彿貝兒要訴說一件秘密。

「你知道……就是一般典型的女家教。」

「嗯，當然……典型的女家教。」湯馬士把聲調換成傲慢的英國腔，相當道地，讓貝兒想起以前維多利亞還沒改掉腔調時的說話方式。「那妳的僕人呢？他典型嗎？」

貝兒大笑，做了個鬼臉。

「妳的笑容很可愛。」湯馬士換回正常的腔調說。貝兒又想到了星期天，笑容瞬間暗淡下來。

「這蟲子有礙到妳嗎？」湯馬士問道，揮了揮附近的飛蛾。「也許我們該換個位子。」

「沒關係。」貝兒說，不想讓他鬆開手。

「有什麼事嗎？」湯馬士看著她悲傷的臉問道。

「喔，關於維洛依的事……真丟臉……我恨她。」

「我可以問一下嗎，妳說是她領養了你們，對嗎？」湯馬士小心翼翼地說。「我的意思是，妳看起來很喜歡她……」

「對，我們是……嗯……孤兒。維洛依夫人在我們還是嬰兒的時候發現了我們。」

「妳的父母怎麼了？」湯馬士誠心地問，眼睛越睜越大。

「不知道，我們可以聊些別的事嗎？」

「當然可以。」湯馬士忍不住又問了一個問題：「但是，為什麼你們的年紀都一樣大？」

貝兒突然注意到湯馬士緊張地踏著腳，胃感到一沉。

「這個嘛，我們不全然都有血緣關係。她領養我們……嗯……是分開領養的。」就在這時，貝兒突然有股衝動想告訴湯馬士一句實話。「我和碧絲是雙胞胎。」

「不會吧！碧絲戲劇表演那天告訴我們的時候，我以為是玩笑話。她和妳一點都不——」

湯馬士發覺自己似乎說錯話了，因為貝兒看起來有點受辱。

「我們是異卵雙生。」貝兒簡短地說。

「嗯。」湯馬士清清喉嚨。「我只是說……她和妳長得不一樣。」

「我們有一樣的眼睛。」貝兒說。

「妳知道嗎，我有注意到。」

「真的嗎？」貝兒問道，表情充滿懷疑。

「是啊，妳的雙眼是我最喜歡的地方。」湯馬士低聲說。

「謝謝。」貝兒緩緩地說。湯馬士完全不知道這是第一次獻給她的讚美，其他讚美的話——並不是真的在說她。

剩下的晚上，貝兒把話題焦點都放在湯馬士身上。湯馬士可以一邊無意識地玩著貝兒的手指，一邊說上好幾個小時。貝兒幾乎不曾插嘴，因為害怕他會停止說話。但儘管貝兒想盡辦法要避免談論到自己的家庭，湯馬士卻提起了維多利亞。

「妳姊姊真的很認真，她把這次的辯論賽看得非常重要。」

貝兒不想談論有關比賽的事，但還是輕輕的點了點頭。

「我不擔心。」湯馬士微笑。

「為什麼？」貝兒調皮地問。

「因為……我有一個祕密武器。」

湯馬士從椅子上站起來，彎腰靠近些，雖然他的椅子老早就拉到貝兒旁邊。湯馬士溫柔的聲音突然消失，思緒也集中到別處。

「辯論會的主題是智慧財產權對上生存權。印度有些小公司會把專利藥進行反向工程，然後再便宜賣給那些負擔不起大型藥廠昂貴藥品的病患。我們要討論這是否符合倫理。」

貝兒完全沒有預期，吃吃的笑了起來。

「什麼事那麼好笑？」湯馬士問道，把她的手放開。喔，糟了，貝兒心想，手突然感到寒冷。

「因為你竟然對這麼無聊的主題如此興奮！你剛說的話，我幾乎有一半都聽不懂。」

「這才不無聊呢！這可是關係到生死問題。」

「好吧，對不起，請繼續，我洗耳恭聽。」

「我父親在金融業工作，對吧？」

「是，我想我聽過他。」貝兒開玩笑地說。

「他替我引見一位專攻這類法律的朋友，他真的學識淵博，在正反雙方上，我都從他那裡得到許多很棒的引證和資料，有些論點真的相當新穎，而且令人佩服，所以我已經處於最佳狀態。」

「怎麼說？」

「因為！大部分的人準備辯論資料時，都是從文章上擷取引證，由於文章是公共來源，任何對抗我的人只會找到相同資料，然後根據該資料準備對立案件。但是如果我有私人引證和資料，加上如果我的論點很不常見，對方要扳倒我的論點就更加困難。」

「我對你真是刮目相看。」

「謝謝。」

湯馬士眉開眼笑。「我試著朝向成為一位真正的律師去準備、去練習。不要告訴任何人，我是說，我還沒有跟爸爸提過，但是我以後想要成為一名律師。」

「他不是想要你一起在金融業工作嗎？」

「是啊，他是這麼想，也許我終究也會待在金融業，但我想先從事人權相關的工作，像是我爸爸的朋友雅敏先生在土耳其所做的事，我只是想在適當的時機告訴他。」

「哇。」

事。」

「哇什麼？」

「你真的是個好人耶，是嗎？像是，你真的關心那類的事，還有你父親的感受以及為人類做善事。」

湯馬士臉紅了，眼睛骨碌打轉。「是啊，我是聖人。」

傍晚一分一秒過去，湯馬士和貝兒也越來越專注的談天，他們的話題一個接著一個，幾乎沒有注意到時間的流逝，離開餐廳的人們，甚至是外頭的熱鬧景象。貝兒感覺已經認識湯馬士好多年了——已經愛著他一輩子了，但過了好幾個星期，湯馬士還是沒有要親吻她的意思。兩人在閒聊時，有隻飛蛾在餐桌的那隻蠟燭上打轉。在聊天途中，飛蛾似乎受到外在力量的召喚，從桌子上升起，歪歪曲曲飛到半空中，然後飛出那些法式大門外。

維多利亞被一群飛蛾環繞幾乎看不見身影，就像個塵土魔鬼，她不再懼怕這群飛蛾，他們現在是朋友了，一如維洛依夫人所預期的，牠們宛如維多利亞的家人，甚至比家人還親密——是她的眼睛和耳朵。然而不知怎麼的，每次探望飛蛾時，牠們的碰觸變得越來越粗魯，越來越侵犯，這種感覺每況愈下，使得每次進入房間都和第一次同樣令人害怕。過了幾次之後，維多利亞抬起頭，發現有其他昆蟲混入飛蛾群中，她看見的是蜜蜂嗎？那些是蒼蠅嗎？無論如何，維多利亞感覺到一些比飛蛾柔軟翅膀還要強硬的東西。從她臉上和脖子上的刮痕可以明顯得知，她已經站在這裡好幾個小時了，不斷聆聽，卻怎麼樣也無法滿足。

看一眼維多利亞身邊的情景也許會覺得熟悉——像某件平凡之事的執迷版本。她站在雲團中，雙臂張開，雙眼緊閉，快速地轉動，就像在花瓣或陣雨中跳舞的小女孩，她旋轉雙手，在蟲海中揚起陣陣波浪，蟲子與她一起移動，適時讓出空位，卻從未停止包覆她的身軀。有時候，維多利亞會踮起腳尖，看起來就像蟲子們用小小的翅膀把她抬到空中，如果這些蟲子不是那麼灰黑、厚重……令人侷促不安，此景該有多漂亮啊！

維多利亞的腦袋暫時休息關閉，進入全然放鬆的狀態，好讓自己全盤吸收飛蛾要說的話，她沒有發現窗戶又飛進三隻飛蛾，加入了上百萬隻手足的行列。牠們帶回的訊息，就像滲入清澈水杯中的一滴藍色墨水，瞬間散播到那群混亂的昆蟲裡，並迅速傳至維多利亞的腦中，伴隨而來的還有整座城市其餘的小道消息。就在這時，維多利亞停止旋轉，放鬆的時刻消失了，她現在全神貫注，身子站直，肌肉緊繃，腦袋充滿警覺，接收小小偵探要對她說的話。貝兒方才與湯馬士約會，湯馬士擁有一樣秘密武器，維多利亞不曉得的資料來源，她仔細聽著飛蛾報告湯馬士和貝兒的對話。「說多一點，再說多一點。」維多利亞大聲地說，但並沒有更進一步的訊息，湯馬士沒有告訴貝兒他和專利律師的談話內容。

維多利亞踮起腳尖，全身像岩石一樣僵硬，宛如勝利女神般將雙手向後伸展，使勁想聽到更多消息，但接下來的幾個小時毫無斬獲，湯馬士那晚沒有為辯論做任何準備；甚至沒有拿出筆記複習，維多利亞跌坐在地，士氣低落。笨蛋貝兒還有她那荒謬的迷戀，其他人都不必像我那麼努力，貝兒什麼都沒做，根本不值得獲得維洛依那麼多關注，沒關係，她心想，我依然是女家教的最愛，這個星期天我會從湯馬士身上得到所有資訊。飛蛾跟隨她飛到地面上，她站起來，用手摀住耳朵，彷彿要尖叫一般，一溜煙跑出房間外。飛蛾繼續在房間裡繞圈子，在維多利亞一分鐘前所站位置製造出一股旋風。飛蛾振翅的轟鳴聲震耳欲聾，維多利亞在走廊上奔跑時依稀可以聽見來回飛舞的字字句句。

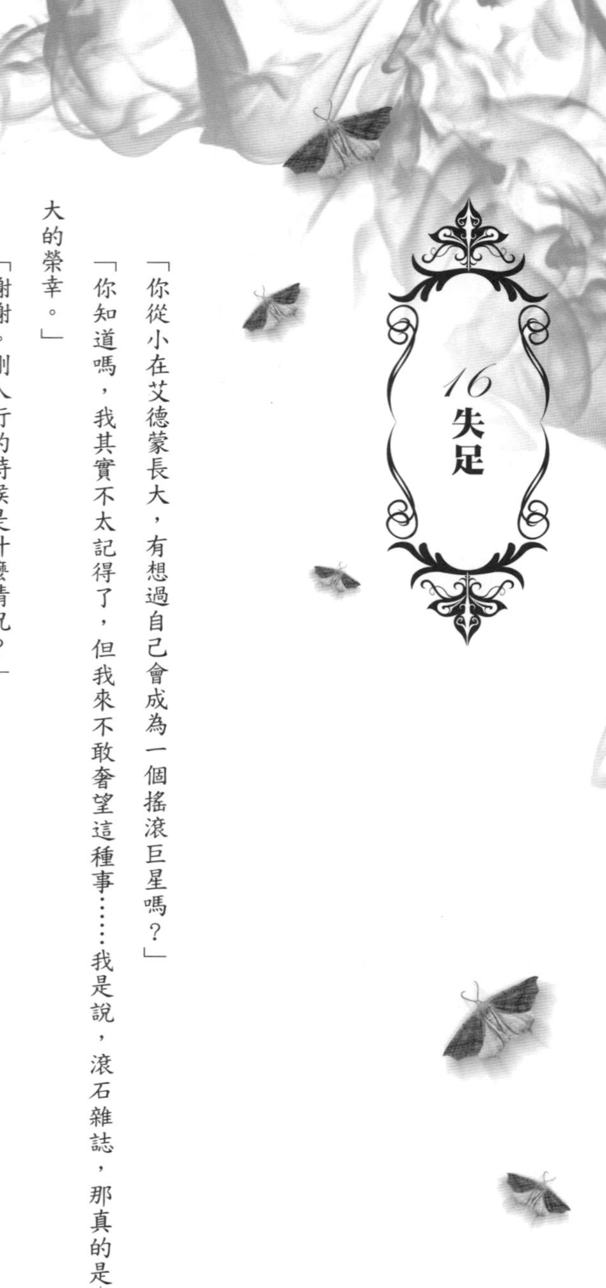

16 失足

「你從小在艾德蒙長大，有想過自己會成為一個搖滾巨星嗎？」

「你知道嗎，我其實不太記得了，但我來不敢奢望這種事……我是說，滾石雜誌，那真的是──莫大的榮幸。」

「謝謝。剛入行的時候是什麼情況？」

「糟透了，簡直是，一場接著一場的表演，我們漸漸對舞台感到厭煩……而且有時候甚至不是在舞台上！而是在垃圾堆中表演。」

「後來發生什麼事？」

「靈感吧，我猜。我遇見一個小妞，我們前三首的暢銷單曲事實上都和她有關──」

「『殘酷的少婦』、『妳真火辣，讓我來買單』、還有『別讓我上癮』？」

「沒錯！那些歌曲都是關於我們在一起的瘋狂時光。」

「你們嗑很多藥嗎？」

「根本不需要藥物。」

「但你說你不太記得。」

「是啊，這就是最奇怪的事……」

「這裡的資料寫著你以前告訴大家你是安大略長大。」

高爾夫球賽結束後，碧絲更加謹慎地觀察克里斯汀。碧絲知道他對康納做了什麼，內疚。不知為什麼，她覺得自己也有責任，她注意到康納在學校時不像康納，會開始翹課以及（根據克里斯汀所言）翹掉幾場練習。有天午餐時，碧絲試圖告訴康納，並不會有人在意他輸了一場高爾夫球比賽，但康納並不這麼認為，運動就是他的世界，他只覺得碧絲又開始搞怪了，幸好康納從眾多愛慕者中找到不少朋友，儘管碧絲本身沒什麼朋友，還是替他感到開心。然而她知道，每當康納缺席練習或在一天結束後往門外跑走，克里斯汀就感到一陣內疚。克里斯汀放學後不喜歡在學校逗留太久，他和康納一樣偏好獨處，但不同於康納的是，克里斯汀衝回家是有原因的，過去幾個禮拜，他花了很多時間待在房間。他說這件事的確有躺在棺材裡的感覺，像是一種贖罪。碧絲用盡全力想讓他擺脫這種想法，但她能做什麼呢？那副

棺材讓她神經緊張——只要見到克里斯汀躺在棺材裡，假裝自己已經死去，解脫了罪惡感，無論是曾經做過的事，或是即將再度犯下的事。

某個星期三，碧絲和瓦倫丁還有貝兒一起去看克里斯汀的游泳比賽，過去的路上，他們在討論維多利亞不願意加入的最新藉口，這時碧絲注意到從離開家門後，克里斯汀就沒開口說過半句話。「怎麼了？」碧絲說。「你在擔心你會被擊敗嗎？」

克里斯汀勉強露出淡淡的笑。「我不想再偷竊了。」

「我知道。」碧絲說。她想著克里斯汀被迫偷竊的那些日子，無心之過承受的罪惡感，但仔細想想，他一直都是這個樣子嗎？碧絲想起某次他並不那麼罪惡的時刻，當時他盡情地偷，而且笑得像個無憂無慮的孩子。碧斯總覺得有點不對勁。「記得我們八歲……還是七歲那年……我們在公園和其他孩子一起玩的時候嗎？」克里斯汀點點頭。

碧絲的眼睛掃過瓦倫丁和貝兒。瓦倫丁咳了幾聲，兩人什麼都沒說，但看起來都相當不自在。

碧絲轉回克里斯汀面前。「記得一場遊戲裡你從他們身上偷了十次嗎？他們每次要和我們玩你就會這麼做。」

「是啊。」克里斯汀大笑。「我記得。」

「那時為什麼如此輕鬆？」碧絲問。

「什麼意思？」克里斯汀突然警覺起來。

「我的意思是，為什麼那時候偷竊對你來說那麼開心，而現在卻那麼困難？什麼令你改變了？」

碧絲又看了看瓦倫丁和貝兒，他們低著頭。

「我不知道。」克里斯汀聳聳肩。「我現在長大了。」

「不，並不是這樣，這沒道理，有太多沒道理的事情了。」

終於，瓦倫丁開口了。「碧絲，克里斯汀要擔心的事情已經夠多了。」他說話的同時把她拉到一旁。碧絲可以感覺到瓦倫丁緊繃、顫抖的手，抬起頭直視他的雙眼，一如往常的呆滯，瞳孔放大。瓦倫丁顯然又到過那個房間了——維洛依夫人送給他的禮物。碧絲對那個房間很擔心，瓦倫丁曾說過那個房間給他超乎想像的力量，已經全然沉迷其中了，雖然碧絲無權進去，但是她以前見過那個房間，維洛依夫人第一次給她隱匿的能力時，她曾到過許多房間閒逛、探索，在當時一切都是靜止狀態，不知為什麼，卻永遠找不到凍結狀態的維洛依，也許她從來就不曾凍結過，不過她的確找到那個房間——以及五年前在房間裡遇見的那個人，他凝視著那扇白色窗戶，模樣看起來就和夥伴一樣糟糕。碧絲拋開那些思緒，回到目前的話題。「你們難道不好奇嗎？」她問道。

「他只是緊張罷了，姊姊。」貝兒抱住碧絲說。「而且也許他根本不需要偷竊。」碧絲試著壓抑對瓦倫丁和貝兒的失望，這兩人實在愚笨。這群人經過書報攤，碧絲抓了一份保加利亞報紙，丟給攤販一塊錢，簡單地說了句謝謝。

瓦倫丁用手輕輕擦過貝兒的手，確認兩人仍站在同一陣線，沒人喜歡這樣，但既然選擇了這條路，這就是必然得承受的風險，這並不是他們被迫做過最糟糕或最討厭的事，不過是天天都有的麻煩事——聽著碧絲重述一些假裝活過的日常情景，一再提醒自己的那些虛假回憶，也就是維洛依夫人用在碧絲和克里斯汀身上的回憶——以填補兩人從未存在的童年時光。

出發前，克里斯汀對自己承諾：我今天不會偷竊，今天，就這麼一次，我不會對這個病態習慣妥協。但克里斯汀知道他沒辦法完全相信自己，有時候他會想，乾脆不要在乎自己做了什麼，是不是會比較容易。運動應該是件有趣的事，他心想，但到頭來總會對這類想法死心。他需要獲勝，那裡會有很多國家代表隊的球探，這也是克里斯汀唯一知道的方法，好保護自己不過貧苦生活，況且，如果他是為了玩樂而運動，大可放棄運動去寫作。

克里斯汀又一次得面對康納・沃斯。選手們正在為四百公尺蝶式暖身，站在跳水台旁邊伸展筋骨並戴上泳帽，克里斯汀則慢慢接近康納。

康納抬起頭。「嘿，網球比賽的事恭喜啊，我聽說你打進全國大賽了。」

「謝謝。」克里斯汀說。

「你這一季打算橫掃千軍，是嗎？」

就在這時，播報員打開擴音器說：「……接著是五號跳水台的康那・沃斯，大家非常看好的選手，他已經準備好要替馬洛奪下另一個勝利。」康納微笑，對父母親揮揮手。

克里斯汀胸口一沉。播報員沒有提到我，球探聽見了嗎？他轉身離開，恐懼的重量壓在身上，讓他心煩意亂，甚至沒聽見播報員最後報告著他顯赫的游泳紀錄。

康納彎腰，伸展小腿，克里斯汀友善地拍拍他的背，就在肺部正後方的位置，然後祝他好運。

克里斯汀游完全程後才驚覺自己做的好事，他是第一個抵達終點的人，但從水中爬起時卻沒人注意。一位救生員跳進水裡，父母們從看台上趕了過來。其他選手也陸續抵達終點，得知剛才發生的事：康納‧沃斯差點溺死，克里斯汀在情急之下不小心帶走康納過多的肺活量，他以為這只會使康納游得慢一點，但康納在還沒發現自己缺氧之前，就昏了過去。

康納的父母驚嚇過度，把兒子鎖在家，停課了好幾天。沃斯太太受到相當大的打擊，但她仍然有一套解釋。對沃斯太太而言，世界是一個非常講求邏輯的地方，每件事都有合理原因，沒有無法理解的事，因此她替兒子做了一連串的醫學檢測，確認發生事故的潛在因素。康納的朋友陸續到家裡探望他，一次大約三、四個人，大家都帶了些小禮物、祝福或學校八卦送給他。

唯一沒去的人是克里斯汀，相反地，他選擇和唯一的真心好友——夥伴躲在家裡。游泳比賽結束後的幾個小時，克里斯汀盤腿坐在水棺材的蓋子上，夥伴在旁陪伴，想要慫恿他玩一場拇指角力的遊戲，但克里斯汀只是垂頭喪氣的坐在原地，任由夥伴和無力的手玩起拇指角力。克里斯汀沒注意到維洛依夫人的來臨，她站在角落觀察著，幾分鐘之後，克里斯汀頭也不抬就發現了夫人的存在。

「對不起。」他說。

「別說抱歉，克里斯汀。你總是不停地在道歉。」她說。

「他差點就死了，妳能告訴我這也無所謂嗎？」

「不，偷竊的本意是要讓你風光，打敗一條死魚算不上英雄。」

「我沒有想清楚。」克里斯汀說。

「熟能生巧，親愛的。」她說完就走出房間。

夥伴丟了一顆籃球給克里斯汀，想要找他一起玩。克里斯汀看著夥伴，對這個貼心提醒很是感激，的確還有值得期待的事等在前頭，星期五的籃球比賽就會好多了，他可以換換心情，開心的打球，讓其他人去擔心勝利。「好主意，夥伴。我們來打籃球吧！」

星期五當天，克里斯汀心情愉悅的從籃球比賽回來。馬洛高中獲勝了，康納說服父母親他的狀況良好已經能夠打球了，於是在星期五的中午過後結束監禁，回到比賽場上打球，事實上，是康納投出了致勝的一球——他是個英雄。克里斯汀的確玩得很開心，而且完全不需要偷竊，其他隊員也十分友善，邀請他比賽過後一起去吃比薩。「傳得好，克里斯汀。」大家走去維尼比薩店的路上，一個男孩這麼對他說。就連康納也重新和他成了朋友，這一次，一切都很正常。克里斯汀回到家直接走回房間，想要寫點日記，但維洛依夫人等在房裡，正對著夥伴做些什麼。

「嘿，離他遠一點。」

「他不是人類，克里斯汀。」維洛依回答，接著她輕聲地補了一句，幾乎是對自己說：「不再是了。」她上下打量克里斯汀說道：「別那麼緊張兮兮。」

維洛依夫人扭著夥伴的耳朵，確認他的痛覺沒有麻木，夥伴則不停地哭泣。克里斯汀把維洛依的話印在腦中：不再是了。

「比賽進行得怎麼樣？」她問道。

「好極了，我們贏了。」

「我們？」

「馬洛的籃球隊。」

「那你贏了嗎？」

「啊？」

「你沒有做出任何優於常人的事啊。」

「我不需要這麼做，因為我們已經勝券在握！我們早就比另一隊強多了！沒必要去偷竊別隊的能力。」

「那其他的馬洛學生呢？」

「其他的……我們是同一隊的！我如果偷取他們的能力，整隊就輸了。」

「你不是團隊的一份子，克里斯汀，你是領袖。一位真正的領袖不屬於團隊，而是讓整個團隊歸屬於他。」

「所以我應該讓他們輸囉？」

「你的確輸了，你輸給康納。」

克里斯汀嘆口氣，坐在棺材邊緣，好奇為什麼維洛依夫人要在乎自己是輸是贏。她究竟從中可以得到什麼？維洛依總是一副為了他好的模樣，彷彿自己一無所求。

「妳到底要什麼？」克里斯汀對她咆哮。沒人可以回答有關維洛依夫人的問題，她到底要什麼？為什麼要領養他們？為什麼賦予他們能力？為什麼送那些禮物？有時候，克里斯汀以為她想從中得到異常的樂趣，也許這是個大型實驗，也許是喜歡折磨他們，或者他們是某種戰利品，未來一切都會值得，或者根本在追逐某件全然相反的事。

克里斯汀撐著手，直視維洛依的雙眼，不理會她左眼的閃爍光芒。

她用平穩的聲音說：「我希望你冷靜下來，好好思考我說過的話……想想勝利的真諦到底是什麼，直到你能夠完全明白為止……沒錯，這就是你所需要的，一個人獨處……好好地思考。」

維洛依夫人稍稍點頭，突然，克里斯汀的手滑了一下，重重掉進水棺材裡，手還來不及舉起，蓋子就砰的一聲關住，克里斯汀用手推開，但某樣東西讓蓋子推不開，他又試了一次，還是沒用，感到又驚慌又困惑，他被封住了，思緒從害怕轉為憤怒，又漸漸變成揮之不去的想法，所謂勝利的真諦。

❧

黎明、傍晚、直到深夜，克里斯汀的肺充滿著水，掙扎著。他被封住了，不停咳嗽，想把水吐出來，又抓又踢，蓋子動也不動，指甲全彎曲裂開，流著血。每當放下手臂，浸到汙穢的水中，在第二天忍不住排入水中的尿液就會刺痛手指的傷口。克里斯汀已經記不得叫了多久，哭喊來人的幫助，詛咒另外四人在這段時間裡，竟然都沒有來看看他。

躺在汙穢的水裡，克里斯汀氣得咬牙切齒，他了解自己原來可以如此憎恨曾經愛過的東西——這副棺材、勝利、他的生活。

到了第三天，克里斯汀只聞得到氨水味，死去的皮膚漂浮在水面上像泡爛的麥片。現在只剩下水，沒有藍色凝膠的能量藥劑，只有讓雙手變皺的髒水。肌肉渴望著能量，無力地攤在骨頭上，背部潰爛刺痛。

到了星期天稍晚的時候，棺材的蓋子移動了一下，然後猛地打開。碧絲跳回一旁的椅子上，克里斯汀從水中湧現，坐起來呼吸新鮮空氣，一陣力量使上來之後，又跌坐回去，無法集中精神，只是在光線下瞇著雙眼。他全身骯髒無比，皮膚卻和幽靈一樣白。狹小窗戶照射進來的點點陽光刺痛他的眼睛，過了三天之後，現在幾乎只能夜間活動了。過了長時間的囚禁，讓克里斯汀力大無窮的藍色凝膠已經用盡，但困在棺材的那段時間，似乎也是它讓克里斯汀活了下來。

「你看起來就像F車廂上的吸毒犯。」

「過了多久了？」

「四天。」

突然間，克里斯汀聞到自己的臭味。

「妳一直待在這裡嗎？」

「差不多，我們沒辦法打開棺材，大家都試過了，最後猜想可能需要點時間，今天我又試了一次，馬上就打開了。」

「妳聽得見我的聲音嗎？」

碧絲不想讓他難堪。「聽不見。」

她不想告訴克里斯汀她什麼都聽見了。克里斯汀想要爬出水池，但手臂因體重微微顫抖。碧絲走上前幫忙，克里斯汀往後縮，清楚身上有味道。

「沒關係。」碧絲說。「我以前曾經務農，而且我和貝兒住在一起好些日子了。」

兩人都笑了。在糟糕情況下，再普通的事也可以變得有趣，就像送給癌症病患的動物氣球一樣。碧絲幫忙扶著手臂，克里斯汀的皮膚又蒼白又冰冷，他拿起旁邊椅子上的毛巾然後走開，碧絲上前幫忙時，在棺材裡發現某樣東西，她看見許多用鮮血畫成的圓圈潦草地塗在蓋子背面，線條相當凌亂。碧絲瞇起眼想讀個仔細，她向下看，那些字母變得不那麼雜亂，工整許多，看起來似乎是一首優美史詩的前幾段，像個救贖般從青苔升起。

「天啊，看看我的德性！」克里斯汀大聲說。碧絲轉身，他正看著鏡子。「我看起來糟透了。」

「你該去洗個澡。」碧絲說。「我去弄點吃的。」

她準備往外走。克里斯汀的身體雖然很虛弱，但是心裡感到很純淨，彷彿心靈也被洗淨了一番，內心的汙穢已消逝，驟然發現一切都在他的掌控之中，可以自行決定要去哪裡，說什麼，吃什麼，感受到前所未有的自由，他猜想這一定是囚犯第一天出獄的感受，頭一遭感到如釋負重，以往令他懼怕的事情，現在看起來並不那麼糟糕，偶爾貧窮、飢餓或失敗沒什麼大不了，也許嘗試點新鮮事也不錯。

「嘿，碧絲。」

「嗯?」

「謝謝妳留下來。」

「嘿,這不就是兄弟姊妹該做的事嗎?」她眨眨眼說。

「我是真心的。」

「我知道。我也了解你的感受……那麼無助的感覺。」碧絲知道克里斯汀的遭遇,比他想像的還多。一開始的幾個小時,她聽著克里斯汀不停大叫和咒罵,並試圖想把他從棺材裡救出來,但隨著其他人一個個放棄、離開後,碧絲聽見克里斯汀的聲音從絕望變成堅定,直到第四天,聲音聽起來就像他已經完全拋開以往渴望的東西,再也沒有偷竊的慾望,結果意外地,棺材就打開了——彷彿在說它已經沒有任何力量可以壓過他了。

克里斯汀轉向碧絲,想把一切的遭遇都告訴她。「那簡直是地獄……我……」但就在這時,碧絲打斷他,發現克里斯汀的身體還溼答答的,而且有樣東西不見了。

「克里斯汀,看,你胸口上的印記消失了!」

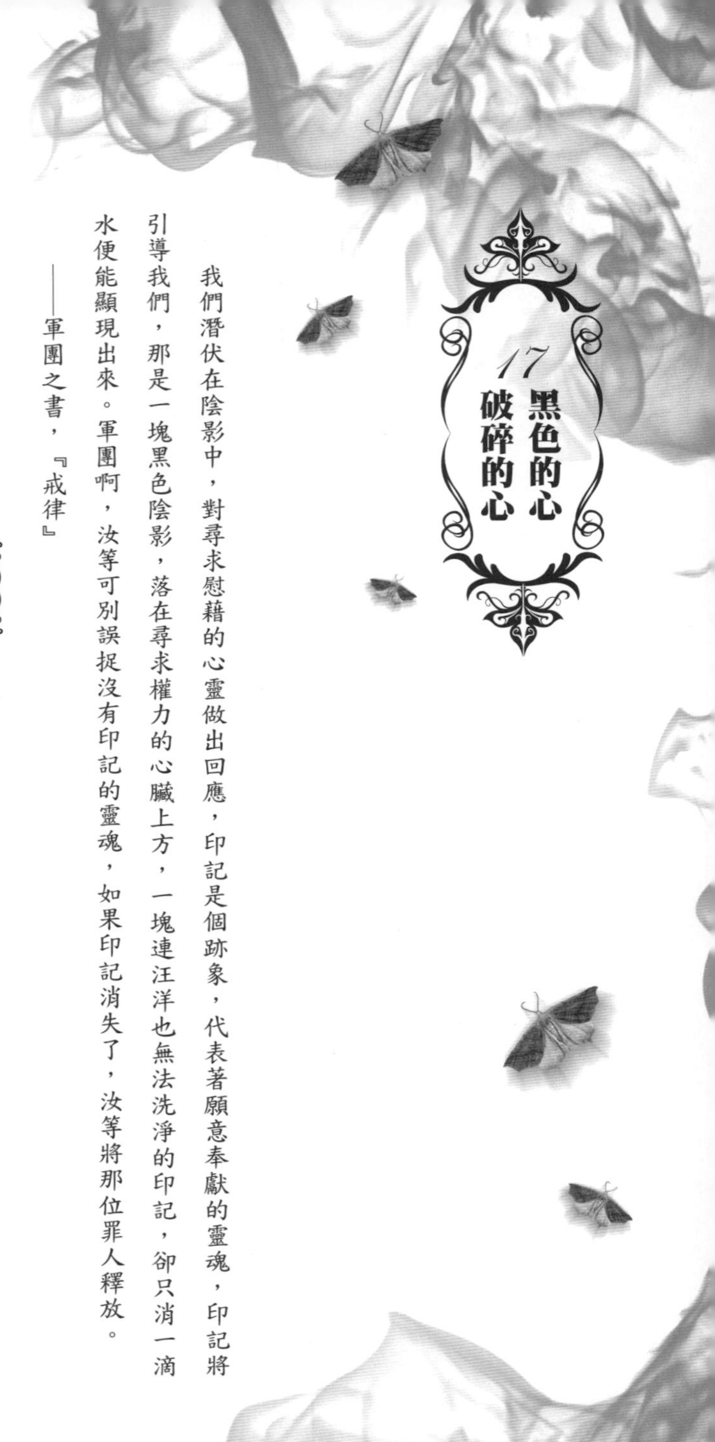

17 黑色的心 破碎的心

我們潛伏在陰影中，對尋求慰藉的心靈做出回應，印記是個跡象，代表著願意奉獻的靈魂，印記將引導我們，那是一塊黑色陰影，落在尋求權力的心臟上方，一塊連汪洋也無法洗淨的印記，卻只消一滴水便能顯現出來。軍團啊，汝等可別誤捉沒有印記的靈魂，如果印記消失了，汝等將那位罪人釋放。

——軍團之書，『戒律』

碧絲看見貝兒在廚房的冰箱前來回踱步，用手指順過秀髮，然後伸手拉開冰箱的門，裡頭擺放了各式各樣半滿的瓶子。碧絲打開櫥櫃拿了包麵條，什麼也沒說。碧絲心中湧上好多問題——印記的意義，以及為何她和克里斯汀都沒有，然而貝兒有？即使她們兩人是親生姊妹，碧絲卻覺得貝兒不再與她站在

同一陣線，讓她非常難過，但貝兒可能根本沒有注意到，她忙著誘惑全校的人以及大半的城市。

走到一半，貝兒說：「嘿，好姊姊，今晚準備好了嗎？要我幫妳挑選衣服嗎？」

「不必了，今晚有什麼事嗎？」

「什麼？湯馬士，記得嗎？完美無缺的湯馬士？我的畢生摯愛湯馬士？」

「今天是星期天了嗎？」

「是的！而且他快要來了！讓我幫妳換件衣服！」貝兒抓住碧絲的手，想把她拉到房裡，但是碧絲不肯移動。

「我現在身上穿的哪裡不對嗎？」

「妳是外來移民嗎？」貝兒不耐地說。

「也許吧，我不知道。」

碧絲把麵條撕開放進水裡，轉身對貝兒說：「妳還保有那個胎記嗎？碰水會浮現的那個？」

貝兒手伸上來，搓一搓心臟上方的位置，什麼都沒有，只有潔白無瑕的皮膚。然而，這個想法還是激起了她的焦慮。

「有啊，為什麼這麼問？」

「妳知道克里斯汀也有一個嗎？」

「喔？」貝兒早就知道，但她現在完全不想討論這件事。

「他的印記不見了。」碧絲若無其事地說。

貝兒停止踱步，趁著碧絲從微波爐那頭轉身之前，掩飾臉上的驚訝。她完全猜想不出可能的意義。

「嗯，我不知道。」貝兒仿照碧絲輕鬆的聲調。

「妳難道不覺得你們擁有相同的印記很奇怪嗎？」

「碧絲……拜託……我今晚非常緊張。」

「貝兒！不要轉移話題！我一直都知道我們天賦異秉，而且遲早會付出代價，世界上根本沒有所謂碰水才會浮現的胎記，每次我提到這棟公寓裡某件不合邏輯的事，妳就轉移話題。」

貝兒跌坐在椅子上，那麼一瞬間，碧絲看見藏在貝兒美麗外表下的痛苦。「我沒有隱瞞任何事，我知道的事和妳一樣多，我現在只是很緊張，妳能理解嗎？」

碧絲對於責罵妹妹感到抱歉，她到貝兒身旁坐下。「別緊張，我相信他瘋狂地愛著妳。」她摸了摸妹妹的金髮。

「他都還沒試著要吻我。」貝兒哭訴。

「那又如何？你們才認識了……多久啦？……幾個月還是幾個星期？差不多這麼久吧……」

「碧絲！這又不是發射飛彈！親吻要花多久時間？」

「也許他很害羞……」

「他吻了露西！」

「喔，原來是這樣。」碧絲說。「妳只是想要超越露西——取得更多競爭優勢，然後讓自己成為主導者。」

「妳在胡言亂語什麼啊？」貝兒問，露出困惑的傻笑。

「只是在練習我的商務洽談能力。」碧絲防備地說。「我正在擴大對語言的定義：行話、手語、某些部落的打舌方言……」

貝兒挑起眉毛。

「我是認真的。」碧絲說。「那是個真正的語言！許多人在華爾街都這麼說話。我們可以回到剛剛的話題嗎？妳只是想要打敗露西。」

「不。」貝兒看著自己的鞋子。「如果今晚進行的不順利怎麼辦？」

「會的，我保證一句話都不說，不會毀了妳的夜晚。」

「喔，碧絲，別這麼說！」

「我知道妳覺得我很丟臉。」

貝兒搖頭，伸手握住碧絲的手。「為什麼妳總是那麼害怕？妳以前很擅長與人們打交道的。」

「是啊……」碧絲低下頭。「但我現在大部分的時間都是一個人。」

「為什麼呢？為什麼妳要躲起來？」

「因為我很享受，貝兒，我喜歡看書還有學習新的語言，妳有妳的目標，我也有我的，而且就像我說過的，這個地方令我害怕。」

貝兒看了手錶一眼。「喔，看看現在都幾點了，我得去做準備。」貝兒甜甜地看著姊姊。「碧絲，我求求妳換件衣服。」

碧絲不理會她說的話。「我現在要把這份食物拿給克里斯汀，而且我不會換衣服，我喜歡這套衣服，我也許不漂亮，但這不是生活的全部，我希望妳能了解。」

碧絲離開廚房，剩貝兒站在中央，不確定自己是受傷、緊張、還是慚愧。她想對碧絲說點什麼，虛榮心叫她做最後的反駁，但良心卻希望她去道歉。貝兒相當確定對自己感到羞恥，而且因為失去碧絲的尊重而受傷，但她張開嘴巴時，說出來的卻是：「就換掉那條燈芯絨褲子行不行？」

女家教潛伏在連接屋子中心的狹窄走道上，觀看貝兒和碧絲的談話。碧絲來到紐約之後，幾個禮拜內成長了好多，她發現了好多線索，然而還是無法全盤了解自己發現了什麼。現在碧絲著迷於印記，那是內心的外在顯示：貪婪且願意出賣給魔鬼的心會在上方的皮膚留下汙點，碧絲很快就會發現這件事，很快就會了解妹妹做出來的事，以及克里斯汀印記消失的原因。女家教觀察著，身體像牆壁一樣筆直不動，但不全然是這樣，因為牆面有太多蠟油和燭光而波動，奇異地環繞在她身邊跳舞。碧絲對於印記發現了什麼並不重要，女家教心想。碧絲很快也會被賦予選擇，很快就會踏上其他人的步伐，但要如何確保呢？過去這幾個晚上，維多利亞來到維洛依夫人身邊，報告碧絲的進展，極大的進展。女家教的手指劃過臉頰，思考即將來臨的災難。沒錯，有件事一定要完成，百分之百一定要完成。

但不是今晚。今晚孩子們會學到重要的一課，今晚貝兒會了解什麼是愛，如何去放感情，而不是把它像廉價飾品一樣丟棄。她會了解愛使人失去控制，而控制比暫時的感情珍貴多了，愛情會消逝，控制則隨著時間越來越強大，並與權力、依賴和終生秘密緊緊交織在一起。今晚維多利亞會了解忠誠有它的報酬，成功得來不易——但這只是對那些弱者來說。今晚碧絲會了解不再把希望放在不值得的貝兒身上，以及她的心已經寂寞、破碎太久，再也無法拒絕任何得到快樂的機會。

維洛依夫人迅如疾風的走出房間，沒有發出一點聲音，沒有驚動任何事物，像一道閃電就不見了。她到了城外，高跟鞋踩著謹慎步伐走在鵝卵石地板上，大衣在身後優雅地飄動，手臂底下夾著一頂時髦的帽子，很快就來到派克大街，古德曼・布朗一家就住在附近。維洛依在這個社區還走不到兩分鐘，就聽見了一個熟悉的聲音。

「妮可拉！真高興在這裡碰到妳。」

維洛依夫人轉身，對查爾斯・古德曼・布朗微微一笑，他一隻腳在賓利轎車後座，一隻腳踏在人行道上。

「查爾斯，你好嗎？」

「很好，很好，妳要去哪裡？需要載妳一程嗎？」

在車上，查爾斯向後仰，整整領帶，給了維洛依夫人一個熱情的大微笑。

「碰見妳真是件愉快的驚喜，妮可拉。如果湯馬士知道我跟妳說這件事一定會殺了我，不過我得告訴妳，對於今晚要到你家拜訪的事，他真的很緊張。」

「我們很期待他的光臨，他是個可愛的男孩。」她沒什麼活力地說。

「他們是一對很登對的情侶。」查爾斯說，宛如在婚禮上敬酒致詞一樣。

「嗯。」維洛依夫人的嘴唇微微噘起，不感興趣的模樣。

「妳知道，我一直對貝兒有點好奇。」查爾斯試探地說。「既然現在，嗯，他們感情越來越好了，我想……嗯……她是在哪裡長大的？」

「貝兒在世界各地長大，她接受的教育是無可挑剔的。」

「是，我的確對她的成熟懂事印象深刻……就和妳一樣。」他親切地說。

維洛依夫人在椅子扶手上敲打著手指。「她是……領養的。」

查爾斯對這般言論感到吃驚。「啊，妳們兩個長得很像。」

「我猜你覺得所有金髮碧眼的女人都長得一樣？」

古德曼・布朗先生大笑，然後頭一遭，注意到妮可拉的左眼，那隻如烙印般美麗的眼睛，也自信地回看他，好像在說他的眼睛才有問題，竟是如此的普通。查爾斯又整了整領帶，有些局促不安。

「湯馬士在交往方面一直沒什麼運氣。」他說。

「不會吧？他似乎有許多愛慕者。」

「沒個像貝兒一樣的女孩，現在他們一天到晚膩在一起……」他逗趣地對維洛依笑了一下。「我想這就是愛吧，妮可拉。」他的眼睛眨了一下說。

「我們很快就會知道。」

維洛依夫人知道話說得太遠了，但這樣便已足夠，貝兒是該想著她的未來，想像十年後湯馬士值得擁有的時候，目前她不該把時間浪費在這種浪漫小說式的關係上。

正當維洛依準備下車時，她看見查爾斯的手上有一隻蒼蠅。多虧飛蛾和沃斯太太，維洛依夫人早已得知他今天周日休假時所著手的計畫，一份對土耳其人道關懷機構所作的重大投資——一份金融方案可使窮人得以申請價格低廉的信貸。她彎腰，在查爾斯．古德曼．布朗的臉上吻別，然後說：「祝你有個美好的一天，查爾斯。當心那個葉門小偷，我是他兒子在土耳其的家教，你可能投入了一筆不牢靠的投資喔。」

碧絲一個人待在房裡，大聲的數著：南非荷蘭語、阿古爾語、阿岡昆語、阿拉伯語……五個……十個……二十一個……二十三個……三十三個……。

碧絲數不清了，只好又重頭來過。專心，她對自己說。她必須這麼做，生平第一次，碧絲不是為了逃避恐懼，或為了找個地方躲避而做事。自從在廚房裡和貝兒起衝突之後，碧絲清楚發現自己的確有個目標，而且足以產生重大影響。既然現在克里斯汀的印記神秘消失了（貝兒的還沒），碧絲有件重要的事必須搞清楚，但最近，她感受到某人的監視，維洛依夫人開始出現在夢裡，無論是獨處或隱匿的時候，干擾碧絲的想法和工作，滲入碧絲隱匿的避難所逼她停止，彷彿女家教在害怕什麼，試圖把這股恐懼轉嫁給碧絲，阻止她發現自己真正的力量。就連維多利亞也在四處探聽，想要摸透碧絲在做什麼。碧絲看過一群飛蛾在她身旁飛舞，終於有這麼一次，她身上有女家教想要且值得引起注意的東西。對於那些女家教在她身上玩弄的詭計，對於那些她有犯或沒犯的罪行，她終於獲得一些補償——無論是對她或是對她妹妹而言。第一次，碧絲沒有被遺棄、漫無目標或迷惘的感覺；第一次看見了希望，因為她知道一報將還一報——她的存在和目前為止的人生不過是一場詭計罷了。

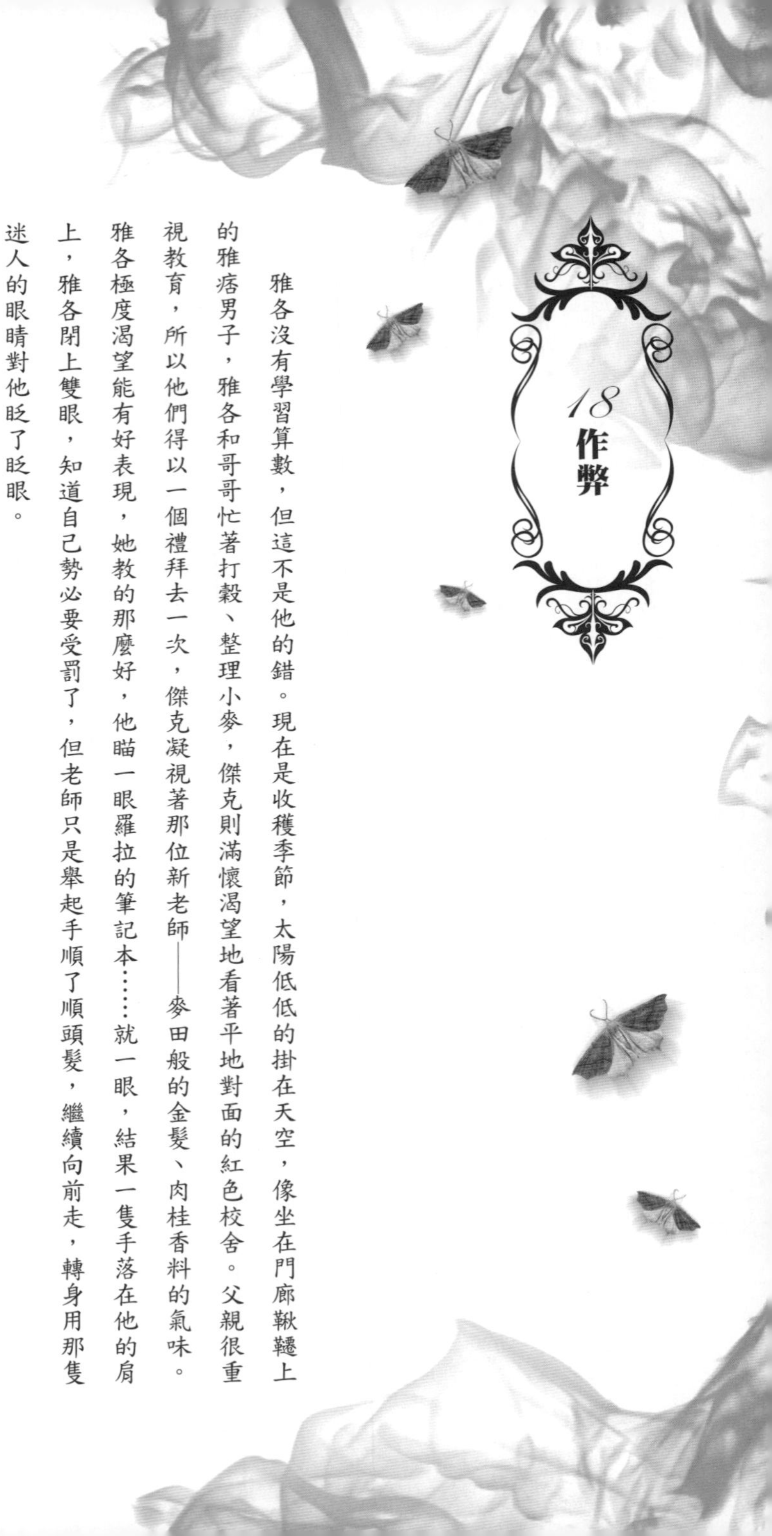

18 作弊

雅各沒有學習算數，但這不是他的錯。現在是收穫季節，太陽低低的掛在天空，像坐在門廊鞦韆上的雅痞男子，雅各和哥哥忙著打穀、整理小麥，傑克則滿懷渴望地看著平地對面的紅色校舍。父親很重視教育，所以他們得以一個禮拜去一次，傑克凝視著那位新老師——麥田般的金髮、肉桂香料的氣味。

雅各極度渴望能有好表現，她教的那麼好，他瞄一眼羅拉的筆記本……就一眼，結果一隻手落在他的肩上，雅各閉上雙眼，知道自己勢必要受罰了，但老師只是舉起手順了順頭髮，繼續向前走，轉身用那隻迷人的眼睛對他眨了眨眼。

那晚的晚餐每個人都有自己的角色。維洛依夫人對每個人指派特別任務，雖然除了貝兒沒人感興趣，但他們還是得做做樣子。不需要事前準備，只要在湯馬士到達的幾分鐘前換成藍色屋子，各種景觀、聲音以及阿爾薩斯家常菜的味道會如魔法般出現，湯馬士會印象深刻地離開。維洛依夫人扮演美麗的巴黎版瓊・克莉佛(June Cleaver)，美國完美主婦的母親形象代表，想讓湯馬士把這個形象帶回家給父親，這對查爾斯有幫助，畢竟維洛依夫人推論他急需一位顧問，誰會不信任像她這般美麗的人呢？哪個男人不想成為她的知己呢？

門鈴響了，貝兒跳起來應門，但馬上發現她對維洛依夫人表現出太多情緒，腳步立刻慢了下來，湯馬士正拿著一束百合花站在門口。

「嗨！」他把花束送給貝兒，想要親吻她的臉頰，但貝兒察覺到維洛依夫人的存在，趕緊轉身，湯馬士只好親在後腦勺上。

「真貼心。」維洛依一邊說，一邊往大門走近。

「這束花是送給大家的，謝謝您邀請我過來。」湯馬士穩住陣腳後說。

克里斯汀幫湯馬士拿外套，他還是不習慣站立，沒人注意到克里斯汀走往衣櫃間時，步伐還有一點搖晃。碧絲去找花瓶。

湯馬士在沙發上就座，貝兒坐在他旁邊，彷彿兩人準備接受採訪一樣。維洛依站在客廳的另一頭倚靠著餐桌，有種不可言喻的隨性。瓦倫丁坐在桌上，如往常般迷人又帶點陰沉，並老是和維洛依太過靠近。貝兒用眼神意示他離開餐桌，但瓦倫丁把腳縮得更緊，繼續翹著二郎腿坐在上面。

「您的家很漂亮，維洛依夫人。」湯馬士說，兩手交疊在腿上正襟危坐。

「謝謝，親愛的，我們很幸運在極短的時間內就找到了這間屋子。」

「嘿，湯米。」瓦倫丁炯炯有神地說。「你的媽咪好嗎？」

貝兒大聲的嘆氣，狠狠地看了瓦倫丁一眼，那番言論實在有點太過分了，就連瓦倫丁也是。

湯馬士試圖炒熱氣氛，笑了笑說：「還是一樣，過世了。」

瓦倫丁似乎很享受湯馬士的回答，彷彿可以挑戰底線，於是將身子向前傾，開口又要說話，但維洛依夫人親切地把手放在他的肩膀上，在耳邊低語幾句。瓦倫丁看來改變了做法。

「我很抱歉……」他說，接著看了維洛依一眼，彷彿打算要做一件魯莽的事，很快加了一句：「我只是以為那是個謊言，用來掩飾她跑走還是什麼的事實。」

就在這時，維多利亞走了進來，穿著熬夜念書時常穿的那套運動裝。「嗨，湯馬士。」她穿過客廳時說道。「很高興你來了。」在此同時，貝兒變得越來越生氣，維多利亞特別保證會穿得漂亮，而且維多利亞平時穿著就挺得體，為什麼非要挑今天把自己打扮的像碧絲一樣？

「謝謝。」湯馬士站起來說，等他坐下時，維多利亞依舊站在原地，俯瞰著貝兒和湯馬士。「你來到這裡就是為了追求我們的漂亮妹妹？」

湯瑪士禮貌地笑了笑。「這麼說也沒錯。」貝兒稍稍往裡坐，腦袋擠出不要那麼粗魯，坐下的句子。維多利亞從不錯失作弊的機會，肯定聽見了，但她卻不予理會。

「還可以怎麼說？」

「維多利亞！」貝兒大聲說，感覺到自己從椅子上跳了起來。

「怎麼了？冷靜點嘛。」維多利亞似乎樂在其中。

「貝兒，冷靜。」維洛依說。貝兒糊塗了，不是維洛依希望湯馬士過來一趟的嗎？不是她希望把湯馬士和他有權有勢的父親引誘到陷阱裡的嗎？貝兒根本不希望湯馬士來到家中，是維洛依強迫她去邀請的，那為什麼她無視瓦倫丁和維多利亞的言行舉止？貝兒靠在沙發椅背上，雙手交叉。

「聽說你為了辯論錦標賽做了一些大計畫。」維多利亞說。

湯馬士轉頭看看貝兒，她緊張地聳聳肩。「當然，我想是的。」他說。

「然後呢？」維多利亞說。

貝兒又端坐起來。「妳在做什麼，維多利亞？妳快走開，維洛依夫人——」

「所以那個計畫是什麼？」維多利亞說，還是不肯放過這兩人。

湯馬士試圖一笑置之。

「你還是乾脆告訴她吧。」瓦倫丁雙眼睜大，一副要嚇嚇湯馬士的樣子，但很顯然地玩得很開心。

「這不過是一場辯論賽罷了。」湯馬士始終笑笑地說。

然而維多利亞沒有在笑，在湯馬士眼中微不足道的比賽，卻是維多利亞下一個戰利品，她願意付出任何代價……。「如果你願意告訴我計畫是什麼就最好了。」她說。

「她有找出事情真相的辦法……」

貝兒現在幾乎要哭出來了，雖然看起來已經鎮定許多，彷彿明白了現在的狀況。

「我想也許我該離開了。」湯馬士說。

「不。」貝兒本能地說，接著突然又改變主意說：「好。」

「你哪兒都不能去。」維多利亞說。「就算我必須打破你的頭，從腦袋的碎片找出答案，我也要得到我想知道的事。」

貝兒站起來。「維多利亞，妳給我立刻閉嘴。」

「放輕鬆，」維多利亞說。「維洛依不會讓他記得這些事的，如果再讓他清醒一分鐘，他會瘋掉的。」維多利亞給了湯馬士一個十足滿意的瘋狂表情。瓦倫丁又在玩弄那只舊錶。維洛依夫人拍拍他的腿，然後對維多利亞點點頭。

「不會讓他記得什麼？」貝兒說。

「我準備要去讀他的心，不然咧？」維多利亞說完，轉向神情驚恐的湯馬士。「如果你在學校裡少出點風頭，這就不會是個問題了。我一直想要借用你的想法，你卻老是察覺到事有蹊蹺。但是我們有這位美麗的小誘餌在這裡，你就乖乖的跟她回家了。現在如果你不介意——」

湯馬士起身。「離我遠一點。」

「別這麼做。」貝兒說。

「噓……我想要看維多利亞表演，去吧，維多利亞，讓我們看些讀心術。」瓦倫丁說。

「發生什麼事了？」克里斯汀踉蹌走了回來。

「貝兒，怎麼了？」碧絲跟隨克里斯汀回到客廳時，用擔憂的語氣和一貫的緊張神情說。

大家都站在客廳裡，你看我我看妳。貝兒的身體在顫抖，這是她哭泣之前的徵兆。

碧絲感覺到剛剛發生了某件可怕的事，抑制想要躲在克里斯汀背後的懦弱，然後說：「我們一切重來，好嗎？瓦倫丁，不管剛剛發生了什麼，搞定它！」她的眼睛從貝兒掃到維多利亞再掃到湯馬士。

但瓦倫丁沒有時間反應，維洛依夫人突然衝向湯馬士，黑色洋裝在身後飄浮就像一對翅膀。那麼一瞬間，貝兒以為看見維洛依臉上出現像怪獸的表情——她以前曾經見過，就那麼一次。就在那一秒，維洛依夫人幾乎把湯馬士整個人都包住了，貝兒不確定自己看到了什麼，放聲尖叫。維多利亞被推擠到一旁。碧絲趕緊把花瓶放下，跑到貝兒身邊。

貝兒氣得火冒三丈，同時對自己所造成的一切嚇得不知所措。經過了所有由來已久的計謀：研究他最喜歡的香水，哪種髮型會吸引他的注意——不知怎麼的——貝兒確實遇見了真正的湯馬士・古德曼・布朗，而且，信不信由你，貝兒開始漸漸喜歡上他了。她看著維多利亞跑到沙發後面，拉住湯馬士的毛衣好讓他不會跌倒。

維洛依夫人回到餐桌旁，給自己倒了一杯酒。難得啞口無言的瓦倫丁，盯著維多利亞看。

「喝杯酒嗎，親愛的？」維洛依夫人給了瓦倫丁一杯，彷彿客廳裡什麼事都沒有發生過一樣。

「當然。」瓦倫丁說。他們碰杯然後喝下，看起來幾乎在角落裡消失了。

「妳要做什麼？」貝兒哭著說。「妳不能傷害他。」

「噓。」維多利亞從沙發旁拉了一張椅子，臉靠近湯馬士，一開始只讀取表層思想，但是由於他失去意識，所以表層並沒有太多思想，於是維多利亞漸漸深入潛意識。真是輕鬆，難得深入一個人的思想時不會亂動、反抗、或叫她停止，也不必擔心湯馬士會感到受侵犯，或擔心他發瘋。

「不，現在就告訴我。」貝兒插嘴道。

貝兒一直說話，維多利亞無法專心。她抬頭一看，貝兒一副準備要攻擊的樣子，碧絲也移到旁邊支持貝兒，克里斯汀則在身後，以免貝兒轉移目光、需要肩膀哭泣、或諸如此類的事。

「我要得到我需要的資訊。」維多利亞說。「離我遠一點。」

「我不想這麼做，我從未同意過這種事。」

「妳有，妳同意帶他過來。」

「可是——我是被強迫的——我不想——」

維多利亞討厭跟軟弱、神經質又天真的垃圾廢話。自從第一次見面她就討厭貝兒——那時五個孩子只有十歲。維多利亞討厭那些裝模作樣的優雅神態，只是用來掩飾那噁心的臭味，於是她槓上貝兒，開始大吼。

「第一，妳給我閉嘴；第二，不要再裝了，妳早就同意這一切，就跟我一樣。妳和我們這些妖魔鬼怪在一起，也不是什麼美若天仙的公主，只是我們其中一員，妳簽下了維洛依提供的交易，出賣了靈魂，妳欠魔鬼應得的東西。所以給我退後，讓我搜尋這個傻瓜的腦袋，然後我們就可以重新假裝妳是善良可愛的舞會皇后，就像妳希望的那樣。」

克里斯汀呻吟一聲，維多利亞趕緊環顧四周，才第一次發現克里斯汀和碧絲也在客廳裡，那一瞬間，她吃了一驚，彷彿讓某件珍貴的物品溜走了，而不知該如何是好。維多利亞對自己咒罵一聲，然後回頭完成該做的事。

維洛依夫人和瓦倫丁又在房裡消失了，屋內的空氣彷彿被吸乾。碧絲動也不動的站著，突然明白了好多事情。貝兒舉起手臂，作勢要狠打維多利亞，但克里斯汀抓住她的手腕。貝兒想掙脫，突然感到一陣劇痛，失去力量的她身子微弱，感到有點昏昏欲睡，便把疲倦的頭靠在克里斯汀的肩膀上休息。克里斯汀只是站在原地，有點顫抖，嘴巴張得老大，肩膀痠痛，腦袋冒出一大堆疑問。

那天稍晚，維多利亞得手了許多飛蛾無法告訴她的資訊之後，維洛依改變了湯馬士的記憶，讓他以為自己過了一個美好時光。碧絲在克里斯汀的房間，坐在椅子上。「為什麼我們不記得？」克里斯汀說。

「不記得什麼？出賣我們的靈魂嗎？被領養到魔鬼的家？做為墮落天使的代理人然後闖入這個世界？我不知道，克里斯汀，我完全想不透，別再問這些愚蠢的問題了。」碧絲歇斯底里地說。

「我們要想想該怎麼辦。」

「你瘋了嗎？這就是終點，一切都已經結束了。」克里斯汀從來沒看過碧絲如此激動，她回來踱步，扭動雙手，宛如它們背叛了她一樣，又神情瘋狂的環顧整個房間。

「不，妳和我並不知情……我們不知道……。」克里斯汀幾乎很肯定的說。

「我不知道。」碧絲說，皺著眉頭，擔心其他人，也擔心自己。「我不知道我們做了什麼。」

碧絲盤腿坐在地板上，用手摀住臉蛋。克里斯汀走過來，坐在她的腳邊。「我們知道我們擁有『能力』，知道我們和學校其他人不一樣，甚至知道我們不是一家人。」

「是啊。」那麼一會兒，碧絲控制住歇斯底里的情緒，看起來心事重重，就像在尋找一個樂觀的徵兆。「我們都知道，但是從來沒有意識到，就好像被隱瞞了事實，可是真相卻從頭到尾都在我們面前。」

克里斯汀點頭。

「但是為什麼維多利亞記得，而我們不記得呢？」碧絲問。

「我想是因為我們沒有去做。」

「那為什麼我們會在這裡？為什麼要和維洛依住在一起？其他人是什麼時候發現她的真面目好讓他們可以做交易？我是說，我們從來沒有發現她是誰，對吧？就算已經一起住了十五年……」

克里斯汀像個孩子一樣把頭枕在碧絲的腿上，她撫摸克里斯汀的紅色捲髮。克里斯汀想了一會兒然後說：「湯馬士回到家，以為和我們五人共進晚餐。」

碧絲停止撫摸他的頭髮，把手放在嘴上。「所以，我想維洛依可以灌輸假記憶，她可以讓我們遺忘事情……像是出賣我們的靈魂……。」

碧絲很認真地想像這個可能性。不知為何，若要推測她可能並非一直住在這裡，也許根本遺忘某件全然不同的事，碧絲寧願認為維洛依消除了她出賣靈魂的記憶，這樣要輕鬆多了。

「但是一樣的，她沒有讓維多利亞或貝兒遺忘啊，所以應該不是這個原因。」克里斯汀說。「其他人一定是發現了她是誰，然後做了交易……而我們沒有。」

「這說不通，為什麼她一開始要領養我們五人？為什麼她只告訴其他人她的真面目，而不告訴我們？為什麼要賦予我們這些『能力』？為什麼把我們留在……。」

「沒有任何事可以把我們留在這裡了，我們乾脆離開吧。」

「不……」碧絲用克里斯汀無法了解的語言含糊地說。

「為什麼不？她還想做什麼？」

「我想她是想讓某人以為自己做了某些事。就像讓湯馬士以為和我們五人有一段美好時光。」

克里斯汀發抖，像個受驚嚇的小男孩，在母親的撫摸下顫抖。

「她和我們在一起，要的是什麼？」

「我不知道，克里斯汀，也許她想要一段關係，也許出賣靈魂是你每天都會做的小事。」

「可是我的黑色印記不見了。」克里斯汀抗議道。「這表示我們安全了，對吧？」

「我不知道，克里斯汀，我完全不曉得印記的意義。」

兩人沉默了一會兒，然後克里斯汀開口了。

「妳真的認為我們出賣了靈魂然後忘記了，碧絲？」

「認真想想，你是不是有嘗試過要這樣做呢？」

「如果以前有，我現在再也沒了。」

19 權利

西蒙坐在植物園的窗台上，看著他們的頭在田野上下擺動，像是水綠色湖泊上的棕色魚餌。現在是農忙季節，所以有些負責家務的工人也必須到外頭來，西蒙看得出來他們比平常更難受，雙手尚未因棉花刺而長繭，工人哼著曲子好遺忘炎熱，然而西蒙毫無感覺，畢竟他們只是資產，他有他的權利。西蒙回頭繼續看書，想著營收和下午茶的蛋糕。

貝兒雙眼緊閉醒過來，那晚她一直睡不好，每次快要睡著時，內心就猛然一驚清醒過來。我做了什麼？貝兒從床上坐起來，注意到碧絲正坐在床腳上。

「睡得好嗎？」碧絲眼神可怕地問。

貝兒把棉被拉高。碧絲不睡覺在做什麼？碧絲只是盯著她看，靜靜等待，彷彿以為貝兒會突然表態，把所有的事都說出來；解釋為什麼做出如此難以原諒的事。然而貝兒什麼也沒說，所以碧絲的腦中飄過許多想法：貝兒變了，那些交易、那個印記讓她變了，那個印記代表什麼意思呢？他們是如何住進這裡——和她——住了整整十五年？領養故事不再有意義，貝兒如何發現維洛依夫人的真面目？又是什麼時候接受交易？是她們十歲那年嗎？——貝兒外貌開始改變的時候，一定是這樣。在碧絲錯誤的童年記憶裡，維洛依夫人在貝兒十歲以前沒有給過任何東西，可是維洛依夫人從未提供交易給碧絲或克里斯汀，她有和瓦倫丁做交易嗎？貝兒看起來不打算自願提供任何訊息，只是下床準備梳洗。*她怎麼了？*碧絲對自己說，*難道她不了解自己做了什麼嗎？*

「妳還好嗎？」貝兒問。碧絲的臉色和白紙一樣蒼白，眼袋浮腫，比平常更加躊躇不安。

「貝兒，妳一定要告訴我……」

「我現在很累。」

辯論比賽的前一個禮拜過得如旋風般飛快，克里斯汀和碧絲整個禮拜都躲起來講祕密。維多利亞當沒事一樣繼續過生活，事實上，維多利亞過得好極了，她現在已經掌握湯馬士的全盤計策，並建立了一套可靠的反證。那個星期天過後，貝兒確定湯馬士絕對不會再和她說話了，又或者他根本不是同一個人了，可能發瘋、崩潰或什麼的。但這些都沒有發生，湯馬士對發生過的事完全不記得，和貝兒在一起的時候比以前更快樂，依舊貼心、笨拙的迷人，並且依舊害羞得不敢採取行動，不過他的確有邀請貝兒參加春季舞會，就在辯論比賽隔天。貝兒答應了，但不再那麼肯定，有時候貝兒看他身體顫抖、不自覺地踏腳、或是有強迫症一樣數著指頭，星期天那晚的罪惡感就會湧上心頭。與貝兒交往正在改變著湯馬士，然而和他相處的時間越長，貝兒就越不希望他有一絲改變。

貝兒走進臥房為比賽做準備。她答應過湯馬士會去觀看，克里斯汀和碧絲早就在裡面，在她房裡東張西望，對某件事竊竊私語。

「我就是不懂，為什麼不乾脆一走了之……」克里斯汀說。

「相信我就對了，我需要時間……」碧絲低語回應。

他們抬頭，貝兒走了進來，克里斯汀招呼也不打就離開了，碧絲直視貝兒的方向，然後也離開了。貝兒試圖不予理會，但胃部一陣噁心，感到孤獨無援。他們已經忽視她一個星期了，對於自己做過的事非常抱歉，但他們並不知道全部的故事。

「妳打算就這樣走掉嗎？」是維洛依夫人，貝兒轉過身。

「我本來要過去的。」貝兒嘆氣。

「罪惡感是一種沒用的感覺，永遠不夠讓妳改變方向——只能夠讓妳無力，讓妳……總之……沒用。」

「我沒有罪惡感。」

「但妳沒有替維多利亞高興，她得到了想要的東西，妳也得到了想要的東西，應該要高興的。」

「也許我現在要的不同了。」貝兒喃喃自語。

「真可惜，妳畢竟犧牲了那麼多。」

「問題是，每次我犧牲了某件事，妳就用它當作維多利亞的好處。」

「不，親愛的，我這是為了妳，就像上一次是為了給妳一個教訓，這樣妳就可以成大事，不會在錯誤的時機，把唯一的機會浪費在湯馬士這種人身上，這樣妳就能在最重要的時刻得到屬於妳的東西。」

「他應該得到爭取勝利的機會。」

「太遲了，妳不能把維多利亞給毀了，她很有潛力，就像妳以前一樣。」

「湯馬士也有潛力。」

「妳不是湯馬士的監護人。」維洛依夫人用低沉聲音嚴厲地說，貝兒退了一步，維洛依側過身面對她。「貝兒，親愛的，我有個提議……」

「我不想聽。」

「我可以幫助湯馬士獲勝……如果妳真的想要的話。」

「維多利亞怎麼辦？」

「別擔心她，親愛的。」

「我還是不想聽。」

「我將讓妳擁有湯馬士，讓妳照自己的方式做。他可以獲勝，你們可以在一起……如果妳夠渴望的話。」

雖然貝兒不願意，但還是得聽，她直視維洛依的雙眼，等待。

維洛依溫柔地說，字句斟酌。「我想要了解妳的父母。」

貝兒一瞬間目瞪口呆，維洛依從未問起父母，甚至連提都沒提過。

「我知道妳母親和妳說過……一個特別的語言，古老的語言……」

貝兒動彈不得，雙手冒汗，口乾舌燥。

「我知道妳聽過它，貝兒，有關那個古老、被遺忘的語言，妳母親和朋友們一起研究好幾年的那個語言？」

「然後呢？」貝兒聲音嘶啞地說。

「我想知道她和妳說過什麼，對妳和碧絲說了什麼。」維洛依低聲哼唱，溫柔斯文地，聲音又甜美又沙啞。「試著回想，貝兒，回想母親說過的話，好多年以前，妳知道什麼？碧絲知道什麼？」

維洛依每說一個字，就往前移動一點，慢慢地靠近貝兒，直到臉上可以感受到她冰冷的氣息，看見她破碎的眼睛期待地轉動著。

「不。」貝兒跑開。

就在這個時刻，一個憤怒的敲擊聲。

破碎的眼睛閃出破碎的光芒。

貝兒畏縮了。「走開——我不在乎湯馬士是贏是輸。」

維洛依夫人並沒有生氣，冷靜地微笑，用冰冷的手托住貝兒的臉頰。「我們車上見，親愛的。」她說，關上後方的門。

一個半小時之後，貝兒著裝完畢準備出發，自從那天之後她就沒有泡過澡，整個人感到疲憊、骯髒、不起眼。貝兒抓起皮包伸手開門，但門卻打不開，她握住門把又拉又搖，沒用，再使勁一拉，還是沒用。門被鎖住了，貝兒敲打著門，大聲呼喊希望有人過來開門，但屋子空無一人。湯馬士會以為她拋棄了他，露西這段時間會一直待在他身邊。貝兒跌坐在床上，把美麗的臉蛋埋進雙手。

我做了什麼？我真的成了她的女兒了。

碧絲在屋子裡到處尋找克里斯汀，她已經準備好出發去辯論比賽了，但這些日子，她去到哪裡都有克里斯汀在身邊，他是碧絲唯一信任的人——雖然並非所有的事。

「克里斯汀，你在裡面嗎？」她把頭伸進克里斯汀的房間——他以前用來復原和練習的地方。碧絲注意到夥伴一個人坐在角落，背對門口。夥伴聽見開門聲，寬大的肩膀帶著期望揚起。碧絲四處張望，但克里斯汀不在房裡，不確定自己開怎麼做，該打聲招呼嗎？她決定轉身離開，但就在離去前，夥伴轉身看見她。

他害羞地點頭打招呼。

「嗨，夥伴，還記得我嗎？我是碧絲。」

夥伴表情木然，她再度報上名字，這次慢慢地說：「碧……絲。」

夥伴站了起來，有樣東西引起碧絲的注意，他手上拿著一張紙。

「那是什麼？」碧絲問。

他把紙藏到背後，搖搖頭。

碧絲走近。「沒事的，你可以告訴我，我和克里斯汀是朋友。」

夥伴的眼神望向門口，碧絲知道他為什麼如此害怕。

「我不會跟她說的。」碧絲說。「你不必擔心。」

夥伴退回角落。「我保證我不會說。」碧絲說。「我知道她逼迫人們做事，但我沒有，你可以相信我。」

夥伴把紙舉起來給碧絲看，是一封信，很久以前的一封破爛、老舊的信，她拿了起來，上頭的字又大又扭曲，是孩子的筆跡。信件上的地址是要給一位叫銅牆鐵壁的菲尼亞斯。她重頭到尾讀了一遍。收件者：銅牆鐵壁的菲尼亞斯，凱爾特31；寄件人：克里斯汀・W。

克里斯汀・W？碧絲的心跳加快，這是克里斯汀過去的一條線索，是姓氏改成浮士德以前的名字。

碧絲重讀一遍，感覺眼淚從兩頰流下來，任由淚水滑落，並滴在紙上，墨水都模糊了。你做過最糟糕的事情是什麼？克里斯汀也做過了。我得為了他，也為了我自己，做些事。他只是一個走投無路的絕望孩子罷了。

夥伴黏土般的臉在一旁觀看，他的臉部表情無論是疼痛、明白、憂慮，只會有細微的變化。

「你從哪裡找到的？」碧絲問，把紙張還給他。「是克里斯汀給你的嗎？」

他搖搖頭。

「克里斯汀知道嗎？」

他又搖頭。碧絲深深嘆了一口氣。「你是從她那裡拿來的。」

夥伴輕輕地點頭，幾乎難以察覺。

「喔，天啊。」碧絲說，在房裡踱步，想著該怎麼辦。克里斯汀看到這封信一定會崩潰，他早就想要逃跑，但現在還不是離開的時候，她還有一些事情要做。

突然間，夥伴表情變得害怕，目光移到碧絲身後，並慢慢往牆角深處退後，把臉埋到牆裡。一個冷酷的聲音從門後方傳進來，無論夥伴身體裡流著是哪種血液，早在瞬間凍僵了，只有一件事會讓夥伴如此害怕。

碧絲轉身，維洛依夫人站在門邊。

「碧絲，我要妳把那封信交給我。」

「不。」

「碧絲，妳還記得如果不照我說的做會發生什麼事嗎？」

碧絲憤怒地顫抖。

維洛依夫人對她微笑，伸出手來。

「抱歉，夥伴，我必須把那封信拿走。」碧絲說。

夥伴搖搖頭。

「夥伴，把它交給我。」碧絲身子一傾，把那封信從啜泣的夥伴手上拿了過來，碧絲在他耳邊低語：「我會把他該知道的事情告訴他，給我，沒關係的。」

夥伴放開那封信。女家教把它放進剪裁完美的外套口袋裡。「我看你似乎開始對閱讀有興趣了。」她對夥伴說，即便夥伴從來沒有正眼直視她。碧絲好奇，這個沒有靈魂的空殼男子看著美麗的維洛依時，是否與世界上其他人看到的形象相同，也許他是唯一能夠略過外表，看穿折磨他的這位女人的真面目，一張非但不美麗，而是陰沉又飢渴的臉蛋。

維洛依隨興在房間裡漫步，一邊走一邊翻倒些小物品，這裡翻一個枕頭，那裡丟一本教科書。「這是什麼？」她走近一本筆記本，快速翻閱了一會兒，除了一些潦草的書信什麼也沒有，字跡扭曲——不像孩子的筆跡——而是比較羞怯，彷彿出於一隻成熟、無常之手，一位失去記憶又重新學習寫字的人。

她面對夥伴。「告訴我，你和克里斯汀在一起時都做些什麼？」

夥伴呆若木雞的站在原地，碧絲糊塗了。克里斯汀停止利用夥伴做練習了嗎？

維洛依夫人把筆記本蓋上，塞到手臂底下，然後離開了。

等了一會兒，碧絲也轉身跑出房間。

❧

與維多利亞・浮士德的辯論大賽開始之前，湯馬士在大廳不停地來回踱步，納悶貝兒到底在哪裡。她會來的，他心想，但是看了看手錶，步伐又踏得更快了。

「嗨。」湯馬士身後傳來甜美的聲音。

他轉身，臉上一抹大大的微笑。「妳來了。」他說完停下腳步，來的人不是貝兒，而是露西。對於一場辯論比賽而言，她穿的有點太隆重了，但看起來很美。

「嗨，露西。」湯馬士說。「妳在這裡做什麼？」

「只是想要來替你加油，我們還是朋友，對吧？」

「當然。」湯馬士說。自從那次選舉日的大混亂之後，露西就一直不理他，現在著實放心許多，況且，若貝兒沒有出現，有個啦啦隊也不錯。

「他們要開始了，我們走吧。」他說，友善地把手放在露西肩上。露西靠近摟住他，一起走回禮堂。

「古德曼‧布朗先生，你將擔任正方辯護以下言論：為了替第三世界的瀕死病患提供可負擔的醫療，漠視藥品專利權是合乎道德的。浮士德小姐，妳則是反方。」

太棒了！湯馬士對自己說。他四處張望尋找貝兒的身影，但她還是沒有出現。露西坐在前排對他微笑。

「好極了。」維多利亞說。「反方簡單多了……砲火集中在所有權之類的事情上……。」

「妳準備好了嗎？」維洛依夫人低聲道。

「拜託，我這裡有一份他所有論證的副本。」她揮舞著一疊紙。「而且我還有一份反方稿件，這是如果他分配到反方會使用的稿件。」

「妳可能要趕快回去假裝做筆記了，他要開始了。」

維多利亞看了評審一眼，邊盯著邊和維洛依夫人說話。「喔，沒錯，我過去坐下。」

湯馬士站上講台開始說話，計時員按下碼表。「這不是一項有關所有權的議題，而且有關生存權的……。」

❧

「我們必須永遠離開。」克里斯汀和碧絲在尋找貝兒時，他低聲對碧絲說。三十分鐘過後，貝兒還是沒有在比賽場合出現。

「不，我得留下來，我必須把一些事查清楚。」

「我不懂，有什麼事那麼重要……喔，別來了。」克里斯汀一直收到瓦倫丁的簡訊，想要克里斯汀過去聽聽他為了比賽朗讀的一首詩。最後克里斯汀決定回家找貝兒，一定有什麼事不對勁。

「聽著，碧絲，我很擔心把她一個人留在那裡，那間屋子裡，妳很清楚她在那間浴室裡擁有什麼樣的東西，我要去找她。」

「我和你一起去。」碧絲在胸前劃十字，一路沿著走廊追趕克里斯汀。

❧

克里斯汀胡亂弄著公寓大門的鎖時，碧絲聽見貝兒的房門和鎖鍊碰撞的聲音，透過喀喀吵雜聲，兩人幾乎無法理解貝兒在叫喊什麼。

「放我出去！」貝兒一邊叫道，一邊拉著門把。「誰來幫幫我！碧絲！碧絲！妳在外面嗎？」這不是計畫之中的事，她對維洛依夫人的付出就和維多利亞一樣多，為什麼維洛依那麼幫她？

碧絲和克里斯汀走進公寓，正巧看見貝兒用一張椅子衝破房門。

「妳在做什麼？」克里斯汀驚訝的問。

「你又在做什麼？我已經求救了一個小時了。」

貝兒知道，她必須在維多利亞用偷來的資訊對湯馬士攻其不備以前到達會場，那場錦標賽對她沒有任何意義，只是無法忍受湯馬士被利用罷了。克里斯汀和女孩們趕回比賽現場，這時維多利亞正好站上講台。他們在禮堂後面等待，維多利亞把講稿壓平，對湯馬士還有評審們微笑，整整把前二十秒花在感謝評審上頭，評審也許會上當，但對於像貝兒那麼了解維多利亞的人，她的笑容看起來就像在鄙視人一樣。

「我將逐一回應古德曼‧布朗先生的論點。第一點：如果喪失所有權，就等於失去了工作動機或創意，我們就會落入共產主義的形態。我想引用下列幾位偉人的名言，亞當‧斯密、喬治‧華盛頓、李嘉圖、雷根以及聯合國主席，提供大家做參考。」

「哇，有點誇張，就連對維多利亞來說也是……」碧絲喃喃自語。

「噓……」貝兒用手肘輕輕推了一下姊姊，集中注意力看著湯馬士的反應。

瓦倫丁朗讀完畢，觀眾立刻起身熱烈地鼓掌。都是些愛哭的母親和情緒不穩定的年輕少女，瓦倫丁心想。我從碧斯的哈薩克語英語對照字典隨便摘錄一些話，應該也沒什麼不同吧。

夏綠蒂眼眶充滿淚水。他正在看著我，我不敢相信他為了我寫出一整首十四行詩。

「第二點：與正方論述相反的是，藥廠的確有盡力幫助窮人的動力，因為這對公關形象有幫助。我這裡有六份顧客意見調查表指出，顧客對於救濟窮人的公司，支持程度是一般公司的四倍……。」

「公關？說好要幫助窮人的事呢？」碧絲說。

「我想她嘴邊流出口水了。」貝兒說。

❦

「瓦倫丁，那真是太棒了。」

「謝謝。」

瓦倫丁分身乏術，五個女孩和三位母親正巧過來包圍住他，這群人把夏綠蒂推到後頭。

「你那首詩的靈感來自哪裡？」

「你花了多久時間寫這首詩？」

「是獻給某個特別的人嗎？」

夏綠蒂對上瓦倫丁的目光，心跳加快，他剛剛微笑了嗎？沒錯，我就知道，那是獻給我的。

「沒有特別要給誰。」瓦倫丁悠哉地說。

瓦倫丁踮起腳尖，穿過人群往門口看過去。「嘿！是克里斯汀！太好了。」他一路推擠到後頭，差點直接從夏綠蒂身邊擦身而過，要不是夏綠蒂叫他的名字，瓦倫丁可能不會停下來。

「喔……嗨，夏綠蒂，那件毛衣真漂亮。」他準備離開，夏綠蒂注意到瓦倫丁手中有一疊整齊對折的紙，上頭的縮寫『ＶＦ』清晰可見，完美印在每一頁的頁底。夏綠蒂心想是否有任何一張是寫給她的。

「所以你說的話是真的嗎？你沒有特別寫給任何人？」

「喔……沒有，當然沒有。」他露齒笑著說。「我現在得走了，下一輪快要開始了，而且我餓翻了。」

「如果你要的話，我可以去幫你拿些東西吃。」

「啊，妳真是個甜姐兒。」瓦倫丁在她臉上親了一下。「妳可以五分鐘之內回來嗎？」

碧絲全神貫注地聽著維多利亞的答辯，沒有注意到維洛依夫人就站在身後，夫人把一隻手放在她的肩膀上。「碧絲，妳幫貝兒來到這裡的嗎？」

「別和我說話。」碧絲小聲地說。

「我以為她待在家比較好。」

「她自己逃出來的，雖然我也不需要解釋啦……」

「妳當然要啦，妳和我是朋友，不是嗎？」維洛依輕聲細語。

「妳不是我的朋友。」

「我們在一起這麼久了，碧絲・浮士德，我是妳的朋友。」

碧絲聽見自己的名字抖了一下，不知為什麼，這個名字現在聽起來很矯揉造作。

「妳通曉那麼多種語言，」女家教挑釁地說。「而且現在妳知道我是誰了，妳能夠想明白我的名字嗎？」

碧絲整張臉轉過來。我是妳的朋友……

「我是浮士德的朋友。」碧絲低聲說，開始自己翻譯起來，她把這句話換成了西班牙語(Me Fausto Philos)，唸起來很像一個字——梅菲斯特(Mephistopheles)，魔鬼梅菲斯特。

不到一秒鐘就讓碧絲重新下定決心。「聽著，維洛依，我想要離開，我想要退出這一切陰謀，讓我走吧。」

「可是妳需要我，我不用提醒妳——」

「我不會和妳做任何交易的。」

「重點是妳已經接受的交易，妳每天都在做的那一個。」

碧絲試圖直視維洛依夫人，但無法控制住自己的目光。

「妳需要我。」魔鬼女家教說。「而且我們兩個都知道，妳是絕對不會離開的。」

「第三點：事實上，死亡人數有極高比例是窮人的這個說法，其實是不相關的。」

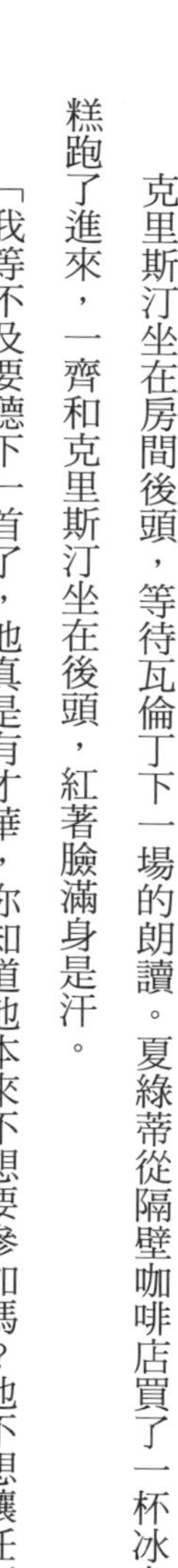

克里斯汀坐在房間後頭，等待瓦倫丁下一場的朗讀。夏綠蒂從隔壁咖啡店買了一杯冰咖啡和三塊蛋糕跑了進來，一齊和克里斯汀坐在後頭，紅著臉滿身是汗。

「我等不及要聽下一首了，他真是有才華，你知道他本來不想要參加嗎？他不想讓任何東西破壞我們的感情……。」

「這是妳沒有參加的原因嗎？」克里斯汀同情地問，就他所知，瓦倫丁為了參加這個比賽，已經準備好幾個月了。

「是的，而且真的很值得，你真不該錯過他第一首朗讀，真的太棒了。」

克里斯汀聽著瓦倫丁開始朗讀。從第一句開始，瓦倫丁就毫無疑問地會獲勝，詩作優美、真誠又幽默，這令克里斯汀難過，不只是因為自嘆不如，而是一直以來，他的心態和作法全都是錯的，從未寫出任何優秀的作品，而把力氣花在羨慕瓦倫丁的成功。

「最後，侵犯專利權就是偷竊——即使是為了幫助窮人。嚴守專利權就算會有一些負面後果，但是我們住在一個由權利和規則建立出來的社會……。」

湯馬士嚇傻了，神情詫異地望向馬洛高中的辯論教練。「怎麼會？她從哪裡拿到……」維多利亞的抗辯，實在是太切題了，完美呼應湯馬士的言論，讓人很難相信這只因為她是優秀的辯論者，畢竟，兩人上台之間只有短短三分鐘的準備時間，她如何在三分鐘內重寫論詞，逐一反駁他的論點？加上那些資料？她是怎麼知道的？

就在湯馬士仔細思索這一切的時候，維多利亞向評審們微笑，離開講台。她經過湯馬士身邊，拍拍他的背，然後說：「像個律師要準備的東西還真多啊，是吧？」她凝視著他，等著這些話沉入湯馬士的腦中，接著對他眨眼，朝維洛依夫人走去。

「做得好，親愛的，妳真是太出色了。」維洛依夫人說。

「謝謝。而且最棒的是，現在他會認為是貝兒的錯。」

❧

一輪結束之後，貝兒和露西從走廊兩邊分頭跑向湯馬士，他正無精打采地在桌上翻閱一些文件。

「嗨，很抱歉我來晚了，別擔心，你一定可以很快反擊回去。」貝兒說。

「而且妳會幫助他是吧？」露西唾棄地說。

「我當然會。」貝兒說，等著湯馬士替她說話，但他仍然沒有從文件中抬起頭。貝兒想碰觸湯馬士的手，但他很快地抽開，讓貝兒叫了一聲。

「就像妳幫維多利亞一樣？」他終於開口。

貝兒的心跳停止，他知道了嗎？他終於想起那晚發生的事了嗎？

「你在說什麼？」

「貝兒，妳把我全部的策略告訴她，有關那位專利權律師和所有我準備的證詞，是妳告訴她的。」

「不……。」

「是啊，湯馬士，我打賭是她。」露西插嘴說道。

「更糟的是，妳把我的人生計畫也告訴她——我想做一位律師的事，這件事除了妳沒有其他人知道，妳是唯一可能說出來的人。」

「不，湯馬士，我沒有告訴她，我發誓。」

「我真希望我可以相信妳。」

瓦倫丁的創意寫作老師從人群中往前擠，準備去恭喜他的學生。瓦倫丁的詩作在原創項目中獲得了首獎，每個人都想和這位天資聰穎的年輕藝術家說話。夏綠蒂趺趺撞撞地擠到前頭，克里斯汀正在和瓦倫丁道賀。

「嘿，夏綠蒂。」夏綠蒂無意撞上瓦倫丁時，他說。「妳覺得怎麼樣？」

克里斯汀替夏綠蒂感到難過，瓦倫丁的聲音聽起來是多麼的自大，但是誰能怪他呢？他並不喜歡夏綠蒂，雖然他對她好過一陣子了。

「棒極了！那一首的靈感是從哪兒來的啊？」夏綠蒂試探地問。

「沒有，我突然想到的。」

夏綠蒂看起來很受傷，很沮喪，大致來說相當困惑。「好吧，那，我該走了，你明天幾點會來接我？」

「明天？」

「你知道的，春季舞會啊？」

「啊……夏綠蒂，我邀請了別人……。」瓦倫丁絞盡腦汁地想。我有邀請夏綠蒂嗎？不，不，一定沒有。

喔，糟了。

夏綠蒂的嘴唇顫抖。「可是你邀請了我。」

「我很抱歉，夏綠蒂，我答應和……我妹妹一起去……她沒有舞伴。總之……我很抱歉。」

夏綠蒂哭了出來，一溜煙跑走了。克里斯汀站在原地等待著。

「你不打算回到過去……搞定這件事嗎？」他問瓦倫丁。

「搞定什麼？沒什麼好說的，不要讓她誤會比較好。」

貝兒不停地哭泣。「我沒有告訴她那件事，我發誓。」

「貝兒，妳可以離開讓他靜一靜嗎？」露西說。

「是啊，請離開，我只剩十五分鐘準備我的第二次答辯了。」

貝兒用袖子擦擦臉。湯馬士又開始坐立不安了，說話聲音也越來越大聲。他本來就很緊張了，但坐在貝兒旁邊，就感覺全身發麻，手腳貫穿著不舒服的刺痛感。

「這就是我來的原因，我想要幫忙。」貝兒緩慢地說，注意到湯馬士的緊張。

「我不作弊，而且我不想和妳說話。」

「湯馬士，相信我。是的，維多利亞作弊了，她事前偷看過你的策略，但我發誓這絕對不干我的事。」露西哼了一聲，貝兒繼續說：「而我這裡有一份講稿可以打平這場比賽。這份講稿是根據你靠自己找到的資料，而她卻還沒看過的，這很公平。」

「好，讓我看看，我再決定。」

「不，你必須答應我等到準備發言時，才可以看這份講稿。」

「妳在開玩笑嗎？」露西說。「他現在如果相信妳，就是瘋了。」

貝兒看了維多利亞一眼，她用狠毒的表情，正專注地觀察他們三人。維多利亞總是不斷在作弊，貝兒現在還不能讓湯馬士讀這份講稿。

「妳是認真的嗎？」湯馬士說。「妳要我走上去，唸一些我從來沒看過的東西？」

「如果你現在看的話，她就會有時間——算了，就算是為了我。你會有什麼損失嗎？我不相信那個文件夾裡有能夠幫助你獲勝的東西，就在這短短的……」，貝兒看一下她的手錶，「……十分鐘內。」

貝兒離開湯馬士走向碧絲時，克里斯汀和瓦倫丁正巧溜進禮堂內，她對他們比了個大拇指，全然忽視維多利亞。維多利亞和維洛依夫人站在一起，給了貝兒一個前所未有的痛恨眼神。湯馬士慢慢走近講台，感覺好像有人抓住他的喉嚨。他心想，我真是個爛好人。可是貝兒懇求的模樣讓他想要聽下去，這種感覺和以前完全不同，並沒有昏眩、開心或戀愛的感覺。貝兒凝視著他時，令他不自覺想要信任她。是眼神，她有一雙真誠的眼睛。湯馬士打開貝兒給他的講稿，開始唸了起來。

「什麼是偷竊？什麼是寬容？犯罪的定義是什麼？」湯馬士彆扭地唸著，克里斯汀整個人振奮了起來，貝兒看見克里斯汀興致勃勃地聽著，然後低頭望著自己的鞋子。

「一項行為倘若碰到下列兩種情況就成了偷竊。第一，當事人受到傷害的時候；第二，行為滿足個人私欲的時候。」湯馬士抬頭微笑，似乎對於講稿的走向感到滿意，貝兒鬆了一口氣，克里斯汀則臉色發白，呆若木雞地站在原地。貝兒對他微笑，彷彿在說他的情況完全不同，偷竊在他們的世界裡是不能相提並論的。但貝兒還是在湯馬士的興奮以及克里斯汀的羞愧之間左右為難。

「如果上述兩個標準都達到，社會立場不容質疑。但是若其中一個標準存有疑惑，社會就會開始爭論。例如，撿起某樣被丟棄的東西是錯的嗎？也許不是，因為並沒有危害到當事人。拿走一條麵包來餵食飢餓的嬰兒，或向富人抽稅來幫助窮人是錯的嗎？也許不是，因為這個動機是無私的。」

維多利亞甚至不再看著湯馬士了，她盯著貝兒，彷彿要衝過去的模樣。貝兒對她打打手勢，提醒她要做筆記，但維多利亞不習慣在沒有預告下準備答辯。

「當兩項標準都沒有達成時，我認為就沒有違反道德的罪行可言。從癮君子身上拿走注射器是錯的嗎？當然不是。我認為如果我們能夠找到方法不去違反這兩項標準，這項議題就可以迎刃而解，比懷疑論者口口聲聲地說生命權勝過智慧財產權要來得容易，畢竟證明財產權的存在十分困難。」湯馬士越說越激昂，像一位真正的政治家。貝兒露出自豪的神情，維多利亞則臉色鐵青。

「我的計畫包括出口限制和營銷措施等保護措施的結合，確保藥廠的利潤不會受到影響。同時，我主張一連串的分配措施和利潤上限，確保無人藉由違反專利權的情況下大舉得利，也可以消除自私奸商進入這項產業的動機。」

湯馬士繼續發表完美的十二點計畫，再加上一點即興演說，明顯擄獲所有的評審。在下一輪的辯論中，維多利亞似乎突然弄丟證詞，失去連貫性主張，僅對湯馬士計畫中的幾點漏洞提出質疑論點，然後重新讀了一遍原始講稿，比預定時間提早一分鐘結束答辯，並在評審還來不及宣布湯馬士獲勝前，便奪門而出。

湯馬士一把抱住貝兒，把她抬了起來並親吻了她……的額頭。

「我很抱歉，我──我以為是妳──」湯馬士口吃了，發現自己還抱著貝兒而感到害羞。「妳知道的。」

「沒關係。」她低聲說。「但你現在相信我了，對吧？」

從湯馬士身後望去，貝兒看見露西走了出來，砰地一聲關上門。

「我當然相信妳。如果妳想要把我出賣給維多利亞，就不會像那樣救我了。對了，妳從哪裡得到那份講稿的啊？」

「我寫的。」

湯馬士露出難以置信的表情。

「怎麼？你以為我只是個金髮笨蛋嗎？」

「沒有，只是妳從哪裡得到那些證據和計畫……。」

「我用你的證詞起頭，然後剩下的到網路上搜尋，你不需要內線消息就可以對事情表達意見。」

「這是我聽過最火辣的事了。」湯馬士太過高興，甚至沒去想貝兒怎麼會有時間做這件事。

錦標賽過後，維多利亞消失了，瓦倫丁和湯馬士去參加頒獎典禮，克里斯汀和碧絲待在外面，貝兒跑上前來擁抱碧絲。

「謝謝妳。」她說。「他說我很棒。」

碧絲彆扭地回以擁抱，依舊對任性的妹妹有些抗拒。「很高興我能幫上忙。」

「妳怎麼幫？」克里斯汀問。

「她讓萬物都靜止了……好讓我有時間去寫那份講稿。」

「妳靜止所有的東西？」克里斯汀問。

「是啊。」碧絲說，很明顯地依然對她和貝兒之間的關係不自在。

「而她和妳在一起？那其他的事情怎麼辦……？」

「我們是姊妹。」碧絲順從地說。「我必須幫忙。」

貝兒再度擁抱碧絲，似乎對於以前發生過的事感到由衷的抱歉，她們現在開始重建這段不穩定的關係，重拾失去的信任。貝兒抱著姊姊，祈求她的原諒，碧絲也盡力地去原諒她。

他們分開後，貝兒跑回頒獎典禮現場，想起剛才在一起的時刻，她們牽著手，貝兒終於感受到一點點碧絲的世界，那裡頭有股不可思議的孤獨感，是她永遠不會忘記的一刻，那一刻貝兒驚覺自己可能迷失在黑暗中，那一刻貝兒開始了解為什麼碧絲是那個模樣——一個被放逐的人。碧絲和克里斯汀自顧自地走開，彼此竊竊私語著。

「我只知道我再也不會偷竊了。」克里斯汀說。「尤其在那場演場過後，我們必須離開維洛依的屋子。」

「再等幾天，克里斯汀。我只需要幾天的時間。」她想起克里斯汀的兒時信件，想起在他胸前消失的印記。她下定決心一定會帶克里斯汀離開那裡，但不是現在。

「好吧，但是我想知道妳在做什麼？」

「過一陣子吧。」

「我需要想個法子把夥伴也弄出去。」

「夥伴？」碧絲感到一陣內疚。「他……他不是人類，對吧？」

「我不確定，碧絲。他會學習，會痛，能夠理解訊息，有時候他會做一些奇怪的事……就像他有自己的故事，妳懂嗎？如果他是真人怎麼辦？如果她……？」克里斯汀顯然對那個想法感到悲傷。

碧絲想到在筆記本上看見的那些字跡潦草的信，以及白色窗戶邊的夥伴，突然在一間教室的門口停了下來。

「等一下，克里斯汀，看看是誰在那兒，噓，我想要聽聽。」

維多利亞和維洛依夫人在教室裡，維多利亞如往常般怒氣沖天。

「妳毀約！」她大叫。

「我沒有，我給了妳所有的工具，妳會失敗是因為妳沒有預料到——」

「我輸了，都是貝兒害的！而妳甚至沒有警告我！」

「這個，我不能強迫貝兒做任何事。」

「妳當然可以，有些事妳可以做。」

「為什麼我要去做呢？」

「為了我，這是妳欠我的。」

「維多利亞，我相信我說得很明白，我已經履行了我的承諾。」

「妳本來可以把她關在家裡，就像妳答應過的。她很明顯從星期天開始就一直很軟弱。」

「我把她鎖起來了，再做更多就是慈善事業了，妳並不是一個被施捨的對象，是嗎，維多利亞？」

「所以妳就這樣拋下我囉？妳總是對貝兒比較好，我不懂，她背叛妳。」

「沒有什麼背叛，維多利亞，我們之間沒有感情因素——只有純粹的交易。她從來沒有失言於我，我懲罰她能得到什麼呢？不過如果妳要的更多，我願意再和妳做一場交易……」

「我要做什麼？」一如往常，維多利亞上鉤了。

「維多利亞，親愛的，妳曾在夜晚禱告嗎？」

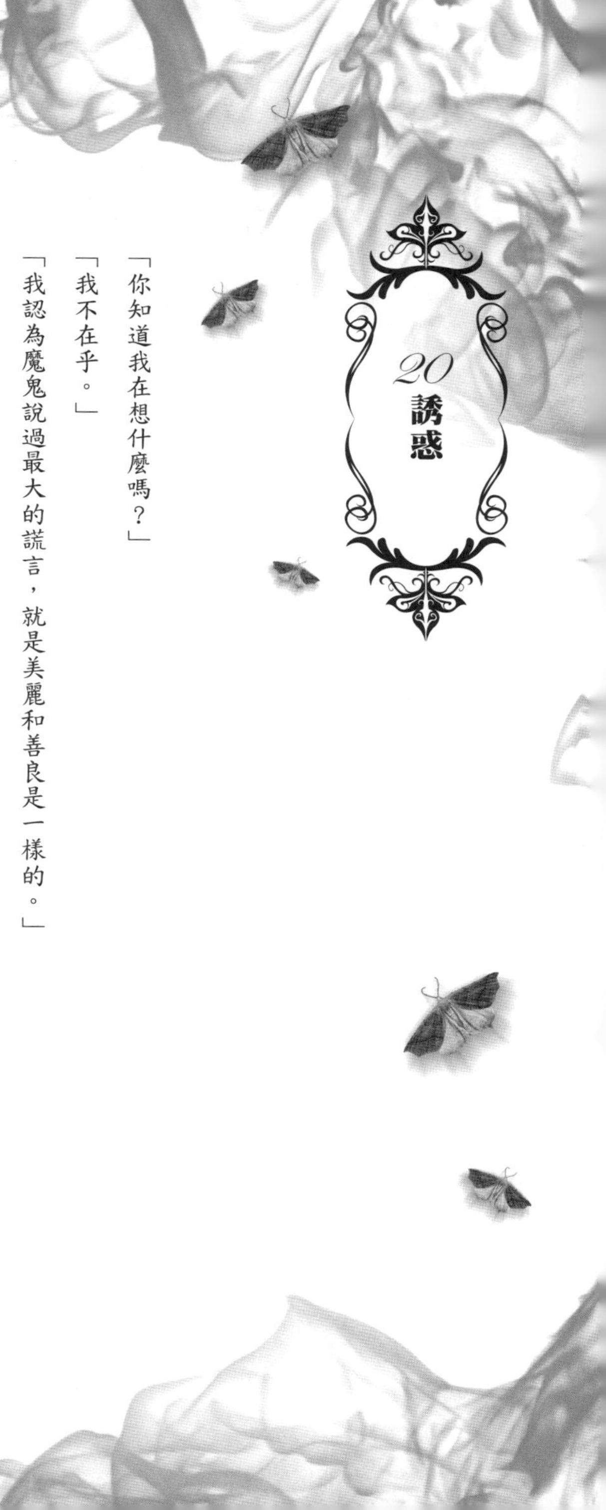

20 誘惑

「你知道我在想什麼嗎？」

「我不在乎。」

「我認為魔鬼說過最大的謊言，就是美麗和善良是一樣的。」

「說的好。」

貝兒那麼久以來，第一次感到開心。湯馬士愛她，露西已經完全不成威脅，她很確定。貝兒心想也許今晚可以省略泡澡，看看湯馬士會不會注意到，雖然她知道他很有可能會發現。最近，他們兩人有越來越多真實的親密時刻，但是每到最後，無論她多麼努力掩飾，周遭的空氣總會變得汙穢，總是事與願違，她還是可以看見湯馬士的抗拒，感覺到湯馬士的改變。貝兒把這些想法擠出腦外，拿了一瓶標籤上寫著平凡無奇的瓶子，這是唯一能夠讓她與湯馬士享有真實時光的東西。

就在這時電話響了，是梅姬。貝兒一接通，梅姬立刻用最大音量開始說話，她讓夏綠蒂等在另一線上。

「梅姬，我正在替舞會做準備，可以晚點再聊嗎？」貝兒說。

「不，不，不。」貝兒幾乎可以看見梅姬搖頭。「是有關露西的事，她在計畫一件大事，她今晚要對妳做出很恐怖的事。」

「梅姬，慢點，我不認為她會去計畫任何——」

「不，不。我確定會有事發生。」梅姬在喘氣，她最近老是這樣，這些日子從不曾慢下來，而且不停地跟著貝兒，目光呆滯，總是瘋瘋癲癲、猜忌多疑的。現在，連她們分開了也是這副德性。「我確定，完全確定，百分之百確定，夏綠蒂，跟她說。」

夏綠蒂如往常般左右為難。一方面露西是她最好的朋友，另一方面，貝兒是那麼的有趣和迷人——就算她是瓦倫丁的妹妹。貝兒有股特質，而且露西最近的行為非常可疑，在認識貝兒之前她從來沒有注意到，從來沒有發現露西那些怪異的行為。沒錯，和貝兒在一起絕對讓她看事情更加清楚了，露西不對勁，很不自然，奇怪又彆扭。現在每天害她頭疼的人是露西。

「她問了我一大堆關於妳和舞會的事情——像是妳會穿什麼，要如何達到會場，諸如此類的。我想她會——」

「夏綠蒂，那又如何？」貝兒說。「我也會問和她有關的事啊，我要去準備了。」

「不，不，我覺得她想要做些什麼！」

「例如？」

「我不知道，弄壞妳的車，找到搶走湯馬士的方法，把豬血倒在妳身上，我不知道，我只知道有事會發生。」

「是啊，是啊。而且我看見她在和一些老師說話，我猜她要找妳麻煩。」梅姬說。

「我想我也看見她放學時跟蹤湯馬士。」夏綠蒂說。

「而且她前幾天在我爸的辦公室裡，她為什麼需要一位律師？我猜她打算要提告！」梅姬越來越激動。

「梅姬，她的父母要離婚了。」貝兒說，聲音聽起來很疲憊。

梅姬不等她說完。「我們必須做些什麼，我可以去她家把她的洋裝剪壞，這樣她就來不了了。妳要我這麼做嗎？我可以的，妳知道。不，不，她有一大堆洋裝。我可以把脫毛膏放在她的洗髮精裡！可是，不行，那行不通，脫毛膏必須靜置在頭髮上十五分鐘，我可以告訴她媽媽那個刺青的事！這樣她就會被禁足，這對每個人都好。」

貝兒深深嘆了口氣，她知道發生什麼事。貝兒以為平凡無奇浴水能讓她們正常一點——沒那麼迷戀，沒那麼偏執。但她知道沒有用，她們早已過了那個階段。「不，梅姬，什麼都別做。我在舞會上會對她小心一點，但是現在，我得掛電話了。」

維多利亞站在舞會角落喝著飲料。對於那些習慣大型宴會，以及容易注意瑕疵的孩子們來說，這場春季舞會並不是一個大規模的奢華節日。場地像個一座寬廣的溫室，外頭有許多花花草草，還有高聳於天花板和牆壁的樹木，燈光昏暗，舞池周圍擺放了許多大沙發和圓桌。太陽緩緩下山，房裡散發出詭譎的光，那是由於黃昏穿過玻璃窗，與室內夜店氣氛奇異混在一起，造成一種奇特的日夜混合。但是維多利亞並沒有花太多心思在裝潢上，她又四處張望了一番，盯著大門口，把黑色洋裝整平。

就在這時，她感覺肩膀被拍了一下，回頭看見樂米厄太太對她微笑。維多利亞裝出一張最甜美的笑臉，說了一聲哈囉。

「不要告訴我像妳這樣可愛的年輕女孩一個人在這裡？」樂米厄太太說，得知這位年輕版的她沒有舞伴，聲音聽起來有些失望。

維多利亞親切地說。「我沒有太多時間去認識男孩子。」

「妳的確是個忙碌的女孩，妳完成的所有事情，我真不知道妳從哪裡找出那麼多時間。」

維多利亞咯咯地笑，她其實討厭傻笑，但維洛依夫人說過無數次，要對重要的人嘴巴甜一點、更討人喜歡一點，於是她繼續說道：「是啊，大多要感謝您，樂米厄太太。我的意思是，妳是唯一一位認真看待我身上殘疾的人，如果不是妳讓老師們給我多點時間去寫考卷、做作業等等⋯⋯。」

「喔，不必客氣，在馬洛高中，我們試著盡最大努力注意到每位學生的需求。」

「謝謝，但事情依然不是那麼順利。」

「什麼意思，親愛的？」

「這個嘛，妳知道我是學生會會長，但我覺得露西還是對那場選舉結果懷恨在心，她在學生會很不盡責，我必須做雙倍的工作。」維多利亞揉一揉雙眼。「我沒有太多時間做作業。」

樂米厄太太看起來心煩意亂，維多利亞接著說下去。

「我在想如果可以的話，下學期我想選一些課在家自學，妳知道的，和我的私人家教？這樣就可以有更多時間處理這類的事，我經常必須應付許多不諒解我病症的人。」

「當然啦，親愛的，當然。星期一我會把這件事報告給校長，但，我有一些好消息要告訴妳。」

維多利亞知道是什麼事，除非必要，她並不想輕率地作弊，但她知道宣布年度馬洛學院盃得主的時候到了，這幾個禮拜，維多利亞忙著替自己加分，說服老師們給她做口頭測驗，命令飛蛾帶回最優異的論文，後來甚至害傑森停課，因為傑森抄襲了『她』的論文。在新課表的幫助之下，維多利亞的學期平均分數是難以望及項背的漂亮滿分。終於，她獲得了應得的認同。

「現在說還有點太早。」樂米厄太太說。「我應該要等到星期一才可以告訴妳的，但妳是今年馬洛學院盃的共同得主之一！得獎的人是擁有最高——」

「是的，我知道。」維多利亞的甜美聲音突然消失，讓樂米厄太太很吃驚。「這個榮譽是頒給全校學期平均分數最高，或是參與過許多重大活動的學生。但妳說『共同得主』是什麼意思？」

「喔，這個，沒錯，委員會決定，即便妳目前擁有最高的平均分數，但是妳要和潔米・門德絲一起分享這項獎。」

「什麼？為什麼？」

「因為，這個，潔米的平均分數跟妳很接近，親愛的，而且她去年一整年的閒暇時間都在替蘇丹飢餓的孩子們募款，既然這個獎的意義同時在於平均分數和——」

「不！這個獎一直以為都是頒給平均分數最高的學生，我知道他們說活動也是要素之一，但是過去十年來，一直都是擁有最高平均分數的人獲勝！」

「沒錯，親愛的，但是委員會覺得有鑑於妳所擁有的那些特權——」

「可是我有殘疾！」

「嗯……我不確定妳是否有發現，門德絲小姐也有氣喘，而她仍然依循正常課表，包括體育課，而且——」

「所以咧？氣喘根本就毫無關聯！你不需要用肺來學習吧！這是因為她是西班牙人，對不對？這就是事情的真相！」

樂米厄太太喘口氣，正準備要回應，卻看見瓦倫丁從維多利亞背後緩緩靠近。自從聖誕戲劇表演過後，樂米厄太太就對瓦倫丁小心翼翼，發現他相當怪異。瓦倫丁越走越近，給了樂米厄太太一個近乎下流的笑容，她趕緊躲開，匆匆說了一句再見就走了。瓦倫丁對著她大叫：「不要緊的，特麗莎，甜心，那沒有任何意義。」

「誰是特麗莎？」

「特麗莎．樂米厄，那個小甜心走掉了。」

「瓦倫丁，你很噁心耶，她大概有三十歲了。」

「四十。我想趁這段關係還是非法的時候趕緊攀上，再過三年我就得換成一個九歲大的了。」瓦倫丁拋了個媚眼說道。

「噁心！」

「開玩笑的……拜託，話說我在別的房間聽見妳小小脾氣發作的聲音。」

「總是有事情來攪局，那些愚蠢的飛蛾沒有——」

「聽著，維多利亞，妳知道妳的問題是什麼嗎？」

維多利亞不想再聽別人說教，要她別那麼陰險，或是別老是只想到自己，這些碧絲已經說得夠多了。「什麼？」她惱怒地說。

「妳不夠神秘。」

「隨便。」

「好吧，別聽，我還有一堆事情要做，然後還要再做一遍。」

瓦倫丁帶著全然的優越感離開維多利亞，走到一半回頭看見她正在咬指甲，全神貫注盯著碰巧走進來的貝兒和湯馬士，一抹微笑揚起，彷彿很開心看見兩人在一起；接著，瓦倫丁又見克里斯汀和碧絲站在一起交頭接耳，相當引人注目，並且也和維多利亞一樣專注地觀察著貝兒。瓦倫丁把手伸進口袋，想起克里斯汀還沒聽過他在錦標賽裡朗讀的第一首詩，當時因為要救貝兒而錯過了。

「嘿，克里斯汀。」他有點過度興奮地說，害克里斯汀嚇了一跳。「嘿，我需要你很快幫我個忙。」

「當然，什麼事？」

「你願不願意聽我唸這首詩？這是我昨天為了比賽所寫的。」

「現在？瓦倫丁，你瘋了嗎？」

瓦倫丁對克里斯汀說的話一副聽不懂的樣子。「好吧，那你自己唸，給你。」他強行把紙張塞進克里斯汀手裡，克里斯汀一臉震驚看著他。

「瓦倫丁，」碧絲神情疑惑地插話。「現在不是時候。」

「好吧，也許今天晚上吧？」

「為什麼一定要今晚？」克里斯汀說。「我們現在有很多事情要處理，瓦倫丁。」

「好吧，那就今晚。」瓦倫丁緊張地舔嘴唇。「晚一點……回家的時候……等你情緒沒那麼激動時，只要一下子就好。」瓦倫丁趁克里斯汀拒絕前趕緊離開。

碧絲看了克里斯汀一眼，又回頭看著貝兒。克里斯汀看起來很生氣。「為什麼他老是要刺激我？」

「喔，他不是要刺激你，因為你是他唯一真正的朋友。」

「碧絲，他就是在刺激我，他從不錯過任何一次機會，我開始覺得厭煩了。」

「我們可以回到正題專心找線索嗎？我們知道維多利亞和維洛依做了一筆交易，很顯然地，她想要報復貝兒，這一定和湯馬士有關，她恨他們兩個人……。」碧絲數著指頭盤算，克里斯汀點了點頭。

湯馬士在貝兒耳邊說了些悄悄話，貝兒笑得開心，似乎完全沒發現身邊的人，那些人越靠越近，貝兒舉止冷淡，毫不在乎，這就是她想要的，和湯馬士單獨在一起。起初，湯馬士接貝兒去舞會時看起來很掙扎，一部分的他想要疏遠、無視，裝作毫不在乎。另一部分的他卻不了解自己為什麼要這麼做，不是五分鐘前才剛衝到她家門口嗎？那個他想要告訴貝兒她看起來多美麗，最後他的確說出口。貝兒欣喜若狂，因為即便湯馬士天人交戰了好幾次，基本上還是對她的言行舉止很專注，並充滿興趣，也許今晚他會克服羞怯，做出表示，貝兒要求的不多，只要能在臉頰和額頭有所進步就十分歡迎。*哪裡不對嗎？*貝兒自問。*也許他只喜歡在一些正式場合親吻，他在聖誕宴會親了露西。*這也許是可以期待的事。

維多利亞和碧絲隔著一段距離觀察貝兒，但貝兒都沒有發現，她玩得太開心，湯馬士對於她在比賽的幫忙很是欽佩，湯馬士一直覺得貝兒迷人且漂亮，但擁有這麼一個聰明的女朋友似乎令他得意起來，試圖挽著貝兒接近他的一些朋友，但朋友們個個抗拒。在更遠的地方有個人也對那兩人甚感興趣，那就是露西，她雖然緊抓著康納・沃斯的手不放，目光卻從未離開過湯馬士，湯馬士難得看過來的那幾次，她就會把康納抓得更緊，假裝正在擁有前所未有的美好時光。

瓦倫丁在房間一頭，看著一群坐在沙發上的女孩。他注意到中間有個女孩——過胖、皮膚粗糙、俗氣洋裝、一臉臭臉，彷彿不需要任何朋友。哇，她可以派上點用場。她也許是那種被媽媽強迫參加舞會的女孩。瓦倫丁把詩作塞回口袋，緩緩走向那個女孩，同時自我感覺也越來越良好——時髦、帥氣、穿著名牌襯衫、金髮整齊往後梳，感覺好極了，看著面前這些可憐又悲哀的女孩令他有股快感，比那些頻頻隨興望著他的美女更令人興奮。

「嘿！各位小姐，誰想要跳支舞呢？」他一臉渴望地看著這群壁花。那個胖女孩向後退了一步，瓦倫丁一臉難過的模樣。

「妳要拒絕我嗎？連『也許』的機會都不給我？」瓦倫丁竭盡所能露出最親切的表情。沒錯，那個胖女孩就是他要的，她可以讓瓦倫丁對自己感到十全十美，這種女孩能忍受任何事，他不必說謊或做任何改變。就像在破屋裡舉辦派對，結束後不需要打掃。

那女孩懷疑地看著他，接著笑了，笑容裡帶點恐懼，這讓瓦倫丁想要和她跳舞的欲望更加強烈。

「真貼心。」附近一個漂亮女孩對她朋友說。「他想要逗她開心。」

「是啊，他真的是個善良的好男孩。」

❧

對浮士德一家的孩子們來說，這個夜晚過得很快，除了碧絲整晚都在思考和害怕，她知道有事要發生了，她聽見維多利亞和維洛依的對話，有筆交易在策劃中，碧絲完全忘了克里斯汀的兒時信件、消失的印記、以及要逃跑的計畫。她看著貝兒一會兒，又看著湯馬士望著貝兒的神情，對貝兒說的某件事笑得開懷，但更重要的，他沉醉貝兒的美貌。突然間，一股可怕的熟悉感竄過碧絲身體，她知道即將要發生的事，並立刻衝向妹妹。

「貝兒，貝兒，妳聽我說。」

「碧絲！妳沒看見我在忙嗎？抱歉，湯馬士，我姊姊今天脾氣不好。」

碧絲退縮了一下，又立刻振作起來。「貝兒，妳一定要聽我說，維洛依和維多利亞，她們——嗯，我不確定她們在做什麼，不過我覺得妳必須回家。」

「喔，不，別又來什麼瘋狂的陰謀論，梅姬已經說得夠多了。」

「啊？不，聽著，妳現在得馬上回家。」

「好啦，隨便，可以拜託妳走開嗎？」

貝兒把姊姊推到一旁，和湯馬士走到別的隱密角落。

就在碧絲準備尾隨在後時，被梅姬和夏綠蒂擋了下來，她們倆剛離開露西身邊，準備去找貝兒，情緒相當歇斯底里。

「碧絲，碧絲——我們一定要阻止露西！」

碧絲沒有時間應付她們。「我得走了，貝兒需要我。」

「貝兒？妳剛剛說的是貝兒嗎？露西做了什麼，對不對？她把湯馬士搶走了嗎？」

她們的語氣聽起來很擔心，但是臉上卻沒有一絲擔憂之情，看起來興奮又渴望，碧絲繼續向前走，一直用餘光觀察著貝兒，急迫地想要趕到她身邊，好把她帶離這裡。碧絲直直地朝貝兒走去，還沒過去——又是另一個麻煩——她聽見有人用麥克風清喉嚨的聲音。

「歡迎來到馬洛高中的春季舞會，各位同學！」

樂米厄太太和柯教練站在舞池前方，樂米厄太太首先開口，每幾分鐘就用高傲的大眼睛看著柯教練，確保他有跟上。

「我們希望大家都能有一個美好的夜晚，相信大家都知道，馬洛高中其中一項最高榮譽，運動員最佳表現獎，如往常將在春季舞會時宣布。」

她等待大家的掌聲，但是卻落空了，只好繼續說道：「我和柯教練分別代表這位優秀學生所達成的兩項特質：運動。」——她朝柯教練點點頭——「以及學術成就。」——她挺直身子。「在短短的時間內，這位學生證明了年輕人也可以達成偉大成就，這位學生一直是學校的榜樣——」

樂米厄太太話還沒說完，柯教練向前一步，稀落掌聲響起，樂米厄太太狠狠看了台下一眼，掌聲又很快地消失。「那麼不多說，讓我們宣布，馬洛高中今年運動員最佳表現獎的得主是……。」

克里斯汀忍不住感到好奇，就算他的心已經不在運動上，還是想知道他是否有被注意到，還是渴望勝利，朝優渥生活往前邁進一步，或是離艱苦的生活往後退一步。

「康納・沃斯。」

克里斯汀看著自己的鞋子，全校爆出歡呼聲，康納慢跑到台前，所有的朋友經過時都在他背上拍了一下。

「康納・沃斯在馬洛高中的這幾年，帶領學校得到無數的冠軍，無論是在高爾夫球、游泳、還是籃球，替其他同學建立起正面的榜樣，他面對逆境所展現的正直、運動家風範、堅持以及好勝心都值得欽佩。這就是他今年得到運動員最佳表現獎的原因。」

樂米厄太太從教練手中把麥克風搶了過來。「康納，你向大家證明了，通往成功的秘訣就是不屈不撓的努力，恭喜你。」

台下一半的學生對她矯情做作的話感到受不了。克里斯汀想要抗拒湧上心頭的感覺，壓抑到內心深處，但一部分的他仍想要跑上台去，偷走康納臉上的開心傻笑。

「嫉妒嗎？」一個冰冷的聲音說道。克里斯汀轉身看見維洛依夫人站在旁邊，頭髮盤成招牌的低髻，身穿漂亮的白色禮服，讓她脫穎而出，成為整個房間最醒目的女人。

「不。」克里斯汀冷漠地說。「我為他開心。」

「這裡發生什麼事了？」她輕拍克里斯汀的胸口。「你不想要成為贏家嗎？富有？就連現在已經輸了也不想？你的心停止流出黑色眼淚的嗎？」

克里斯汀沒有回答。

「你知道，永遠都不會太晚，你依然可以擁有一切。既然現在你已經知道全部的故事，我們倆可以做另一項交易，克里斯汀。我會再給你一次快樂的機會，成為贏家的機會。」維洛依抓住他的手離開為康納歡呼的人群。克里斯汀正打算告訴她有什麼地方可去，一個揮之不去的疑惑突然襲來，這次豈不是個趁機撈好處的時機？他也許早就賣掉自己的靈魂，她還能要求什麼？也許這次他可以專注在成為一位好作家，忘記名利。

「克里斯汀，親愛的。」維洛依彎腰在他耳邊低語。「你想成為一位作家嗎？」

他豎起耳朵。「我看見妳在幫夥伴恢復記憶。」

維洛依等待回應。「我們會共同創造出偉大的事情，我保證。」她慫恿著。

在克里斯汀腦中徘徊的疑惑消失了，他想像夥伴的私人地獄，如果他也變成那樣怎麼辦？

「不，妳不能逼我留下來，顯然妳並沒有我的靈魂，不然不會一直想要交易。」

維洛依夫人挺直身子，依然維持沉著，但邪惡的眼睛閃爍著怒火。「很好，親愛的，就隨你的意思吧。」

碧絲望向湯馬士和貝兒，兩人沉浸在自己的世界，完全無視於面前激動的人群。碧絲一步步走向他們，下定決心要帶貝兒回家，不管別人說什麼，等平安把貝兒接回家後，再搞清楚瓦倫丁在玩什麼把戲，他不盡然想拿寫作刺激克里斯汀，不然為什麼突然一股衝動，一定要克里斯汀唸詩呢？對於維多利亞在自家屋子對湯馬士作弊的那一晚，瓦倫丁甚至不知道碧絲和克里斯汀發現了什麼，從未提起，彷彿不確定此事是否發生過，不過只要等到今晚大家回家後，碧絲就能把一切釐清。

碧絲再次朝人群前進，對於即將發生的事心裡有數，而且很快就要發生了，她加快腳步跑了起來，一路上撞上好幾對情侶。「貝兒。」碧絲聽見自己說著，再大聲點。「貝兒！」突然一隻手伸出來抓住了她的臂膀，碧絲轉了一圈，已經沒有時間了，原來是克里斯汀，他終於鼓起勇氣邀夏綠蒂跳舞，結果碧絲恰巧從旁擦身而過。

「發生什麼事了？」克里斯汀問。

「貝兒！」碧絲說。「我們得去幫她，讓我走！」

碧絲焦急的聲音令克里斯汀放開手，她繼續向前跑，克里斯汀抓了夏綠蒂的手跟在後面。

他們終於到了貝兒面前，湯馬士終於親吻了貝兒，兩人的臉緩緩分開，碧絲的手伸向妹妹，可以感覺到維洛依夫人在身後越來越近，但這時，突然有件事讓碧絲愣住了，並向後退了一步，湯馬士也當場呆住——臉還跟貝兒靠得很近——大叫一聲，用力把貝兒往外推，害她差點倒在地上。

「湯馬士？你為什麼要這麼做？」貝兒又震驚又慌張的說。

舞會裡所有的人嘴巴張的老大站在原地，一陣死寂。維多利亞得意洋洋，對自己的交易欣喜若狂，笑得合不攏嘴。露西先是震驚，接著趕緊跑到湯馬士身邊，不到兩秒就把湯馬士給拉走，在他耳邊說些安慰的話，裝作一副早就知道的模樣。碧絲在貝兒看見自己的臉之前，趕緊抓住她的手朝門口走去，但貝兒早已心知肚明，一瞬間，一切都變了，美麗的臉龐變成了別的模樣，不是原來的臉，而是更糟的東西，她真的不可原諒地成了難以形容的醜八怪。

21 謊言

各位先生女士：

今晚由舉世無雙的魔術師天皺所表演的節目，由於表演者突如其來的失蹤而取消了，眾所皆知，這位偉大天才在全球迅速走紅的同時，也為自身的癲癇和抽蓄症而奮鬥，因此，他今晚從世界魔術舞台出走並非毫無預警，大師時常談論離開舞台，追尋其他替代天賦的事情，一項能夠投入所有時間和精力的天賦。無論前方有什麼旅程等著他，讓我們祝他和可愛的助理一切順利，根據推測助理也陪同他一起離去了。

門票恕不退票。

——管理團隊敬上

臉頰滑落的淚水沒有任何幫助。泛紅的眼眶、圓潤的臉頰、蓬亂的頭髮，哭泣的女明星總是令人難以抗拒——你會想要予以安慰，親吻她們臉上佈滿的淚痕——但貝兒可不是這麼一回事。她坐在窗台上，流著醜陋的眼淚，把皺成一團的洋裝當成毛毯把自己裹住，長滿青春痘的額頭靠在玻璃窗上，低頭看著街道，幻想眼淚穿透玻璃，像雨水一樣落在路旁，宛如天空在為她哭泣。雲朵痛苦在天空翻滾，彷彿在控訴人生的不公平、自食惡果的苦痛，貝兒看見湯馬士・古德曼・布朗來到家門口，衣領隨性地解開，手上花束有些垂落，樓上的貝兒站了起來，更賣力地貼近玻璃窗。他臉上的表情是失望嗎？亦或是雨水？

貝兒沒注意碧絲走進來，也許只是從門後經過罷了，她直直向下盯著男孩的頭頂，聽見遠處的門鈴聲，因層層牆壁而顯得微弱。貝兒沒有去應門，絕對不會，不會以這張臉示人，但是門鈴聲不停在呼喚她，也許湯馬士是個好男人，不對她感到作噁，也許就像電影裡的情節一樣，她從雨中奔出，投進他敞開的懷中，然後說無論如何都愛著她——接著天空會落下快樂的眼淚，也許，但貝兒做不到，她無法承受。

貝兒幻想圓滿結局之後，代價償清之後，湯馬士會把她放下，吐口氣，盡最大勇氣直視她呆滯的雙眼，接受所下的承諾，帶她回家，任由人們盯著他們看，然後在法院公證結婚，而且即便湯馬士不曾告訴她，但他永遠會記得貝兒如雜誌封面般的亮麗秀髮、如香瓜果肉般的絲滑臉蛋。貝兒永遠會知道——他會默默帶她去晚餐，將自私擱在角落——成就自我犧牲，就為了一個年輕許下的承諾。

貝兒在地上的影子睹見自己的側臉，對其龐大不完美的輪廓感到顫慄，鼻子隨時間越長越大，下巴失去優雅線條。自從臉蛋在舞會上瞬間轉變之後，其他地方也逐漸變回以前的模樣，貝兒的身高和身材現在和碧絲一樣了，不再是又高又瘦的完美雕像，另一方面，她的臉蛋則與碧絲甜美外貌相差甚遠，湯馬士可能不會要她了，也許他只是出自好奇，看一眼就離開了，畢竟，這不是電影，更不是童話故事。

貝兒哭得更厲害了，聽著湯馬士不停按門鈴，意志堅定。貝兒的臉蛋像香瓜皮一樣坑坑疤疤，一直以來都是靠維洛依夫人——那個女家教的臉蛋遮掩，面具底下的貝兒早已漸漸腐爛，變得敗壞不堪，她想讓世人為她沉迷，到最後沉迷的卻是自己，她幻想自己擁有醉人的外貌，但充其量不過是面具底下的腐敗氣味，而現在，面具卸下後，貝兒比以往任何時候都要醜陋，外表與內心的完美搭配，一切都是自找的，她再也見不到湯馬士了。

「妳應該再見他一面。」

貝兒轉身，碧絲正站在後面，她注意到碧絲的手放在自己肩上。「他想要見妳。」碧絲說。

「不。」

「他喜歡的是真正的妳。」

「這就是真正的我。」

「我知道。」

貝兒本能地把頭靠在碧絲肩上，碧絲溫柔地抱著她像嬰兒一般。貝兒一直不知道自己有多麼想念姊姊，直到湯馬士來家裡的那一晚，以及昨天的辯論比賽上，碧絲幫助了她。但現在貝兒是真的需要姊姊，碧絲也毫不生氣。貝兒的眼淚浸濕了碧絲的衣服，碧絲只是溫柔哼著歌，抱著她來回搖晃，試圖說笑話逗她開心，但是都沒有用。碧絲說：「別擔心，貝兒，維多利亞和露西過不了幾天就會引發另一場爭吵，大家很快就會忘了這件事。」貝兒稍微笑了。又哭了好幾回後，貝兒情緒平靜多了，依舊在碧絲肩上抽噎著，碧絲說：「我知道美貌看起來很重要，我不想貶低它的重要性，但是妳記得我們小時候嗎？還長得一樣的時候？」

貝兒點頭，想起以前曾經多麼厭惡自己和碧絲的臉蛋，現在她卻願意付出任何代價換回它。

「我不記得這句話是誰說的，但卻是我以前經常想起的一句話，也許是維洛依，不，我不認為，不可能，反正我記得以前經常想起，那句話大概是像這樣，妳知道什麼東西會讓一個人美麗嗎？」

「我記得那句話。」貝兒喉嚨沙啞地說。

「自信。妳不需要這種眼型或那種唇形，畢竟沒人能決定哪種形狀才是最漂亮的，妳可以有各種瑕疵，只要有自信就能吸引大眾，這是人人都希望得到的，沒有任何藥水能真正給妳自信，而且相信我，貝兒，妳早已有這項特質，妳如果想要就能夠擁有。」

貝兒大聲說：「要相信某人早已無條件愛著妳。」

「沒錯，妳怎麼知道我準備這麼說？」

「媽媽以前經常這麼說……無論是我覺得醜陋或者妳感到悲傷的時候。」貝兒說，聲音聽起來無所謂，彷彿不再有保守秘密的理由。

碧絲睜大雙眼，嘴巴也張的老大，但沒發出半點聲音。

門碰的一聲打開，碧絲還在試著理解，維多利亞便走了進來，怒氣沖天，像一記雷聲一樣，雖然她總是怒氣沖沖的。「妳這個白癡！」

貝兒抬起頭，碧絲也轉過身。「妳毀了一切，妳這個可惡的笨蛋白癡。」

兩姊妹不太確定她在和誰說話。

「妳看看妳害我落得什麼下場？妳到底知不知道我們這些人花了多少努力？我們現在全部都得離開了，妳知道嗎？顯然我們不能因為其中一人停止露面就裝作妳從來不存在，不能簡單地把妳從計畫中移除啊！」

碧絲舉起手想平息她的咆哮。「冷靜。」

「我不想要冷靜，這件事本來是為了要給她一個教訓，現在我所有的心血都泡湯了，因為我們不能再繼續待在這兒了，全是她的錯！」

「妳做了一件邪惡又糟糕的事，就是因為不去替自己想想後果，現在妳反過來責怪貝兒？」碧絲說。

「妳根本不曉得我在說什麼，碧絲。」維多利亞看向貝兒，繼續說：「不過妳做了什麼心裡明白，妳現在這副彿彿樣都是應得的，妳連雙手奉上的東西都沒有能力把握。」

貝兒一時說不出話來，碧絲聲音提高說：「冷靜，維多利亞。」

「不！我恨你們每一個人！我恨我得與你們住在一起！而妳根本連她做了什麼都不知道，妳在這裡扮演魔法女孩的角色，卻完全不知道她對妳做了什麼。」

貝兒突然警覺起來。「不要，維多利亞。」

「妳要如何阻止我？妳再也得不到幫助了，妳只是成了另一個被放逐的人。」

「如果妳說出來的話……妳也會受傷的。」貝兒說。

「怎麼受傷？我們要離開了，我再也不想看到妳。」

「妳們兩個在說什麼？」碧絲說。

「妳，」維多利亞說。「我們在說妳，而妳什麼都不知道，就像不知道我們五人如何到這裡來的，如何和維洛依交易，她半夜如何來到我們的家，告訴我們可以擁有一切想要的東西，妳不知道，因為妳從來沒有這種想法，從來不曾做過交易，這就是為什麼妳沒有印記的原因，妳甚至不知道我們不是從小就被領養的，我們被領養時已經十歲了！妳在十歲之前擁有的記憶都是假的，不然為什麼妳以前記得做過的事都那麼不像妳會做的？那麼沒有創意？一切都沒有發生過，妳們本是一對住在義大利的可愛雙胞胎，直到妳妹妹出賣了妳。」

「不要再說了！」貝兒大叫，但維多利亞沒有要停止的意思。

「她太渴望美貌了，於是綁架了妳，在妳睡著的時候把妳給洗腦，去啊，問問她，而且她根本可以不必這麼做，她只是想要留住某樣過去生活的回憶，妳只是被她拖來的泰迪熊。認了吧，貝兒，妳也做了些醜陋的事，把自己的親生姊姊賣給魔鬼，一直以來假裝關心她，就像假裝自己是漂亮的小皇后，自己做的事，就自己面對應得的後果吧。」

貝兒一動也不動地站著，無聲的眼淚慢慢從兩頰滑落，碧絲站在身旁，維多利亞依舊怒氣沖沖，胸口起伏不定就宛如剛剛輸了一場跑步比賽。

餘波過後，門口邊的克里斯汀——他已經站在那兒好一陣子了——開口說：「我不懂。」，而瓦倫丁——潛伏在克里斯汀身後——笑了出來。

就在貝兒昏倒或假裝昏倒後（沒人知道），瓦倫丁消失到自己房裡，維多利亞衝向屋子東翼，維洛依夫人住的地方，因為那裡是她唯一的安慰，克里斯汀和碧絲肩並肩走在一起，碧絲把聽到的一切都告訴了克里斯汀，也說了她看見的那封信——一個無路可退的小男孩所發出的急迫疑問。一切都釐清了，其中四人在他們十歲的時候做出交易——包括克里斯汀，他一定是過不了多久就改變主意，否則，何必有假記憶呢？

「難怪我的印記特別淡。」克里斯汀說，揉一揉胸口。

「這就是為什麼我沒有印記，而你的在決定不偷竊之後就消失了。」碧絲說。「這也解釋了我們記得你在八歲那年愛亂偷東西，在十歲之前的記憶全是假的，喔，克里斯汀，我們在某個地方曾擁有一個截然不同的人生。」

「我們必須離開這裡。」克里斯汀停下腳步說，碧絲繼續前進，他又說了一遍：「我們必須得離開。」

「也許吧。」碧絲說。

「這是唯一能重新走上正途的方法。」他說。「我們要逃出去。」

「還不是時候。」

「我不明白，我以為過了今晚妳會想走，妳是一直是最大的受害者。」

碧絲停下腳步。

「我很抱歉。」他說。「我不是故意要提起這件事，貝兒可能——」

「整件事還有我們不知道的地方。」他們站在一扇克里斯汀從沒見過的門前，是維多利亞的房間。

「我們要做什麼？」克里斯汀問。

「維多利亞一直在監視我們。」

克里斯汀往旁邊一看，突然感覺呼吸中打了個嗝，就他而言，碧絲似乎突然消失又重新出現了一樣，像電影的一個剪輯鏡頭，接著門就打開了。

「妳是怎麼打開的？」克里斯汀問，門把只有主人才打得開。

「我把萬物靜止然後把她拖到這裡。」碧絲很快笑了一下。

「妳把她放回去所以她不會發現？」

「沒錯，不過我吐了口口水在她耳朵裡。」

矮小的碧絲把僵住的維多利亞像假人一樣拖到門邊，用她的手開門騙過手把，再把她拖回去，很可能是拖著腳踝。想到這個畫面，克里斯汀就不由得一笑。

房裡的昆蟲把碧絲嚇壞了，這可謂侵犯隱私的最高境界，克里斯汀立刻就認出來，他在城市的每個角落都見過牠們，到處竊取資訊，甚至在窗戶旁、網球場附近和更衣室裡面時，克里斯汀還捉過幾隻，幻想牠們的生活是什麼樣子，然後放生。

現在他們兩人盯著這個房間，氾濫成災的蒼蠅、飛蛾、蚊子、甲蟲以及蜜蜂到處盤旋，不停嗡嗡叫，翅膀彼此碰撞，也發出卡搭卡搭的聲音。油毯上呈波浪狀的成群幼蟲像糖果一樣不停往下掉落地面。

「真詭異。」碧絲輕聲說。

「什麼？」克里斯汀說。

「這就是她監視人的方法。」碧絲說。

「我聽她說過有關飛蛾的事……但這個……。」克里斯汀閉緊雙唇。

「牠們在進化，這些飛蛾一定是不夠用了，她實在是……太貪心了。」

「這要如何使用？牠們在空氣中拼出訊息還是什麼嗎？」

「也許牠們會叮她的耳朵。」

克里斯汀往前踏一步，這群無所不知的雲團在他眼中閃爍著，碧絲並沒有阻止他。

「妳怎麼找到這個地方的？」克里斯汀問，好奇走近蟲群中。

「我需要學習而把萬物靜止的時候，我後來開始四處觀望，維洛依不希望我這麼做，但我一直試著找出這間屋子的秘密，我在這裡發現維多利亞，她一天到晚都在這裡。」

「牠們會攻擊我們嗎？」克里斯汀問。

「我想應該不會，牠們似乎被下過指令，我想無論誰進來這個房間牠們都會服從。」

碧絲指著口袋裡的殺蟲劑，這是在她凍結一切好打開門時，順道拿起的，以防出什麼意外。

克里斯汀一邊朝蟲群中心越走越近，一邊思考任何可能發生的事，或是任何想問的問題。他想知道他們五人是如何到達這個悲慘的地方，是靠一個重大決定還是許多小決定堆積而成的？他好奇他們的父母是誰。貝兒怎能如此背叛自己的姐姐？維多利亞為何在發現維洛依夫人的真面目之後，還是繼續的崇拜她？還有，為何碧絲這麼不情願離開？

克里斯汀陷入深思中，沒注意到碧絲下指令的聲音變得越來越低沉。他朝碧絲看去，發現她在打手勢，克里斯汀試圖想要理解她的話，卻寸步難行，許許多多的觸角刺進耳膜，他只能抑制掙扎的衝動，牠們觸碰克里斯汀身上每一吋，如果舉起手把牠們揮開，只會招致更多的昆蟲，就像在游泳池裡想把臉擦乾一樣，不過克里斯汀十分習慣潛在水裡的感覺，但現在這些昆蟲非但不是藍色瀉湖的水晶，也不是水棺材裡的垃圾，而是有許多細小觸角穿透皮膚的每個毛孔。

碧絲在外頭大叫：「告訴牠們該做什麼！」

克里斯汀搖搖頭，但找不出任何空隙，他說：「碧絲，幫幫我。」

突然碧絲的聲音在他耳裡放大成中度喊叫的聲音。「告訴牠們該做什麼！牠們會聽從我們說的話。」

聽見碧絲的聲音就好像有人遞送救生圈一樣，同時，這些蟲子成了克里斯汀的耳朵，也似乎突然成了一體，克里斯汀稍微冷靜了一點。「我們該問什麼？」

「我目前知道的也不多，都是猜測的。」

「說出我們的未來。」克里斯汀說。

碧絲開口：「我覺得牠們沒有能力這麼做。」這時兩人聽見嗡嗡聲越來越大，一開始只是靜電干擾聲，但是很快便從混亂雜音中理解出一些字句，剛開始感覺很糟，每股刺痛都有如天線插進耳朵裡一樣。他們並非確實聽見蟲子說的話，更像是大腦硬生生被塞入這些訊息，不久後，他們不僅聽得見，眼皮底下也看得見成形的影像，每個小蟲子看見或聽見的感受強迫載入他們的腦中，再過一陣子，甚至連不適感都消失了。

他們看見瓦倫丁獨自待在房裡，正在電腦上玩第一射擊遊戲。

「這是什麼？」克里斯汀問。

「這是現在正在發生的事，就在隔壁房間。」

「可是那只是瓦倫丁在玩遊戲的樣子，我問的是未來。」

「喔，天啊。」碧絲說。「快看他的時鐘。」

克里斯汀看一眼瓦倫丁電腦右上方的時鐘，是六個小時以後。

「他快轉時間？」

「我認為他應該做不到。」

「我們為什麼要看這個？」

「快看。」

一隻小飛蛾如瓷像般安靜停在瓦倫丁的椅背上，瓦倫丁從椅子上跳起來，用勝利姿態舉起雙手，接著到房間外頭溜達，飛蛾跟隨在後，很明顯正即時把訊息報告給巢穴——現在包括了克里斯汀和碧絲。

碧絲準備說些什麼，但瓦倫丁沿著走道進入客廳時，他們看見另一個克里斯汀和另一個碧絲也坐在客廳裡，兩人頓時說不出話來。克里斯汀和碧絲站在巢穴的密集處，看著飛蛾在瓦倫丁身邊徘徊，另一個房間裡，克里斯汀則留意瓦倫丁，以及以下放出來的景象：

克里斯汀：「瓦倫丁，你猜怎麼著？」

瓦倫丁：「怎麼？」

克里斯汀：「我剛剛完成了我的第一首詩——嗯，應該說第一首感到驕傲的詩。」

瓦倫丁（冷笑一聲）：「真可愛。」

碧絲：「你是該驕傲，克里斯汀，真的很棒。」

克里斯汀（對著瓦倫丁，有點難為情）：「沒有你的那麼棒，你介意幫我看看嗎？這對我會是很大的幫助。」

瓦倫丁（一副不在意面子的模樣）：「喔，少來你那套例行的謙虛樣了，真噁心。」

（克里斯汀看起來很困惑，但接著瓦倫丁笑了，彷彿在開玩笑，於是克里斯汀也笑了笑就讓事情過去了。）

瓦倫丁：「這是完稿嗎？」

克里斯汀：「沒錯，這是最完美的版本了。」

瓦倫丁：「我們對自己真有信心，不是嗎？」（接著瓦倫丁靠在牆上，雙手警戒地在胸前交叉，看著克里斯汀宛如一樣實驗品。）「我認識一位克里斯汀，他最害怕的就是不能成為小偷或寄生蟲，而我知道在內心深處，那個克里斯汀知道真相，只不過他實在太懦弱不敢阻止我。」

在昆蟲堆裡觀看的那個克里斯汀，對於瓦倫丁那樣對他說話感到驚訝。

（客廳裡，碧絲看起來很擔心。）

碧絲：「你在說什麼呢，瓦倫丁？」

瓦倫丁：「任何我想說的事，我想說什麼就可以說什麼，懂嗎？我還可以想做什麼就做什麼，除了我沒有人會知道，我甚至對學校裡的每個人開槍，就只是為了好玩。讓我看看那玩意兒。」

（克里斯汀把詩遞給瓦倫丁，茫然地看著瓦倫丁，疑惑著這一切是否只是個玩笑。）

碧絲：「那麼你現在為什麼要把一切坦承？」

瓦倫丁（撫摸著紙張）：「坦承？我沒有坦承，因為這個，」（對他們揮動手中的詩）「只是另一個謊言罷了，還有你，」（指著克里斯汀）「並不是唯一的小偷。」

（客廳的克里斯汀撲向瓦倫丁，想拿回他的詩，但卻在半空中停止了，害怕失去第一首好詩的慌張感，以及瓦倫丁臉上自大的笑容——兩個表情一瞬間在臉上凍結，接著克里斯汀向後退，與碧絲的對話開始倒帶，走出客廳，坐在書桌前，刪除了那首詩，把標題拋在腦後，突然乍現的靈感，然後同樣突然的就遺忘了自己最喜愛的那首詩。）

巢穴裡的克里斯汀一邊看，一邊問：「發生什麼事了？」

「我不知道。」碧絲說，她甚至不懂他們是如何看見這些片段的，更別提瓦倫丁那些奇怪舉動，接著碧絲又看見了那隻飛蛾，才知道牠跟瓦倫丁一起走，像個附屬品，一起穿梭時光，再把訊息帶回巢穴，由於她在這裡，是巢穴的一部分，因此可以觀察到未來，而非火車上的乘客，這是一個與世隔絕的房間，獨一無二，這個巢穴擁有自己的思想，可以同時連接時間與空間，可以和瓦倫丁一起回到未來，監視未來的克里斯汀和碧絲，難怪維多利亞知道那麼多內幕。

他們看見瓦倫丁已回到房間，回到目前的時空，坐在電腦前面。螢幕上的高斯步槍在河床另一側爆炸，他用勝利姿態舉起雙手，手裡握著那張紙。瓦倫丁將它對折，立刻把詩抄進日記裡，接著起身，帶著日記走出門外，把那張紙留在房裡。「他要去哪裡？」克里斯汀說，對著圍繞在身邊的昆蟲說：「給我看那張紙。」

「他要去找你，」碧絲說。「這樣他就可以把詩唸給你聽。」

克里斯汀還是不明白，他看著床上那張紙，上面全是自己的字跡。克里斯汀逐句念著詩作，每唸完一句就立刻消失，一開始是標題，是前陣子經常想起的短句，接著是一行行的詩，等他唸到末端，就在那行字消失以前，看見了作者名字的縮寫『ＣＦ』漸漸褪色消失，變成了『ＶＦ』。

詩作（至少克里斯汀的版本）不見了——就像瓦倫丁強迫他聽的那些時候——因為現在他以為那是瓦倫丁的作品。克里斯汀未來不可能再寫作了，因為瓦倫丁已經搶先一步，無論他對那些文字的感應有多麼強烈，有多麼費力祈求他能寫出那些詩作，現在也絕無可能下筆成詩了，因為它們早已成為瓦倫丁的作品。

克里斯汀明白，原來他一直是心中嚮往的作家，原來一切都從身邊被偷走，碧絲在一旁看著，對嗡嗡作響的昆蟲大叫，告訴牠們該離開了。突然，克里斯汀身體每一吋都在顫抖，充滿偷竊的渴望，他氣沖沖地走進昆蟲的暴風中心，蟲子毛骨悚然的觸碰令他更為生氣，每過一秒渴望就越強烈，接著，每隻飛蛾、蜜蜂和蟲子突然墜落倒地，就像被閃電擊中的樹幹，每片樹葉同時落下，只剩樹幹獨自佇立著。克里斯汀拳頭緊握，感覺有好幾千束偷竊能量同時進入體內，使得一瞬間全身又刺又麻，就像麻掉的腳掌一樣。

「他一直在偷我的東西。」

「我知道。」

「我要打爛他的臉。」

「我們離開吧。」

「現在妳想要離開了？」

「不，我是說這裡，這個房間。」

「我們逃跑吧。」

「我不行，時機未到。」

他們轉身要離去時，維多利亞衝進房間，看見昆蟲們在地上抽動，還有幾隻在空中暈眩地繞圈。

「你們做了什麼？」她大叫。「你們對牠們做了什麼？」

「我們要走了。」克里斯汀說。

「滾出去！」維多利亞說，等待他們再說點什麼，好讓她可以對著他們大叫。

兩人停下腳步，想說聲抱歉，不是為了做過的事，而是因為那些蟲子是維多利亞唯一的朋友，但他們知道如果再待下去，只會刺激她對兩人發飆。

「我恨你們！」維多利亞在他們身後喊著。

他們繼續向前走，聽見維多利亞用更狠毒的聲音咆哮，比以往還要憤怒，彷彿維多利亞一天天的失去自我，變成越來越普通的無名惡棍，就像一見到會害怕的那種鬼怪，但很快就遺忘了，或是在地獄圖上看到的小鬼，似乎象徵某件事，供應某件事，卻完全不知道小鬼以前是何人。

維多利亞躺在地上，鼻子挨緊可憐的寶貝，輪流舔拭牠們的傷口，卻因一陣陣的氣憤，壓碎牠們的脊椎。最後，她撿了幾隻康復的蟲子到手中，低聲對牠們說：「跟蹤他們。」

22 浪費的時間

「喬安，我的朋友啊！我已經被加倍詛咒了——我是個失敗者，朋友個個都已經嶄露頭角了。」

「停止你的自卑自憐，你有錢，去實現夢想吧。」

「我怕我的勇氣配不上我的夢想。」

「無論你可以做什麼，或幻想你可以做什麼，踏出第一步就對了。勇氣裡頭有天賦、力量和魔法。」

「啊，非常優美的一句話，喬安，非常優美。對一個早已功成名就的人，說起來可簡單啊，你認為世界是為了你而存在。」

「不是嗎？」

「對我來說不是。」

「那我會說，『努力讓世界為了你存在吧！』」

「你的建議是什麼？我該把靈魂賣給魔鬼嗎？」

「我想魔鬼不會想要一個自怨自哀的靈魂，他最想要的應該是那些不輕易妥協的靈魂。」

我早該看出來的，碧絲心想。跡象早已擺在眼前好一陣子了，瓦倫丁已經在現實中迷失。每一天，碧絲都見瓦倫丁偷溜進維洛依贈送的白色房間，那裡總是讓碧絲想起瘋人院的刷白軟牆房間，個性從原本的樂天、愛嘻鬧，漸漸變得放蕩、緊張……甚至是瘋狂，他的身體顫抖，時常坐立不安，眼神渙散，有時候會盯著電腦螢幕上自動操作的遊戲樣本，幻想是自己在操作，看著螢幕上的角色，手指同步在鍵盤上敲打著，他會想出一百種可能的過去——只有對他而言才是真實的過去，不停地重複同一段場景，過去幾個禮拜，瓦倫丁不斷操控時空，跳轉、倒轉、快轉，導致感官終於投降，不知道犯下哪些罪，或過著哪種生活。碧絲早該看出來的，現在一切都明朗了——這個能力一開始就無意讓他永續經營，從來就不該接受這份天賦，這會繼續擾亂他，扭曲他的心智，直到有天累積了太多虛虛實實的記憶，到時只能求女家教殺了他。

不過維洛依早已擁有瓦倫丁的靈魂，如果對計畫有幫助的話，也許她會給瓦倫丁想要的，消除腦中千萬個聲音，把他變成沒有思想的傀儡，但這都尚未發生——尚未發生在瓦倫丁身上。碧絲想起夥伴，在白色窗戶見過的另一個人，最後，碧絲了解了，夥伴就是瓦倫丁的未來，他是一個空殼，一個真人的殘餘部分，那人曾經擁有過去、家人和多年前就已崩垮的人生，和克里斯汀相處幾個禮拜，夥伴找回一點過去的自我，一點失去的人性，但喚回一個迷失的靈魂，其複雜度並不是幾個禮拜就能完成的工作。可憐的夥伴，碧絲心想。

碧絲和克里斯汀跑出維多利亞的房間，走進屋子中心的客廳。

「他在哪裡？」克里斯汀問道，聲音太過鎮定，一聽就知道不是什麼好事，但並沒有像碧絲所想的，瘋狂地東奔西跑。

「你在找誰？」

「我們的兄弟，瓦倫丁。」

碧絲不知道該從何開始，他不是我們的兄弟，但我們真的擁有一個真正的家庭嗎？他們知道我們的存在嗎？也許我們應該把注意力放在把我們養大的魔鬼化身。但克里斯汀似乎不感興趣。

「你為什麼想見瓦倫丁？」碧絲問。

「因為，」克里斯汀說，看起來依然憤怒——但很鎮定，異常鎮定。

「因為什麼？」碧絲吃吃笑地說。

「因為我想要找到他——把他殺了。」碧絲搖頭，克里斯汀不是唯一一個氣得冒泡的人，她心想。

貝兒從她身邊奪走了好多東西，她的童年、父母親的回憶、整個人生，全都為了想要變漂亮這種小小的渴望，讓碧絲更生氣的是，現在她知道貝兒都記得，知道父母親的長相，知道母親是否擁有充滿感染力的笑聲，或者父親是否有鬍子。

「我要回房間了。」碧絲一邊看著手錶一邊說。

克里斯汀突然清醒過來。「什麼？現在？」

「我頭很痛，我需要思考，你可以自己去找瓦倫丁。」

「好吧，但我不是真的要去殺掉他，我只是……他實在是……只是事情實在來得太多了。」

「我知道，所以我才要回房間。」

「我們得離開這裡。」

碧絲懶得回答，只想回到唸書的房間，她的避風港、與世隔絕的洞穴，所需要的東西全在那兒了。碧絲轉進她的走道，最後幾步小跑步了起來。她已經忘了時間，真正的時間，今晚發生了那麼多事情之後，她一直沒有機會獨處，她打開門跑了進去，四處張望，眼睛掃過一遍，然後直接跑向盡頭的桌子，那是一張木桌，只有一個抽屜，幾乎不會注意到，碧絲看到空曠的桌面時，整個人愣住了，雙手發抖，伸出手把抽屜拉開，空無一物，碧絲全身抖個不停，想法子撐住自己坐到椅子上，把兩隻手壓在腳下，好讓它們停止顫抖，但卻無法控制越來越急迫、混亂的呼吸，直到一聲乾嘔，全身變得毫無力氣。

碧絲躲在無時空限制的洞穴時，沒人知道她有多麼寂寞，那些黑暗的日子如鬼魅縈繞她。一天前，她讓貝兒進到這個空間——可怕又糟糕的地方——幫助她挽回湯馬士，在得知貝兒把自己賣給維洛依之前，這是碧絲原諒貝兒的舉動，而之後她發現了貝兒是背叛她的那個人，一切只是徒增痛苦罷了，沒有一個孩子能體會她經過這些事的感覺是什麼，而現在，她連綠色瓶子也找不到了。

瓦倫丁匆匆走進貝兒房間，她依然在哭泣，瓦倫丁不理會。「克里斯汀在這裡嗎？」他問。「哇，貝兒，妳得停止哭泣，妳的臉越來越糟糕了。」

「我不在乎。」她啜泣。「我不在乎」──嗝──「我有多醜陋，碧絲恨我，我永遠失去了我的」──嗝──「姊姊。」──嗝──「我」──嗝──「出賣」──嗝──「她。」

「啊，貝兒，別哭，也許她會原諒妳，現在，妳可以告訴我克里斯汀在哪裡嗎？」

貝兒冷靜了一點，詭異的看著瓦倫丁。「我不知道，你是怎麼回事？你難道看不出來一切正在崩潰瓦解嗎？」

「好吧，妳最後一次看到他是什麼時候？他有說他會去哪裡嗎？」

貝兒從窗邊站了起來。

「妳要去哪裡？」瓦倫丁問。

「去找碧絲。」

貝兒把眼淚擦乾，往碧絲的房間跑，路上在閃著燭光的窗口看了自己一眼，心情一陣挫敗，等到貝兒終於到了碧絲的走道，卻突然停下腳步，她本來設想要敲門，要跪著求碧絲開門，但門早已微微敞開，粗心忘了關上──真不像碧絲。房內的寂靜讓貝兒有種可怕的感覺，彷彿有事不對勁。在她小時候，每當碧絲發生了不好的事情，她就會有這種感覺。就像碧絲被刮傷時，她膝蓋發痛；或媽媽責罵碧絲時，她的喉嚨長了一個腫塊。

她伸出手把門推開，想開口說些話，但突然全身空氣都被抽乾，那裡，安靜看著手中小鏡子的人，是碧絲，但又不是碧絲，她的頭髮較長，身材較豐腴，臉頰瘦了，像媽媽的臉頰，貝兒偷偷倒吸一口氣，她的雙胞胎姊姊看起來至少二十八歲了。

貝兒想衝到姊姊身邊，弄清楚發生什麼事，但雙腳無法移動。「碧絲——碧絲，是妳嗎？」碧絲的手依舊不斷顫抖，但盡力想轉身看她的妹妹。突然貝兒的內心感到極度地、全然地、絕對地抱歉，從她泛著淚光的模糊雙眼看過去，二十八歲的碧絲就和媽媽長得一模一樣。貝兒跑了過去，把毀容的臉埋進碧絲的大腿。

「我真的好對不起，真的好對不起，碧絲，請妳原諒我。」

碧絲疼愛地撫摸貝兒枯槁的灰髮，沒有料想到自己的怒氣竟然消失的那麼快，但貝兒真的感到抱歉。貝兒可以感覺到碧絲的手還在不停地發抖，於是抬起頭來。

「妳怎麼了？為什麼會這樣？」

「我老了，貝兒。」

「什麼意思？」

「我浪費了我的生命，獨自坐著看我的書。」

「妳在說什麼？」

「記得妮可拉給我們的那些能力嗎？她告訴我，只要我想藏起來，什麼時候都可以？」

聽見碧絲直呼維洛依夫人的名字讓貝兒感到很不舒服。「是的。」她說。「我們得到能力不過是五年前的事，我很抱歉她讓妳以為妳一直都待在這兒，其實只有五年……不是十五年……。」

「不，我的確一直待在這兒，她騙了我，貝兒。」

「可是……。」

「已經有好幾年了，一開始很棒，我可以看任何想看的書，她給了我好多書，我可以學習語言，她鼓勵我繼續學習，妳覺得學了那麼多語言要花多久時間？」

「我……我不知道。」

「不是幾天……不是幾個月，要花好幾年，好幾年，妳懂嗎？」

「可是妳把時間停止了，那麼無論花了多久——」

「她沒有告訴我，我的身體還是會繼續變老，其他人都停止了，但我繼續成長。」

貝兒漸漸明白，眼睛睜大。「喔，不。」她低聲說。

「她每晚給我一種血清讓我維持和你們一樣的年紀——那種血清可以消除隱匿花掉的時間，只要我每天服用的話。一開始我並不知道我還是會繼續變老，她說那是治療頭痛的藥，後來，我越藏越兇，她才終於告訴我，但是那個時候，我已經停不下來了，如果沒有血清，我就會死。」

「死？」

「我已經超越死亡，貝兒。我花在隱匿的時間，已經超過了一百年。」

貝兒一陣噁心感湧上，碧絲輕笑一聲繼續說。

「我們到紐約的時候我已經二十多歲了，記得我們去看學校戲劇那天嗎？我在圖書館剛好過三十歲，七十幾歲的時候，我花了很大一部分的時間在高爾夫球比賽上，沒有那些血清，我就會回到正常年齡然後死去。」

貝兒看起來很困惑。「可是妳已經服下血清了，對吧？所以藥效完成了，那些日子不能算。」

「不是這麼算的，也許消除不是一個很好的字眼，血清並不是把那些日子消除，而是掩飾起來，把我花在隱匿的時間藏起來，了解嗎？而且只有當我持續服用時才會有效，她是故意把規則設計成這樣的，妮可拉想要我依賴她。」碧絲羞愧的低下頭。「這就是她把我留下來的方法，我需要她。」

「我……我不懂，為什麼她……？」

「我也一直不是很清楚，直到今晚才恍然大悟，我老是在想為什麼她要給我這麼強大的能力，卻不需要任何代價，但同樣的，妳帶湯馬士回家那一晚之前，我並不知道她的真面目，我以為她給我能力的理由與你們的相同，她可能是個女巫，然後領養了我們，然而當我發現你們做了什麼，就開始疑惑她給我隱匿能力的原因，我也出賣了靈魂嗎？還是我出賣了其他的東西？今晚，我終於明白事情的真相，起初她綁架我，是因為這是唯一可以擁有妳的方法。」

「對不起……。」

碧絲舉手意示貝兒安靜。「但是，之後基於某種情況下，她也開始想要我的靈魂。」

貝兒喘了口大氣。

「但我不會把靈魂給她，我猜這就是我的胸口沒有印記的原因，我就是不願意，而她也從未直截了當問過我，既然我不知道她是誰，我的記憶又沒了，因此她送我這個能力，她知道我又惶恐又害怕，一定會對這個能力感興趣——可以躲起來，和書本獨處的機會，她知道我會對隱匿沉迷，過度使用它，接著就必須一輩子依賴她——甚至願意拿我的靈魂交換。等到我早已過度衰老時，她才告訴我老化的事情，在那之前，我一直以為血清是我的頭痛藥，隱匿時可以讓我保持清醒的東西。」

貝兒打了個嗝，想起她與姊姊共同隱匿那一次。

碧絲接著說：「接著，當我知道她的真面目之後，她開始給我一點時間思考，讓我在靈魂和血清之間選擇，靈魂或是生命，於是我變本加厲的隱匿起來，好延長壽命，也因此……」碧絲頓了一下，重新考慮用詞。「我的時間已經用完了，貝兒。」

「現在發生什麼事了？」

碧絲哽咽。「她今晚什麼都沒有留給我，她不再需要我了，她知道自己得不到我，也不能信任我。」貝兒不明白，但碧絲還是繼續說：「不久前，就在我尚未發現她在我身上玩的小把戲之前，我開始想辦法達成了一個她自認我永遠不會達成的目標，害她和她的計畫全都走偏了，所以她便開始阻止我隱匿，她會做些事恐嚇我，派維多利亞監視我，在夢裡折磨我，隱匿時來找我……。」

貝兒不想再聽這些恐怖故事了，這些加害在姊姊身上的詛咒，但她還是問了：「妳想辦法做了什麼？」

「時間到了妳自然會知道。」碧絲說。

碧絲的決心令貝兒感到渺小，碧絲被留住的唯一理由是因為她是留住貝兒的關鍵，然而現在維洛依夫人不再需要貝兒了——因此也不需要碧絲，一股罪惡感流竄貝兒全身。

「對不起，碧絲，害妳捲入這一切，這都是我的錯。」貝兒又開始在碧絲腿上啜泣。「妳不該受這種罪的。」

「不，這是我應得的。妳想要美麗，但我也接受了她的禮物，喝了血清。我太自大了，以為能在短短的一生學會所有的知識。我不敢相信……我把一輩子都花在洞穴裡。」碧絲諷刺地笑了笑。

貝兒現在終於知道為什麼姊姊總是躊躇不安，如此害怕這個世界，總是不願花時間在外頭，總是想找個地方躲起來。

「但願我當初可以再等一等就好了。」貝兒說，依然躺在碧絲腿上。

「什麼意思？」碧絲問。

「妳看起來很漂亮，我們本來都可以變得很漂亮，現在因為我，害得兩人都沒有這個機會了。」

貝兒無法克制淚水從粗糙、長滿斑點的臉頰滑落，內心深深感到後悔。二十五歲的姊姊就像從二0年代的明信片走出來的人物——如此典雅，眼睛就像綠洲上的水潭一般蔚藍，即便是在一張黑白明信片上，也會以為那雙眼睛是沙漠中的海市蜃樓。她幾乎可以看見碧絲在另一個人生可能的模樣，一位旅人，真正的美女，留著一頭美麗的黑髮，修長的淺褐色雙腿，站在火車站旁，帶著時髦的帽子，秀髮像羽毛般輕盈，為了拍照擺出的姿勢，如此永恆的美麗，會以為她也許不是真的。但這都太遲了，碧絲現在看起來又更老些，眉清目秀的美女慢慢變成中年婦女，往後更無法想像，碧絲每分鐘都在變，貝兒感覺心臟要跳出喉頭了。

「碧絲，我們得去找出剩下的血清。」

「那妳怎麼辦？」碧絲問。

「我們沒有時間管這個了，我現在沒事了，我已經沉迷得夠久，現在只想要離開，我就靠著現狀活下去吧。」

碧絲對妹妹微笑，她可以聞到比以往更強烈的惡臭，就像腐爛屍體的內部被翻出來一樣，雖然碧絲對貝兒和自己感到遺憾，但貝兒已經放下著魔的迷戀，這令碧絲想要去寬恕，讓她在生命的最後幾個鐘頭與妹妹和平相處。

就在這時，克里斯汀衝進房裡，他一看見碧絲就停了下來。

「我正在慢慢變老。」碧絲看了他一眼。

克里斯汀只是呆呆的站在原地。

「克里斯汀，是我。」碧絲說，試圖讓他振作起來。

他停止凝視然後說：「什麼？」

「我們離開這裡吧。」

「妳之前並不想走。」

「我得思考一些事情。」

「那現在？」

「現在我想離開了。」

貝兒、碧絲和克里斯汀朝著新終點跑出房間，一路上，貝兒把故事告訴了克里斯汀，經過了那麼多時間，克里斯汀終於明白為什麼碧絲不情願離開——這對她而言是生與死的抉擇。有哪個姊姊曾經做過這樣的犧牲，甚至能夠理解而做出碧絲願意做的事？碧絲原諒他們所做的一切並決定離開，並知道如果帶他們離開這裡，放棄尋找綠色瓶子的機會，在他們抵達市中心時，她就會死去。克里斯汀領悟到，每當他逼迫碧絲離開的時候，其實是在叫碧絲為他們犧牲生命。他們離前門還有一半的路程，這時克里斯汀停下腳步。

「我們不能走。」

「我不想把生命最後幾個小時花在這裡。」碧絲拉著他的手說。

「不，我們不能就這樣讓妳死掉，如果我們拿到了血清會發生什麼事？妳可以恢復正常嗎？」

碧絲聳聳肩，她現在什麼也不確定。

「無論我們要做什麼，都得趕快。」貝兒說，看著頭上盤旋的兩隻飛蛾。「如果那些東西在附近，維洛依發現只是遲早的事。」

克里斯汀說：「我有個主意。」

維多利亞把夜晚大部分時間花在修復她的垂死巢穴，一個一個把牠們撿起，確定是死了還是昏了，最後倒在地上睡著了，小小生物蓋在身上，有些死了，有些像陣陣抽搐的毯子。維多利亞醒來時，似乎已經過了好幾個鐘頭，有些蟲子重新在空中飛舞著，布滿屍體的地面開始清空，替新的灰色雲朵讓出位置，維多利亞站到一旁觀看，牠們不像已往那麼強壯，動作緩慢又虛弱，沒有方向感，有時候好幾隻還會互相撞在一起。維多利亞踏進雲朵中央，這裡抓一個字、那裡抓一句話，正當她準備大步離開時，看見兩隻巨大黃蜂從門口飛進來，越過她的頭頂，進入這個萎縮、消瘦的巢穴。維多利亞的腦袋開始吸收大黃蜂看見的東西，以及其他同類正在看的東西——夥伴在走廊上奔跑，邊跑邊回頭看著那些追逐他的黃蜂。笨蛋機器人。他不停向後看，彷彿牠們快要追上他了，接著維多利亞看見夥伴跑進克里斯汀的房間，坐到他身旁，拿起一隻彩色鉛筆。

克里斯汀看著夥伴說：「也許是值得的。」

夥伴把筆記本放在腿上坐著，彷彿想要克里斯汀教他更多東西。

「你覺得她會接受我嗎？」

夥伴點頭，頭彎得低低的，悲傷的眼睛盯著地板看。

維多利亞的心越跳越快，克里斯汀又改變主意了嗎？他好多年前來到這間屋子時，還是個十歲的小男孩，當時他看了大家一眼，似乎立刻就發現維洛依的真面目，馬上改變主意，放棄交易，並試圖逃跑，當然那時已經太晚了，現在卻又……，維多利亞嘲笑他的反覆不定，真是典型，真是懦弱，現在他又想要回頭爭取那份獎品。

「也許我可以把能力用來做好事，一旦我擁有權力就可以幫助大家。」克里斯汀說。

可憐天真的克里斯汀，什麼都不曉得，但這對維多利亞並不重要，重要的是他似乎有意願。維多利亞知道維洛依有多想要克里斯汀，這件事對女家教有多麼重要。如果維多利亞能夠藉此立下功勞，那麼維洛依夫人就會看出她的價值，會教她新東西，一起擺脫那對雙胞胎。

「今晚的獎應該是我得才對，不該是康納。」克里斯汀說。

夥伴點頭，手指瀏覽筆記本上的每一頁，彷彿想要記住每一個字。

「維多利亞是對的，我早該把那些人全部擊敗。」

夥伴抬頭，同情地裂嘴一笑。「看看我的胸口。」克里斯汀說，解開襯衫幾顆釦子，露出突然令他刺痛的地方。維多利亞看著他赤裸的胸口和手上的水瓶，稍稍噴濕的心臟上方似乎滲透出黑色的印記，就是它了，維多利亞跑出那群荒涼、凋零的蟲子，往克里斯汀的房間前進。

「克里斯汀！」她大叫，有點過度興奮。

「妳想幹什麼？」克里斯汀左右張望，一臉傻住的夥伴則在他背後偷看，一隻黃蜂和一些飛蛾依舊在頭上盤旋，其中一隻停在天花板上，維多利亞感激地抬頭看著牠們，然後看回克里斯汀說：「我剛剛偷聽到你說的一些話。」

「所以呢？」

「所以我可以幫你，我們可以想一想該問維洛依夫人什麼，我會帶你去找她。」

「我為什麼需要妳？」

「因為我現在是維洛依的最愛。」

「我很肯定她現在還是比較喜歡瓦倫丁。」克里斯汀說。

維多利亞試圖冷靜。「我可以為了你，派那些飛蛾把她召喚過來……如果你要的話。我們可以一起和她談。」

維多利亞想辦法讓聲音聽起來甜美，但聽起來卻比以往還要貪婪，她只知道她很需要這個動作。維多利亞伸出手把兩隻飛蛾抓在手中，靠近自己的臉頰，彷彿用鼻子愛撫著牠們，然後輕聲說了些話，一瞬間，牠們便起身往東翼方向飛去。

碧絲躲在一條狹小的走道，位於主幹道通往東翼的分支。貝兒和碧絲在一起，一邊蜷縮一邊等著維洛依夫人出現。

「妳覺得這樣有用嗎？」碧絲問道。

「我只知道一件事，她監控我們的唯一辦法就是那些飛蛾，她並非無所不知，她不是上帝。」

「可是……。」碧絲暫時停止說話，低下頭，無法不去注意到那雙漸漸衰老的手，她撥了撥頭髮，現在已變成銀灰色，且有點稀疏，又感覺到臉上的皺紋，那是比幾分鐘前又更加衰老的女人皺紋。「我們快沒時間了。」她說。

23 魔鬼的期限

「莎拉？莎拉，妳在哪裡？」

「不，班哲明，現在只剩下你和我了。」

「妳把我的莎拉帶去哪裡了？」

「哪兒都沒去，親愛的，她在家，很安全。」

「我想要回去！」

「你不能回去，你出賣了靈魂，你用靈魂交換了她的生命。現在她已經回到家中，活著的，很開心——直到明天她發現你不見了為止。」

「妳答應過我她不會受苦的。」

「她不會，我會讓她忘記你，如果你要的話。另一方面，你已經完全屬於我了。」

「這是什麼地方？」

「這是我的家，對你而言可能是個煉獄，你將留在這裡服侍我的孩子，你可以幫助我給他們心中的渴望，這麼一來，你就可以償還積欠於我的債務。」

「如果我拒絕幫妳呢？」

「你不會的，因為我會給你一個禮物作為交換。」

「什麼禮物？」

「看到這個房間了嗎？有白色窗戶的這一間？你記得這扇窗戶，不是嗎？它可以帶你到任何地方，你可以看見你的莎拉，即便在她死了好久好久以後。」

貝兒和碧絲見幾隻飛蛾往客廳飛去，維洛依夫人跟在後頭，黑色長大衣在身後飄動著。從這個黑暗角落看過去，她就像一隻巨大的飛蛾，也許是飛蛾之母，跟隨孩子們前往一些美味的獵物，一旦她離開後，碧絲立刻深吸一口氣，快速往東翼移動，貝兒一起跟在後面，走道又暗又冷，一路上蠟燭隨著四處吹來的微風閃爍著，彷彿有上萬隻小老鼠在蠟燭上呼吸似的，但貝兒和碧絲並沒有注意到，她們必須進入東翼的房間，找出血清，然而進入維洛依夫人的私人住所就宛如踏進地獄的最深處。

經過好幾分鐘在各個分支走道上搜尋的結果，她們到處都看見許多門，走廊的牆上，天花板上，甚至平放在地板上，就像醫院的病人。這個地方彷彿有上千個路徑和選擇，但終將通往同一個地方，像迷宮的死路。貝兒和碧絲注意到一扇巨大的紅木大門，有點過大，甚至看起來塞不進公寓，在她們面前高聳屹立著，宛如最高警戒的守衛。

「一定就是那扇門了。」貝兒說。

「等一下，」碧絲說。「不，我有不好的感覺。」

「這是當然的啦。」貝兒說，緩緩朝門口移動。「這是維洛依的廂房，但我們一定得找出——」貝兒話還沒說完，突然跳了回來，大聲尖叫，碧絲向前衝，用手摀住貝兒的嘴，門在移動，它是活的，有東西在木頭底下扭曲起伏著，巨大蠕蟲狀的東西在木頭裡游來游去。

「我……我看見……一張臉。」

「我想我知道那是什麼。」碧絲說，把妹妹拉開。「那不是我們要的東西。」

「妳怎麼知道？」貝兒害怕地說，想知道這扇大門可能是什麼東西。

「我住在這間屋子裡好多年了。」

貝兒和碧絲奔向那扇門，貝兒驚訝發現門竟沒有上鎖，碧絲似乎沒有注意到。貝兒預期在門後會發現恐怖的東西，真正邪惡的東西，以為維洛依夫人處在長年充滿火光和痛苦的狀態，以為房間會像她的一樣又炎熱又腐臭，或是像維多利亞的房間一樣爬滿令人毛骨悚然的爬行生物，或像碧絲一樣的洞穴，或像克里斯汀的房間一樣，是迷失和飽受折磨的靈魂之家，但全都不是，房間涼爽又舒適，裝飾得富麗堂皇，像藍色屋子一樣，有沙發、枕頭和大大的絲絨椅子，許多抽屜的古董化妝台，還有一張用鮮花裝飾的咖啡桌。貝兒先是想笑，接著又想哭，因為她了解，當然，維洛依怎麼可能住在她給予他們的恐怖裡。

「看好門，還有當心蟲子。」碧絲說完，對房間展開仔細搜查。

維洛依夫人堂皇地走進房間。

「好了，維多利亞，妳想幹什麼？」

維多利亞跑到維洛依夫人身邊，克里斯汀注視著，維多利亞則頻頻回頭看看他，確定他聽不見她和女家教的竊竊私語。

「維洛依夫人，我讓他改變主意了。」

「喔？」

「他準備好了，他想要賣掉靈魂，想成為我們其中一員。」

「親愛的，妳真是個傻瓜，他幾個小時前才剛拒絕我。」

「他已經改變主意了，我發誓，我改變了他的想法。」

維洛依夫人聲音提高，盯著那個水瓶：「克里斯汀，親愛的，讓我看看你的胸口。」

「還不行。」克里斯汀說。

「看吧，維多利亞？」維洛依叉著雙手。「他沒有改變主意。」

「我有。」克里斯汀說。「我只是認為，除非妳可以確切告訴我能從中得到什麼，不然妳不得看任何東西。」

「你想要什麼，親愛的？」

「我想要成為有名的運動家。」

「好吧。」

「還有財富。」

「當然。」

「然後我想要維多利亞消失。」

「什麼？」維多利亞跳腳。

自從克里斯汀認識夥伴以來，這是第一次聽見他爆出開心的笑聲。他朝克里斯汀的背拍了一下。

「我想要把維多利亞送回家，到家人身邊，過著平凡的生活，不讓她沾上任何一絲權力。」

維多利亞開始大笑。

但接著：「沒問題。」維洛依夫人說。

維多利亞從喉嚨發出難以形容的噪音：「克里斯汀，你以為你在做什麼？」

「所以妳願意囉？妳願意得到我而把維多利亞送走？」

「維多利亞自己能過得很好，她非常聰明。」維洛依夫人冷酷地回答。

「那麼，」克里斯汀說，給了維多利亞一個意味深長的表情。「我不是很確定自己想要什麼。」他希望這個時候維多利亞能讀的心，聽見他說的話，看吧，維多利亞？她不愛妳，妳不能相信她，放棄吧。但是她的臉上卻沒有出現恍然大悟的神情。

「好吧，你還想要什麼？」維洛依夫人問道。

「我想要夥伴平安無事，我想要治好他，無論是什麼事害他變成今天這個樣子。」

維多利亞走進角落，似乎又在對自己的拳頭說話，在維洛依還來不及回答克里斯汀之前，維多利亞突然急駛向前，放聲大叫。

「貝兒和碧絲在東翼廂房！」

維洛依夫人瞇眼看著克里斯汀，他無法再隱瞞下去，她仔細看著他，接著轉身走出房間，跨出門之後，克里斯汀聽見維洛依如蜜糖般的聲音在房間飄盪，低語著：「再見了，班哲明。」

克里斯汀想都沒想就轉向夥伴，觀察他的面貌，看出他不再是個無腦機器人，雙眼中透露出充滿生氣的神情，彷彿一部分迷失的他回來了。

「夥伴，發生什麼事？」克里斯汀問道，但夥伴幾乎喘不過氣。

「克里斯汀，」夥伴像嬰兒般緩緩吐出第一個字，這是克里斯汀第一次聽見他說話。

「怎麼了？」克里斯汀抓住夥伴的臂膀。

但夥伴倒在地上，毫無生氣。

克里斯汀的眼睛湧上淚水，他把襯衫拉下給維多利亞看，胸口的黑色印記留下一條長長的條紋直至肚子的地方。「這是墨水。」

當時克里斯汀想出愚弄昆蟲的計畫，夥伴相當害怕，但依然盡心盡力達成任務，如同一個真正忠誠的朋友，完美扮演自己的角色，甚至騙過了最聰明的維多利亞和那些噁心的蟲子；把他們直接引到克里斯汀這裡。真是容易啊，讓維多利亞相信夥伴是個笨蛋，是個腦袋空空的假人，會讓克里斯汀出賣靈魂，但是儘管夥伴的心被維洛依的伎倆和折磨給消除或腐蝕，他依然擁有一顆善良的靈魂，是一個真正的人類，就和任何一個人一樣，班哲明。夥伴只想幫助克里斯汀，以及眼前的孩子們，雖然他現在已經死了，但在這之前，曾是克里斯汀最好的朋友。

「快一點，快啊！」貝兒從另一邊的小門叫道。

「妳確定這裡沒有其他蟲子嗎？」碧絲回答。

「儘管去——」

貝兒沒有時間把話說完，因為就在這時，她感覺到有隻手放在她的肩上。

「沒有找我一起玩嗎？」瓦倫丁用令人反感的音調說，近來這種音調他越用越頻繁。

「瓦倫丁，你在這裡做什麼？」

「妳又在做什麼？還有克里斯汀人在哪裡？」

「克里斯汀在客廳裡，去找他吧，我相信他迫不及待想聽你的新詩還是什麼的。」

「誰在裡面？」瓦倫丁朝貝兒身後的門望去。

「沒人，快走吧，瓦倫丁。」

碧絲可以聽見門外的對話，有人在那兒，她已經搜遍了整個房間，還是沒有找到血清，到處都是瓶子和箱子，但沒有任何一樣看起來像是她每晚喝的東西，碧絲好害怕，無法集中精神，不停地打開同一個抽屜，拉開同一塊枕頭，雙手明顯地再抽動，內心累積起來的緊張和妄想——多年獨居和成為隱居者的結果——似乎一次跑了出來。

「那個瓶子在哪裡？在哪裡？在哪裡？」

碧絲開始緊張地喃喃自語，一開始用希臘語，接著是威爾士語、韓語，腦袋似乎和身體分開運作，用極快的速度在運轉。碧絲又一次聽見外頭的聲音。

「算了吧，貝兒，我要進去了。」是瓦倫丁，接著碧絲聽見一聲噪音，像是用腳踢肚子的悶哼聲，以及一聲喘息。

然後她看見了，就在牆上的抽屜，漆上和壁紙相同的顏色。

「這是什麼？」她一邊自言自語，一邊把抽屜拉開。碧絲的雙手抖得太厲害，抽屜整個翻了出來，裡頭的東西散落滿地。但就在那兒，熟悉的瓶子，裡面裝著熟知的綠色液體。碧絲把它撿起，試圖把蓋子拉開，但卻卡住了，她的手臂也越來越虛弱。碧絲不停地拉啊拉，每個幾分鐘就朝門口看一下，等著某人衝進來。

接著她又看見另一樣東西，一份捲起來的羊皮紙，就躺在地板上，碧絲又回頭看了一眼，然後把羊皮紙打開來讀了一遍，文字看起來很神祕，字跡十分潦草，看起來似乎有好幾千年了，碧絲必須瞇起眼睛仔細理解，好像是一道處方，用押韻方式寫成的一套作法說明，也許是維洛依或是其他老人所寫的。

維洛依做這些事已經做了多久了？碧絲好奇。她曾經當過孩子嗎？也許這道處方是維洛依自己的女家教所寫的，或者是家教的家教寫的，不管是什麼情況，就在眼前了——它的出路，一道維持生命的終身處方：

一口夜晚小酌以維持時間的掌控，
一瓶青春泉源以留住年輕的面容。
但天下沒有白吃的午餐：
一分收穫，就等同另一分珍寶的逝散。
瓶裡的青春是巫婆釀的酒：圈套，
與妳共享血液的那孩子的美貌。
淺嘗一口即是妳倆命運永遠的羈絆，
除非死去，否則詛咒將要妳依賴另一半。
一池共享的青春之泉，妳一點，她一點，
一個醜陋的死去，一個苟且的水蛭。
掙脫這廂命運？妳不會，即便妳可能哭泣，
即便妳可能流淚、作弊、偷竊或欺騙。

碧絲讀著羊皮紙上的文字，終於恍然大悟，她為妹妹和自己感到難過，彼此毀了對方的人生。碧絲又朝門口看了一眼，雙手冒汗，感覺自己上當了。怎麼會是這樣？抗老化的血清竟是靠偷取他人美貌製成的，還是共享血緣關係的他人，碧絲不想接受，但這根本算不上是個問題，可憐的貝兒，這就是她變醜的原因——因為她的美貌被用來當作血清的材料，好讓維洛依能夠對我設下陷阱。維洛依一定是慢慢擷取貝兒真實的美貌——貝兒遺傳因子裡的美貌，但這都是在維洛依給她一張全新醉人臉蛋之前的事了。在這張迷人的面具下，沒人會發現她變得越來越糟糕，寂寞被虛榮和驕傲所取代，只留下醜陋的內心和外在，接著到最後，只要維洛依願意，多年累積的惡化便可在一瞬間顯露在這個可憐女孩的臉上，碧絲胸口感到一股椎心之痛，她必須為妹妹的醜陋和虛榮負責，因為她花了好幾年把妹妹真正的美麗喝光了。

在此同時，另一部分的碧絲，那個哀悼失去童年時光的碧絲，想起貝兒就是害她們捲進這一切的罪魁禍首。從某個角度看，這難道不是一個合宜的懲罰嗎？不就是她為了美貌而把我給出賣的嗎？不就是她把自己的虛榮看得比我的生命還珍貴的嗎？但碧絲狠狠譴責了這種想法，她已經太老了，實在沒時間去想這種瑣事，況且，有件事令她更加困擾。除非死去，否則詛咒將要妳依賴另一半。她是否得一直利用貝兒才能繼續活下去呢？害她變得更醜陋？等美貌全部用光了，是否就會死去？

在這難受的一刻，碧絲只是站在原地，忘了時間的存在——不隱匿，也不抓住時光的皺摺，而是讓時間在指尖流逝，一動也不動。所以這就是事情之後的發展，像從前一樣，就算我們成功脫逃？多令人感激。碧絲如果要活下去，貝兒就得放棄一樣東西，那個最初讓她背叛姊姊的東西，貝兒必須放棄最看重的外在美貌，才能向魔鬼維洛依贖回碧絲的生命，也許這樣，貝兒能重新得到一點正直，若非正直，也是一點救贖。有一天，碧絲會成為一位乾癟的老婦人，身心疲倦，背部痠痛，而貝兒也會成為一個怪物，畸形，毫無尊嚴，但兩人還是在一起，而且比任何雙胞胎姊妹還要親密。

「妳會後悔的！」貝兒踢了瓦倫丁的肚子後，他惱怒地說。

「抱歉——真的很抱歉，瓦倫丁。」貝兒想要幫瓦倫丁站起來，但瓦倫丁把她推開，她再度轉身面對房間。

「貝兒，妳想要解釋一下，妳在我的廂房裡做什麼嗎？」

貝兒聽見維洛依夫人的聲音，瞬間愣住了，轉身看見維洛依站在瓦倫丁後面，雙臂交叉，維多利亞則在她身後徘徊。克里斯汀跟隨她們沿著走道奔馳過來，一看見瓦倫丁便趕緊減速，他突然為瓦倫丁感到難過，憔悴的倒在地上，試圖想起自己的謊言而導致雙眼充血，被自己編織的網所糾結，永遠無法肯定哪一部分的人生確實發生過，那一瞬間，克里斯汀覺得瓦倫丁是五人裡頭最悲慘的。

「碧絲在哪裡？」維洛依夫人用命令的口吻問道。

沒人開口，但貝兒的心跳得好大聲，她閉上雙眼，用力祈求維洛依夫人千萬不要走進房裡。

「讓開。」

維洛依夫人從貝兒旁邊擦身而過，把門推了開來。

碧絲暫時忽略那道處方，忘記處方的可怕意涵，集中力氣在拉開瓶子的任務上，但瓶子依然卡得很緊，終於，一聲幾乎聽不見的啵，軟木塞在手裡鬆開了，碧絲把瓶子湊到嘴邊時，雙手不停顫抖，小心翼翼不讓它灑出一滴。她真的可以這麼做嗎？在知道了每一滴都是妹妹靈魂換來的，她還可以喝下去嗎？但在她還來不及喝下去之前，聽見了一聲鼓譟，女家教像狂風暴雨一般滑進房間，碧絲一看見維洛依夫人，一股絕望感流竄全身，雙眼快速掃射一遍，嘴唇發抖，她不能死在這裡，不能在這麼多邪惡之徒面前投降。碧絲想到她必須做那件糟糕的事，脆弱的身軀發抖著，第一次全盤了解的情況下，她要做了，那一剎那，當碧絲準備一飲而盡時，感覺到心臟砰然作響，頭暈目眩。維洛依靠近，她倒吸了一口氣，在還沒回神之前，她已經把瓶子掉在地上，碎成千百個碎片，液體散滿維洛依夫人的住所。

「喔，可憐的碧絲，看來我們將要永遠的失去妳了，親愛的。」

碧絲只是站在那兒，在人生最重要的時刻，不知道該說什麼，該做什麼。她失去拯救生命的液體，但是，除了自己，沒人可以從維洛依身邊將她拯救出來，在逃跑之前，他們必須和她正面對峙，這些孩子終於得面對他們的魔鬼女家教。

年長的魔鬼歪著頭。「為什麼要浪費最後的幾個小時逃跑呢？大可待在這裡，舒服的死去。」

碧絲想說點什麼，但是只擠出一句小聲的『不。』

「失去了那個瓶子，妳現在該怎麼辦呢？當然，親愛的，我永遠樂意與妳做個交易。」

碧絲猶豫了，她的內心是多麼害怕這觸手可及的死亡，差點被自己的口水和眼淚嗆到。碧絲感覺到恐懼壓過了她，令她軟弱，與死亡相比之下，使所有其他的一切都消失了。但接著她感到一陣內疚和羞愧，因為就在那一瞬間，差點就要妥協了，碧絲問了自己一個決定性的問題：到底什麼是靈魂？我可以把這無形的東西賣掉以換得和生命一樣珍貴的東西嗎？

接著，碧絲又有了另一項體悟。維洛依豈能賦予我生命？血清已經消失了，她哪來的權力可以贈與生命呢？像玩具一樣在我頭頂吊上繩索嗎？碧絲停止流淚，將身子昂然挺立。

「不！」她毫不猶豫大聲地說。

魔鬼女家教挑眉質疑：「妳確定這是個聰明的選擇嗎？」

「我不是在說妳的交易，妮可拉。」

女家教的笑容驟然消失。

這幾年發生的大小事，有做的和沒做的事清楚地浮現在碧絲的腦海，她想到其他人做過的交易，她有做過任何一個交易嗎？想到所有的機會，所有拒絕的時刻，她為什麼要服下血清？好多年以前所服下的第一次，她根本不知道自己在老化，但現在碧絲把事情始末都看得更清楚了。

「我說的是這個，妳在我身上玩弄的把戲，我要對它說不。妳趁我眼睛閉上所做的一切，我要說不，妳趁我轉身所拿走的一切，我要說不，妳根本沒有權力這麼做！」

維洛依緊張地笑。

「我不曾從中得到任何東西。」碧絲說。「我從未和妳要求任何東西，我一次也沒有和妳做過交易。」

「妳喝下了血清。」

「妳騙了我！我接受的是治療頭痛的藥，不過如此罷了，我沒有給妳我的生命！」

妮可拉‧維洛依退縮了一下，臉色氣得漲紅。

「事情都是有規則的，妮可拉，妳不能想拿什麼就拿什麼。」

「妳又知道些什麼了？妳對我的規則難道就一清二楚嗎？」

「妳不會住在一個人的屋簷下數十載，而不去了解他們的規則吧？」

貝兒和克里斯汀移到門邊，站在門的一側害怕地朝裡面偷看，維多利亞和瓦倫丁則站在門的另一側。

「哇……。」

「那是誰？」

「發生什麼……。」

房間站了兩個女人，兩人都同樣地莊嚴、自豪，處於壯年期，即便實際年齡都要老多了。兩人都很美麗，像餓虎般相互對峙。碧絲的銀髮蓬鬆且閃亮，臉上有種女強人般的鋼鐵決心，她還繼續衰老嗎？沒人看得出來，但肯定不只十五歲，眼睛閃爍著多年的智慧，臉蛋和身體現在很強壯了，對貝兒而言，碧絲從未比現在更像媽媽。碧絲再也不可能成為青少年了，永遠回不去了，她活了太久，學了太多，對這個世界有太多的認識。正當其他人站在門外時，突然發生了讓碧絲停止死亡的事情。

兩個女人身後的牆上，吹出一個巨大的洞，與其說是洞，其實——更像一道裂縫。不知怎麼的，碧絲設法撕裂了這間深紅色的屋子，露出其空洞的另一面，以往掛在牆邊的窗簾現在裂成一半，窗簾後面的深紅牆面就像一塊破布，牆面之後便是戶外，直接連接外頭的街道。這面深紅牆壁的後面一定隱藏了真正的公寓，貝兒心想，一陣強勁晚風從裂縫中吹了進來，一小塊月光照亮兩個女人，她們拳頭緊握，頭髮被吹起，第一次他們可以看見維洛依夫人金髮被吹亂的模樣，以及烙印的左眼帶著怪異的恐懼。房間已經完全被撕裂了，幾分鐘前裝飾房間的漂亮小飾品全毀了，只留下月光照耀在地板上的一堆垃圾。

「為什麼碧絲一直站在那裡？」貝兒低語。

「我想她對隱匿厭煩了。」克里斯汀輕聲回答。

「牆壁怎麼了？」瓦倫丁隨意地問。

貝兒叫道：「碧絲，我們走吧！」

維洛依夫人大笑：「妳要去哪裡呢，親愛的？帶著這張臉離開嗎？」

貝兒哭了起來，但是她接下來注意到某件事讓維洛依夫人產生警覺，碧絲正小聲地喃喃自語，起初十分溫柔，聽起來就像她每次想要破解語言的聲音，不斷交錯使用各種語言，在腦中想出解答，將不同的語系和方言集合起來，然後彼此相互連接，找出語言之間的關連，而不只是一個接著一個的方言。

她從流言這個字開始……流言……流言。

這些是什麼字？它們要怎麼合在一起？

接著，碧絲突然恍然大悟，最後一塊重要的拼圖已然找著，建築物的磚塊開始倒塌。

碧絲繼續說話，聲音越來越大，直到每個人都可以聽見她。

「那是什麼語言啊？」維多利亞說。

「某種亞洲語吧。」

「不，那只是法語。」

「是某種非洲語。」

「噓，」貝兒說，專注地聽著雙胞胎姊姊。「聽起來像是所有語言的集合。」

碧絲越來越大聲，說了某些話讓維洛依夫人向後退了一步。

「妳這個笨女孩。」維洛依說，試圖再次向前，但碧絲沒有停下來，而維洛依夫人無法前進。

「看啊！」克里斯汀說，指著維洛依夫人身後。另一面牆也開始碎裂——又大又厚重的磚塊一個個掉落在地上，有點焦黑，在牆的後面，他們可以看到真正曼哈頓公寓的白牆，毫髮無傷。

「她在說什麼呢？」維多利亞一邊問，一邊緊抓著瓦倫丁，他則不停地想把她推開。

「是所有的語言。」貝兒對克里斯汀低聲說。

「什麼意思？」

「這不屬於任何一個語言，但也是所有的語言，這是以前人們所說的話，在語言尚未分裂成數百種分支的時候，這是地球上所有語言的集合——有人說這是一種天使語，可以說有點超脫塵俗。」

「妳怎麼知道？」

「那一定是碧絲的目標，學會所有的語言，這樣一來她就可以把每種語言連接起來，學會這消失的語言，那就是維洛依想要阻止她的原因，就是她詢問有關我父母的原因。」

「貝兒，妳到底是怎麼知道的？」瓦倫丁懷疑地問。

「因為媽媽曾經和我們說過一個理論，她說這種語言的確存在，許多學者都嘗試要破解它，把它拼湊起來，但是沒有人會說足夠的語言來完成這項任務。」

「哇，我覺得自己像個白癡。」克里斯汀說，嘴巴張得老大。

「為什麼？」

「我告訴碧絲她需要更多目標……。」

維洛依夫人轉身看見自己的屋子分崩離析，雖然表情比平時還要沉著，手指卻在一側抽動，她轉向碧絲，回擊了一些嚴厲刺耳的話，用一種大家都聽不懂的語言，她的聲音令貝兒畏縮，克里斯汀雙手自動摀住耳朵。維洛依嘴裡吐出的每個音節都極度難受，維洛依夫人持續不停地說，碧絲也予以反擊，有那麼一刻，貝兒以為姊姊打贏了這場仗，但是突然間，碧絲又說出了貝兒可以理解的語言。

「妮可拉，我要把孩子們帶走。」她的聲音強而有力，像一隻保護幼獸的母獅子。

「他們是我的孩子，他們選擇了我，把自己賣給了我。」

「我要把他們收回來。」碧絲對貝兒和克里斯汀打手勢，他們本能地奔向她。維多利亞和瓦倫丁也跟隨在後，只不過分開站著，比較靠近維洛依夫人。

貝兒站在這間刮大風的房裡，感覺自己好像在看著一面鏡子，一位老邁卻看不出歲月痕跡的女人和她的兩個孩子，一個怪物女兒和一個竊賊兒子，房間的兩邊皆是相同畫面。

維洛依，年邁的魔鬼，美麗、可怕、永恆。

碧絲，疲憊的旅行者，是姊姊，也是母親，一個能說世界各國語言的女孩，卻從未和別人好好談上一段話，姊姊所做的一切多麼奇怪，貝兒心想。碧絲連一個人都無法誘拐成自己的朋友，然而卻學會了用天神的語言召喚上帝和天使。

「妳不能——」維洛依大聲威嚇。

「妳對我做的事足以讓我買回他們兩人的生命，他們可以選擇。」

克里斯汀聽見碧絲的話，立刻轉向維多利亞和瓦倫丁。「和我們一起走。」他說。「不要待在這裡。」

維多利亞大笑，奔向維洛依夫人並抬頭望著她，尋求一些認可。維洛依夫人再度成了慈祥的母親，把手放在維多利亞的頭上：「妳的父母一定會感到驕傲，維多利亞，他們希望妳是最棒的，而現在妳將會達成父母的希望。」

維多利亞眉開眼笑，維洛依夫人轉向克里斯汀：「維多利亞夠聰明，知道我是她唯一的家人，克里斯汀，你現在打算放棄一切嗎？變得平凡？貧窮？」

「我要走。」克里斯汀說。「瓦倫丁，跟我們一起走吧，拜託，之前發生的事並不重要，都是她逼你做出那些事的，如果我們離開了，可以重頭開始，這次一切都會是真的。」

瓦倫丁雙手插口袋，似乎用腳在地板上寫了些東西，自從克里斯汀認識瓦倫丁以來，這是第一次看見他慚愧的表情，看起來似乎想為做過的一切大哭一場，真心感到抱歉。克里斯汀對他微笑，又說了一遍：「跟我們一起走吧，瓦倫丁。」

瓦倫丁把手伸出口袋，順了順頭髮：「我很抱歉，克里斯汀，那些我做過的事情……。」

「沒關係的，」克里斯汀說。「總之過來吧，我知道是她逼你做的。」

終於，瓦倫丁移動了，但並不是朝克里斯汀的方向，而是低下頭，羞愧地走向維洛依夫人。「不，她沒有逼我做任何事。」

克里斯汀發出一聲怪聲，彷彿同時想要說話，卻又想哭想笑想咳嗽。

「抱歉了，兄弟。」瓦倫丁說。「平凡對我而言是不夠的。」

「我們走吧。」碧絲說。

「妳不能。」碧絲走向門口時，維洛依又說了一遍。「我依然擁有貝兒的靈魂。」維洛依夫人瞄了一眼那扇紅心木門，就在走道的另一端，熟練地開始移動、扭曲起來，貝兒的胃掃過一股噁心感，木門後該不會就是那個東西吧？貝兒像個殭屍一樣開始朝木門走去，她可以感覺到自己在行走，卻無法控制身體，碧絲伸出手抓住她。

「貝兒，不！」碧絲叫道。但貝兒還是繼續向前走，碧絲跑到貝兒面前攔住她。「別走過那扇門，妳了解嗎？」

「別聽她的，貝兒。」維洛依夫人用一種撫慰人心的聲音說著。「妳想要它回來，不是嗎？去拿吧，就在那裡，門的後面。」

貝兒的腳繼續移動，彷彿自己有生命似的，朝門檻前進。克里斯汀也同樣被扭曲、震動的結構迷惑，看著那些奇形怪狀往木頭裡鑽。突然，碧絲急奔過來，一個動作就一手環住貝兒的腰，另一手則舉起來像盾牌一樣防禦，她朝維洛依夫人前進，用之前說過的語言在嘴裡念念有詞，又大聲又憤怒，維洛依夫人被逼得直後退，深紅色屋子另一塊區域又垮了，露出小窗戶和防火梯，碧絲朝防火梯直衝過去，克里斯汀也跟了上去，碧絲拉著貝兒，她卻試圖掙扎，想要伸手觸摸那扇紅心木門。「停下來，貝兒，停下來！」碧絲對妹妹大叫：「我們要走了；我們可以重新來過。」

「可是她會來找我們。」

「不！她並沒有凌駕我們的力量，我們已經承擔後果了，全都是唬人的。」

「可是看看那扇門！」貝兒尖聲叫道：「她有我的——」

「這是幻覺，貝兒。出賣靈魂不是這樣的，出賣靈魂是妳每天重複不停做的事，是妳現在可以拒絕不再做的事！」

貝兒嚥下口水，等待著，彷彿有人會來證實這番言論似的。

在猶豫不決的時刻，碧絲可以看出貝兒的不知所措，油然升起一股無盡的悲傷。貝兒曾經同意那些交易，如此輕易就把自己獻給魔鬼，做過的事足以讓她嘗盡一生的內疚和痛苦，但她也是被騙的一員。

碧絲牽住貝兒的手，想要強行把她拉離這個地方，貝兒的痛苦，碧絲也感同身受，第一次如此強烈，比起小時候，貝兒受的那些小傷口更令她退縮。痛苦是從內心深處湧上來的，是她個人經驗的一部分，貝兒對她而言不像一對雙胞胎，卻像女兒。

就像女兒一樣。

貝兒朝扭曲的大門伸出手，困在木門裡的手和臉似乎在拉扯木頭，想要穿過窗簾。出乎自己的意料，貝兒無所恐懼，她觸碰那扇門時，手抖了一下，然後漸漸穿過木頭表面，伸進去四處摸索，但什麼都沒有，就像光的詭計，困在木門裡的臉也都不見了。貝兒轉身逃跑。

「可是……妳會死嗎？」三人經過碎牆，跨過窗戶時，克里斯汀問碧絲。

「我找到了解藥。」碧絲說。

「可是妳不會變年輕了。」

「我會維持現在這個樣子。」碧絲對克里斯汀微笑，告訴他這樣比較好——告訴他要有信心。

三人沿著防火梯往下爬，到達其中一個陽台上頭，克里斯汀突然聽見什麼聲音。

「那是什麼？」他說，抬頭朝公寓的窗戶看進去。維洛依夫人縮進陰影裡，但有個聲音越來越大聲，直到震耳欲聾的地步。突然，一群昆蟲像大砲一樣從窗戶衝了出來，像一張又厚重又噁心的毯子包覆三人，貝兒放聲尖叫，碧絲轉向克里斯汀：「像你之前做的那樣阻止牠們。」蜂群在克里斯汀四周盤旋，觸碰身體每一吋皮膚，他閉上雙眼，準備好最後一次的偷竊，過了一會兒之後，張開眼睛，卻沒有任何變化。

「我們早該知道了，我們現在已經不能運用她的能力了。」碧絲說。「快跑。」

他們一邊爬下防火梯，一邊試著不去理會那些昆蟲，接著朝大街上跑去，碧絲往後一瞄，看見克里斯汀臉上惶恐的神情，他想要保持強悍，但失去了能力，這麼久以來第一次處於赤手空拳的狀態。到了附近的十字路口，三人停下腳步，你看我，我看妳，一臉迷惑，不知該往哪個方向走，他們在十字路口前徘徊，就像逃家的小孩，漫無目的、恐懼、又充滿了對自我的懷疑。但過了一會兒，碧絲揚起微笑，開始繼續向前走，另外兩人跟了上去，他們可以聽見遠處汽車穿越大街的聲音，但在紐約這條小街道上，沒人注意到夜裡逃跑的三個身影。

結尾　劫後餘生

一切都結束了，但是對於這三個迷路的孩子，卻是一個新的開始，他們已經開始感覺到了，寒冷的夜裡不再害怕，黑暗不再等於絕望，而是期待日出的到來。克里斯汀、碧絲和貝兒走在大街上，周圍開始熱鬧起來——商店、酒館、熟食店。這個世界沒有他們也是照樣運轉嗎？他們和維洛依的戰爭改變了什麼嗎？不，這事並不會成為湯馬士父親看見的晨間新聞，沃斯太太和史賓賽太太也不會把這件事講述給所謂的朋友們聽，她們根本不在意，還得忙著督促自己的孩子，露西和康納，要他們飛黃騰達、功成名就。樂米厄太太會繼續利用他們對成功的著迷，每年的比賽將越來越嚴厲，但這三個靈魂已經脫離苦海了，過了這次，邪惡之徒再不會攀上他們的牆，並在夜裡將他們拐走。因為不知為何，在他們內心深處，對女家教有了更深一層的認識，有關維洛依夫人，這位浮士德的朋友，他們以往不了解的一面。

這是他們所發現的事：她並非無所不知，她到處都有間諜，也許有些停在你的肩上，但如果你不要的話，卻怎麼樣也無法進入你的內心。她已經活了好長一段時間，有關她的故事、神話和寓言遍布歷史書中，長期出沒於周遭，對人類有一定的了解，並知道人類的喜好。如果你猜想有人一天到晚觀察著你，甚至連獨處的時候依然，那人能聽見你的喃喃自語，看見你偷偷扮的鬼臉，那麼那人知道的事情一定比你想像得多，她甚至可以知道你現在在想什麼——即便她不確定，但大部分的時候都是對的。

儘管這三位逃亡者不再害怕，他們還是不時想起另外兩個手足，想要帶維多利亞和瓦倫丁一起走，對克里斯汀而言，他原諒了瓦倫丁做過的事，多年來，克里斯汀一直為瓦倫丁祈禱，一遍又一遍，如果他得到第二次機會，我希望他會接受。

也許維多利亞也是一樣，但不知怎麼他們全都心知肚明，維多利亞最渴望的東西，將永遠無法靠她選擇的方式獲得。

至於他們三人，則有個全新的世界等待發掘，這門課並不輕鬆，他們都失去了某樣東西，凡事都無法回復正常，救贖也不是靠著重來就能完成。維洛依的屋子就在他們身後，碧絲跑了幾哩就累得上氣不接下氣，貝兒買了一件連帽運動衫來遮掩她的臉，即便天氣是如此暖和。

他們一路向前走，貝兒找到勇氣告訴姊姊有關那晚的事——那驚駭、寂寞的夜晚，小偷維洛依向她走來，承諾給她整個世界。雖然碧絲原諒了她，貝兒卻不曾提起當初碧絲在黑暗陌生床上甦醒的那一刻，當她伴隨頭痛說：「這是哪裡？」時，貝兒只是看看她，假裝聽不懂的說：「我們在家啊，傻瓜。」

過了這麼多年，你會到哪兒找尋這五個孩子呢？逃了那麼多年之後，或許他們會重新憶起，想想曾為他們而建的那個家庭，拋棄在後的黑暗面。那天開始，碧絲照顧著貝兒和克里斯汀，彷彿他們是真正領養的孩子，不，他們無論走到哪裡都格格不入，但最重要的是，他們並無所謂，他們擁有彼此，以及更多。貝兒和碧絲有找到她們的父母嗎？克里斯汀成了一位作家了嗎？他是否已征服了恐懼？也許，他們也許成功了，也許做了更多，對這三個迷失的孩子而言，這不是故事的結局，還沒結束呢，也許是一個故事的全新開始。

與魔鬼交易

作　　者　丹尼爾·納耶里 & 迪娜·納耶里·菲爾古茲
譯　　者　周倩如

發 行 人　林敬彬
主　　編　楊安瑜
編　　輯　陳佩君
內頁編排　謝淑雅
封面設計　謝淑雅

出　　版　大旗出版社　行政院新聞局北市業字第1688號
發　　行　大都會文化事業有限公司
11051台北市信義區基隆路一段432號4樓之9
讀者服務專線：（02）27235216
讀者服務傳真：（02）27235220
電子郵件信箱：metro@ms21.hinet.net
網　　　址：www.metrobook.com.tw

郵政劃撥　14050529　大都會文化事業有限公司
出版日期　2011年8月初版一刷
定　　價　360元

ISBN　978-986-6234-28-6
書　　號　Story-18

ANOTHER FAUST by DANIEL & DINA NAYERI

國家圖書館出版品預行編目(CIP)資料

與魔鬼交易 / 丹尼爾.納耶里(Daniel Nayeri), 迪娜.納耶里.菲爾古茲(Dina Nayeri Viergutz)作. -- 初版. -- 臺北市 : 大旗出版 : 大都會文化發行, 2011.08
面；公分
譯自：Another Faust
ISBN 978-986-6234-28-6(平裝)
874.57　　100011885

大都會文化圖書目錄

●度小月系列

書名	定價	書名	定價
路邊攤賺大錢【搶錢篇】	280元	路邊攤賺大錢2【奇蹟篇】	280元
路邊攤賺大錢3【致富篇】	280元	路邊攤賺大錢4【飾品配件篇】	280元
路邊攤賺大錢5【清涼美食篇】	280元	路邊攤賺大錢6【異國美食篇】	280元
路邊攤賺大錢7【元氣早餐篇】	280元	路邊攤賺大錢8【養生進補篇】	280元
路邊攤賺大錢9【加盟篇】	280元	路邊攤賺大錢10【中部搶錢篇】	280元
路邊攤賺大錢11【賺翻篇】	280元	路邊攤賺大錢12【大排長龍篇】	280元
路邊攤賺大錢13【人氣推薦篇】	280元	路邊攤賺大錢14【精華篇】	280元
路邊攤賺大錢15(人氣推薦精華篇)	399元		

● i 下廚系列

書名	定價	書名	定價
男人的廚房—義大利篇	280元	49元美味健康廚房—養生達人 教你花小錢也可以吃出好氣色	250元
大衛・畢格斯的調酒魔法書—教你 輕鬆調出137款經典Cocktails	280元		

●心靈特區系列

書名	定價	書名	定價
每一片刻都是重生	220元	給大腦洗個澡	220元
成功方與圓—改變一生的處世智慧	220元	轉個彎路更寬	199元
課本上學不到的33條人生經驗	149元	絕對管用的38條職場致勝法則	149元
從窮人進化到富人的29條處事智慧	149元	成長三部曲	299元
心態—成功的人就是和你不一樣	180元	當成功遇見你— 迎向陽光的信心與勇氣	180元
改變，做對的事	180元	智慧沙	199元（原價300元）
課堂上學不到的100條人生經驗	199元（原價300元）	不可不防的13種人	199元（原價300元）
不可不知的職場叢林法則	199元（原價300元）	打開心裡的門窗	200元
不可不慎的面子問題	199元（原價300元）	12天改變一生	199元（原價280元）
方圓道	199元	交心— 別讓誤會成為拓展人脈的絆腳石	199元
氣度決定寬度	220元	轉念—扭轉逆境的智慧	220元
氣度決定寬度2	220元	逆轉勝—發現在逆境中成長的智慧	199元
智慧沙2	199元	好心態，好自在	220元
生活是一種態度	220元	要做事，先做人	220元

忍的智慧	220元	交際是一種習慣	220元
溝通—沒有解不開的結	220元	愛　練習曲—與最親的人快樂相處	220元
有一種財富叫智慧	199元	幸福，從改變態度開始	220元
菩提樹下的禮物—改變千萬人的生活智慧	250元	有一種境界叫捨得	220元
有一種財富叫智慧2	199元	被遺忘的快樂祕密	220元
智慧沙【精華典藏版】	250元	有一種智慧叫以退為進	220元
有一種心態叫放下	220元	有一種境界叫捨得 貳	220元

●都會健康館系列

秋養生—二十四節氣養生經	220元	春養生—二十四節氣養生經	220元
夏養生—二十四節氣養生經	220元	冬養生—二十四節氣養生經	220元
春夏秋冬養生套書	699元（原價880元）	寒天—0卡路里的健康瘦身新主張	200元
地中海纖體美人湯飲	220元	居家急救百科	399元（原價550元）
病由心生—365天的健康生活方式	220元	輕盈食尚—健康腸道的排毒食方	220元
樂活，慢活，愛生活—健康原味生活501種方式	250元	24節氣養生食方	250元
24節氣養生藥方	250元	元氣生活—日の舒暢活力	180元
元氣生活—夜の平靜作息	180元	自療—馬悅凌教你管好自己的健康	250元
居家急救百科（平裝）	299元	秋養生—二十四節氣養生經	220元
冬養生—二十四節氣養生經	220元	春養生—二十四節氣養生經	220元
夏養生—二十四節氣養生經	220元	遠離過敏—打造健康的居家環境	280元
溫度決定生老病死	250元	馬悅凌細說問診單	250元
你的身體會說話	250元	春夏秋冬養生—二十四節氣養生經(二版)	699元
情緒決定你的健康—無病無痛快樂活到100歲	250元	逆轉時光變身書—8週變美變瘦變年輕的健康祕訣	280元
今天比昨天更健康：良好生活作息的神奇力量	220元	「察顏觀色」—從頭到腳你所不知道的健康警訊	250元
24節氣養生食方(彩色圖文版)	350元	問病——馬悅凌細說問診單	280元

●大旗藏史館

大清皇權遊戲	250元	大清后妃傳奇	250元
大清官宦沉浮	250元	大清才子命運	250元
開國大帝	220元	圖說歷史故事—先秦	250元
圖說歷史故事—秦漢魏晉南北朝	250元	圖說歷史故事—隋唐五代兩宋	250元
圖說歷史故事—元明清	250元	中華歷代戰神	220元
圖說歷史故事全集	880元（原價1000元）	人類簡史—我們這三百萬年	280元

書名	定價	書名	定價
世界十大傳奇帝王	280元	中國十大傳奇帝王	280元
歷史不忍細讀	250元	歷史不忍細讀II	250元
中外20大傳奇帝王(全兩冊)	490元	大清皇朝密史(全四冊)	1000元
帝王秘事—你不知道的歷史真相	250元	上帝之鞭—成吉思汗、耶律大石、阿提拉的征戰帝國	280元
百年前的巨變－晚清帝國崩潰的三十二個細節	250元	說春秋之一：齊楚崛起	250元
帝王秘事 貳—你不知道的歷史真相	250元	說春秋之二：秦晉恩怨	250元
歷史不忍細究	250元		

●世界風華館

書名	定價	書名	定價
環球國家地理・歐洲	250元	環球國家地理・亞洲・大洋洲	250元
環球國家地理・非洲・美洲・兩極	250元	中國國家地理：華北・華東	250元
中國國家地理：中南・西南	250元	中國國家地理：東北・西北・港澳	250元
中國最美的96個度假天堂	250元	非去不可的100個旅遊勝地・世界篇	250元
非去不可的100個旅遊勝地・中國篇	250元	環球國家地理【全集】	660元
中國國家地理【全集】	660元	非去不可的100個旅遊勝地(全二冊)	450元
全球最美的地方—漫遊美國	250元	全球最美的地方—驚豔歐洲	280元
全球最美的地方—狂野非洲	280元	世界最美的50個古堡	280元
全球最美的地方【全三冊】	660元	全球最美的100世外桃源	280元

◎關於買書：

1、大都會文化的圖書在全國各書店及誠品、金石堂、何嘉仁、敦煌、紀伊國屋、諾貝爾等連鎖書店均有販售，如欲購買本公司出版品，建議你直接洽詢書店服務人員以節省您寶貴時間，如果書店已售完，請撥本公司各區經銷商服務專線洽詢。
北部地區：(02)85124067 桃竹苗地區：(03)2128000 中彰投地區：(04)22465179
雲嘉地區：(05)2354380 臺南地區：(06)2672506-8 高屏地區：(07)2367015

2、到以下各網路書店購買：
大都會文化網站（http://www.metrobook.com.tw)
博客來網路書店（http://www.books.com.tw)
金石堂網路書店（http://www.kingstone.com.tw)

3、到郵局劃撥：
戶名：大都會文化事業有限公司 帳號：14050529

4、親赴大都會文化買書可享8折優惠。

98-04-43-04 郵政劃撥儲金存款單

收款帳號									金額 新台幣（小寫）	億	仟萬	佰萬	拾萬	萬	仟	佰	拾	元

通訊欄（限與本次存款有關事項）

收款戶名

寄款人 □他人存款 □本戶存款

姓名

地址 □□□－□□

電話

主管：

經辦局收款戳

虛線內備供機器印錄用請勿填寫

◎寄款人請注意背面說明

◎本收據由電腦印錄請勿填寫

郵政劃撥儲金存款收據

收款帳號戶名

存款金額

電腦紀錄

經辦局收款戳

郵政劃撥存款收據
注意事項

一、本收據請妥為保管，以便日後查考。

二、如欲查詢存款入帳詳情時，請檢附本收據及已填妥之查詢函向任一郵局辦理

三、本收據各項金額、數字係機器印製，如非機器列印或經塗改或無收款郵局收訖章者無效。

大都會文化、大旗出版社讀者請注意

一、帳號、戶名及寄款人姓名地址各欄請詳細填明，以免誤寄；抵付票據之存款，務請於交換前一天存入。

二、本存款單金額之幣別為新台幣，每筆存款至少須在新台幣十五元以上，且限填至元位為止。

三、倘金額塗改時請更換存款單重新填寫。

四、本存款單不得黏貼或附寄任何文件。

五、本存款金額業經電腦登帳後，不得申請撤回。

六、本存款單備供電腦影像處理，請以正楷工整書寫並請勿摺疊。帳戶如需自印存款單，各欄文字及規格必須與本單完全相符；如有不符，各局應婉請寄款人更換郵局印製之存款單填寫，以利處理。

七、本存款單帳號與金額欄請以阿拉伯數字書寫。

八、帳戶本人在「付款局」所在直轄市或縣(市)以外之行政區域存款，需由帳戶內扣收手續費。

如果您在存款上有任何問題，歡迎您來電洽詢
讀者服務專線：(02)2723-5216(代表線)
爲您服務時間：09：00～18：00 (週一至週五)
大都會文化事業有限公司　　讀者服務部

交易代號：0501、0502 現金存款　0503票據存款　2212 劃撥票據託收

書名：**與魔鬼交易**

謝謝您選擇了這本書！期待您的支持與建議，讓我們能有更多聯繫與互動的機會。
日後您將可不定期收到本公司的新書資訊及特惠活動訊息。

A. 您在何時購得本書：________年________月________日
B. 您在何處購得本書：__________書店（便利超商、量販店），位於______（市、縣）
C. 您從哪裡得知本書的消息：1. □書店2. □報章雜誌3. □電台活動4. □網路資訊
5. □書籤宣傳品等6. □親友介紹7. □書評8. □其他________________
D. 您購買本書的動機：（可複選）1. □對主題和內容感興趣2. □工作需要3. □生活需要
4. □自我進修5. □內容為流行熱門話題6. □其他________________
E. 您最喜歡本書的：（可複選）1. □內容題材2. □字體大小3. □翻譯文筆4. □封面
5. □編排方式6. □其他____________
F. 您認為本書的封面：1. □非常出色2. □普通3. □毫不起眼4. □其他__________
G. 您認為本書的編排：1. □非常出色2. □普通3. □毫不起眼4. □其他__________
H. 您通常以哪些方式購書：（可複選）1. □逛書店2. □書展3. □劃撥郵購4. □團體訂購
5. □網路購書6. □其他____________
I. 您希望我們出版哪類書籍：（可複選）1. □旅遊2. □流行文化3. □生活休閒
4. □美容保養5. □散文小品6. □科學新知7. □藝術音樂8. □致富理財9. □工商管理
10. □科幻推理11. □史哲類12. □勵志傳記13. □電影小說14. □語言學習（______語）
15. □幽默諧趣16. □其他____________
J. 您對本書（系）的建議：________________________

K. 您對本出版社的建議：________________________

讀者小檔案

姓名：____________ 性別：□男□女 生日：____年____月____日
年齡：□20歲以下□20～30歲□31～40歲□41～50歲□50歲以上
職業：1. □學生2. □軍公教3. □大眾傳播4. □服務業5. □金融業6. □製造業
7. □資訊業8. □自由業9. □家管10. □退休11. □其他__________
學歷：□國小或以下□國中□高中／高職□大學／大專□研究所以上
通訊地址：________________________
電話：（H）__________（O）__________ 傳真：__________
行動電話：__________ E-Mail：____________
◎如果您願意收到本公司最新圖書資訊或電子報，請留下您的E-Mail信箱。

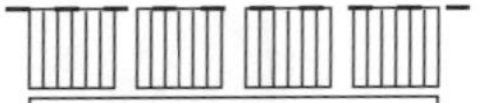

北區郵政管理局
登記證北台字第9125號
免貼郵票

大都會文化事業有限公司
讀者服務部收
110台北市基隆路一段432號4樓之9

寄回這張服務卡（免貼郵票）
您可以：
◎不定期收到最新出版訊息
◎參加各項回饋優惠活動

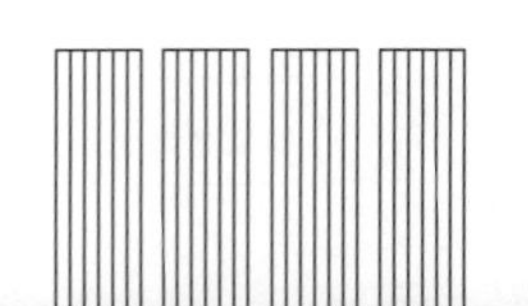

大都會文化
METROPOLITAN CULTURE

大都會文化
METROPOLITAN CULTURE